— the —

ATLANTIS GENE

BEST 嚴選
奇幻基地出版

亞特蘭提斯進化首部曲

亞特蘭提斯．基因

The Atlantis Gene

傑瑞．李鐸 著
李建興 譯

A. G. Riddle

BEST嚴選

緣起

在繁花似錦的奇幻文學花園裡，你或許還在門外徘徊，不知該如何抉擇進入的途徑；也或許你已經置身其中，卻因種類繁多，或曾經讀過不合口味的作品，而卻步、遲疑。

BEST嚴選，正如其名，我們期許能透過奇幻基地對奇幻文學的瞭解，以及對讀者的理解，站在出版者與讀者的雙重角度，為您精選好作家與好作品。

他們是名家，您不可不讀：幻想文學裡的巨擘，領域裡的耀眼新星。

它們最暢銷，您怎可錯過：銷售量驚人的大作，排行榜上的常勝軍。

這些是經典，您務必一讀：百聞不如一見的作品，極具代表的佳作。

奇幻嚴選，嚴選奇幻。請相信我們的眼光，跟隨我們的腳步，文學的盛宴、幻想世界的冒險，就要展開。

獻給安娜

台灣版獨家作者序

七萬年前，人類差點全數滅絕。當時位於現今印尼的超級火山托巴噴發，把火山灰噴上大氣層，遮蔽了全世界的陽光，使得氣溫遽降，全球火山寒冬持續長達幾個世紀，歐亞非三塊大陸上的動植物逐漸凋零死亡。

在東非的洞穴和灰燼覆蓋的草原上，我們的祖先大量死亡。然而，卻有少數的人僥倖得以存活下來。科學家認為托巴倖存者的數量少到僅剩一千對可交配的男女——任何物種都很難在這種嚴峻的情況下存續。當時，我們是地球上最年輕的原人物種，目前已知至少有三個其他的人種（包括尼安德塔人、佛羅勒斯人、丹尼索瓦人）早已領先我們存在了幾十萬年，數量也多得多，任何一個觀察家都會認為我們（智人）毫無指望。

但是，從托巴突變的灰燼中，我們居然勝出了。接下來一到兩萬年期間，我們的物種離開非洲，殖民到每個大陸（除了南極洲）。再接下來的兩萬年，我們是地球上唯一存活的原人。人類復興成了地球史上最大的傳奇，我們這個傑出物種在歷史的長路上反覆經歷了許多艱難困境，每次都能成功克服。

我們的故事——人類的起源，瀕臨滅絕的物種如何奮鬥並空前地征服全球——是史上最大的謎題。這個謎團正是「亞特蘭提斯進化三部曲」的核心。這套小說的重點是故事中角色們的自我發現與救贖之旅，但是劇情帶領讀著深入了解人類的科學與歷史，窺探人類如何演變至現狀的奧祕，同時也探索令人著迷與恐懼的神話：快速崩潰的先進文明亞特蘭提斯。

我投入了許多年的時間研究人類起源之謎，又用了幾年寫這三本小說，希望您會喜歡這系列作品。寫序的時候，小說已經銷售超過一百萬冊（在美國），並且正在籌拍電影，翻譯成十八種語言在全世界發行。但是您手上的版本對我而言永遠獨一無二：台灣是第一個相信《亞特蘭提斯・基因》這本書而購買翻譯版權的外國區域。因此，我特別感謝譚光磊先生、他的版權代理公司和奇幻基地對這套小說的遠見與信心，還有促成系列作品上市的不懈努力。

感謝您的閱讀，祝安好。

傑瑞・李鐸

主要人物表

自閉症研究中心

凱特・華納（凱薩琳・華納）：遺傳學家，專門研究自閉症。

班・艾德遜：凱特的實驗室助理。

阿迪：有自閉症的八歲男童，實驗室的研究對象，後同瑟亞被印瑪里擄走。

瑟亞：有自閉症的七歲男童，實驗室的研究對象，後同阿迪被印瑪里擄走。

鐘塔（反恐組織）

大衛・維爾：鐘塔雅加達工作站負責人暨情報人員。

霍華・基根：鐘塔局長，大衛的上司。

賈許・柯恩：鐘塔雅加達工作站情報分析主任。

文森・塔瑞：鐘塔雅加達工作站外勤任務主任。

印瑪里國際企業集團

杜利安・史隆：印瑪里集團總監。

狄米崔・柯茲洛夫：印瑪里集團外勤指揮官，也是杜利安私人衛隊的副官。

馬丁・葛雷：印瑪里旗下研究公司負責人，凱特的養父，也是自閉症計畫的贊助者。

湯姆・華納：印瑪里集團員工，凱特的父親，多年前在一場實驗中意外死亡。

其他：

派崔克．皮爾斯：曾是印瑪里集團運輸主管，海蓮娜的丈夫。

海蓮娜．巴頓：巴頓爵士的女兒，後成為派崔克的妻子。

巴頓爵士：印瑪里旗下財務公司負責人，海蓮娜的父親。

馬洛里．克瑞格：印瑪里集團創辦人之一。

康拉德．肯恩：德國軍人，印瑪里集團創辦人之一。

魯格．肯恩：康拉德的大兒子。

迪特．肯恩：康拉德的小兒子。

楔子

科學研究船冰瀑號
大西洋
南極洲外海八十八哩處

卡爾‧賽利格抓著船上的欄杆穩住身子，用望遠鏡眺望巨大的冰山。又一塊冰剝落下來，露出更多黑色長形物體，看起來很像……潛艇，但是不可能啊。

「喂，史提夫，過來看看。」

卡爾的研究所好友史提夫‧庫柏解開一座浮標，走到船身的另一側加入卡爾。他接過望遠鏡迅速掃視，然後停住。「哇，那是什麼？潛艇嗎？」

「或許。」

「下面是什麼？」

卡爾抓過望遠鏡。「底下……」他看向疑似潛艇的物體下方區域，有別的東西。如果那個物體是潛艇，那它便是從另一個灰色又大得多的金屬物體中冒出來的，而這個灰色物體一點也不像潛艇，它不會反光，而且金屬殼上還有扭曲的波浪形破洞，就像在滾燙公路或一大片沙漠的地平線上忽隱忽現的那種景象，不過它並不熱，至少沒有融化周圍的冰。卡爾瞥見潛艇上有些字跡：U-977和Kriegsmarine（納粹海軍）。納粹潛艇，從某種……結構體中冒出來。

卡爾把望遠鏡放到一旁。「叫醒娜歐蜜，準備停船。我們過去看看。」

史提夫衝下甲板，卡爾聽見他從這艘小船的兩間艙房之一叫醒娜歐蜜。贊助企業堅持要讓娜歐蜜同行，卡爾在會議上同意了，祈禱她不會礙事，而他並沒有失望。五週前他們從南非開普敦出航時，娜歐蜜只帶了兩套換洗衣服、三本言情小說和足以醉死俄羅斯軍人的伏特加上船，從此他們就很少看到她。她一定覺得這裡很無聊，卡爾心想。然而對他而言，這可是畢生難逢的大好機會。

卡爾舉起望遠鏡，再看向這座大約一個月前從南極洲脫離的巨大冰山。冰山幾乎百分之九十在水面下，但水面上的面積仍有四十七平方英哩——足足有曼哈頓的一．五倍大。

卡爾的博士論文題目是：「新崩解之冰山融解時如何影響全球洋流」。四週以來，他和史提夫在冰山周圍部署了高科技浮標以測量水溫、淡水與鹹水的比例，同時定期接收冰山形狀改變的聲納讀數，調查目標是進一步查明冰山脫離南極洲之後會如何崩解。南極洲佔有全世界冰量的百分之九十，它在未來幾個世紀融化後會嚴重改變世界版圖，卡爾希望自己的研究能夠預料到整個過程。

卡爾一找到經費就打電話給史提夫。「你一定得跟我來——真的，相信我。」史提夫好不容易才勉強同意。令卡爾慶幸的是，他們白天紀錄讀數、晚上討論初步發現的工作，讓他的老朋友在遠征中活了過來。在他們出發前，史提夫的學術生涯就像他們追蹤的冰山一樣死氣沉沉——因為他不斷更改論文題目。卡爾和其他朋友們都懷疑他會不會放棄攻讀博士。

研究讀數相當有趣，現在他們又發現了別的東西。不得了的東西，一定會上頭條。但是媒體會怎麼說？「南極洲發現納粹潛艇」？不難猜的標題。

卡爾知道納粹一向對南極洲很感興趣，他們在一九三八年和一九三九年便曾派出探勘隊，甚至宣稱這塊大陸的一部分是德國新省分——新士瓦本地。二戰期間有幾艘納粹潛艇一直下落不明，也沒有被擊沉的紀錄，陰謀論者宣稱第三帝國淪陷之前有艘納粹潛艇祕密離開德國，帶走了納粹高官和整個國庫，包括大肆掠奪而來的無價寶藏和最高機密科技。

卡爾的腦海深處浮現一個新念頭：報酬。如果潛艇上有納粹寶藏，肯定值不少錢，他永遠不必再擔心研究經費了。

眼前的挑戰是停船在冰山上。海象不好，他們來回試了三次，終於設法下錨在距離潛艇和底下奇怪結構的幾英哩處。卡爾和史提夫穿上厚衣、戴上登山裝備。他給了娜歐蜜一些基本指示，大意是「什麼也別碰」，然後和史提夫垂降到船下的冰棚上展開行動。

接下來的四十五分鐘，兩人跋涉越過荒蕪的冰山都沒有任何交談。越往內部寒冰越堅硬，他們的速度慢了下來，史提夫比卡爾更慢。

「我們得加快腳步，史提夫。」

史提夫努力跟上。「抱歉，在船上窩一個月讓我鬆懈了。」

卡爾抬頭望望太陽。日落後的氣溫驟降可能會把他們凍死，這裡的白晝很長，凌晨兩點半日出到晚上十點才日落。他們只剩幾個小時了，卡爾稍微加快步伐。

他聽見史提夫在背後踩著雪靴急忙想跟上。冰山迴盪著奇怪的聲音，先是低沉的蜂鳴，然後是快速的敲擊，好像上千隻啄木鳥一起攻擊冰山。卡爾停步聆聽，他轉向史提夫，兩人目光交會時，一片蛛網狀的裂縫越過史提夫腳下的冰塊，史提夫驚恐地低頭看，旋即拚命往卡爾和完整的冰塊狂奔。

對卡爾而言，整個場面如同做夢般，幾乎是慢動作播放。他本能地跑向朋友，丟出一條腰帶上的繩索。史提夫剛抓住繩索，空中同時傳來一聲爆裂巨響，腳下的冰塊立刻崩潰，形成一道巨大的裂縫。

繩索立刻繃緊，扯得卡爾無法站穩，以腹部著地的姿態向前重重撲倒。*我會跟著史提夫一起掉進冰谷裡*，卡爾心想。他慌忙地想站起來，但繩索的拉力太強，逼得他鬆開雙手，繩索瞬間滑過，減緩了前進動能。他把兩腳放在前方做為阻力，靴底的尖釘咬進冰塊中，碎冰不斷噴濺到他臉上的同時，身體也隨之慢慢停住。他捏捏緊繃在崖邊、發出像低音小提琴奇怪振動聲的繩索。

「史提夫！撐住！我拉你上來——」

「不！」史提夫大喊。

「什麼？你瘋了嗎——」

「底下有東西。放我下去，慢一點。」

卡爾遲疑了一下。「是什麼？」

「看起來像隧道或洞穴，裡面有灰色金屬，看不清楚。」

「好吧，等等，我先放出一小段。」卡爾放出十呎繩索，沒聽見史提夫出聲，再放十呎。

「停！」史提夫大喊。

卡爾感到繩索在拉扯。*史提夫在擺盪嗎？*忽地繩索變鬆弛了。

「我進來了。」史提夫說。

「是什麼東西？」

「不確定。」史提夫的聲音變得模糊。

卡爾爬到冰塊斷層邊緣，探頭往下看。

史提夫從洞口伸出頭來。「我想是教堂之類的，很大，牆上有字，是我從來沒見過的符號，我要去看看。」

「史提夫，不要——」

史提夫又消失了。幾分鐘過去，又有輕微震動嗎？卡爾仔細聆聽。聽不見什麼，但他感覺得到。冰塊的脈動變快了，他站起來退離崖邊一步。一瞬間，他背後的冰塊開始裂開，接著到處都是裂痕。他全速奔向變寬的裂縫、跳躍——幾乎到了另一側，但是還不夠。他雙手緊抓冰崖邊緣懸掛著，搖晃了漫長的一秒鐘，每過一秒冰塊的震動就更劇烈。卡爾看著身邊的冰塊碎裂掉落，接著支撐他的冰塊脫落，他掉進了深淵之中。

船上，娜歐蜜看著冰山遠方的太陽沉沒。她拿起衛星電話撥了那個人給她的號碼。

「你說如果我們發現什麼有趣的東西就打給你。」

「什麼都別說。別掛斷，兩分鐘內我們會確定妳的位置。我們去找妳。」

她把電話放在櫃台上，走回爐邊，繼續攪拌那鍋豆子。

GPS座標在螢幕上閃爍，衛星電話另一端的男子抬頭察看。他拷貝位置，搜尋衛星監視資料庫尋找即時影像。有發現。

他打開線路把鏡頭拉到冰山中央的景象，黑點所在處。放大了幾次，影像對焦之後，他的咖啡掉到地上。接著他衝出辦公室，跑過總裁辦公室的接待廳，直接開門進入辦公室，舉起雙手打斷了正站著說話的白髮男子。

「我們找到了。」

第一部

雅加達大火

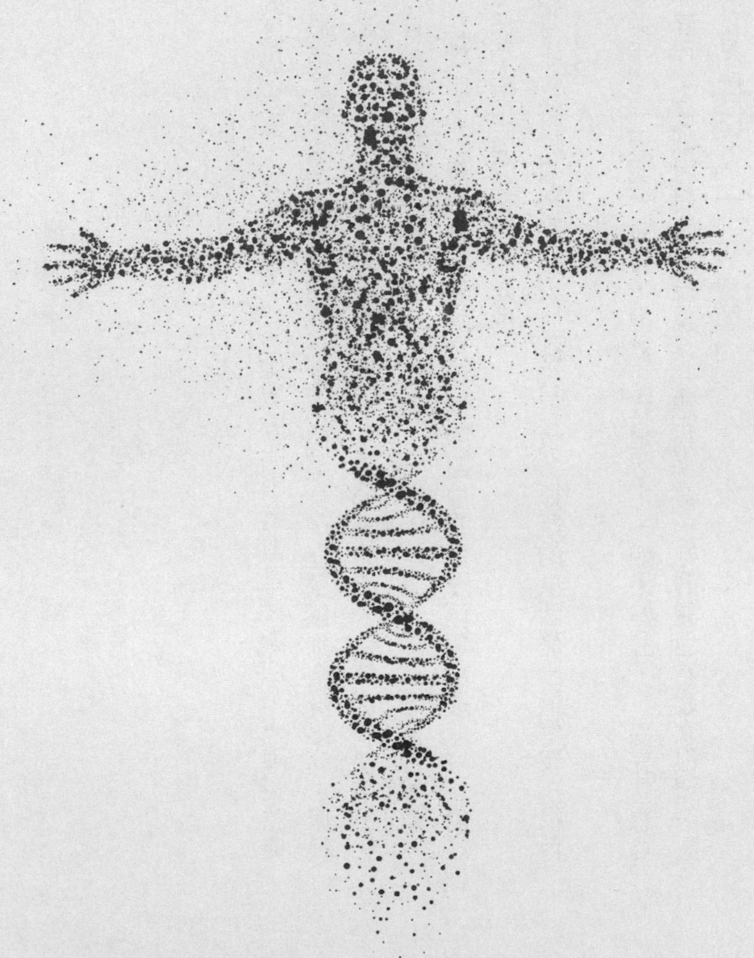

1

自閉症研究中心（ARC）
雅加達，印尼
現在

凱特·華納博士被恐怖的感覺驚醒：*房裡有東西*。她想睜開眼睛但是沒辦法，一陣暈眩襲來，好像被下藥了，空氣中有股黴臭味……像是在地底。她稍微翻身，立刻感到全身疼痛，床很硬——或許是板凳，或許，總之一定不是她在雅加達市中心十九樓公寓的床。*這裡是哪裡？*

她又聽見微弱的腳步聲，像是網球鞋踩在地毯上。「凱特。」男子耳語，試探她是否醒著。

凱特設法稍微睜開眼睛。在她頭上，幾道微弱的陽光從矮胖窗戶的金屬百葉窗透進來，角落每隔幾秒就有閃燈照亮房間，像不斷拍照的相機閃光燈。

她深呼吸一口，迅速坐起身子，終於看清那個人。那人退後，掉落的東西發出撞擊聲，褐色液體灑了一地。

班·艾德遜，她的實驗室助手。「天啊，凱特，抱歉。我是想……如果妳醒了，或許會想喝杯咖啡。」他彎腰撿起咖啡杯碎片，仔細看看她之後說，「恕我直言，妳的氣色看起來很糟，凱特。」他看著她片刻。「告訴我怎麼回事？」

凱特揉揉眼睛，發現自已身在何處後，腦子似乎清醒了一點。五天來她日以繼夜在實驗室工作，從接到研究贊助者電話之後就幾乎不眠不休。*立刻拿出成果，任何成果，否則資助取消。*這次已沒有藉口，她沒跟這項自閉症研究的任何員工說，沒理由讓他們擔心，不是她得到成果讓大家繼續工作下去，就是她失敗讓大家回去吃自己。「咖啡很好，班，謝謝。」

班端了一杯新咖啡回來，凱特謝過他，他坐到她辦公桌對面的椅子上。「妳會把自己累死，我知道這四個晚上妳都睡在這裡，還神祕兮兮地禁止每個人進實驗室整理妳的筆記，並且絕口不提ARC-247。我不是唯一一個擔心的人。」

凱特啜一口咖啡。雅加達不是執行臨床測試的好地方，但在爪哇島上工作有些好處，咖啡就是其中一項。

她無法告訴班自己在實驗室裡做些什麼，至少現在不行，她可能會一無所獲——非常有可能。反正他們都會失業，把班扯進來只會害他成為共犯。

凱特朝房間角落的閃爍裝置歪歪頭。「那個閃燈是什麼？」

班回頭看一眼。「不確定，我猜是警報吧。」

「火警嗎？」

「不是。我進來時到處看過，不是火警。我正要徹底檢查時，剛好發現妳的門開著。」班伸手，在堆滿凱特辦公室的幾十個紙箱之一翻閱一些裱框的文憑。「妳怎麼不把這些掛出來？」

「沒必要。」炫耀文憑不是凱特的作風，況且，她又能向誰炫耀呢？凱特是這項研究唯一的調查員和實驗醫生，所有研究人員都知道她的履歷。他們沒有訪客，會來她辦公室的旁人只有負責照顧研究用自閉症兒童的二十幾個員工，那些人可能以為史丹佛和約翰霍普金斯（注）是人名，或許是過世許久的親戚，而文憑是他們的出生證明。

「如果我有約翰霍普金斯大學的醫學博士證書，我一定會掛出來。」班細心地把文憑放回紙箱裡，繼續在裡面亂翻。

凱特把咖啡喝完。「是嗎？」她遞出空杯，「我可以跟你交換另一杯咖啡。」

「意思是我現在是妳老闆了嗎？」

「別太超過。」班起身離開房間時，凱特說。她站起來扭轉控制百葉窗的塑膠硬棒，露出圍繞這棟大樓的鐵鏈圍籬景觀，牆外是擁擠的雅加達街道，晨間通勤正在高峰期，巴士與轎車龜速前進，機車在車陣縫隙間鑽進鑽出，腳踏車和行人佔滿了人行道的每一吋空間。她曾經以為舊金山的交通已經夠糟了。

不只是交通，她對雅加達仍然感覺很陌生，不是家鄉，或許永遠不會是。四年前，凱特想要搬到世界上任何地方，只要不是舊金山都好。她的養父馬丁・葛雷曾說：「雅加達會是妳繼續研究，以及重新開始的好地方。」他也說過時間會治癒所有傷口之類的話。但現在她沒時間了。

她轉回辦公桌，開始整理班翻出來的東西，視線停在一張有木條鑲花地板的大舞廳照片。這張怎麼會混進她的工作物品裡？那是她童年唯一一張在西柏林住宅的照片，就在蒂爾加騰街旁，凱特已幾乎記不得那棟巨大的三層樓住宅。印象中，它比較像是外國大使館或其他時代的豪宅，只是一座城堡，空蕩的城堡。

凱特的母親難產去世後，雖然父親仍然很疼愛她，卻很少在家。凱特努力在心中回想他的容貌，卻怎麼也想不起來，只有一個十二月寒冷冬日裡父親帶她去散步的模糊回憶，她記得自己的手在他手裡感覺好小，讓她很有安全感。他們一路走過蒂爾加騰街，直到柏林圍牆。那是個陰沉的場面：許多家庭放置花圈和照片，祈禱著圍牆能倒下，親人能夠回來。其餘記憶都是他離開與回家的片段，以及總是有從遠方帶回來給她的小玩意。家裡的佣人們盡力彌補空隙，他們很盡責但有點冷漠。管家叫什麼名字？陪她跟全體佣人住在頂樓那個家庭教師呢？她替凱特上德文課，至今她還會說德語，卻已經想不起那女人的名字了。

她人生前六年唯一清晰的記憶是馬丁走進她家的舞廳那晚，他關掉音樂，告訴她父親不會回來了——永遠不會——而她得搬去跟他住。

她希望能抹消那段記憶。她也會很快忘掉接下來十三年跟著馬丁搬到美國，隨著他一次又一次的探險而不斷轉移城市，被送到一間又一間寄宿學校的記憶。沒有一間感覺像家。她的研究實驗室是她覺得最像真正的家的地方，她清醒的所有時間都待在這裡。來到雅加達之後，她全力投入工作，一開始只是本能的防禦機制、求生機制，後來變成她的習慣和生活方式，研究團隊成了她的家人，參與研究者則是她的小孩。

一切都是為了逃避。

她必須專注。她需要更多咖啡。她將桌上的照片堆掃進底下的紙箱裡。班去哪裡了？凱特走到外面走廊上，再轉到員工廚房。沒人。她檢查咖啡壺，是空的。這裡也有閃燈。不太對勁。「班？」凱特喊道。

注 史丹佛大學和約翰霍普金斯大學皆為世界知名醫學學府。

其餘研究人員還要很久才會進來，他們的作息很怪，但做得不錯，凱特最在乎工作效率。

她走進由一連串儲藏室和辦公室圍繞著一大間無菌實驗室所構成的研究大樓。凱特和她的團隊在此改造基因療法的反轉錄病毒，希望能治療自閉症。她透過玻璃窗窺探，班不在實驗室裡。

早上這時的大樓相當詭異，無人又寂靜，不太陰暗，但也不明亮，幾道聚焦的陽光從房間窗戶穿進走廊，彷彿是探照燈正搜尋生命跡象那般。

凱特走過寬廣的研究大樓，在雅加達的艷陽下瞇起眼睛，窺探著每個房間，腳步聲大聲迴盪在樓層之間。這裡都沒人，只剩下居住區——研究大約一百名自閉症兒童專用的居住單位、廚房和支援設施。

遠處，凱特聽見別人的腳步聲，速度比她快——正在跑步。她加快腳步，往他們的方向過去，正要轉彎時，一隻手突然抓住她的手臂。「凱特！跟我來，快點！」班說。

2

芒加萊火車站

雅加達，印尼

大衛・維爾退到火車站售票櫃台的陰影中，觀察正在書報攤買紐約時報的男子，男子付錢給攤販，走過垃圾筒卻沒有把報紙丟掉。他不是聯絡人。

書報攤後頭，一列通勤火車緩慢進站，車上擠滿了從衛星城鎮湧入首都準備上班的印尼工人，乘客聚集在每一道雙併滑門邊，大多是中年男性；火車頂上，青少年和年輕人或坐或蹲，伸懶腰、看報、玩智慧手機或聊天。擁擠的通勤火車正是雅加達本身的特色之一，大量成長的人口努力現代化，一個擠得幾乎要爆開的城市。壅塞的大眾運輸工具只是這個城市在都會區域勉強容納兩千八百萬人口最明顯的跡象罷了。

這時通勤乘客正在下車，場面就像美國黑色星期五特賣的採購人潮擠滿了車站，一團混亂。工人們又推又擠，大呼小叫地跑出車站大門，有人則是拚命地想擠進去，全市每一座通勤火車站天天上演這種場面，真是個完美的碰頭場所。

大衛目光緊盯著書報攤，他的耳機響起。「收貨員，這是錶店。別忘了，現在已經超過約定時間二十分鐘。」

聯絡人遲到了，團隊越來越緊張。沒說出口的問題是：要不要放棄？

大衛把手機舉到臉上。「收到，錶店。交易員、仲介，回報。」

從他的制高點上，大衛能看見另外兩名幹員，一個坐在洶湧人潮中央的長凳上，另一個則正在修廁所附近的一盞燈，兩人都回報沒看見他們的匿名線人，這個男子宣稱知道即將發生代號「托巴（注）草案」的恐怖攻擊詳情。

注 Toba，托巴，印尼的一座超級火山，最近一次爆發是在七萬多年前。

幹員們很優秀，全是雅加達站最好的人手，大衛在人群中幾乎分辨不出他們。他掃瞄車站的其餘部分，有件事令他有點不安。

耳機又響了，是霍華．基根，大衛所屬的反恐組織「鐘塔」的局長。「收貨員、估價員，賣家似乎不喜歡今天的市場。」

大衛是雅加達工作站的負責人，基根是他的上司兼導師。老人家顯然不想僭越大衛的職權叫停任務，但訊息很清楚了。基根大老遠從倫敦趕來，就是希望有所突破，把組織進行中的任務移交給別人是很大的風險。

「我同意，」大衛說，「我們打烊吧。」

兩名幹員輕鬆地撤離崗位，消失在熙來攘往的印尼人群裡。

大衛看了書報攤最後一眼，有個穿紅色風衣的高大男子正在買東西。是報紙，紐約時報。

「等等，交易員和仲介，有買家正在看商品。」大衛說。

男子退後，舉起報紙，暫停了幾秒鐘閱讀頭版。他沒有東張西望，摺好報紙便丟進垃圾筒裡，迅速走向客滿即將啟動出站的火車。

「接觸。我要上了。」大衛的心思飛轉，從陰影出來走進人群中。這個人為什麼遲到？還有他的外表——顯眼的紅色風衣、儀態（像軍人或特務）、走路的樣子，全都不對勁！

男子擠上火車，開始鑽過男站女坐的擁擠人群，他幾乎比車上每個人都高，遠遠的仍然能看見他的頭部。大衛擠上火車之後停步，聯絡人為什麼要離開？他看見了什麼嗎？被嚇到了？——接著事情就發生了。男子轉身，回頭看大衛，他的眼神說明了一切。

大衛立即轉身把站在門口的四個人掃到車外月台上，他推開他們跳離火車時，更多焦急的通勤者從他製造的破口擠上車。大衛還來不及喊出聲，火車旋即爆炸，玻璃與金屬碎片噴灑到車站裡，衝擊力讓大衛跌到月台的水泥地上。他被夾在人體之間，有的死了，有的正痛苦掙扎，慘叫聲不絕於耳，隔著煙霧、灰燼和如雪片般飄落的碎屑持續傳來。大衛的手腳動彈不得，他向後轉頭，幾乎要失去意識。

有一瞬間，他彷彿回到了紐約，正在逃離崩塌的大樓，然後他被壓倒，受困其中，只能等待。不明的手臂抓住他，把他拉出來。「兄弟，沒事了。」他們說。標示著「FDNY」（紐約市消防隊）和「NYPD」（紐約市警察局）的卡車警笛大作，陽光照上他的臉。

但這次不是救護車，火車站外是一輛黑色貨運廂型車，那些人也不是消防隊員，而是那兩名幹員，交易員和仲介。他們把大衛抬進廂型車，在雅加達警方和消防隊趕來之前，火速駛離現場。

3

自閉症研究中心（ARC）

雅加達，印尼

四號遊戲室裡熟悉的場面喧鬧不休，玩具灑了一地，十幾個小孩分散在各處，各玩各的。一處角落，一個叫阿迪的八歲男童正前後搖晃地玩弄積木。他堆好最後一塊之後，抬頭看班，露出驕傲的微笑。

凱特簡直不敢相信。

男童剛剛組好了團隊用來分辨「學者症候群」——有自閉症和特殊認知能力的人——的謎題，只有IQ在一四〇到一八〇之間的人才能解得開！就連凱特也做不到，研究中心裡只有一個小孩可以解開——薩提亞。

凱特看著孩子迅速堆好謎題，拆散後再重組。阿迪站起來坐到長凳上七歲的瑟亞旁邊，年紀較小的瑟亞也開始玩積木，同樣輕鬆地完成。

班轉向凱特。「妳相信嗎？他們會不會是根據記憶做的？因為看過薩提亞做？」

「或許吧，但我很懷疑。」凱特的心思飛轉。她需要時間思考，她必須確認。

「這是妳的目標，不是嗎？」班說。

「對。」凱特心不在焉地說。這不可能，不應該這麼快見效的。昨天這些孩子才顯示出典型的自閉症跡象——如果真有這麼一回事的話。近年來，研究人員和醫生開始承認自閉症是有大範圍症狀多種失調的光譜，自閉症的核心表徵是溝通與社交互動能力失調，大多數病童會迴避眼神接觸與社交，也有的不肯回應別人呼喚他們的名字，更嚴重的案例是病童無法忍受任何接觸。昨天阿迪和瑟亞都無法解開這道謎題，也無法眼神接觸，連輪流都不行。

她必須通知馬丁，他會確保研究資金不被斷絕。

「妳想怎麼辦？」班的語氣很興奮。

「帶他們到觀察室二號，我得打個電話。」不敢置信、疲累和喜悅在凱特心中交織。「還有，呃，我們應該做個診斷。ADI-R（診斷訪談）。不對，ADOS2（觀察量表），這個比較不費時，還要拍個紀錄片。」凱特微笑著抓住班的肩膀。她想說些深奧的話來銘記這一刻，一如她想像中即將成名的傑出科學家在突破瓶頸的時刻會說的話，但她什麼也想不出來，只能疲倦的微笑。班點點頭，牽住孩子們的手。凱特打開門，四人一起走到外面走廊，看見有兩個人正在等候。不，不是人，是怪物，從頭到腳穿戴黑色軍裝：有布套的頭盔、黑色滑雪護目鏡、護甲，還有橡膠黑手套。

凱特和班停步，交換懷疑的眼色，把孩子們護在身後。凱特清清喉嚨說：「這裡是研究實驗室，沒有現金，你們拿設備吧，想要什麼就拿去，我們不會——」

「閉嘴！」男子的聲音沙啞，彷彿一輩子都用來抽菸喝酒。他轉向較矮小的黑衣同伴說話，那人顯然是個女人。「帶走他們。」

女人朝孩子們上前一步，凱特不假思索地擋住她。「不行！什麼都可以拿走，要不抓我吧——」

男子掏出手槍指著她。「讓開，華納醫生。我不想傷害妳，別逼我。」

他知道我的名字。

凱特從眼角看見班走近，想擠進她和持槍男子之間。

阿迪想跑，但是女人抓住他的上衣。

班悄悄地走到凱特旁邊，再迅速閃到她前面，兩人趁機一起撲向持槍男子。槍枝走火，凱特看到班從黑衣男子身上滾開，到處都是血。

她想爬起來，但是男子抓住她。他太強壯了，把她壓制在地上，然後她聽見斷裂的巨響——

4

鐘塔組織庇護所

雅加達，印尼

火車爆炸後三十分鐘，大衛坐在庇護所裡的廉價折疊桌上，忍受醫護員的治療並努力推測攻擊事件的理由。

「啊！」大衛皺眉，躲開醫護員抹到他臉上的酒精棉球。「謝謝，真的，但是晚點再弄吧。我沒事，只是皮肉傷而已。」

房間對面，霍華・基根從一排電腦螢幕前站起來走向大衛。

「這是陷阱，大衛。」

「怎麼會？沒道理——」

「你得看看這個，我在爆炸前收到的。」基根遞給他一張紙。

<<< 機密 >>>

<<< 鐘塔 >>>

<<< 中央指揮部 >>>

鐘塔遭到攻擊。

開普敦與馬德普拉塔工作站被摧毀。

喀拉蚩、德里、達卡和拉合爾被滲透。

建議啟動防火牆。

請指示。

<<< 報告結束 >>>

基根把紙張塞回他的外套口袋。「他對我們的安全問題沒說實話。」

大衛揉揉太陽穴。真是惡夢成真，他的頭還因為爆炸而脹痛，但他必須思考。「他沒說謊——」

「至少也是低估，比較可能是故意忽略，想癱瘓或干擾我們防備其他對鐘塔的更大攻擊。」

「攻擊鐘塔不表示恐怖威脅不是真的，可能是序幕——」

「或許，但我們只知道鐘塔沒有退路，而你的優先義務是保護你的工作站。你們是東南亞最大的單位，你的總部現在可能正在遭受攻擊。」基根拿起他的行李袋。「我要回倫敦，設法從那裡指揮。祝你好運，大衛。」

兩人握手，大衛目送基根離開庇護所。

大街上，有個小孩拿著一疊報紙跑向大衛，揮舞著報紙大喊：「聽說了沒有？雅加達被攻擊了！」大衛推開他，但小孩把一份捲起的報紙硬塞進他手中轉身便跑。

大衛想把報紙扔掉，但是……太重了，有東西包在裡面。他打開報紙，掉出大約一呎長的黑色圓管。管狀炸彈。

5

自閉症研究中心（ARC）

雅加達，印尼

西雅加達警察局長艾迪・庫斯納迪擦擦眉毛上的汗水，走進犯罪現場——城市西邊的一間科學實驗室。鄰居反映有槍聲。這裡是個好社區，居民們都有些政治人脈，所以他一定得親自來看看。這裡顯然是某種醫療設施，但某些房間看起來卻很像托兒所。

他手下最優秀便衣警察之一帕庫，揮手示意他到後方一個房間。艾迪看見地上有個昏迷的女子，旁邊有個男子死在自己的血泊中，幾名警察站在附近。

「情侶吵架嗎？」

「我看不像。」帕庫說。

局長隱約聽見幾個小孩的哭聲，一名當地印尼婦女走入房間，一看到屍體，立刻尖叫起來。

「把她帶走。」局長說。兩名警員隨即把她帶出房間。

他對著唯一留下的帕庫問：「他們是誰？」

「女的是凱薩琳．華納醫生。」

「醫生？這裡是醫療機構？」

「不，是研究設施。華納是負責人，你剛才看到的婦女是小孩的保姆，他們在做殘障兒童的研究。」

「聽起來沒什麼賺頭。男的是誰？」局長問。

「實驗室技師之一。保姆說另一個技師自願照顧小孩，所以她才回家去，她還聲稱有兩個小孩失蹤。」

「逃跑了嗎？」

「她認為不是，大樓有警衛。」帕庫說。

「有監視器嗎？」

「沒有。有小孩的房間才有觀察攝影機，我們正在過濾影片。」

局長彎腰仔細觀察眼前的女子，她很纖細，但沒有過瘦，是他喜歡的類型。他左右轉動她的頭部察看有沒有受傷，除了發現她的手腕有輕微瘀青，其他部分似乎毫髮無傷。「亂七八糟的。看看她有沒有錢，如果有，帶她到局裡來；要是沒有，就丟到醫院去。」

6

印瑪里集團研究機構
普蘭縣外圍，西藏

計畫總監踱步走進張勝博士的辦公室，丟了份檔案在桌上。「我們有新療法了。」

張勝抓起檔案開始翻閱。

總監在房裡踱步。「很有希望，我們正在加速進行。我希望四個小時內把機器準備好，讓受測者使用新療法。」

張勝丟下檔案抬頭想開口說話，但是總監揮手制止他。「我不想聽，特例隨時可能發生。今天或明天，就我們所知可能已經發生，沒時間再保守下去。」

張勝張口欲言，但主管又打斷他。「別跟我說你需要更多時間，你們拖太久了。我們需要成果，現在就告訴我需要什麼？」

張勝癱坐在椅子上。「上次測試讓地方配電網很緊繃，已經超過現場容量。我們以為問題解決了，但是本地電力局一定會懷疑我們在幹什麼。更大的問題是，我們的靈長類不夠用——」

「我們不做靈長類測試，我要五十個人準備好受測。」

張勝坐直身子，更加嚴肅地說：「姑且不論道德性，我勸你別這麼做，我們還需要很多資料才能開始人體實驗，我們需要——」

「已經有了，博士，都在檔案裡。我們正在取得更多資料，還不只是這些。已經有兩個受測者的『亞特蘭提斯基因』持續啟動中。」

張勝瞪大眼睛。「你說……兩個……怎麼會……」

總監像眼鏡蛇似地快速指指檔案。「博士，看檔案，都在裡面。他們快要到這裡了，到時你最好準備就緒，只需要複製基因療法就好。」

張勝翻閱文件，喃喃自語，他抬頭看。「受測者是小孩？」

「對，有什麼問題嗎？」

「呃，沒有。唉，或許吧，也可能沒有。」

「可能沒有才是正確答案。博士，有需要就聯絡我。四小時，不用我說，你應該知道這有多重要。」

但是張勝已聽不見，他已沉溺在凱薩琳．華納博士的筆記裡。

7

鐘塔工作站總部

雅加達，印尼

大衛透過防爆盾的窄縫窺視黑管子，手動操作機械臂轉動圓管的蓋子花了不少時間，但他必須看看裡面。最大的問題是重量，管子太輕，不像是炸彈，而若是鐵釘、散彈或BB彈則會重得多。終於，末端掉了下來，大衛把管子斜向一側，掉出一張捲曲的紙片，看起來厚重又有光澤。是照片。

大衛攤開它，上頭是冰山漂浮在深藍海水中的衛星影像，冰山中央有個黑色長形物體，是一艘從冰塊突出來的潛艇。照片背面寫著以下訊息：

托巴草案是真的。

4+12+47 = 4/5；瓊斯

7+22+47 = 3/8；安德遜

10+4+47 = 5/4；艾姆斯

大衛把照片收進厚牛皮紙袋，走到監控室。其中一名技師從整排螢幕前轉過頭說：「還沒找到他。」

「各個機場有沒有消息？」大衛問。

技師按按鍵盤，抬頭說：「有，幾分鐘前他降落在蘇卡諾哈達機場，要通知機場拘留他嗎？」

「不必，我需要他。確保樓上的人從監視器看不到他就好，我會接手。」

8

【BBC世界報導．本社訊】

阿根廷瑪德普拉塔與南非開普敦的住宅區疑似發生恐怖攻擊。

突發新聞更新：巴基斯坦喀拉蚩和印尼雅加達也傳發生爆炸案。

（南非開普敦）今日清晨，自動槍械與手榴彈爆炸聲粉碎了開普敦的平靜，一群估計有二十名的武裝份子進入公寓大樓，殺害了十四人。

警方對此攻擊事件尚未發表正式聲明。

據目擊者描述，這是特種部隊式的攻擊。一名BBC記者在現場取得這段證詞：「對，我看到了，好像是坦克之類的，你知道的，其中一輛是裝甲運兵車，開上人行道之後，像是忍者或機械士兵的人從車裡衝出來，動作很機械化，然後整棟大樓爆炸，玻璃到處亂噴，我拔腿就跑。我是說，這個社區不太平靜，但是天啊，我從來沒看過這種事，一開始我猜，你知道的，是突擊掃毒之類。無論如何，整件事太可怕了。」

另一名目擊者也提到了匿名情況，證實該團體的車輛和制服沒有正式的標誌。

一名路透社記者在警方驅逐之前短暫進入現場，他如此描述：「我認為可能是庇護所，或許是CIA或MI6的。一定是很有錢的人才能擁有那種科技，整面牆都是電腦螢幕的戰情室還有巨大的機房，到處都是屍體，大多數是便衣，其餘則穿著目擊者描述攻擊者身穿的黑色護甲。」

攻擊者是否遭受任何傷亡而被迫丟下同伴，或屍體是否為保衛該地點的人員，目前還不清楚。

BBC尋求CIA和MI6對此報導發表評論，兩者都拒絕回應。

此事件是否與今天稍早阿根廷瑪德普拉塔的類似事件有關，目前尚不明朗，後者約在當地時間的凌晨兩點，貧民窟發生大爆炸，導致十二人喪生。目擊者表示，某個未知的重武裝集團發動攻擊後就發生了爆炸。

如同開普敦攻擊事件，無人出面宣稱發動了瑪德普拉塔的攻擊。

「我們不曉得誰有涉案嫌疑，實在令人憂心。」美國大學教授理查·布克梅耶表示，「根據初步報導，如果歹徒和被害者雙方都不是恐怖組織成員，這顯示出他們比起目前任何一個已知恐怖組織要來得成熟，若不是新角色，就是現有團體的大幅進化，兩種情況都使得我們必須重新檢視對全球恐怖主義狀況自以為是的理解。」

詳情待進一步明朗後，我們將為您繼續追蹤報導。

9

鐘塔工作站總部

雅加達，印尼

大衛正在研究雅加達和全市各地鐘塔庇護所的地圖，監視技師走進來。「他到了。」

大衛收起地圖。「好。」

賈許．柯恩走向鐘塔雅加達工作站總部所在的平凡公寓大樓，周圍的建築混雜著多半已經廢棄的破敗房舍和老舊倉庫。

大樓上的招牌寫著「鐘塔保全公司」，對外界而言，「鐘塔保全」只是大量蓬勃成立的民營保全公司之一。檯面上，「鐘塔保全」為企業主管與來訪雅加達的外國大人物提供個人安全與護衛服務，還有在本地執法機構「不太合作」時，提供私人調查服務，這是完美的掩護。

賈許進入大樓，走過一條長走廊，推開沉重的鋼門，走到銀亮的電梯門前。門邊的面板滑出來，他把手掌放在光滑表面上說：「賈許．柯恩。語音認證。」

第二個面板打開，與他的臉等高，一道紅色光線在他睜大眼睛靜止不動時上下掃瞄。

電梯叮的一聲打開，載著賈許前往大樓的中間樓層。電梯悄悄上升，但賈許知道大樓裡某處有人正在檢查他的全身掃瞄，確認他沒有竊聽器、炸彈或其他問題物品。如果他帶了東西，電梯就會注入無色無味的瓦斯，然後他會在牢房醒來，這裡就會是他生前最後的房間；如果他過關，電梯會帶他到四樓——他三年來的家，雅加達的鐘塔總部。

鐘塔是全世界對付無國界恐怖主義的祕密組織，它是無國界的反恐機構，沒有法令規範、沒有官僚主義，單純的好人殺壞人——其實沒這麼簡單，但是鐘塔最接近世人的期待。

鐘塔組織作風反教條，且獨立於任何政治之外，最重要的是非常有效率。為了這些理由，即使幾乎對它一無所知，世界各國情報單位卻都支持鐘塔。沒人知道它是何時成立、主管是誰、資金來源或總部在哪裡。

三年前賈許加入鐘塔時，以為當上鐘塔成員就會知道這些問題的答案，他錯了。他升遷得很快，但成為雅加達站的情報分析主任後，他還是不比從CIA恐怖主義分析室被挖角過來那天了解鐘塔多少，他們似乎希望這樣。

鐘塔內部，獨立細胞之間的資訊被嚴格區分。每個人跟中央分享情報，也從中央獲得情報，但沒人知道大型任務的全貌或詳情。因此，當賈許六天前收到每個鐘塔細胞的首席分析師「高峰會」邀請時很驚訝，他質疑過雅加達站的負責人大衛・維爾，問大衛是不是在開玩笑，對方說不是，所有主管都知道這場會議。

賈許對於受邀的震驚很快被會議上得知的事情蓋過，第一個驚訝是出席者人數：兩百三十八人。賈許以為鐘塔規模比較小，或許在全球熱點有五十個細胞左右，但是他錯了，全世界都有代表。假設每個細胞都像雅加達工作站的規模——大約五十名幹員——各細胞可能共有一萬多人，加上中央組織，光是聯絡和分析情報至少也要上千人，更別說協調各地的細胞了。

組織的規模驚人，幾乎有CIA的規模。賈許在那邊工作時大約有兩萬名員工，這兩萬名員工有很多是在維吉尼亞州蘭利總部做分析，不是外勤。鐘塔其實很精簡，沒有CIA的官僚架構和脂肪組織。

鐘塔的特種任務能力可以讓世界上所有政府相形失色。每個鐘塔細胞有三個團體，三分之一員工是專案幹員，類似CIA的國家祕密行動處；他們負責在真正的恐怖組織或販毒集團等邪惡團體中臥底，或是去可以培養線民的地方如地方政府、銀行和警察局，目標是活人情報（HUMINT），又稱第一手情報。

另外三分之一的人力是分析師，他們絕大多數時間花在兩件事：駭客與猜測。分析師駭進每個人的每樣東西裡，電話、Email和簡訊。他們結合訊號情報（SIGINT），與活人情報和其他地方情報一起傳送到中央。賈許的主要職責就是確保雅加達站能蒐集最多情報並做出結論。做結論聽起來比猜測好一點，但這個差事基本上就是猜測，然後向工作站的負責主管提出建言。主管諮詢中央之後會授權當地任務，由細胞的密探團體執行——也就是最後三分之一的人手。

雅加達的密探團體素有鐘塔頂尖攻擊隊之一的名聲，這個地位讓賈許在會議中享有名人待遇。賈許的細胞是亞太地區的實質領袖，人人都想要知道他們的業務祕訣。

但不是每個人都把賈許當作明星。他很高興在會議中見到許多老朋友，以前在CIA的同事或來自外國政府的人。真不可思議，原來他一直在跟認識多年的人通訊。鐘塔有嚴格的規定：每個新成員要取個新名字，過去全部要抹消，不能透露在細胞之外的身分，往外打電話要經過電腦變聲，並且嚴禁當面接觸。

跟每個細胞的首席分析師面對面會議打破了保密的面紗，違反鐘塔的每一條運作準則。賈許知道這麼冒險一定有理由——非常急迫、非常緊急的事。但他絕對猜不到神祕的「中央」竟然也在會議上揭露，他不敢置信。他必須立刻通知大衛．維爾。

賈許走到電梯前站在門邊，準備直接前往站長辦公室。

現在是上午九點，雅加達站應該很忙碌，分析師區會像紐約證券交易所大廳一樣嘈雜，分析師們會擠在整排螢幕前指點爭論。房間對面，通往外勤任務準備室的門會開著，裡面可能擠滿準備上工的幹員，晚來的人會站在自己置物櫃前迅速穿戴護甲，把額外的彈匣塞進身上每個口袋；

早到的人通常在晨間簡報前隨意坐在長木凳上閒聊運動和武器，只是這些同僚情誼偶爾會被更衣室惡作劇打斷。

這就是家。賈許必須承認他很懷念，雖然會議在他意想不到的方面讓他很有收穫——知道自己是更大的首席分析師社群的一員，看見跟他有同樣生活體驗，有同樣的問題和恐懼的人，意外地令人安慰。

在雅加達，他是情報分析主任，有一群手下，只向站長負責，但他沒有真正的同儕，沒人可以談真心話。情報工作是寂寞的行業，尤其是對掌權的人來說，這當然影響了他的某些老友，很多人衰老得超過實際年齡，也有人變得僵硬疏離。見到他們之後，賈許很懷疑自己會走上同樣的路。人人都有價碼，但他對他們從事的工作有信念，天下沒有完美的職缺。

念頭從會議飄回現實之後，他才發現電梯早該開門了。他轉頭到處看，電梯光線變得模糊，像慢動作影片。他察覺身體突然變得沉重，無法呼吸，想伸手抓電梯扶手，但使不上力，他的手滑掉，最後跌倒在鋼鐵地板上。

10

偵訊室C

西雅加達警察拘留中心

雅加達，印尼

凱特頭痛得要命，全身也無比痠痛。她在警車後座醒來，司機拒絕向她透露任何事，進了警察局之後，狀況只有越來越糟。

「你為什麼不相信我？你們怎麼不出去找那兩個孩子？」凱特．華納站起來，俯身到鐵桌上瞪著已經浪費二十分鐘偵訊她的傲慢矮子。

「我們也想找到他們，所以才請教妳這些問題，華納小姐。」

「我已經說過我什麼也不知道。」

「或許是，或許不是。」矮子邊說邊往兩側歪頭。

「去你的或許，我自己去找他們。」她走向鋼門。

「門上鎖了，華納小姐。」

「那就打開它。」

「不可能，嫌犯偵訊時必須上鎖。」

「嫌犯？我現在要求要有律師在場。」

「這裡是雅加達，華納小姐，沒有律師，不准打電話給美國大使館。」矮子仍低著頭清理靴子上的塵土。「我們這兒有很多外國人。很多訪客，很多人來這裡，卻不尊重我們的國家和人民。以前，我們怕美國領事館，所以我們給他們律師，他們卻總是跑掉，現在我們學乖了。印尼人沒有妳想的那麼笨，華納小姐，所以妳才來這裡做研究，不是嗎？妳以為我們笨得猜不出妳想幹什麼？」

「我沒有想幹什麼，我只是想治療自閉症。」

「為何不在妳自己的國家做這些事，華納小姐？」

凱特死也不會告訴這個人她為何離開美國，只淡淡地解釋：「美國是世界上做臨床測試最昂貴的地方。」

「啊，所以是成本問題，對吧？在印尼這裡，妳可以買嬰兒做實驗？」

「我沒有買什麼嬰兒！」

「但妳的實驗控制這些小孩，不是嗎？」他把檔案轉個方向指著它。

凱特看向他的手指所點。

「華納小姐，妳的實驗擁有這兩個小孩的法定監護權，其實總共有一百零三人，是嗎？」

「法定監護權不是所有權。」

「妳只是使用不同的字眼，荷蘭東印度公司也是，妳知道吧？我相信妳知道，他們用殖民地這個字眼掌控印尼兩百多年。一家公司擁有我的國家和人民，把我們當作私產，為所欲為。一九四七年，我們終於獨立了，但我的同胞們記憶猶新，陪審團的看法也會一樣：妳帶走了這些小孩。妳自己說的，妳沒有出錢買，我也沒看見父母的相關紀錄，他們沒有同意領養。這些父母知道妳帶走了他們的小孩嗎？」

凱特狠狠瞪視他。

「我想也是，如今我們有點進展了。妳最好誠實點。最後一件事，華納小姐，我發現妳的研究資金來自印瑪里雅加達分公司的研究單位，可能只是巧合……但很不幸地，印瑪里集團在六十五年前荷蘭人被趕走時買了很多資產，所以妳的研究資金來自——」

矮子把紙張塞回檔案夾站了起來，彷彿是印尼版的佩瑞·梅森（注）在做結辯陳詞。「妳知道陪審團會怎麼想，華納小姐。妳的同胞離開，卻只是換個新名字回來繼續剝削我們。九〇年代是甘蔗和咖啡豆，現在你們想要新藥。

「你們需要新的白老鼠做實驗，所以妳帶走我們的小孩，進行在妳的國家不能做的實驗，因為妳不會對自己的小孩做這種事，萬一出了差錯——某個小孩生病或是妳認為當局會發現——就會丟棄這些孩子，結果途中生變。妳的某個技師不忍心下手殺害這些小孩，他知道這樣不對，他起意反抗卻在打鬥中被殺。而妳知道警察會來，所以胡謅出綁架這種故事？對，妳可以承認，這樣比較好，印尼是很慈悲的地方。」

「這不是事實。」

「這是最合邏輯的解釋，華納小姐。妳讓我們別無選擇，要求找律師，堅持要我們釋放妳，想一想這看起來像什麼。」

凱特繼續狠狠瞪著他。

矮子站起來走向房門。「好吧，華納小姐。我必須警告妳，接下來的事不太愉快，最好合作一點。但是當然，你們聰明的美國人總是最清楚了。」

注 Perry Mason，三〇年代美國作家厄爾·賈德納筆下的律師主角，以戰無不勝出名。

11

印瑪里集團研究機構
普蘭縣外圍，西藏

「醒醒，小金，他們叫你的號碼了。」

小金想要睜眼，但光線太刺眼。他的室友擠到他身上對他耳語，但他聽不清楚。遠處，擴音器傳來喊叫聲，「204394，立刻報到。204394，立刻報到。204394，204394，立刻報到。」

小金從床上跳起來。他們呼叫多久了？他急忙東張西望，搜尋他和老魏共用的三平方公尺艙房。他的衣服褲子跑哪去了？拜託，不要——如果他遲到又沒穿制服，它們一定會開除他。制服在哪裡？哪裡——？他的室友坐在床上，舉起自己的白褲子和衣服，小金連忙抓過來穿上，差點把褲子扯破。

老魏望著地上。「抱歉，小金，我也睡著了沒聽見。」

小金想說些什麼，但是沒時間。他跑出房間奔過走廊，幾間艙房裡空無一人，通常大多數會有一個人。在通往側翼的門口，護理員說：「手臂。」

小金伸出他的手臂。「204394。」

「安靜。」男子在小金的手臂上方揮動有小螢幕的手持裝置。嗶一聲後，男子回頭大喊：「好了。」他替小金打開門，「進去。」

小金加入其餘大約五十名「居民」，三名護理員陪同他們到了有長長幾排椅子的大房間內，每排椅子用方格狀高牆隔開，椅子看起來很像沙灘躺椅，旁邊有根高大銀柱吊著三袋透明液體，各自有管子垂下來，另一邊有一台比汽車儀表板還要更複雜的機器，底下伸出一束電線綁在右邊扶手上。

小金從來沒看過這種東西。打從六個月前他來到這座設施，日常生活一成不變：早餐、午餐和晚餐永遠準時，總是吃同樣的東西。每餐之後，從他們植入他右臂的活門狀裝置被抽血，有時候會在下午做運動，胸部貼著電極被監視，其餘時間則是關在小小的艙房裡，只有兩張床和一座馬桶。每隔幾天他們用會嗡嗡低鳴的大機器拍他的照片，總是叫他躺著別動。

他們每週洗澡一次，在宿舍式的公共大澡堂，這是迄今最糟糕的部分——努力在浴室裡克制衝動。他來的第一個月，有對男女被逮到在胡搞，從此沒有人再看到他們。

上個月，小金試過洗澡時間留在房裡不出去，但他們發現了，管理者衝進來說：「再抗命我們就把你踢出去！」小金怕死了，他們付了他不少錢，相當可觀，他別無選擇。

去年他家失去了農場，沒有人能靠一小塊田地負擔稅金，大農場或許還行。加上地價狂飆，全中國人口急速膨脹，所以他的家人循了其他許多農家的前例：把長子送到城市求職，試圖讓父母和剩餘的弟妹撐下去。

哥哥在電子工廠找到工作，小金和父母在他上工之後一個月去看他，生活條件比這裡差多了，而且工作已經有了後遺症——離家時強壯活潑的二十一歲哥哥看起來一下子老了二十歲。他臉色蒼白、掉頭髮、走路有點駝背，還不時地咳嗽。他說工廠裡有種蟲子，宿舍裡每個人都被叮過，但是小金不相信。哥哥把微薄的薪水交給父母。「想想，五到十年後，我就有錢再買一塊田，我會回家讓一切重新開始。」大家都很興奮，父母說他們以他為榮。

回家途中，小金的父親說，明天他會去找更好的工作，憑他的本事，一定可以在哪裡找個主管缺，他會賺大錢，小金和母親只是點點頭。

那天晚上，小金聽見他的母親哭泣，不久後他父親發出怒罵。他們從不吵架的。

隔天晚上小金偷溜出他的房間，留下字條給父母，離家去了最靠近的大城市重慶，城裡到處是找工作的人。

小金問了七個地方都被拒絕，直到第八個。他們什麼也沒問，把棉花棒伸進他嘴裡，叫他在寬廣的等候室等了一小時，大多數人被打發走。又過一小時，他們叫他的號碼——204394——告訴他可以僱用他去醫學研究設施，然後他們透露工資有多少，讓小金簽表格的速度快到手指發痛。

他不敢相信自己的好運。他原本猜想生活環境會很嚴苛，卻大錯特錯，這裡根本是渡假中心。但這下，他全搞砸了，他們一定會開除他，因為他們叫了他的號碼。

或許他的錢已足夠買田，又或許他可以找另一個研究機構。不過他也聽說中國的大工廠會交換壞工人的名單，讓那些人永遠找不到工作，簡直是死神之吻。

「你在磨蹭什麼！」男子大叫，「快找位子坐下。」

小金和其他五十多個白衣赤腳的「居民」快步走向椅子，大家用手肘推擠，有幾個人還跌倒了。除了小金似乎人人都有座位，每次當他找到空椅，就有人在最後一秒硬坐上去。萬一他找不到位子呢？或許這是測驗，或許他應該——

「各位，放輕鬆，放輕鬆。小心設備。」男子說，「找最近的椅子就好。」

小金呼口氣走到下一排，也客滿了。終於在最後一排，他找到了位子。

另一群護理員進來，都穿著白色長外套手拿平板電腦。有個年輕女子走向他，把袋子接到他手臂的閥門上，圓形感應器貼到他身上，她點了幾下螢幕，走到他旁邊的椅子。

他想，或許只是新測試。

他忽然好睏。他往後仰頭，然後……

小金在同一張椅子上醒來，袋子拿走了，但感應器還在身上。他覺得暈眩僵硬，好像感冒了，想要抬起頭卻好沉重。有個白袍人走過來，用手電筒掃過他的眼睛，拆下感應器叫他起來，跟其他人一起站到門邊去。

起身時，他差點腿軟。他撐在椅子扶手上穩住身子，蹣跚走到人群裡。他們看起來都昏昏沉沉，或許有二十五個人，約是進來人數的一半。其他人呢？他又睡過頭了嗎？這是懲罰嗎？他們會告訴他理由嗎？幾分鐘後，另一個男子加入，他的狀況似乎比小金和其他人更糟。

護理員催促他們走過另一條長走道，進入他從未見過的巨大房間，房裡空蕩蕩，牆壁很光滑，很像是地窖之類的地方。

幾分鐘過去，小金努力壓抑著渴望坐到地上的衝動。沒人告訴他可以坐，所以他只能站著，垂下沉重的頭。房門打開，有兩個小孩被護送進來，看來頂多七八歲，警衛留下他們跟人群在一起，房門碰一聲又關上。

孩子們沒被下藥，至少小金認為沒有。他們顯然很清醒，迅速走進人群裡。褐色皮膚，不是華人，兩人走來走去似乎想要尋找熟悉的面孔，小金覺得他們快哭出來了。

房間對面，像絞盤的機械聲傳來。幾秒後，他發現有什麼東西垂吊著。他的頭好重，強迫自己抬頭，勉強看到那個裝置。看起來好像平頭的巨大鐵製西洋棋，也可能是兩側平直的大鐘，肯定有四公尺高，而且很重，因為吊著它的四條鋼索很粗，或許直徑有二十五公分。離地約六公尺時，它停住，兩條鋼索沿著牆壁在剛才小金沒發現的軌道上移動，鋼索停在與大機器約略等高的地方繃緊，固定在它的兩側。小金再次努力抬頭看，機器頂上有另一條繩索在動，比側面的繩索更粗，不同的是，它不是鋼索，也不堅固，似乎包含了一堆電線或電腦訊號線，像是某種電子臍帶。

孩子們已經停在人群中央，所有成人都努力抬頭看。

視力適應了，小金只能分辨有標誌刻在機器側面，看起來像納粹符號，像……他想不起那個名稱，他覺得好睏。

機器是黑色的，小金好像聽見模糊的震動聲，好像有人規律地敲打堅固的門，砰、砰、砰。也可能是拍照機器的聲音。是不同的拍照機器嗎？團體照？砰砰聲隨著時間越來越響，大棋子的頂端出現一盞燈——它的頭上顯然有小窗，橘黃色燈光隨著砰砰的脈動閃爍，像是燈塔的效果。

小金被機器的聲光動作迷住了，沒發現身邊的人紛紛倒下。出事了，連他也有事。他的雙腳感覺更重了，然後聽到像彎曲金屬的聲音。機器正被兩側的鋼索拉扯，它正要升起來。

每過一秒他就更想倒下，小金環顧四周但看不到小孩，他感覺有人抓他的肩膀，轉身發現一個男子抓著自己，那人臉上有深刻的皺紋，流著鼻血。小金發現男子雙手的皮膚掉在自己的衣服上，不只是皮膚，男子的血開始飛濺，最後仆倒在他身上，兩人同時倒地。小金聽見機器的砰砰聲融合成持續的嗡嗡聲與光線，同時感覺自己的鼻血流到臉上，光線和聲音戛然停止。

管制室裡，張勝博士和他的手下站著看受測者倒下，變成一堆皺巴巴、血淋淋的屍體。

張勝癱坐在椅子上。「好吧，夠了，關掉。」他摘下眼鏡丟到桌上，捏捏鼻子嘆口氣。「我得向上頭報告。」上頭肯定不會高興。

張勝起身走向房門。「開始清理吧，不用解剖了。」結果跟先前二十五次測試一模一樣。

兩人清理小組前後晃動著甩掉屍體，把它們丟進滾動的塑膠桶裡。桶子裝了大約十具屍體，差不多了，今天可能要跑三趟焚化爐，如果能堆高一點，或許兩趟就能解決。

他們清理過更糟糕的狀況，至少目前這些屍體是完整的，若是支離破碎的話，怎麼清也清不完。穿防護衣很難工作，但總比不穿好。

他們抬起另一具屍體往前甩，然後——

屍堆裡有東西在動。

兩個小孩在屍體下掙扎，想要爬出來，全身都是血。

其中一人開始清理屍體，另一人則轉向攝影機揮舞雙臂。

「喂喂！我們找到兩個活的！」

12

禁閉室
鐘塔工作站總部
雅加達，印尼

「賈許，聽得見嗎？」

賈許．柯恩想睜開眼睛，但光線太刺眼了，他的頭還在脹痛。

「欸，再給我一個。」

賈許只勉強看見模糊的人形坐在他身邊的硬床上。這是哪裡？看起來好像工作站的牢房。男子拿了個小球湊到賈許的鼻子下，啪一聲把它捏破，賈許聞到了生平最噁心的氣味——刺激、強烈的阿摩尼亞味傳遍他的氣管，充滿肺臟。他往後倒，頭撞上牆壁，持續的脹痛變成刺痛，讓他緊閉雙眼揉揉頭頂。

「好了，好了，慢慢來。」是站長，大衛．維爾。

「怎麼回事？」賈許問。

現在他可以睜眼了，他發現大衛穿著全身護甲，還帶著兩個外勤幹員站在艙房門口。

賈許坐起來。「一定有人放了竊聽器——」

「放鬆點，問題不是竊聽器，你能站起來嗎？」大衛問。

「我想可以。」賈許掙扎著起身，在電梯裡嗆暈他的瓦斯仍然讓他頭暈眼花。

「好，跟我來。」

賈許跟著大衛和兩名幹員走出牢房，經過通往伺服器機房的長走廊。在機房門口，大衛轉向另兩名士兵。「在這裡等著，如果有人進入走廊，立刻用無線電通知我。」

大衛在機房裡，恢復輕快的步伐，賈許差點要跑步才跟得上。站長身高超過六呎又很精壯，雖然不像某些美式足球員般的粗壯外勤幹員，但也足以讓酒吧裡想鬥毆的醉漢愣一下。

他們曲折穿過擁擠的機房，閃避一座又一座閃著綠、黃、紅燈號的金屬櫥櫃。房間很清涼，持續不斷的機器低鳴聲有點令人分心，三個IT人員隨時都在維護伺服器，添加、拆除或替換硬體，讓這裡簡直像豬圈般凌亂。賈許忽地被電線絆倒，但是倒地之前，大衛轉身接住他，扶他站好。

「你還好吧？」

賈許點頭。「這裡好亂。」

大衛沒說話，但放慢了腳步，來到機房後方一個金屬立櫃。他推開櫃子，露出一道銀色房門和旁邊的面板，掌紋掃瞄器的紅燈在他頭上閃爍，另一個面板打開，進行臉孔和視網膜掃瞄。完畢之後，牆壁分開，露出看起來像戰艦裝備的深色金屬門。

大衛再次以掌紋掃瞄開門，帶著賈許進入規模可能有高中體育館一半大的房間。這個大洞穴有水泥牆，他們走向房間中心時，腳步聲發出巨大的回音；中央有個小玻璃室，大約十二呎見方，用粗大鋼索懸吊著。玻璃室內有柔和的照明，賈許看不見裡面，但已經知道是什麼了。

賈許一直懷疑細胞裡有這個地方，但是從未親眼看過。這裡很安靜，整個雅加達站總部都類似某種靜音室——能隔絕任何形式的竊聽裝置，在站內不需要額外預防措施——除非你不想讓其他細胞成員聽見。

當然有些規定是必要的。他懷疑站長和其他站長透過這個房間裡的電話和視訊交談，或許跟中央的聯絡也是。

他們走近玻璃室時，一小段玻璃階梯降下來，讓他們爬進去之後又迅速收回，後方的玻璃門關上。一排電腦螢幕掛在房間對面的牆上，除此之外，賈許心想這裡意外地陽春：一張簡單的折疊桌加四張椅子、兩支電話和外接擴音器，以及一座老舊的鋼鐵檔案櫃。這些廉價又突兀的家具，就像建築工地的工寮才會看到的東西。

「請坐。」大衛說。他走到檔案櫃抽出幾個檔案夾。

「我有事要報告，很重要——」

「我想你最好先讓我開頭。」大衛陪賈許坐到桌邊，把檔案夾放在兩人之間。

「恕我直言，我要報告的事可能改變您整個觀點，甚至可能引發重大的回溯評估，或許必須重估雅加達站每項進行中的任務，甚至該如何分析每個——」

大衛舉起一隻手。「我已經知道你要說什麼。」

「是嗎？」

「是，你想說我們追蹤的絕大多數恐怖威脅，包括在我們還不了解的已開發國家的任務，並不如我們預料是十幾個各自獨立的恐怖份子和基本教義派團體所做的。」

賈許沒說話，大衛繼續講：「你要告訴我現在鐘塔認為這些團體都只是一個全球性超級團體的不同面貌，規模遠遠超過任何大膽預測的組織。」

「他們已經告訴你了？」

「對，但不是最近。我加入鐘塔之前就開始拼湊線索，當上站長後才被正式告知。」賈許別過頭。這不算是背叛，但發現自己——身分可是情報分析主任——被隱瞞這麼重大的事情真是一記重拳。同時，他不知該不該把它聯想起來，大衛是否失望賈許沒能自己想通。

大衛似乎察覺賈許的失落。「無論如何，我想告訴你有一陣子了，但是只限必要知情時。還有另一件事你該知道，分析師會議出席的兩百四十人之中，有一百四十二人沒有回家。」

「什麼？我不懂。他們——」

「他們沒通過測試。」

「測試……」

「會議就是測試，從你抵達到離開，都受到影像和聲音的監視。就像我們在此偵訊的嫌犯，會議主辦人測量語音緊張、瞳孔擴大、眼球運動等指標。簡單來說，就是觀察分析師們在整場會議的反應。」

「觀察我們是否隱瞞資訊嗎？」

「對，但更重要的是，看看誰已經知道要揭露什麼事。具體來說，哪些分析師已經知道幕後有個超級恐怖組織，這個會議是為了幫整個鐘塔清理門戶。」

這一刻，賈許周圍的玻璃房間似乎消失無蹤。他聽見大衛模糊的講話聲，但迷失在自己的思緒中。會議是圈套的完美掩護，所有鐘塔人員，即使是分析師，都受過標準的反諜報訓練。打敗測謊器就是標準訓練，但是說謊說得煞有其事，比起驚訝時偽裝情緒，用可信的身體數據維持反應連續三天容易多了——那根本是不可能的任務。但是，測試每個首席分析師，暗示的是——

「賈許，你在聽嗎？」

賈許抬頭看。「沒有，抱歉，要消化的訊息太多……鐘塔被滲透了？」

「對，現在我需要你專心聽我說。事情發生得很快，我需要你幫忙，分析師測試是鐘塔的防火牆準則第一步。目前在全世界，散會回去的首席分析師們正跟他們的站長在這種靜音室裡會談，努力設法保護他們的細胞。」

「你認為雅加達站被滲透了？」

「如果沒有我會很驚訝。還有，分析師清查也引發了一些事件。計畫防火牆準則為的是篩檢出臥底分析師，讓剩下的首席分析師和站長合作，找出任何可能是雙面間諜的人。」

「很合理。」

「原本是。但我們低估了滲透範圍。我必須告訴你鐘塔的組織方式。你已經知道鐘塔隨時有兩百到兩百五十個細胞，我們已經抓出某些首席分析師是奸細。大約有六十人，他們沒有出席會議。」

「那麼是誰代替——」

「演員。多半是當過分析師的外勤幹員能夠冒充的人。我們必須如此，某些分析師已經知道鐘塔細胞的大致數量，演員提供了運作上的好處，他們能協助為期三天的測謊，詢問尖銳的問題，誘發反應，進而得到反應。」

「不可思議……我們怎麼會被滲透得這麼深？」

「這是我們必須回答的問題之一。還有，不是所有細胞都像雅加達站，大多數只是竊聽站，他們管理一小群專案幹員，把收集到的HUMINT和SIGINT送到中央。被滲透的竊聽站很糟糕——這表示無論這個全球敵人是誰，他們一直利用這些細胞蒐集情報，或許還給我們假情報。」

「我們可能完全被蒙蔽。」賈許說。

「沒錯。現在的狀況是這個敵人獲得了我們蒐集的情報，準備發動大型攻擊，而我們知道這只是全貌的一半。有幾個大細胞也被滲透了，有些類似雅加達站的細胞有情報蒐集與龐大的祕密任務人員，我們是二十個大細胞之一，也是這些細胞的最後防線，隔開全世界與敵人陰謀的那條紅線。」

「有多少被滲透？」

「不知道，但三個大細胞已經淪陷了——喀拉蚩、開普敦和瑪德普拉塔，都回報自己的特種部隊橫掃他們的總部，殺害大多數分析師和站長，他們已經幾個小時沒有消息，阿根廷的衛星監視證實了瑪德普拉塔總部已被摧毀，開普敦的叛軍則有外力協助。在我們說話的同時，首爾、德里、達卡和拉合爾等地正在交火，那些站或許撐得下去，但我們最好假設它們也會失守。現在我們自己的特種部隊可能正準備攻入雅加達站，或許事情正在這個房間外發生，但是我抱持懷疑。」

「為什麼？」

「我認為他們會等你回去，因為你知道太多，是個負擔。無論他們何時發動攻擊，你會是頭號目標。晨間簡報應該是攻擊的理想時機，他們可能就等這個。」

賈許的嘴巴好乾澀。「所以你才從電梯把我抓走。」他思索片刻。「那現在怎麼辦，你要我在簡報前抓出員工裡的威脅嗎？我們發動先制攻擊？」

「不，」大衛搖頭，「那是原本的計畫，但時機已經錯過。我們必須假設雅加達站會淪陷，如果我們像其他大細胞一樣已經被嚴重滲透，淪陷只是早晚問題。我們必須顧全大局，設法查出敵人的最終目的。現在必須假設至少有一個大細胞會倖存，他們能夠利用我們學到的任何教訓；如果沒有，或許某個國家機構可以。但你還有一個問題沒問到，非常重要的問題。」

賈許想了一下。「為什麼是現在？為什麼從分析師開始？你為什麼不先清理外勤幹員？」

「很好。」大衛翻開一個檔案夾。「十二天前，匿名線人聯絡我，說了兩件事。第一，有場即刻的恐怖攻擊，是我們前所未見的規模；第二，鐘塔被滲透了。」

大衛重新排整了幾頁。「他提出了宣稱已被滲透的六十個分析師名單，我們壓了幾天，確認這些人有傳遞情報和未經授權的通訊。線人果然沒錯，他說可能還有更多，其餘的你已經知道了。其他站長和我辦了這場分析師會議，我們偵訊與隔離被滲透的分析師，在會議上用演員代替。無論線人是誰，他不是認識外勤幹員就是另有理由不想公開。線人拒絕會面，我沒有再收到他的進一步聯絡。我們繼續舉辦會議然後清理門戶，線人仍保持靜默。昨晚深夜，他又聯絡我，說要提供承諾過的另一半情報——代號『托巴草案』的大型攻擊詳情。本來這時候我們應該要在芒加萊火車站會面，但他沒出現，反而來了個炸彈客。但我認為他是想來的，那場攻擊過後有個小孩交給我一份夾帶訊息的報紙。」大衛把一張紙推過桌面。

托巴草案是真的。

4+12+47 = 4/5；瓊斯

7+22+47 = 3/8；安德遜

10+4+47 = 5/4；艾姆斯

「某種密碼。」賈許說。

「對，很驚人。其餘的訊息都很直接，但現在都說得通了。」

「我不懂。」

「無論密碼是什麼，都是真的訊息，這是整個圈套的重點。線人希望發生分析師大清理，讓他可以在適當時機傳遞加密訊息，並且相信會被不是奸細的人解開——也就是你。他要我們專心清理分析師，拖延大爆炸，直到他能送出這個訊息。要是能知道我們被滲透得有多徹底，我們就會先隔離外勤幹員，把鐘塔完全封鎖，這次對話就不會發生。」

「是啊，但為什麼要加密呢？何不像先前的聯絡方式一樣？」

「問得好，他一定也被監視了。公開傳送他想告訴我們的事一定有副作用，或許會害他送命，或是加速這場恐怖攻擊。監視他的人假設我們還不知道訊息是什麼，這或許是他們還沒攻佔更多細胞的理由——他們仍然認為可以控制鐘塔。」

「有道理。」

「是啊，但有個疑問仍然想不通，線人為什麼找我？」

賈許思索片刻。「對，為什麼不找鐘塔中央、其他的鐘塔站長或是警告全世界的情報單位？他們會有更強大的力量去阻止攻擊。但或許通報他們會提早引發攻擊，如同公開傳送訊息。而你可能有特殊立場可以阻止攻擊。」賈許抬頭。「或者，你知道些什麼？」

「很好。我提過我加入鐘塔之前就開始研究這個恐怖組織。」大衛站起來，走到檔案櫃又抽出兩個檔案夾。「現在我要讓你看看我研究了十幾年的東西。這些我從來沒讓別人看過，連鐘塔也沒有。」

13

偵訊室C
西雅加達警察拘留中心
雅加達，印尼

凱特仰靠在椅背上思考她的選項，她可以告訴調查員實驗是怎麼開始的，即使他不相信，她也必須留下紀錄以防他們審判她。「等等。」她說。

男子在門口止步。

凱特放下椅腳，雙手放到桌上。「我的實驗為什麼需要領養那些孩子，其實有很正當的理由。有一點你們應該了解，當我來到雅加達，我以為實驗該像在美國的其他實驗一樣執行，那是我的第一個錯誤。我們失敗了，於是我們改變方法。」

男子轉過身來坐下，聆聽凱特描述她如何花了好幾週準備招募病患的過程。

凱特的組織僱用了一個特約研究組織（CRO）執行這次實驗，如同在美國的做法。在美國，製藥公司專注在研發新藥或新療法，當他們有了潛力產品，通常會把實驗管理外包給CRO。CRO會尋找對實驗有興趣的診所醫生，然後在診所或其他現場招募願意參加實驗的病患，使用新藥和療法，定期檢查他們有無任何健康問題或不良反應。CRO密切追蹤實驗中的每個現場，向贊助人和研究組織回報結果，他們再自己寫報告給美國聯邦食品藥物管理署（FDA）或世界各國的主管機關。最後一步便是驗證實驗藥有預期的療效又沒有任何副作用。這是漫長的過程，在實驗室裡有效的藥僅不到百分之一能夠登上藥房櫃台。

只有一個問題：雅加達，甚至全印尼，都沒有自閉症診所，只有少數幾個專門治療發展失調的專家。那些診所對臨床研究沒經驗，這對病患來說很危險。印尼的製藥產業很小，多半因為市場太小（印尼主要進口學名藥），所以很少醫生會被找去做研究。

CRO想出了一個新概念：直接找上父母並經營一家診所來實施療法。凱特和實驗的首席調查員約翰．赫姆斯博士終於和CRO會面，尋找替代方案。凱特說服赫姆斯博士繼續進行計畫，最後他同意了。

他們列出了雅加達方圓百哩內有自閉症兒童的家庭名單。凱特在城裡最好的飯店訂了演講廳，邀請這些家庭來了解提案。

她的講稿一改再改，連續幾天對實驗說明手冊字斟句酌，最後班衝進她的辦公室說如果她再不放手他就要辭職。凱特只好屈服，將實驗手冊送交道德委員會，然後付印，讓他們專心辦活動。

發表日當天，她站在門邊，準備迎接每個前來的家庭。她的手心忍不住直冒汗，每隔幾分鐘就得在褲子上擦手。第一印象最重要，代表信心、信任與專業。

她靜心等待著。手冊夠發嗎？他們準備了一千份，雖然只發出六百份請帖，但父母都可能出席，其他家庭也可能來，印尼沒有病童家庭的可靠資料庫或完整紀錄。她叫班準備使用飯店影印機以防萬一，趁她演講時他可以準備拷貝。

約定時間過了十五分鐘，前兩位媽媽出現。凱特又擦乾手才跟她們用力握手，或許寒暄音量有點太大聲。「歡迎光臨——謝謝妳們來——不，這裡就是——請坐，我們隨時可能開始——」

過了三十分鐘。

過了一小時。

她把六位媽媽圍成一圈，開始閒聊：「我不知道出了什麼事——妳們什麼時候收到邀請函的？——不，我們邀請了其他人——我想一定是郵局的問題……」

終於，凱特帶著六位出席者到飯店的一間小會議室免得大家尷尬。她做了簡報後，媽媽們一個接著一個告退，說她們要去接小孩、要回去工作，諸如此類。

樓下的飯店酒吧裡，赫姆斯博士喝得爛醉。凱特跟他會合之後，白髮老先生湊過來說：「我早說過行不通的，我們在這裡永遠找不到人，凱特。為什麼——嗨，酒保，對，過來，再給我一杯，沒錯同樣的，謝了——我剛說到哪裡？對了，我們必須趕快收拾善後。我在牛津大學有職缺，天啊，好懷念牛津，這裡他媽的太潮溼了，隨時好像洗三溫暖一樣。我必須承認，我在那邊比較能發揮。說到……」他湊得更近。「我不想說出諾貝爾獎這個字眼觸霉頭。但是……我聽說我的名字被呈報了。今年可能輪我走運了，凱特。我等不及要遺忘這場大失敗。我什麼時候才會學乖呢？我想我對崇高理想太過心軟。」

凱特想要指出他雖然心軟卻很會討價還價。他的薪酬是她薪水的三倍，任何出版品或專利都得掛他的名字，即使整個研究都是根據她的博士後研究論文。但她忍住，喝掉最後一口紅酒。

那晚她打給馬丁。「我沒辦法……」

「等一下，凱特。妳決心想要做什麼都做得到，向來如此。印尼有兩億人，全世界有將近七十億人，高達百分之零點五的人可能或多或少患有自閉症，那等於是三千五百萬人，幾乎是全德州的人口。妳才只寄信給六百個家庭。別放棄好嗎？我不允許。明天早上我會打電話給印瑪里研究公司的財務主管，他們會繼續資助妳——無論約翰·赫姆斯那老頭是否參與研究。」

這通電話讓凱特想起她從舊金山打給他那個晚上，馬丁向她保證雅加達是重新開始繼續研究工作的好地方，或許到頭來他說得對。

隔天早上，她走進實驗室交代班多裝訂一些手冊。為了找當地翻譯員，他們親自去了鄉村，準備把網子擴大，而且不會等家庭來找他們。她開除了CRO，無視赫姆斯博士的抗議。

兩週後，他們的三輛廂型車上載了四名研究員、八名譯者、一箱又一箱用五種語言印製的實驗說明手冊：印尼–馬來文、爪哇文、巽他文、馬杜拉文和貝搭維文。凱特對語言選擇傷透腦筋，全印尼有七百多種常用語言，但是最後她選了五種在雅加達與爪哇全島最普及的語言。她拋開所有諷刺，絕對不讓她的自閉症實驗因為溝通問題而失敗。

如同在雅加達市中心的飯店簡報一樣，她的努力準備依然全數白費了。走進第一個村子，凱特和部下大吃一驚，這裡沒有自閉症兒童。全村對手冊毫無興趣，翻譯員告訴她沒人見過有這種問題的小孩。

這完全不合理。每個村子至少應該有兩個，或許三個潛在人選，可能更多。

在下一個村莊，凱特發現當團隊和其他翻譯員挨家挨戶拜訪時，有個老翻譯員，只倚在廂型車上沒有動作。

「嘿，你為什麼不去工作？」凱特問。

老人聳肩。「因為做了也沒差。」

「沒差才怪。你最好——」

老人舉起雙手。「我沒有惡意，女士。我只是說妳問錯問題，也問錯人了。」

凱特打量他，「好吧，換成你會問誰？會怎麼問？」

老人離開廂型車，示意凱特跟上，走進村莊深處，經過比較體面的房屋。在外圍，他敲了第一扇門，有個嬌小的婦人來開門，他用嚴厲的語氣嘰哩呱啦，偶爾指指凱特。這場面令凱特有點不安，她不由自主地抓緊白袍的衣領。她對服裝的選擇也很苦惱，最後決定呈現出專業又值得信賴的外表。她想像村民會怎麼看她，他們多半穿著用血汗工廠帶回家的碎布自製代代相傳的破爛舊衣服。

她突然發現婦人不見了，正想上前問翻譯員，但他在婦人回到門口、把三個小孩推出來站在他們面前時舉手制止了凱特。孩子們只看著自己的腳，宛如雕像靜止不動。翻譯員逐一走過孩子們，上下打量，凱特將重心換腳站立，尋思該怎麼辦。孩子們很健康，連一點自閉症跡象也沒有。到了最後一個小孩，翻譯員彎下腰喊叫，婦人趕緊說了什麼，但他向婦人吼叫，她陷入沉默，那孩子緊張地說了三個字。翻譯員又開口說話，小孩只是重複他的話，凱特猜想那是不是他的名字，或者是什麼地名？

翻譯員站直身子又開始對婦人指點喊叫，她猛烈搖頭，一再重複同一個片語。糾纏了幾分鐘之後，她低頭開始小聲說話，指向另一間小屋。翻譯員第一次口氣變得溫和，他的話似乎讓婦人鬆了口氣。她把孩子們趕回屋內，匆忙關門時差點把最後一個夾成兩半。

在第二間小屋的場面很像第一間：翻譯員吼叫比畫，凱特尷尬地站著，緊張的婦人叫出她的四個小孩，眼神憂慮地等候。這次，翻譯員問其中一個小孩問題，小孩說了五個字，凱特認為是名字，婦人表示抗議，但是翻譯員不理她，繼續逼迫小孩。他回答後，翻譯員跳起來，推開母子，衝進門裡。凱特措手不及，但婦人與小孩們跟著追進屋裡，她也跟進去。

小屋是擁擠的三房茅舍，凱特走進去差點絆倒。在後方，她發現翻譯員跟婦人爭吵得更凶了。在他們腳邊有個小孩，一個憔悴的小孩，被綁在支撐屋頂的木柱上，嘴巴被塞住，但聽得見他前後搖晃時口中發出低沉規律的怪聲，小孩用頭不停地去撞柱子。

凱特抓住翻譯員的手臂。「這是幹什麼？告訴我怎麼回事。」

翻譯員看看凱特再看看母親，似乎在雇主和宛如困獸般越來越大聲、變得歇斯底里的婦人之間左右為難。凱特捏捏他的手臂把他拉過來，他開始解釋：「她說不是她的錯，這孩子不聽話。他不肯吃飯，也不聽她的命令，不跟其他小孩玩耍，甚至聽見別人叫他名字也沒反應。」

這些都是自閉症的典型跡象，非常嚴重的案例。凱特低頭看著小孩。

翻譯員補充：「她堅持不是她的錯，她說她養這孩子比別人久，但她沒辦法——」

「什麼別人？」

翻譯員用正常語氣跟婦人交談，轉向凱特說：「在村外，大家都把不聽父母話、經常反抗、不肯當家庭一份子的小孩帶去那個地方。」

「快帶我去。」

翻譯員從婦人口中哄騙出更多資訊，然後指向大門示意他們要離開。婦人在背後喊住他們，翻譯員對凱特說：「她想知道我們願不願意收留他。」

「告訴她可以，把他解開，我們還會回來。」

翻譯員帶著凱特到村子南邊一片無人的森林，找了一小時之後什麼也沒發現，但他們沒有放棄。偶爾在野獸走動時，凱特會聽見樹葉窸窣聲。快要日落了，她不知道天黑後這座森林會變成什麼樣。印尼是熱帶國家，每個季節的溫差幾乎相去不遠。爪哇叢林很危險，都是蠻荒地帶，有各種毒蛇、猛獸和昆蟲，不是適合小孩生活的地方。

在遠處，她聽見慘叫聲，翻譯員在叫她，「華納醫生，快來！」

她衝過濃密的森林，絆倒了一次，再拚命穿過茂密植物。她發現翻譯員懷中抱著一個小孩，比茅屋裡那男孩的狀況更孱弱，即使皮膚是暗褐色，她仍然看得出泥巴和汙垢在他臉上結了塊。他像是被囚禁的海上報喪女妖般拚命反抗翻譯員的擁抱。

「還有其他人嗎？」凱特問。她看見一間小屋，大約五十碼外的破爛住宅。有小孩在裡面嗎？她跑過去。

「別過去，華納醫生。」他抓緊小孩，「沒有其他人……可以帶回去了，幫我一下。」

她抓著小孩的另一隻手臂，兩人護送他回到廂型車隊。他們召集研究團隊，接回被綁在柱子上的孩子，他們得知他叫阿迪。森林裡的小孩沒有名字，但他們知道永遠找不到他的父母或任何會承認拋棄他的人。凱特將他取名瑟亞。

研究團隊在廂型車到齊之後，凱特逼迫翻譯員說實話。「現在告訴我剛才你在做什麼，你究竟說了什麼？」

「我想妳最好不要知道，醫生。」

「我絕對想要知道，快說吧。」

他嘆氣，「我跟他們說妳是從事兒童福利的人道組織——」

「什麼？」

他挺直身子。「反正他們也以為妳是，所以沒差，他們不懂這個臨床實驗是什麼東西，他們從來沒聽說過，妳看看周圍吧，這些人的生活方式跟一千年前沒兩樣。我告訴他們妳必須照看他們的小孩，妳會幫助需要幫助的人，他們還是不相信。有人以為會惹上麻煩，更多人擔心消息會傳開，在這裡，家中有問題兒童是很危險的事，大家都眼不見為淨。如果消息傳開，其他小孩的婚配會有問題。其他人會說：『或許這些小孩生下的小孩，會像他或她的兄弟姊妹一樣有毛病。』他們會說：『那是他的血統。』但是當我要求小孩說出他們的兄弟姊妹時，他們會說實話。小孩子不懂得說謊。」

凱特考慮他的說法，顯然很有效。她轉向隊員，「好吧，這就是我們的新方法。」

赫姆斯博士走向凱特和翻譯員。「我不幹，欺騙父母招募小孩參加臨床實驗違反了基本的醫學倫理，簡單說，就是不道德。」他暫停一下強調立場。「無論他們的環境或當地的社會規範如何。」他望著凱特，再看看其他隊員。

凱特打斷他。「隨便你，你可以在車上等，然後丟下這些孩子們等死。」

赫姆斯博士轉向她想要再開火，但是班打斷了他。「呃，我加入。我討厭在車上等。老實說，還會害死這些孩子。」他轉身開始收拾裝備，並開口請同僚一起幫忙。

剩下的三個助手不情願地開始幫忙，凱特這時才發現他們一直是牆頭草。她在心中暗記要謝謝班。

在下一個村子，隊員們丟出實驗手冊，但是村民們開始蒐集動作後，隊員改成當面交付。這些紙可以當成村民住家的隔熱材料。善意的行為有助於證明他們冒充援助工作者的說法，凱特很高興看到她花了這麼多時間製作的手冊，終於有了好用途。

赫姆斯博士持續抗議，但沒人理會他。廂型車塞滿小孩之後，他的話變少了，等到這一天結束時，每個人都看得出他後悔自己的行為。

回到雅加達，別的隊員離開後，他到凱特的辦公室找她。「聽著，凱特，我一直想找妳談談。呃，我考慮之後……老實說，看到這個工作的效果之後，對於，呃，孩子們……我必須說我覺得實驗還在醫學倫理的規範和我自己能接受的範圍裡，所以我，嗯，相當樂意帶領這項實驗。」他走過來坐下。

凱特沒有抬頭。「別坐下，約翰。我也有事想跟你說。剛才在外面，你把自己的安全和個人名譽，置於孩子們的性命之上，這是我無法接受的點。我們都知道我不能開除你，但我也無法在涉及兒童生命的實驗中跟你合作，萬一他們任何一個出事，而你危害到他們，我絕對無法忍受。我通知了實驗贊助者印瑪里研究公司，告知我要離開，但怪事發生了。」她從文件堆抬起頭。「他們說沒有我，他們就不出錢，所以不是你就是我辭職。我不在的話你會失去資金，而我卻可以用不同的名義展開同樣的實驗。噢，對了，明天搬家工人會來打包你的辦公室——無論你決定如何，你得找個新工作了。」

語畢她走出辦公室。隔天，赫姆斯博士永遠離開雅加達，凱特成為了計畫的唯一主導者。她請馬丁打了幾通電話，交換一些人情，研究計畫最後成了每個參與兒童的法定監護人。

凱特說完故事之後，調查員站起來說：「妳指望我會相信這個故事？我們不是野蠻人，華納小姐。如果在雅加達跟陪審團這麼說，那麼祝妳好運了。」

凱特來不及回應，他已離開了小房間。

偵訊室外，矮子走向矮胖的警察局長，局長用汗溼的手臂攬著他問：「怎麼樣了，帕庫？」

「我想她準備好了，老闆。」

14

安全通訊室

鐘塔工作站總部

雅加達，印尼

賈許看著玻璃室外的水泥牆，一面努力消化大衛告訴他的事：鐘塔被滲透了，好幾個大細胞已經在掙扎求生，雅加達站很快會遭到攻擊。最重要的是，一場全球規模的恐怖攻擊即將發生。

而大衛需要賈許解開一個密碼來阻止它。

壓力好大。

大衛從檔案櫃走回來，又坐在桌邊。「我一直在研究我十年前形成的推論，就在九一一事件後。」

「你認為這次攻擊跟九一一有關？」賈許問。

「對。」

「你認為這是蓋達組織的行動？」

「未必。我認為蓋達組織只執行了九一一攻擊。我相信有另一個團體，被稱作印瑪里國際的跨國公司，才是真正策劃、資助並從攻擊事件獲益的幕後黑手。我認為這是印瑪里在阿富汗和伊拉克進行各種考古挖掘的掩護，很高明的搶劫手法，可以算是搶案了。」

賈許看著桌上心想，大衛瘋了嗎？這種九一一陰謀論的東西是網路論壇的材料，不是正經的反恐工作。大衛似乎看出賈許的彆扭。「呃，我知道聽起來很離譜，但是請聽我說完。九一一之後，我花了幾乎一年住院與復健，有很多時間可以思考。攻擊事件有很多不合理的地方，為什麼先攻擊紐約？為什麼不同時攻擊白宮、國會、CIA和國安局？那四架飛機墜毀原本可以癱瘓全國，尤其是我們的防衛能力，屆時一定會讓我們陷入全面混亂。然而為什麼只有四架飛機？他們肯定能訓練出更多飛行員。如果他們從華府的杜勒斯機場或巴爾摩的國際機場，或是從里奇蒙機場劫機，那天早上他們可以挾持三十架飛機，況且亞特蘭大也很近——哈茨菲爾德－傑克遜是世界上最繁忙的機場。那天他們在乘客開始反抗之前，原本或許可以墜毀一百架飛機。他們一定知道劫機是只能用一次的戰術，所以絕對應該把衝擊極大化。」

賈許點頭卻仍然存疑。「這個問題倒有趣。」

「還有，為什麼還在明知總統不在家，人在佛州某個小學的日子裡攻擊？顯然目標不是消除我們的戰力。國防部確實遇襲，許多英勇的美國人喪生，但整體效果只是讓國防部和軍隊，甚至舉國上下同仇敵愾。九一一之後，美國對前所未見的戰爭型態有了認知。還有另一個打擊效果：股市崩盤，歷史性的崩盤。紐約是世界金融首都。除非你想做這件事，這場攻擊才合理。攻擊達到了兩個效果：確保開戰，一場空前的大戰，還有股市崩盤。」

「我從來沒有這麼想過。」賈許說。

「如果你住院將近三百六十五天，白天學走路晚上自問為什麼，想法就會大不相同。我在病床上無法對恐怖份子做太多研究，所以我專注在財經角度，開始調查誰是金融崩潰的大贏家，誰賭美國股票大跌，什麼公司在放空股市，誰擁有選擇權，誰賺了大錢，名單列得很長。接著我開始查誰從戰爭受益，尤其民間保全承包商和石油天然氣的利益，名單稍微變短了點。有別的東西吸引了我，攻擊事件幾乎保證阿富汗會發生戰爭。或許這個集團想要的東西在那裡，他們需要掩護才能進去尋找，又或許在伊拉克，可能兩邊都有。我知道我必須到外面去，才能找到真正的答案。」

大衛深呼吸一下繼續說：「到了二〇〇四年，我重新站起來。當時我申請到CIA但被拒絕，我又重新訓練一年，在二〇〇五年又再次被拒絕，只能繼續自我訓練。我曾經想過加入陸軍，但我知道必須參加特種部隊才能有真正的答案。」

賈許低頭思索，看大衛的眼光完全不同了。他總以為站長是個無敵的超級士兵，總是假設大衛向來如此。想到他曾重傷在病床上躺了一年，被拒絕轉調外勤幹員——兩次——有點奇怪。

「什麼？」大衛說。

「沒什麼……我只是……以為你一直是外勤幹員。九一一時你已經在鐘塔裡了。」

大衛莞爾一笑。「不，差得遠了。其實我是哥倫比亞大學的研究生，信不信由你。或許因此CIA才會一直拒絕我。外勤單位的人不需要腦子能夠想太多。但顯然無三不成禮，二〇〇六年他們終於收了我。或許是他們損失太多幹員，也或是有人跳槽去民間包商。無論什麼理由，我很高興去了阿富汗，而且我找到了答案。在我名單上的三家公司全都是同一家公司的子企業：印瑪里國際。他們的保全部門印瑪里保全，負責協調他們的運作，但來自九一一的資金進了他們的幾家人頭公司。我還發現別的，一個新的攻擊計畫，代號『托巴草案』。」大衛指著檔案。「這個檔案是我對攻擊所知的全部。非常少。」

賈許翻開檔案。「所以你才加入鐘塔，調查印瑪里和托巴草案？」

「一部分是，鐘塔對我而言是完美的平台。當時我知道印瑪里在幕後發動九一一，他們靠攻擊賺了大錢，而且在阿富汗東部和巴基斯坦山區積極尋找某種東西。但他們在我弄清楚情勢之前率先反制了我，那時在巴基斯坦北部，我差點被他們殺掉，之後被正式列入殉職名單。這是完美的退場機會，我需要新身分找地方繼續我的工作。我在阿富汗遭受威脅之前從來沒聽說過鐘塔，但我躲到這裡來了，一切都很完美。我們來到鐘塔都有各自的理由，當時這是我生存的關鍵，也是我最終查出印瑪里和托巴草案的真相所需的工具。除了中央單位，我從未透露自己真正的動機，四年前這裡收留我，幫我建立雅加達站。但我對印瑪里的問題一直沒有多少實質進展，直到一週前線人聯絡我。」

「所以線人才選上你。」

「顯然是。他知道我在調查，也知道我有這個檔案，這可能含有解開密碼的關鍵。我只知道印瑪里跟九一一有關，或許之前和之後的其他恐怖陰謀也是，而且他們在搞規模更大的事：托巴草案。因此我選擇雅加達，這裡是最接近托巴火山的大城市，我猜這是指攻擊的發起地點。」

「很合理的假設。我們對托巴草案知道多少？」賈許說。

「不多。除了幾次有人提到一個備忘錄，那是一份關於都市化、交通基礎建設和減少總人口可能性的報告。無論托巴草案是什麼，我相信目標是大幅降低全球總人口。」

「這多少限制了可能性。能減少全球人口的恐怖攻擊一定是生化武器，或許是使環境劇烈改變，抑或是引發新的世界大戰。我們說的不是自殺炸彈客，而是更大的事件。」

大衛點頭。「大得多，可能是我們料想不到的事。雅加達是發起攻擊的完美地點，人口稠密又有很多外國移民。攻擊開始後會把雅加達的有錢外國人嚇得直奔機場，全部跑回自己的國家。」

大衛指指賈許背後的一排電腦螢幕。「你背後的電腦都跟中央的伺服器，還有剩餘的細胞連線。發生在全世界的各種事件都存在裡面，我們已知印瑪里國際是假公司，實際上是恐怖組織。雖然情報不多，但先從這些著手，加緊速度，然後快速反應最新的本地情報。如果雅加達這裡有陰謀正在進行，我們有責任率先調查。我們必須交出目前所知的資料以防雅加達站淪陷。跳脫框架來思考，無論有什麼事，或許不會符合正常模式，尋找我們以前不會懷疑的東西——像是在德國學飛行，然後移居美國的沙烏地人；或是在奧克拉荷馬州購買大量肥料，卻不是農夫的人。」

「其餘檔案夾裡是什麼？」賈許問。

大衛把一個檔案夾推過桌面。「裡面是我加入鐘塔前蒐集到關於印瑪里的其餘資訊。」

「電腦裡沒有嗎？」

「沒有。我從來沒有交給鐘塔，以後你會明白為什麼。另一個信封裡有一封信，是我寫給你的。若我死了，再打開來看，可以提供你一些指點。」

賈許想說話，但大衛搶先說：「還有最後一件事。」

大衛起身，從房間角落拿來一個小盒子，把盒子放在桌上。「這個房間和外圍空間會給你一些保護，我希望還有足夠時間破解這個訊息，鐘塔總部是他們最不可能去找你的地方。我不知道我們有多少時間，請把你查到的資訊發到我的手機，右上螢幕顯示的是攝影實況，攝影機在門上方，朝向外面的機房，所以如果有人想進來你會知道。如你所知，為了安全理由，主要總部沒有攝影機，所以你可能不會有多少預警。」

他打開盒子，拿出一把手槍，把彈匣塞進握柄，放在賈許面前的桌上。

「你會開槍吧？」

賈許看看手槍，倚到椅背上。「呃，會。嗯，十二年前我加入中情局時受過基本訓練，但是一次也沒用過，所以……唉，不算會。」他其實想問，「如果祕密行動幹員進了這個房間，我能有多少機會活下來？」但他沒說。他知道大衛給他手槍是為了讓他感覺安全一點，不至於滿腦子恐懼，可以保持神智清晰，做好他的工作，但賈許感覺這可能只是站長一半的動機。

「如果你必須開槍，把滑套往後拉，槍膛會裝填一發。沒子彈的時候，按這裡，退出彈匣。想插入另一個彈匣要按這個鈕，滑套會復原並裝填新彈匣的第一發。如果門被打破了，在開槍之前，你得先做一件事。」

「刪除電腦的資訊？」

「沒錯，也要燒掉這個檔案夾和信件。」大衛指著一個金屬小垃圾筒，從槍盒裡交給他一個煤油打火機。

「盒子裡還有什麼？」賈許自認知道答案，但還是姑且一問。

大衛愣了一秒，伸手到盒裡拿出一顆小膠囊。

「我要吞下去嗎？」

「不用。如果時候到了就咬下去。氰化物效果相當快，或許只需要三四秒。」大衛把膠囊交給賈許。「帶在身上，我希望你用不到。這個房間很難被入侵。」

大衛把槍收到盒裡，放回房間的角落。「你一有新發現就通知我。」他轉身走向門口。

賈許站起來說：「你打算怎麼辦？」

「爭取一點時間。」

15

偵訊室C
西雅加達警察拘留中心
雅加達，印尼

偵訊室房門打開，凱特抬頭看見一個肥胖冒著汗的男子走進來。他一手拿著檔案夾，另一手伸向她。「華納醫生，我是警察局長艾迪・庫斯納迪。希望——」

「我在這兒等了好幾個小時。你的手下偵訊我的研究工作上一些無用的細節，威脅要囚禁我。我想知道你們用什麼方式尋找被綁架的小孩。」

「醫生，妳不清楚狀況，我們是個小單位。」

「那就聯絡國家警察，或——」

「國家警察也有自己的問題，醫生，而且他們不負責尋找智障兒童。」

「別說他們智障！」

「他們不是智障？」他翻開檔案，「我們的資料說妳的診所在測試智障新藥——」

「他們不是智障，他們只是大腦運作的方式和別人不一樣，就像我的新陳代謝和你的不一樣。」

肥胖的局長低頭看看自己的身體，彷彿想把他的新陳代謝拿出來檢查，跟凱特比較一番。

「要是你不開始找那兩個孩子，就釋放我，讓我去找。」

「我們不能釋放妳。」庫斯納迪說。

「為什麼不行？」

「我們還沒排除妳的嫌疑。」

「太荒謬了——」

「我懂，醫生，我懂，相信我，但妳要我怎麼辦呢？我不能告訴我的調查員誰不是嫌犯，那樣不妥。但是我說服了他們把妳留在這個拘留室裡，他們可是堅持要把妳移到普通拘留區，那是雜居房，我擔心監視不是很嚴密。」他暫停片刻，再打開檔案。「但我想至少我可以拖延一陣子。同時，我自己也有些疑問。我們的紀錄顯示妳在雅加達買了一戶公寓，是付現，相當於七十萬美元。」他抬頭看她，見她不說話，他繼續說，「我們的銀行聯絡人說妳的支票存款帳戶平均餘額可換算成等值的三十萬美元。該帳戶定期有開曼群島的銀行匯款進來。」

「我的銀行存款跟這件事無關。」

「我相信沒有，但妳知道我的調查員會怎麼想。恕我直言，妳哪來這麼多錢？」

「我繼承的。」

局長抬起眉毛似乎眼睛一亮。「啊，從祖父母？」

「不，從我父親。唉，我們這是在浪費時間。」

「他做哪一行的？」

「誰？」

「令尊。」

「我猜銀行吧，不然就是投資家。我不曉得，當時我年紀很小。」

「我懂。」局長點頭，「我相信我們可以互相幫助，博士。我可以說服我的調查員，妳跟綁架無關，也會提供資源給我們去找這些智——呃……無助的孩子。」

凱特瞪著他，這下全明白了。「我在聽。」

「我相信妳，華納醫生。但我說過我的調查員只看證據，他們知道陪審團會怎麼想，我私下跟妳說，我想或許他們有點討厭外國人，尤其是美國人。我想真正確保妳的安全、讓我們各取所需的唯一方法就是找到這些孩子，洗刷妳的嫌疑。」

「那你還等什麼？」

「我剛說了，華納醫生，我們是小單位，找這些孩子……我需要更多資源，需要單位以外的人。但是，我得很遺憾地說，像這種調查很花錢，可能要兩百萬，唉，美元。但是如果我討點人情，我想我們一百五十萬就能做到。時間很重要，親愛的醫生，現在孩子們可能在任何地方，我只能希望他們還活著。」

「一百五十萬美元。」

局長點頭。

「可以，但是先放了我。」

「我不會要別的，醫生，相信我。但是偵訊室裡嫌犯的承諾……」他舉起雙手。

「好吧，給我電話和你的帳戶資料，幫我弄一輛車來。」

「馬上來，醫生。」他微笑，起身離去。

他把凱特單獨留在偵訊室。她坐到桌邊，抬起一邊膝蓋在椅子上，伸手摸摸頭髮。鏡面牆壁上的女人，看起來一點也不像四年前搬到雅加達的自信科學家。

局長關上偵訊室的門。一百五十萬美元！他可以退休了。他全家每個人都可以退休，一百五十萬……他可以要到更多，或許兩百萬或兩百五十萬嗎？三百萬？她可能還有錢，有更多的錢。她爽快同意一百五十萬，或許他可以回去說他必須僱用更多人，要花四百萬。他能接受殺價到兩百五十萬，因為他原本的期待不高。他站在偵訊室前盤算該怎麼辦。

他不會立刻回去，他可以讓她更加軟化，或許在醉漢堆裡關上幾個小時，並且關掉攝影機。他必須非常小心——免得事後她跑到美國大使館告狀——如果他小心行事，今天就可以中飽私囊大賺一票。

16

安全通訊室
鐘塔工作站總部
雅加達，印尼

賈許看看定位螢幕上的紅點。大衛離開一小時以來，二十四個紅點——代表雅加達站的所有外勤幹員——從總部移動到了全市各地，現在地圖顯示了總共有四群，各六個紅點。

賈許很熟悉其中三個地方，都是雅加達站的庇護所。這些地方的十八個幹員已經在大衛的嫌疑名單上。庇護所的紅點緩緩地到處移動，碰到了牆壁又轉回來，像被指控的人在牢房裡踱步，等著自己的命運揭曉。

這個策略很有用。大衛打散了有嫌疑的敵方部隊，如果他們真的攻擊，也可以給自己一點時間準備應付。不知道他們何時會發動攻擊，賈許看著地圖上的這些紅點感到有些恐懼，彷彿威脅更加逼近。

要出事了，雅加達站攻防戰只是遲早的問題。在某個時間點，這些紅點會逃出庇護所，找上大衛的六個手下，然後回來總部解決賈許。

大衛只能爭取時間，讓賈許過濾當天的本地情報設法解碼，查出線索的時間。賈許還不確定自己是否能成功。

他又看看衛星影像，只剩這招了，萬一錯了呢？

賈許伸手摸摸頭。這當然是框架外思考，但如果錯了……

情報工作經常要靠直覺。廂型車、任務，這兩樣讓他覺得不太對勁。

他打給大衛說：「我想我有進展了。」

「請說。」大衛說。

「綁架案。醫學診所的兩個小孩失蹤，這是幾小時前向雅加達警局報的案，鐘塔標示為低優先度的地方事件，但犯案廂型車是註冊在印瑪里偽裝的一家香港假公司的商用車。老實說，看起來不像本地人幹的，這是專業綁架。通常我們會歸類於標準的綁架勒贖案，但印瑪里不會綁架勒贖。我還在推估思索，但是百分之九十九確定這是印瑪里的行動，因為其保密程度應該被列為高優先度——在大白天抓小孩，還用他們明知我們會追查的廂型車，這表示他們可能等不及了。」

「這是什麼意思？」

「我還不確定。怪的是診所金主看來好像是印瑪里旗下的另一間子公司『印瑪里研究』。大樓租金和每月費用都從位於雅加達的控股公司『印瑪里雅加達』支付。你的檔案裡提到幾次，公司歷史可追溯到將近兩百年前，在殖民時代是荷蘭東印度公司的下屬，可能是印瑪里在東南亞的主要營運中心。」

「沒道理。為什麼印瑪里要抓自己公司裡別的單位的小孩？內部鬥爭嗎？我們對診所員工了解多少？」

「不多。他們人員很多，有幾個實驗室技師，其中一個在事件中喪生，有一群保姆輪班照顧小孩，大多是本地人，沒有嫌疑。帶頭的科學家——」他抽出凱薩琳．華納醫生的檔案，「當時她在場，可能被控制住了，一個多小時沒人離開。目前人在西雅加達警局。」

「他們有沒有發出全面的綁架通報？」

「沒有。」

「公開的查緝通報呢？」

「沒有。但我有個推論，我們在西雅加達警局有線人，十五分鐘前他提出報告，說警察局長在勒索一個美國女人，我猜就是華納醫生。」

「嗯。這診所是幹什麼的？」

「其實是研究設施，從事基因研究。他們研究自閉症兒童的新療法，基本上包括任何發展失調的人。」

「聽起來不像國際恐怖主義。」

「同意。」

「那你的推論是什麼？我們面對的是什麼？」

「老實說，我不曉得。我還沒太深入這個研究設施的細節，但有一點很引人注意：研究沒有申請任何專利。」

「這有什麼意義？你認為他們不是在做研究？」

「不，根據他們進口與安裝的設備，我相當確定他們有，但目標不是錢。如果他們想把研究商業化，就會先申請專利，那是臨床測試的標準流程。在實驗室發現一個化合物，先申請專利後才進行測試。專利可防止競爭對手從實驗中偷走樣品搶先申請專利，阻止你上市。除非你希望掩人耳目才會不申請專利就做測試，雅加達挺適合做這種事的。因為美國法令規定對病患的測試必須FDA核准，並且公開測試療法。」

「所以他們在搞生化武器嗎？」

「或許。但在今天以前，診所一直安然無事，他們沒有紀錄任何傷亡，所以如果他們用小孩測試，一定是史上最無效的生化武器。在我看來，研究是合法的，沒有惡意。事實上，如果他們真的達成研究目標，將會是醫學上的重大突破。」

「這也會是很好的掩護。但有個疑問：為什麼要搶自己的東西？如果印瑪里資助與經營診所，為什麼必須用自己人去搶小孩？或許武器研究人員對自己的行為退縮了？」大衛說。

「有可能。」

「西雅加達警局的線人有權釋放那位醫生嗎？」

「沒有，顯然他的階級不高。」

「我們有局長的檔案嗎？」

「等等。」賈許搜尋鐘塔的資料庫，局長的檔案出現後，他躺到椅背上。「是，我們有檔案，哇噢。」

「傳到我的機動指揮中心。你看完所有本地情報了沒？」

「有，這是唯一明顯的線索，但還有別的。」賈許猶豫著該不該提起，但就像綁架影片一樣，感覺不太對勁。「沒有其他細胞反應遭到攻擊，中央也沒發出任何指示，新聞也沒有動靜——從喀拉蚩、開普敦和瑪德普拉塔的戰鬥之後什麼也沒有。所有細胞都很平靜，彷彿沒事一般發出例行報告。」

「有什麼推測？」大衛說。

「兩個可能：要不是他們在等什麼東西，就是在等我們的下一招，或……」

「其餘細胞不戰而降了？」

「是，我們可能是最後的大細胞。」賈許說。

「我希望你專心解碼，盡快。」

17

印瑪里集團研究機構

普蘭縣外圍，西藏

視訊會議連線後，張勝博士努力放輕鬆。

男子出現時，張勝猛吞口水說：「計畫總監命令我聯絡您，葛雷博士。我們遵照交派的規定和研究，分毫不差，我不知道為什麼——」

「我想你知道，張博士。這個結果很驚人，為什麼小孩子能倖存，大人卻沒有？」

「我們不確定。我們對小孩做了測試，他們確實顯示持續活化的亞特蘭提斯基因。」

「會不會是療法對成年人無效？」

「是，有可能。療法是把基因植入受測者基因編碼的反轉錄病毒，而非重大的基因改變，但在後天層面確實有所謂級聯反應（注），開啟或關閉宿主身上一系列其他已有的基因。沒有生理效應，至少就我們觀察是沒有，但腦中卻有重大改變。基因大致上重新編排了受測者的大腦神經可塑性，就是大腦重新編排或適應的能力，這種能力會隨著年齡衰退，所以我們年紀大了會比較難學習新事物。我們研究過成年人對療法無反應是因為基因活化無法引發腦中的變化，基本上，基因療法嘗試重新編排大腦，但是電路板線路已經固定，只要過了童年不久就會變得如此。」

「有可能是成人受測者缺乏影響大腦改變的先導基因嗎？」

「不，所有受測者都有級聯基因。如您所知，我們查知這些基因已經有一陣子了，我們在中國的設施裡測試過每個受測者。照理說，成人應該要倖存才對。」

「會不會是療法只對受自閉症影響的大腦有效？」

張勝沒考慮過這個可能性。葛雷博士是對古生物學有興趣的演化生物學家，這個人是張勝的上司的上司，一路直通印瑪里食物鏈的最頂端。張勝以為這通電話不會聚焦在科學理論上頭，他原以為大老闆會因為研究失敗打算痛罵他一頓。

他專心考慮葛雷的假設。「是，確實有可能。自閉症基本上是大腦線路失調，尤其在控制溝通與社交理解的區域，其他區域也會受影響。有些受影響的人會非常聰明、具有特殊能力，也有些完全在光譜的另一端，甚至無法獨立生活。自閉症其實是各種大腦線路異常的概括化類型，我們必須深入研究，可能得花點時間，也可能需要更多受測者。」

「我們沒多少時間了，但或許可以再弄到一些兒童。不過這些是我們所知有亞特蘭提斯基因活化的唯一受測者，讓我先查查看。你還有什麼沒告訴我的嗎？其他推論？這種時候不該有什麼壞主意了，張博士。」

張勝確實有另一個想法，沒向其他團隊成員提過。「我個人懷疑過成人和兒童是否用了同一套療法。」

「複製華納博士的研究有困難嗎？」

「沒有。我說過，我們完全遵照她的做法。但我猜想華納博士是否……用別的東西治療這些兒童，不在她正式紀錄或實驗準則裡的東西。」

葛雷似乎正在考慮張勝的想法。「有意思。」

「我可以和華納博士談談嗎？」

「我不確定……晚點我再回覆你。還有其他團隊成員表達過這個顧慮嗎？」

「不，就我所知沒有。」

注 cascade，指一系列連續事件，前一個事件能引發接下來事件的反應。

「目前，我希望你對華納博士的懷疑先保密，有任何新進展直接聯絡我，我們必須守口如瓶。我會通知計畫總監你和我要合作，他會支持你的努力，不會多問。」

「我明白。」張勝說，但他其實不明白。這通電話引起更多疑問，他現在只確信一件事：他們用錯了療法。

18

西雅加達警察拘留中心
雅加達，印尼

庫斯納迪局長正要打開偵訊室的門，一名男子擋住他的去路。那人看起來像是美國人，或許歐洲人，但一看就知道是軍人，因為他的體格和眼神都是。

「你是誰？」庫斯納迪問。

「這不重要。我來接凱薩琳·華納醫生。」

「啊，真好笑。請表明身分，否則我就把你關起來。」

男子遞給他一個牛皮紙袋說：「看一下，你絕對沒看過。」

局長打開紙袋看了前幾張照片，無法相信自己的眼睛。怎麼會？他們怎麼可能——？

「如果你不立刻釋放她，還會有別人看到。」

「我要正本。」

「你以為能跟我談判嗎？釋放她，否則我的組織會散布紙袋內容。」

庫斯納迪看著地上，左顧右盼，像受驚的野獸判斷該往哪邊跑。

「別妄想把我關起來。三分鐘內，只要我的同伴沒接到我的電話，他們就會散布這個檔案。現在給我聽好，你還想不想幹警察局長？」

庫斯納迪得仔細想想。他環顧局裡，思索到底是誰幹的？

「時間到。」男子轉身要離開。

「等等。」局長打開偵訊室的門示意凱特出來，「這個人會護送妳離開。」

她停在門口看看庫斯納迪局長，再上下打量這個軍人。

「沒事，跟這個人走就是了。」

男子伸手到她背上說：「請跟我來，華納醫生。我們要離開了。」

庫斯納迪看著他們走出警局。

警察局外，凱特停下來轉向救了她的男子。他穿著黑色護甲，跟帶走孩子那批人相似得詭異。他的手下也是。她看見他們了，總共五個人，站在一輛好像超大型優比速快遞(注)的黑色大卡車前，旁邊還有一輛不透明車窗的黑色休旅車。

「你是誰？我想知道——」

「等一下。」他說。

軍人走到指控凱特買賣兒童的矮子調查員面前，交給他一個檔案夾說：「聽說你快要升官了。」

矮子聳肩。「只是奉命行事。」他溫馴地說。

「你的專案幹員說你是個好線民，如果你夠聰明就知道怎麼利用這個，或許你會是個比較好的局長。」

調查員點頭。「隨你怎麼說，老大。」

軍人走回凱特身邊，指指黑色大卡車。「請上那輛卡車。」

「除非你告訴我你的身分，以及現在是怎麼回事，否則我哪兒也不去。」

「我會說明，但是現在我們必須送妳去安全場所。」

「不，你——」

「這麼說吧，好人會請妳上卡車，壞人則會在妳頭上蓋布袋把妳丟上車。拜託妳了，呃？妳可以選擇留在這兒或跟我走，隨便妳。」

他走向卡車，打開車尾的雙併門。

「等等。一起走吧。」

注 United Parcel Service, Inc.（UPS）：世界最大的快遞承運商和包裹運送公司。

19

鐘塔工作站總部
雅加達，印尼

鐘塔雅加達站的外勤任務主任文森·塔瑞揉揉手臂肌肉，看著站內人員魚貫地走進大會議室。他的手腳仍因為診所那兩個呆子和凶悍小孩的攻擊而痠痛，一整天都不太順利，但他可以挽救，他只需要說服幾個雅加達站員工配合攻擊，其餘的早已經被印瑪里收買。

塔瑞舉起雙手示意大家安靜。鐘塔總部每個人都在場，所有分析師、專案幹員和外勤幹員——除了大衛·維爾和他的幾名手下，情報分析主任賈許·柯恩也不見人影，但他們會很快找到他。會議室牆上的大螢幕顯示三個擁擠的房間，都是被關在市區各地庇護所的外勤幹員。

「很好，大家聽著。視訊連線的聽得見我說話嗎？」

幾個人點頭，接著是一連串「是」和「聽見了」。

「實在很難開口，所以我就直說了：鐘塔被滲透了。」

室內鴉雀無聲。

「而且我們遭到攻擊。我今天稍早收到報告，有幾個細胞，包括開普敦、瑪德普拉塔和喀拉蚩，已被完全摧毀。在我們講話的同時，其他幾個站正在奮戰中。」

眾人開始竊竊私語，有人想發問。

「等等，各位，恐怕我們對抗的敵人是自己人，情況還會繼續惡化下去。目前所知是這樣，幾天前，大衛・維爾和幾位其他站長舉行了全體首席分析師的會議，這顯然嚴重違反規定。我們認為他們告訴分析師們有些新的威脅，如今我們得知半數以上分析師在會後沒有回到家。我們認為這是一場偽裝好的大屠殺，搶在更大的攻擊之前癱瘓我們的情報分析。回到細胞的分析師們，現在都在積極對抗鐘塔。」

塔瑞觀察眾人懷疑的表情。「我知道很難以置信，我跟你們一樣也不想相信。其實我原本不信，直到今天早上，大衛把我們的外勤幹員分散到全市。想想看，他打散我們是讓我們無法防禦攻擊，他準備攻佔雅加達站，只是早晚的問題。」

「為什麼？」有人說，「他不會這麼做。」另一人補充。

「我問過同樣的問題，也說過相同的話，」塔瑞說，「他徵召了我，我跟他一起工作，我相當了解他。但我們對大衛・維爾仍有很多不明白的地方，我們來到鐘塔都有自己的理由。據我們所知，大衛在九一一攻擊中受了重傷，我到今天才知道從那時起，他就懷抱著九一一的陰謀論，關於軍火包商為了私利發動攻擊之類的瘋狂想法。他自己也可能是謊言的受害者，可能有人利用他。無論如何，他生病了，被策反，而且帶走很多人加入他的陰謀。我們認為賈許・柯恩已經從分析師大會生還，目前正在和這位站長合作。」

眾人沉默，似乎在消化這個消息。螢幕上其中一處庇護所的人說：「任務是什麼？逮捕他嗎？」

「或許不可能，他會抵抗到底，優先要務是盡量減輕連帶損害。我們會有幫手，印瑪里保全提供了我們一些人手，他們知道狀況，像我們一樣希望控制損害。印瑪里似乎是大衛復仇的目標，我們知道大衛俘虜了印瑪里資助的某項計畫中一位女科學家，她可能是共犯，或只是他計畫中的受害人，我們還不確定。這次計畫是救回這位女士，凱薩琳・華納博士，並且擊斃站長。」

20

安全通訊室
鐘塔工作站總部
雅加達，印尼

賈許緊張地等著看自己對大衛給他的密碼訊息解讀是否正確，這是他竭盡全力的猜測，也是唯一的猜測。

他努力不去看玻璃室牆上的主電腦螢幕。三十分鐘以來，螢幕只顯示同樣的字眼：

搜尋中……

他看向旁邊的兩個螢幕，外面房門的實況影像，還有代表鐘塔雅加達站外勤幹員的二十四個紅點的市區地圖，他不知道哪一個讓他比較緊張。還不如做成一個巨大的倒數螢幕，一秒一秒直到他的死亡和某種可怕未知的災難合而為一。另一個螢幕仍然只顯示：搜尋中……

搜尋會需要這麼久嗎？萬一他在浪費時間呢？

還有別的事令他緊張。他看看大衛留在桌上的外勤槍盒。他起身拿盒子，但盒底突然塌掉，手槍和氰化物膠囊掉在桌上，碰撞聲打破了寂靜，聲音似乎迴盪幾小時之久。終於，賈許伸手拿起槍和藥丸，他的雙手在發抖。

牆上，一個嗶嗶聲把他驚醒。較大的螢幕顯示：

五項結果。

賈許坐到桌邊使用無線鍵盤和滑鼠。三項來自紐約時報，一項來自倫敦的每日郵報，另一項來自波士頓環球報。

或許他是對的。從他看到名字和日期那一瞬間，第一個念頭就是：應該是訃聞。訃聞搭配機密是典型的間諜手法，二次大戰後的幹員定期用來在全球間諜組織之間發送訊息，很老派，但如果訊息在一九四七年行得通，或許是可行的方法。如果是真的，這個恐怖組織已經建立超過六十多年。他把這些暗示拋到腦後。

他看著大衛給他的密碼訊息：

托巴草案是真的。

4+12+47 = 4/5；瓊斯

7+22+47 = 3/8；安德遜

10+4+47 = 5/4；艾姆斯

然後他轉向搜尋結果。看來比較像恐怖份子用一家在全球各城市都買得到的報紙，最可能的是紐約時報。即使在一九四七年，不管在巴黎、倫敦、上海、巴塞隆納或波士頓的書報攤都買得到當天的紐約時報，包括付費訃聞。

如果訃聞是密碼，他們就必須做某種標記。賈許立刻發現每則報紙訃聞都有「鐘」和「塔」的字眼。他靠上椅背，鐘塔有可能這麼老嗎？CIA直到一九四七年國家安全法案才正式成立，不過它的前身戰略情報局（OSS）在二戰期間就成立了，一九四二年六月。

恐怖份子為什麼會提到鐘塔？或許他們當時在對抗鐘塔。一九四七年，六十六年前？

他必須專注在訃聞，一定有辦法解碼，理想的編碼系統會用可變式密碼：沒有任何鑰匙能解開每一個訊息，每個訊息都包含它自己的鑰匙——簡單的東西。

他打開第一則訃聞，日期是一九四七年四月十二日。

亞當．瓊斯，先驅鐘錶商，享年七十七歲，製作他的高塔傑作時去世。

亞當．瓊斯，直布羅陀最大的鐘錶製造商，週六逝於英屬宏都拉斯。他的遺體被僕人發現。遺骸將埋葬在他的亡妻附近——這是他們一起挑選的地點。如欲來訪，請先寄卡片或通知家屬。

訊息就藏在裡面。鑰匙是什麼？賈許打開另外兩則訃聞瀏覽一下，希望能有什麼線索。兩則訃聞在內文開頭都含有地點。賈許考慮了幾種可能性，重新編排幾個字，靜心思考。訃聞寫得很彆扭，好像有些字很突兀或是強加上去，好像他們必須用這些字眼。這些文字的順序與間隔……他看懂了，名字就是密碼——名字的長度，是密碼的第二個部分。

4+12+47＝4/5；瓊斯

一九四七年四月十二日的訃聞是給亞當・瓊斯（Adam Jones）。4/5。名字四個字母，姓氏五個字母。如果他挑出訃聞的第四個字，再往後算五個字，如此重複，就會構成句子。

他重看一遍訃聞：

亞當・瓊斯，先驅鐘錶商，享年七十七歲，製作他的高塔傑作時去世。

亞當・瓊斯，直布羅陀最大的鐘錶製造商，週六逝於英屬宏都拉斯。他的遺體被僕人發現。遺骸將埋葬在他的亡妻附近——這是他們一起挑選的地點，如欲來訪，請寄卡片或通知家屬。

拼湊起來的訊息是：

直布羅陀，英國在現場附近發現骨頭，請指示。

賈許琢磨一下這個訊息。他沒料到，也不知道這是什麼意思。他上網搜尋得到幾個結果，顯然一九四〇年英國人在直布羅陀一個叫作高罕岩洞的天然海穴中發現了骨頭，但不是現代人的骨頭，而是尼安德塔人的，這件事大幅改寫了世人對尼安德塔人的認知。我們的史前近親其實不只是原始穴居人。尼安德塔人會建造住家，也會在石爐上生火、煮蔬菜，有語言，能創作壁畫，用花朵埋葬死者，製作先進的石器和陶器。直布羅陀的骨頭也改變了尼安德塔人的時序。在直布羅陀大發現之前，公認尼安德塔人大約四萬年前已經滅絕，但直布羅陀的尼安德塔人則約莫活到兩萬三千年前——比先前觀念晚得多。直布羅陀很可能是尼安德塔人的最後據點。

古代尼安德塔人要塞和全球恐怖攻擊會有什麼關係？或許其他訊息會有說明。賈許打開第二則訃聞解碼。

南極洲，沒找到U艇，若授權進一步搜尋，請通知。

有意思。賈許搜尋了幾次。一九四七年的南極洲挺熱鬧的。一九四六年十二月十二日，美國海軍派出了包括十三艘艦艇、將近五千人的大艦隊到南極洲，任務代號「跳高行動」，目的是建立南極研究基地「小美國四號」。向來有陰謀論和臆測指稱，美國在南極洲尋找祕密納粹基地和科技。這個訊息是表示他們沒找到嗎？

賈許把寫了訊息的厚相片翻面檢視：一大塊冰山漂浮在藍海中，在冰山中心突出一艘黑色潛艇，潛艇上的字跡太小看不清楚，但一定是納粹潛艇。推測潛艇的可能大小，冰山或許有十平方英哩，大到可能出自南極洲。這表示最近有人找到潛艇了嗎？這個發現引發了一些事情？

賈許轉向最後一則訊息，希望它能提供進一步的線索。解碼後內容是：

羅斯威爾，氣象汽球符合直布羅陀的科技，我們必須會面。

將三則訊息全部串連起來是：

直布羅陀，英國在現場附近發現骨頭，請指示。

南極洲，沒找到U艇，若授權進一步搜尋，請通知。

羅斯威爾，氣象汽球符合直布羅陀的科技，我們必須會面。

這是什麼意思？直布羅陀的現場，南極洲的U艇，最後一則——羅斯威爾，氣象汽球符合直布羅陀的科技？

有個更大的疑問：為什麼透露這些訊息？它們已經有六十多年歷史了，怎麼可能跟現在發生的鐘塔之戰和迫切的恐怖攻擊有關？

賈許踱步思索。如果我是在恐怖組織的臥底，試圖求救，我會怎麼做？試圖求救……來源一定會留下聯絡方式。另一則密碼？不，或許臥底透露的是方法——如何聯絡上他。利用訃聞未免太沒效率，報紙訃聞刊出至少要等一天，即使是網路版。若是網路訃聞會相當於現代的什麼？會公布在哪裡？

賈許考慮幾個主意。報紙訃聞向來容易，只是看幾份報紙蒐集過去所有訃聞要花點時間，但他有個關鍵優勢，知道該找哪裡。訊息可能在網路上任何地方，一定有另一個線索。

三則訊息有什麼共通點？地點。它們有什麼不同？南極洲沒有人，沒有機密，沒有其他的什麼？羅斯威爾和直布羅陀有何不同？兩者都有報紙。只能在其中一地做的是什麼事？貼東西……來源指向一個現今無所不在的布告系統，就像一九四七年的紐約時報。

或許是克雷格網站(注)？一定是。賈許察看，發現直布羅陀沒有克雷格網站，但是新墨西哥州羅斯威爾和卡爾斯巴德有克雷格網站的布告版。他開始閱讀版上訊息，有好幾千則、幾十個類別，出售、住宅、社群、求職、履歷，每天有幾百則新布告。

該怎麼找到線人的訊息——如果有的話?他可以用網路蒐集技術收集網站內容——鐘塔伺服器會「爬行」該網站，使用類似 Google 和 Bing 做網站索引的方式，抽取內容以供搜尋，然後他可以執行解碼程式，看有沒有翻譯出任何布告，只需要幾小時。

但他沒有那麼多時間了。

他需要找對地方下手，訃聞是合理的選擇，但克雷格網站不刊登訃聞。那麼最接近的類別是什麼?或許……人際關係?他快速地瀏覽標題：

純精神交往。

女求女。

女求男。

男求女。

男求男。

雜項浪漫。

隨機邂逅。

錯失交友。

抱怨與怒罵。

注 Graigslist，大型免費分類廣告網站。

該從哪下手？他正在胡亂追蹤嗎？已經沒時間可浪費，或許再幾分鐘能找到另一組訊息。

「錯失交友」是個有趣的類別。大致是如果你看到感興趣的人，但沒機會「搭上關係」約他們出來，你就可以貼在這兒。對於當下缺乏勇氣約可愛女士出來的男士來說很受歡迎。賈許其實也貼過幾次。如果對方看到訊息並回覆，那就成功了，完全沒有壓力。若沒下文，那就注定無緣。

他點開看了幾則訊息：

主旨：CVS的綠洋裝

本文：我的天，妳好迷人！妳完美得讓我啞口無言。希望能跟妳聊天。請回信給我。

主旨：漢普頓飯店

本文：我們一起在櫃台要了杯水，還一起搭電梯。不知道妳是否想要碰面，做些額外的活動？告訴我該去幾樓。我看到妳的婚戒，我們可以謹慎一點。

賈許又看了幾則。如果按照相同模式：訊息中的訊息，用名字長度當解碼鑰匙，訊息會比較長。不過克雷格網站採匿名制，名字應該會用Email代替。

下一頁的第一則訊息是：

主旨：在淘兒唱片（Tower Records）舊大樓看到妳在談英國歌手「時鐘歌劇」（Clock Opera）的新單曲。

有希望。主旨列含有鐘（clock）和塔（tower）兩字。賈許點開迅速閱讀，內文比別的長。Email是andy@gmail.com。他抄下布告中每隔四個字，然後五個字，解碼後是：

狀況有變。鐘塔會淪陷。若還活著請回覆。別相信任何人。

賈許愣住。若還活著請回覆。他必須回覆，大衛也必須回覆。

賈許拿起衛星電話打給大衛，但是不通。稍早他才打過，所以絕不是房間或電話的問題，怎麼會——

他看到外面門口的即時影像沒有任何改變。他仔細觀察，伺服器的燈號保持在on，但他從來沒看過這種情況。以往燈號在存取硬碟、網路卡收發資訊封包時總會閃爍……那不是即時視訊，而是照片——某個想要進入房間的人放的。

21

戰情室
鐘塔工作站總部
雅加達，印尼

戰情室裡忙翻天，任務技師在鍵盤上打字，分析師拿著報告進進出出，文森・塔瑞來回踱步，望著螢幕牆。「我們確定維爾得到的是假位置圖嗎？」

「是，長官。」一名技師說。

「叫庇護所的人出來。」

塔瑞看著庇護所即時影像中幹員們走到門口把門打開。

爆炸聲大到讓戰情室裡的每個人都轉頭看螢幕，這時上頭已顯示著模糊的黑白雜訊。

一名技師敲鍵盤。「切換到室外影像。長官，大爆炸發生在——」

「我知道！各庇護所，靜止待命。」塔瑞大叫。

喇叭沒有發出聲音。剛才在庇護所走來走去的紅點位置地圖變成黑畫面，唯一剩下的紅點是大衛的車隊和總部剩下的一小群。

技師轉過身來。「他在庇護所設置了炸彈。」

塔瑞揉揉鼻子。「謝謝你的廢話。我們進入安全通訊室了沒？找到賈許了嗎？」

「還沒，他們正要開始。」

塔瑞走出戰情室，進入他的私人辦公室拿起電話，撥給在印瑪里保全的聯絡人。「我們有個問題。他幹掉了我的人。」

他聆聽片刻。

「不，呃，我說服了他們，但他——這不重要，他們都死了。那才是重點。」

又一陣暫停。

「不，呃，換成我是你，我會確保第一擊時就確實幹掉他，無論你有多少人。他在外頭會很難看守。」

他想放下電話，但最後一刻又不耐煩地拿回來。

「什麼？不，我們在找，我們認為他在這裡。我會通知你。什麼？好吧，我會去，但我只能帶兩個人，而且我們要留在後方，以防情勢惡化。」

22

鐘塔機動任務中心
雅加達，印尼

凱特跟著軍人進入黑色大卡車。裡面看起來一點也不像外表的送貨卡車，一部分是更衣室，放了她不認得的武器裝備；一部分是有螢幕和電腦的辦公室；另一部分則像巴士，兩側各有幾排矮座椅。

有三個大螢幕，一個顯示她猜是雅加達的地圖上有紅點，另一個顯示卡車的前後與兩側影像，右上方的畫面中可以看見帶路通過雅加達擁擠街道的黑色休旅車，最後一個螢幕上只有三個字：連線中。

「我是大衛．維爾。」

「我要知道你想帶我去哪裡？」凱特要求。

「庇護所。」大衛操作某種平板電腦，似乎能操控牆上的某個螢幕。他抬頭看看，彷彿等著發生什麼事，但是沒動靜，他又按了幾個鈕。

「所以你是美國政府的人？」凱特開口想吸引他的注意。

「不盡然。」他低頭，繼續操作平板。

「但你是美國人吧？」

「算是。」

「你可以專心跟我講話嗎？」

「我正要聯絡一位同事。」他面露憂慮，左顧右盼，好像在思考。

「有什麼問題嗎？」

「對，或許。」他把平板電腦放到一旁，「我必須問妳幾個關於綁架的問題。」

「你在找孩子們嗎？」

「我們還在調查這是怎麼回事。」

「我們是誰？」

「妳沒聽說過的人。」

凱特伸手抓過頭髮。「聽著，我今天倒楣透了。我真的不在乎你是誰或從哪裡來的。今天有人從我的診所抓走了兩個小孩，目前似乎沒人想找他們，包括你。」

「我沒說過不幫妳。」

「你也沒說過你會。」

「那倒是，」大衛說，「但是現在我還有自己的問題，非常嚴重的問題，很可能造成很多無辜民眾喪命的問題。事實上，很多人已經死了。我認為這與妳的研究有某種關聯，我不太確定是什麼。如果妳幫我回答一些疑問，我保證我會盡力幫妳。」

「好吧，這才公平。」凱特在椅子上向前傾。

「妳對印瑪里雅加達分公司了解多少？」

「其實不了解，他們資助我的某些研究。我的養父馬丁．葛雷是印瑪里研究公司的高層，他們投資了很廣泛的科學和技術研究。」

「妳幫他們製造生化武器嗎？」

凱特感覺像被打了一記耳光，她仰靠到椅背上。「什麼？當然不是！你瘋了嗎？我是在治療自閉症。」

「那兩個孩子為什麼被抓？」

「我不知道。」

「我不相信。那兩個孩子有什麼與眾不同？診所裡有一百多個小孩。如果綁匪是人口販子，他們會全部抓走。只抓那兩個孩子一定有什麼理由，而且還冒著曝光的高風險下手。所以，我再問一次：為什麼是那兩個？」

凱特看著地上思索，她說出腦中浮現的第一個疑問。「是印瑪里研究抓了我的孩子？」

大衛似乎被問得措手不及。「呃，不是，是印瑪里保全。他們是另一個部門，但是同一群壞蛋。」

「不可能。」

「妳自己看。」他交給她一個檔案夾。她翻閱廂型車停在診所的衛星照片，兩個黑衣槍手把小孩丟進廂型車，廂型車的行照紀錄是登記在印瑪里香港分公司保全部門名下。

凱特盯著他的證據思索。印瑪里為什麼要抓走小孩？他們可以直接問她就好，還有另一點疑問，「你為什麼認為我在製造生化武器？」

「根據證據，這是唯一合理的解釋。」

「什麼證據？」

「妳聽說過托巴草案嗎？」

「沒有。」

他給她另一個檔案。「目前我們掌握的大概就這樣子，不多。重點是印瑪里正在計畫大幅削減人口。」

她看完檔案。「好像托巴突變。」

「什麼？我不太懂。」

她闔上檔案。「不意外。這個假說流傳不廣，但在演化生物學家圈子裡是很知名的理論。」

「什麼流行理論？」

「大躍進。」凱特看出大衛的困惑，在他開口前繼續說，「大躍進或許是演化遺傳學最激烈競爭的層面之一，實際上還是個謎團。我們知道大約五萬到六萬年前，人類智力有個『大霹靂』的轉變，我們變得聰明許多，而且過程非常快速。沒人能確定是怎麼回事，現今多半認為是大腦線路的某種改變。史上第一次，人類開始使用複雜語言，創作藝術，製造更先進的工具，解決問題——」

大衛望著牆上，試著消化這些資訊。「我不懂……」

凱特撥撥頭髮。「好吧，我重說一遍。人類歷史大約有二十萬年，但我們只是所謂現代化行為的人類，佔領全世界且聰明絕頂的一支，至今大約有五萬年歷史。五萬年前，除了我們，至少有三支其他原人：尼安德塔人、佛羅勒斯人——」

「佛羅——」

「知道的人不多，這是我們最近才發現的。他們比較矮小，就像哈比人，姑且稱之為哈比人吧，比較好記。所以五萬年前，有我們、尼安德塔人、哈比人和丹尼索瓦人。事實上，可能還有其他一兩支原人，但重點是人類有五六個亞種，最後我們這一支大爆發而其他的衰亡殞落。五萬年內我們從幾千人繁殖到七十億人，而其他人類亞種滅絕。我們征服了地球而他們死在洞穴裡，這是史上最大的謎團，自古以來的科學家都在研究，宗教同樣嘗試想解謎。問題的核心是，我們如何倖存下來、是什麼給了我們這麼大的演化優勢？我們把這個轉變稱作『大躍進』，而托巴突變理論則提出大躍進是怎麼發生的，我們如何變這麼聰明，同時我們的近親，也就是其他原人，尼安德塔人、哈比人等，卻都停留在穴居的生活。這個理論指稱，大約七萬年前印尼一座超級火山托巴噴發，噴發的灰塵阻隔了大多數地表上的陽光，造成持續數年的火山寒冬，快速氣候變遷使得總人口大幅減少，或許降到一萬人，甚至更少。」

「等等，人類只剩一萬人？」

「呃，估計並不精確，但我們知道有一次人口銳減，在我們的亞種留下了痕跡。我們認為當時活著的尼安德塔人和其他原人可能活得比較好。哈比人居住在托巴火山下風，尼安德塔人集中在歐洲。非洲、中東和南亞承受了托巴火山噴發的惡果，當時我們現代人集中在這些地區。尼安德塔人比我們強壯，腦部也比較大，可能給了他們額外的生存優勢，但我們仍然撐過來了。研究證實人類曾遭托巴火山重創，在滅絕邊緣造成了人口遺傳學家所謂的『人口瓶頸』。有些研究學者認為這個瓶頸引發了一小群人類進化，活過了突變，這些突變可能導致人類智慧的倍數爆發，這是有遺傳證據的。

「我們知道地球上每個人類，都是約六萬年前住在非洲的某個人種直系後裔——我們遺傳學家稱作Y染色體亞當。其實，非洲以外的每個人都是一小群人類的後代，或許只有一百人，他們在大約五萬年前離開非洲。所以基本上，我們都是在托巴火山噴發後逃離非洲、進而征服世界的一個小部落成員，而這部落比任何其他歷史上的原人聰明得多。事情就是這樣演變，但我們不知道原因。真相就是，我們其實不知道我們的亞種是如何活過托巴事件，或他們如何變得比同時代的其他人類亞種更聰明。大腦線路一定有某種改變，但沒人知道這個大躍進是如何發生。可能是因為飲食改變或隨機突變，也可能是漸進發生。托巴突變理論和後續的人口瓶頸只是一個假說，但支持者越來越多。」

他低頭，似乎在考慮。

「我很驚訝你的研究沒有觸及這一點。」看他不說話，她又補充，「所以你認為『托巴』代表什麼？我是說，我可能猜錯了——」

「不，妳是對的，我知道。但妳只是指托巴突變在過去的效應——如何改變人類。而這是他們的目標：創造另一次人口瓶頸，強迫第二次大躍進。他們要引發人類進化的下個階段。這理論讓我知道了理由，先前我們並不明白，還以為托巴是指行動發起的地點，或許是東南亞，尤其是印尼，很合理。這是我在距離托巴火山六十哩的雅加達建立行動的原因之一。」

「原來如此。呃，歷史可能很有用，書本也是，或許跟槍一樣好。」

「先聲明，我看過很多書，我也喜歡歷史，但妳說的是七萬年前，那不是歷史，而是史前。還有，槍有它的地位，這世界沒有外表看起來這麼文明。」

她舉起雙手坐回椅子上。「嘿，我只是想幫忙。說到這個，你剛才說會幫我找小孩。」

「妳也說會回答我的問題。」

「我回答了。」

「妳沒有。妳知道那兩個孩子被抓的原因嗎？至少有個推論。說說看。」

凱特想了一下。她可以信任他嗎？

「我需要一些保證。」她等待，但他只是盯著其餘螢幕，布滿很多紅點那個。「嘿，你在聽嗎？」他面露憂慮，東張西望。「怎麼了？」

「紅點沒有動。」

「這樣不對嗎？」

「照理說一定會移動。」他指指安全帶，「快繫上。」

他說話的口氣嚇到了她。他好像剛發現子女有危險的父親，變得超級專注情緒緊繃。他快速走動時無聲無息，先固定好車上零散的物品，再抓起無線電。

「機動一號，鐘塔司令。改變路線，新目的地是鐘塔總部，收到請回答？」

「收到，鐘塔司令，機動一號改變路線。」

凱特感覺卡車轉彎。

他放下無線電。

她先看到螢幕上的閃光然後聽見——同時感覺到——爆炸。

螢幕上，他們前方的大休旅車瞬間爆炸，飛上空中掉落成一堆火焰和燃燒的殘骸。

槍聲大作，他們的卡車偏離路面，彷彿沒人在駕駛。

另一枚火箭擊中車旁的街道，毫髮之差。爆炸威力幾乎翻倒廂型車，也似乎吸光了室內的空氣。凱特耳鳴不已，被安全帶勒住的腹部脹痛，感官似乎被完全剝奪，一切都變成慢動作，她感覺到卡車倒退然後彈跳。

在耳鳴中，她回頭看。軍人躺在地板上，一動也不動。

23

安全通訊室
鐘塔工作站總部
雅加達，印尼

賈許必須思考，替換了安全通訊室門口即時視訊的人無疑就在外面，而且試圖想闖進來。巨大水泥墳墓裡的玻璃室現在很脆弱，彷彿墨西哥節慶中懸在空中、等待被打破的玻璃罐，而他就是裡面的獎品。

門上有東西？賈許走到房間邊緣仔細看。原本是一小塊，越來越亮，好像加熱中。金屬看起來是溼的……還沿著門流下來。剎那間，火花從門的右上角飛出來，再慢慢往下爬，留下一道黑色窄縫。

他們要用噴槍硬闖進來。當然了，若是用炸藥的話會摧毀機房。這又是一種安全機制，能給裡面的人多一點時間。

賈許跑回桌邊。要先做什麼？線人，克雷格網站上的訊息。他必須回應。對方的電郵andy@gmail.com顯然是假的，這個信箱可能在Gmail創立後兩秒鐘就存在了。線人知道有人會懂，知道這個人會看穿本質：另一個以名字長度用來解碼訊息的鑰匙。密碼……他必須依照規則編造一段訊息和人名。

他回頭看看，噴槍現在已經到了房門右側的一半，火花如同燃燒的炸彈引線燒向地面。管他的，沒時間了。他按下張貼鍵寫了一段訊息：

主旨：給在Tower Records大樓的人。

本文：我希望我們能聯絡上，但沒有時間。恐怕我已經沒時間了。朋友寄給我你的訊息，我還是不懂。很抱歉這麼直接，我真的沒時間玩解謎遊戲。我用電話聯絡不上我朋友，或許你可以在這個版上聯絡他，請用任何能幫他的資訊回覆。謝謝，祝你好運。

賈許按下傳送。為什麼他聯絡不上大衛？他這邊的網路沒有斷線，一定是另一個完全不同的通訊連線，鐘塔幹員不知道的連線，專門用在保密電話和視訊會議上。門上的監視器畫面應該是他們切斷電線接到另一個訊號源，或放一張走道照片在鏡頭前面讓它拍攝。

賈許從眼角看到螢幕上的紅點迅速變化，庇護所裡的紅點聚集在門邊，他們要行動了。

然後紅點消失。

賈許的目光轉向房門，噴槍在加快速度。他更新克雷格網站的頁面，祈禱線人會有回應。

24

鐘塔機動任務中心
雅加達，印尼

大衛抬頭看到站著俯瞰他的女人。

「你受傷了嗎？」她說。

大衛推開她站了起來，螢幕顯示出車外的情景，載著他手下三名外勤幹員的休旅車散落在無人的街道上，變成燃燒的碎片。他沒看到駕駛卡車的兩個人，一定死於第二次爆炸或是被狙擊手攻擊。

大衛搖搖頭，蹣跚地走到武器櫃，拿出兩顆煙幕彈，拉出插鞘，走到車尾的雙併門邊。

他緩緩推開一扇門，迅速丟出一顆，又把另一顆滾到更遠處。煙幕彈在街上滾動的同時冒煙，發出輕微的嘶嘶聲，一小股灰白色煙霧飄進車裡，他小心地關上車門。

大衛原本預料開車門時至少會挨一陣亂槍掃射。看來他們想活捉她。

他回到武器櫃開始自我武裝，揹上一把自動突擊步槍，把這枝大槍和手槍的彈匣塞進褲袋，戴上黑色鋼盔，重新綁好護甲。

「喂，你在幹什麼？出了什麼事？」

「待在這兒別開門。安全了以後我會回來。」大衛邊說邊走向車門。

「什麼?!你要出去？」

「對。」

「你瘋啦？」

「聽著，待在這裡只能坐以待斃。他們早晚會殺進來。我必須在空曠處戰鬥，找掩護和出路。我會回來的。」

「呃、呃、你……我可以拿把槍之類的嗎？」

他轉向她。她嚇壞了，但他不得不佩服她的膽識。「不，妳不能拿槍。」

「為什麼不行？」

「因為妳只會傷到妳自己。在我出去之後把門關好。」他拉下頭盔上的護目鏡蓋住雙眼，以一個流利的動作開門，跳進了煙霧中。

大衛飛快奔跑三秒後，一陣彈雨襲來。步槍聲透露了他需要知道的資訊：狙擊手在他左側大樓的屋頂。

他衝進對街的巷子裡，瞄準屋頂開始射擊，擊中最近的狙擊手，他看到敵人倒下，又往另外兩人一陣掃射，迫得那兩人退到舊大樓屋頂的磚牆後。一顆子彈掠過他的頭，另一顆打進他身旁建築的水泥中，磚塊與水泥碎片噴濺在他的頭盔和護甲上。他轉向子彈來源。有四個人徒步跑向他，是印瑪里保全。

大衛向他們快速射出三波子彈。攻擊者散開，有兩人倒下。

他一放開扳機，就聽見呼嘯聲大作。

他立即撲向巷子的另一邊，火箭彈在他剛才位置的十呎附近爆炸。

他應該先殺光狙擊手的，要不至少逃離他們的射程。

碎片在他身邊掉落，煙霧瀰漫空中使大衛呼吸困難。

街上很安靜，他翻過身來。

有腳步聲，朝他接近。

他站起來跑進巷子，丟下步槍，決定找個可防禦的位置。子彈在巷內牆壁上彈跳，他轉身掏出手槍，射了幾發，迫使跟蹤他的人停步，躲在巷內的房門口。

在他前方，巷子通往一條髒舊的街道，沿著雅加達的三十七條河之一有個水上市場，裡頭的攤位、陶瓷商人和各種小販如今正忙著逃命，指指點點，拚命喊叫，草草收拾當天的收入，匆忙地逃離槍戰。

大衛離開巷子，更多槍聲一口氣吞沒他。有一槍直接命中他的胸口中央，讓他一時猛摔在地上，暈頭轉向。

大衛他前方，更多子彈打到地面，巷子裡的人正快速接近。

他往牆壁翻滾，避開子彈，掙扎著想要呼吸。

這是陷阱。巷子裡的人在驅趕他。

他拿出兩顆手榴彈，拉開插銷，等待一秒，丟了一顆到背後的巷子裡，另一顆丟向轉角處埋伏的人群。

他死命地奔向河邊，同時手上不停地往埋伏者開槍。

他聽見背後巷子裡模糊的爆炸聲，然後是開闊處的爆炸巨響。

就在抵達河岸前，他又聽見一聲爆炸，這次聲音近多了，或許距離背後不到幾呎而已。爆風勁道把他吹翻，掉進了河裡。

裝甲廂型車裡，凱特幾次坐下又站起來。外頭聽起來好像第三次世界大戰，充滿爆炸巨響、連發槍聲，以及碎片擊中車身的聲音。

她走到放槍和防彈背心的櫃子，又聽到更多槍聲。或許她該穿上什麼護甲？她拿出一件黑衣，很沉重，比她想像得重多了。她低頭看她睡在辦公室時穿的皺巴巴衣服。今天真是詭異。

有人敲門，然後說：「華納博士？」

她放下背心。

不是帶她離開警局的人的聲音。不是大衛。

她需要槍。

「華納博士，我們要進去了。」

車門打開。

三個穿黑色護甲的男子，很像抓走孩子的那批人，他們走向她。

「幸好妳安全，華納博士，我們是來救妳的。」

「你們是誰？剛才在這裡那個人怎麼了？」她退後一步。

槍聲平息了，然後遠處有兩聲，不，三聲爆炸。

他們慢慢逼近她，她又退後一步。她拿得到槍，但她會用嗎？

「沒事的，華納博士，請出來。我們會帶妳去見葛雷博士，是他派我們來的。」

「什麼？我要跟他說話。除非跟他談過，否則我哪裡也不去。」

「沒問題的——」

「不，請你們馬上出去。」她說。

後面的男子擠過同伴上前說：「拉斯，我早說了，你欠我五十塊。」凱特認得這聲音。抓走孩子的那個人粗暴沙啞的聲音，是他。凱特愣住，滿心恐懼。

男子走近，用力抓住凱特的手臂，把她轉過身來，手移到她的手腕。他抓住她另一邊手腕併在一起，用尼龍束帶用力綁住她。

她想要掙脫，但尼龍束帶咬進她的肉裡，雙臂一陣劇痛。

男子抓住她的金色長髮把她拉回來，黑色布袋套上她的頭，眼前頓時陷入一片漆黑。

25

安全通訊室
鐘塔工作站總部
雅加達，印尼

賈許看著螢幕上的其他紅點消失，那些庇護所裡的人。他們走到門口，然後消失——死了。幾分鐘後，他看到大衛的車隊停在街上，接著他們也不見了，只剩下大衛。他看著大衛的紅點快速跑來跑去，最後一次衝刺。

然後也消失了。

賈許嘆著氣癱在椅子上，望著玻璃牆外的房門。現在噴槍從門的另一邊往上燒，痕跡形成一個反向的J字，很快就會變成完整的U，然後O形。他們會進來，而他的死期也到了。或許他還有兩三分鐘。

信件。他轉身翻找一堆檔案夾，大衛的「我死了就打開」遺書。幾小時前，賈許還以為永遠不必打開。今天有好多幻滅：鐘塔不可能被滲透、鐘塔不會淪陷、大衛不會死、好人永遠會贏。

他撕開信封。

親愛的賈許，

別難過。我們一開始就落後很多，我只能假設雅加達站已經或即將淪陷。

記住我們的目標：我們必須阻止印瑪里得逞。你發現什麼就轉達給鐘塔的首領，他的名字是霍華・基根，你可以相信他。

ClockServer一號有個程式——ClockConnect.exe。它會開啟到中央的私人管道，可以安全地傳送資料。

最後一點。這些年來我存了一點錢，多半來自於我們消滅的壞人。ClockServer一號有另一個程式——distribute.bat，它會分散我帳戶中的錢。

希望他們永遠找不到這個房間，你也能安全地看這封信。

很榮幸和你共事。

賈許放下信。他在鍵盤上快速打字，先上傳資料給鐘塔中央，再執行銀行交易。

大衛說的「一點錢」實在是太客氣了。賈許看到五筆交易，各自有五百萬美元，先是撥到紅十字會，然後是聯合國兒童基金會，接著是三個其他救災組織。但最後的交易不太對。有五百萬美元存到美國的摩根銀行紐約分行帳戶。賈許抄下帳號主人的名字搜尋，是六十二歲男性和他五十九歲的妻子，這是大衛的父母嗎？有一篇出自長島報的新聞。這對夫婦在九一一攻擊時失去了獨生女，事發時她是Cantor Fitzgerald銀行的投資分析師，剛從耶魯畢業，跟哥倫比亞大學的研究生安德魯・里德訂婚。

賈許聽見噴槍聲停止了。圓圈已經完成，很快他們會開始撞門，準備讓金屬門鬆脫。

他收拾了文件，丟到垃圾桶點火，回到桌邊打開刪除電腦的程式，這要花五分多鐘。或許他們不會發現，或許他可以多爭取一點時間。他看向槍盒。

有動靜，螢幕上的定位地圖。賈許好像看到紅點閃了一下，但又消失了。他專心盯著。大門的砰砰聲嚇得賈許差點跳起來，來者像戰鼓似地猛敲門，想要打掉厚重金屬門。敲打聲搭配著賈許無法克制的心跳。

電腦螢幕顯示出刪除進度：百分之十二完成。

紅點又出現，這次一直亮著：D．維爾。在河中慢慢漂移，生命訊號很微弱，但大衛還活著。他護甲裡的感應器一定是受損了。

賈許必須把他的發現和聯絡線人的方式傳給大衛。該怎麼做才好？通常他們會建立線上的丟包點，或是可以交換加密訊息的公開網站。

鐘塔習慣利用eBay拍賣，在出售產品照片中暗藏訊息或鐘塔演算法可以解碼的檔案。用肉眼看照片很正常，但大量小像素的改變加起來就是鐘塔可以閱讀的複雜檔案。

但他和大衛沒有建立任何系統，他也不能打電話，寄電郵等於送死，鐘塔會監視所有Email，在大衛察看時，鐘塔會追蹤他使用電腦的IP位置。IP會給他們一個實體地點或非常接近的提示。附近的影像監視畫面會填補空缺，他們在幾分鐘內就能抓到他。IP……賈許想到好點子，但行得通嗎？

刪除中……百分之三十七完成。

他得加快動作，趁電腦停止運作之前。

賈許打開VPN（注）連線到一個他多半用來轉接和演練線上任務的私人伺服器，在網路上轉化與轉接加密報告，再呈報給中央。這只是個額外的安全措施，用以確保雅加達站的下載到中央不會被攔截。沒有正式紀錄，沒人知情，而且已經有他寫的幾個安全程式了。完美無缺。

伺服器沒有網址，只有IP：50.31.14.76。像www.google.com或www.apple.com這些網址其實也會轉譯成IP。當你在瀏覽器輸入一個地址，被稱作網域名稱伺服器（DNS）的一群伺服器會比對地址和資料庫裡的IP，把你送到正確的地方。如果你在瀏覽器地址列直接輸入IP，其實就是不繞路到達同樣的地方：74.125.139.100會打開Google，輸入17.149.160.49會打開Apple.com，以此類推。

賈許上傳完資料到伺服器，電腦開始變慢，跳出幾個錯誤訊息。

刪除中……百分之四十八完成。

敲打聲停止，他們又開始用噴槍，金屬門中央形成一個圓形隆起。

賈許必須把IP傳給大衛，可是無法打電話或傳簡訊，所有線人和專案幹員都在鐘塔監視下，況且他不知道大衛最後會漂到哪裡，他需要傳到大衛能夠看見的地方。能夠送出IP位址裡數字的方法，而且只有賈許知道的……

大衛的銀行帳戶。或許可行。

賈許也有個私人銀行帳戶，他猜想幹這一行的人幾乎都有吧。

金屬扭曲的哀號像垂死的鯨魚歌聲充滿空曠的房間。他們逼近了。

賈許打開網路瀏覽器登入他的銀行帳號，迅速輸入大衛的銀行代碼和帳號，然後將一系列匯款到大衛的帳戶：

9.11

50.00

31.00

14.00

76.00

9.11

交易要花一天才會顯示，即使如此大衛也必須察看自己帳戶才會發現。他會明白這是IP位址嗎？外勤幹員不一定熟悉電腦科技。機會渺茫。

此時，大門被衝破了，一群人似乎穿黑色護甲的軍人衝進來。

刪除中……百分之六十五完成。

不夠，他們會找到痕跡。

盒子、膠囊，需要三到四秒，時間不夠了！

賈許撲向桌上的槍盒，把它打落在玻璃地板上。他跟著臥倒，顫抖的雙手伸到盒裡，抓住槍。要怎麼用？滑套，開槍，按這裡？天啊！他們到玻璃室門口了，有三個人。

他舉槍，手臂不斷地發抖，他嘗試用另一手穩住，接著扣下扳機，子彈射穿電腦。他必須打中硬碟，再開一槍，室內震耳欲聾。

到處都是聲音，細小的玻璃碎片滿天飛舞。賈許衝向玻璃牆，玻璃紛紛落在他身上，割傷了他。他低頭，突然看見自己胸口的彈孔，感覺血從嘴角流到下巴，滴入胸前越來越大的暗紅色血泊，他轉頭，看見電腦燈號的閃爍熄滅。

注 Virtual Private Network（VPN）：虛擬私人網路，常用於大型企業或團體與團體間私人網路的通訊方法。

26

柏桑格拉汗河
雅加達，印尼

漁夫在河上划著船，準備前往爪哇海。這幾天的漁獲還不錯，他們帶了他們全部的漁網。小船因為重量下沉，吃水比平常深。如果順利的話，日落時就能拖著裝滿魚的網子回家，足夠自家食用以及拿到市場販賣。

哈托看著他兒子艾可在船頭划槳，滿心驕傲。不久之後，哈托就要退休，由艾可接手家業。然後遲早，艾可也會帶他的兒子出來，就像現在，如同哈托的父親以前教他捕魚那樣。

他希望如此。但是最近，哈托開始擔心未來的狀況不如人意。每年漁船越來越多，但漁獲越來越少。他們每天捕魚更久但實際進帳仍減少。哈托甩開這個念頭。運氣來來去去，就像海潮一樣，世事就是如此。*我不必擔心我無法控制的事情。*

他兒子停止划槳，船開始轉向。

哈托對他喊：「艾可，你得划槳，划得不均勻船會轉彎。注意點。」

「爸爸，水裡有東西。」

哈托一看。有……黑色的東西，漂浮著。是人！「快划，艾可。」

他們停在他旁邊，哈托伸出手抓住他，想把他拉到裝了魚網的小船上，但他太重了。他穿著某種會漂浮的外殼，或許是什麼特殊材料吧。哈托把他翻過身來，頭盔和護目鏡蓋住了他的鼻子，因此他才沒有淹死。

「爸爸，是潛水客嗎？」

「不，他是……警察吧，我猜。」哈托再次嘗試把他拉上船，但是差點翻船。「艾可，快來幫忙。」

父子一起拖著泡水的男子上船，但那人一上船，小船便開始進水。

「爸爸，我們快沉沒了！」艾可緊張地東張西望。

水從側面淹進來。該丟掉什麼？陌生人？河流即將入海，最後他一定會淹死。他們不能拖著他，根本拖不遠。進水越來越快了。

哈托看看漁網。這是船上最有重量的物品，但它們是艾可的繼承物——全家唯一的財產，唯一的謀生工具，一家子全靠它吃飯。

「丟掉漁網，艾可。」

年輕人毫不遲疑地照父親的命令行動，把漁網一張一張丟掉，餵給緩緩流動的河水。

大多數漁網消失後，進水才停止，哈托躺到船上，心不在焉地看著這個人。

「爸爸，怎麼了？」

父親沒說話，艾可湊近他和他們救起的人。「他死了嗎？他——」

「我們得送他回家。兒子，幫我划船。他可能遇上什麼麻煩。」

他們掉頭逆著水流划回河裡，回去找哈托的老婆和女兒，她們應該正準備要清理和儲存他們帶回來的漁獲，但今天沒東西了。

27

【美聯社本社訊，突發新聞報導】

爆炸與槍聲震撼印尼首都雅加達。

（雅加達，印尼）美聯社收到雅加達各地幾起爆炸與槍聲報告。雖然沒有恐怖組織宣稱犯案，但幾位要求匿名的印尼政府人士說，他們認為這些攻擊是協同作戰，目前還不清楚目標人士是誰。

當地時間大約下午一點，三次炸彈爆炸從全市各處老舊住宅區的高樓傳出，目擊者說至少兩棟大樓因此廢棄。

爆炸之後幾分鐘，市場區街道又傳出爆炸和連串槍聲，傷亡人數不明，警方拒絕評論。待詳情明朗後，我們會持續追蹤報導。

【雅加達郵報】

西雅加達警察局長遭逮捕。

印尼國家警察今天證實他們以猥褻兒童罪名逮捕了西雅加達警察局長艾迪·庫斯納迪。新任局長帕庫·克尼亞發出這份聲明：「這是雅加達市警局和西雅加達警局悲哀又可恥的一天，但我們打擊內部邪惡的意志終究會讓我們更堅強，獲得民眾的信任與支持。」

28

印瑪里雅加達分公司總部
雅加達，印尼

凱特坐在椅子上，雙手被反綁，黑布袋仍套在頭上。路程很顛簸，三十分鐘以來，綁匪們把她像布偶般丟來丟去，從一輛廂型車搬到另一輛，押著走過一連串走道，最後再把她丟到椅子上，關上門。在盲目中走動的感官讓她忍不住作嘔，雙手被束帶綁得發痛，而且隔著黑頭套什麼也看不見。絕對的黑暗與寂靜令人心慌。她來這裡多久了？

這時她聽見有東西接近。走廊或大房間裡的腳步聲，每一秒回音都變得更響亮。

「拿掉她的頭套！」

養父馬丁．葛雷的聲音讓凱特全身上下如釋重負，黑暗似乎沒那麼暗，雙手綑綁處的疼痛也減輕了。她安全了，馬丁會幫她找到孩子們。

她感覺頭套被拿掉，光線刺目，令她愁眉苦臉地眯起眼，別開了頭。

「鬆綁！是誰綁她的？」

「是我，長官。因為她不停止反抗。」

她還是看不見他們，但她認得這聲音——從卡車上抓走她，在診所抓走小孩的人，殺害班．艾德遜的人。

「你一定很怕她。」馬丁的口氣冷酷強硬。凱特從來沒聽過他這樣對人說話。另外兩人竊笑，綁架她的人回答，「隨便你投訴，葛雷。我不是你的部下，況且之前你似乎對我們的做法很滿意。」

這是什麼意思？

馬丁的口氣稍微改變，變得緩和些。「你知道這聽起來很像你在抗命嗎，塔瑞？來，我可以讓你看看抗命的後果。」

凱特看清楚馬丁了。他一臉嚴肅地瞪著那個人，再轉向另兩人——肯定是馬丁的隨扈。「帶他去拘留室，蒙上頭套反綁雙手，越緊越好。」

兩名男子抓住綁匪，把凱特剛才的布袋套到他頭上，把那人拖出房間。

馬丁彎腰對凱特說：「妳還好吧？」

凱特揉揉雙手向前傾。「馬丁，我的實驗室有兩個小孩被抓走了。那個人是綁匪之一，我們得去找——」

馬丁舉起一隻手。「我知道，我會說明一切。但是現在，請告訴我妳是怎麼治療那些孩子的。這很重要，凱特。」

凱特張嘴想回答，又不知從何說起，腦中閃過千百種疑問。

她說話前，又有兩個男子走進大房間向馬丁說：「長官，史隆總監找您。」

馬丁不悅地抬起頭。「我會回電給他，不能——」

「長官，他來了。」

「在雅加達？」

「在大樓裡，長官。我們奉命帶您去見他。很抱歉，長官。」

馬丁緩緩站起，面露憂色。「帶她下樓，去觀景甲板準備撤離。還有……守著門口。我馬上就來。」馬丁的手下護送凱特出去，與她保持安全距離但像老鷹般盯著她。她發現其他人對馬丁也是一樣。

29

柏桑格拉汗河
雅加達，印尼

哈托看著神祕男子用手肘撐起身子，摘下頭盔和護目鏡，困惑地看著四周。他把頭盔丟到水裡，又躺了幾分鐘之後，掙扎著解開護甲側面的帶子。終於，帶子解開，他把厚重的背心也丟進水裡。哈托發現背心的胸口處有個大洞。男子揉揉胸口，沉重地喘氣。

他可能是美國人或歐洲人。哈托很驚訝。他看見這人的皮膚，他們撈他上船時看得見一部分臉孔，但原本以為男子是日本人或中國人。全身武裝的歐洲人為什麼會掉進河裡呢？或許他不是警察，可能是罪犯、恐怖份子或販毒集團打手。救這個人會讓他們陷入危險嗎？哈托加快划槳速度。艾可看到船開始轉彎，也加快動作，這小子學得很快。

白人的呼吸緩和一點之後，坐起來開始說英語。

艾可回頭看，哈托不知道該說什麼。這個人講得很慢，哈托說了他會的唯一英語。「我太太說英語。她幫你。」

男子又躺了下去，望著天空捂住胸口，哈托和艾可繼續划船。

大衛猜想胸口的子彈破壞了護甲裡的生物感應器，肯定幫了他一把。頭盔裡的追蹤器仍然開著，但已經丟在河裡了。

天祐這些雅加達漁民，他們救了他，但要帶他去哪裡？或許印瑪里有懸賞找他，這表示這兩人撿到大獎彩券了。如果他們要交出他，大衛必須想辦法逃脫，但他現在幾乎無法呼吸。他醒來時已經過橋了。他必須先休息。他又看了一會兒河景，然後閉上眼睛。

大衛感覺身體底下變成柔軟舒適的床鋪，一位雅加達中年婦女拿著溼布，正在擦他的額頭。「你聽得見嗎？」她一看見他睜開眼睛，轉身用另一種語言喊叫。

大衛抓住她的手臂，她害怕起來。「我不會傷害妳。這是哪裡？」他說。他發現自己感覺好多了，又能夠順利呼吸，雖然胸口仍然作痛。他坐起來放開她的手。

婦人把地址告訴他，但大衛不認得這裡。他還來不及發問，她便已退出房間，稍微歪著頭，謹慎地看著他。

大衛揉著胸前的瘀青。快想。如果對手冒險公然攻擊他的車隊，那麼他們應該已經佔領雅加達站總部了。

賈許。又一個陣亡戰士。如果我不阻止托巴草案，還會死更多人，還有平民，像以前一樣……必須專心。

目前的威脅。這是什麼意思？

他們抓了華納醫生。他們需要她。果然跟她有關。

但他不相信她是主謀者。凱特．華納很真誠又坦白，她相信自己做的研究，這種人不會扯上托巴草案。是他們需要她的研究，他們要利用成果，他們會逼她透露什麼，她將是另一個無辜受害者。他必須救她回來，她是他最好的線索。

他站起來在房裡走來走去，這幾個房間的牆壁薄得像紙，布滿許多塗鴉，多半描繪漁民生活。他打開一扇歪斜的紗門走到戶外陽台上，這個家位在一棟有許多類似住宅的「大樓」三或四樓，外觀全部是白色石膏牆，骯髒的紗門，陽台像階梯堆疊延伸到下方的河岸。他眺望遠方，舉目所及是一棟又一棟類似的住宅，像紙箱一樣堆積，家家戶戶用繩子晾衣服，到處有婦女拍打床單，灰塵飛揚在落日中，宛如逃離地面的小惡魔。

大衛低頭望向河中，漁船來來去去，幾艘有小馬達發動，但大多數靠划槳。他的目光搜尋上方的大樓。他們已經來這裡找他了嗎？

這時他看見了。兩個人，是印瑪里保全，走出底下的二樓。大衛退回陽台陰影中看著他們走進下一家。他有多少時間？或許五到十分鐘？

他走進屋裡，發現一家人擠在客廳裡，不過這裡也有兩張小床。父母背後各躲了一子一女，彷彿大衛的目光會傷害他們。

六呎三吋的大衛比這對夫婦高出兩個頭，魁梧的體型幾乎塞滿門框，擋住了日落的最後光線。他們一定覺得他看起來像怪獸或外星人，彼此是完全不同的物種。

大衛專心看著婦人。「我不會傷害你們。妳會講英語？」

「會，一點點。我在市場賣魚。」

「很好。我需要幫助，這很重要。有個女士和兩個小孩身陷危險。請問問妳丈夫，願不願意幫我的忙？」

30

印瑪里雅加達分公司總部

雅加達，印尼

馬丁・葛雷謹慎地走進房間，彷彿見鬼似地打量杜利安・史隆。印瑪里保全的總監站在六十六樓的角落辦公室遠端遠眺爪哇海，看著船隻往來。馬丁以為這個年輕人沒看見他進來，所以聽到對方開口說話時嚇了一跳。「看到我很驚訝嗎，馬丁？」

馬丁發現史隆從玻璃倒影看到自己進來，這時他終於看清史隆的眼神，充滿冰冷、算計、嚴肅……像掠食者看著獵物，等待攻擊。窗上不完整的倒影隱藏了他的部分臉孔，他雙手交握在背後，一身黑色長大衣看起來非常突兀，因為這裡的氣候相當溼熱，連銀行家都穿比較輕便的服裝，只有保鑣或需要遮掩的人才會穿這麼多。

馬丁努力假裝輕鬆地走到巨大辦公室中央的橡木辦公桌。「確實。恐怕你來得不是時候——」

「不。我全知道了，馬丁。」史隆緩緩轉過來，慎重地說話，目光直盯著馬丁，同時走向他。「我知道你在南極洲的冰上釣魚小探險，也知道你在西藏亂搞，還有綁架小孩。」

馬丁換個姿勢，想走到桌子後面，讓兩人之間隔點東西，但史隆改變方向，從側面走來。馬丁堅持動作，不肯退讓，即使這野蠻人似乎要在他的辦公室裡當場割斷他的喉嚨。

馬丁回應史隆的注視。史隆的臉形瘦長、陽剛味十足，但很粗糙。多年艱苦生活留下了深刻的痕跡，是張懂得苦難的臉孔。

史隆在距離馬丁不遠處停止鬼祟的步伐。他站在原地淺笑，好像知道什麼馬丁不知道的事，並且早已設好了陷阱，而他只是在等待。「原本我可以早點發現，但我一直在忙鐘塔的事，不過我想你已經知道了。」

「我當然看過報告。確實是不幸又不巧。如你所說，我的手邊也很忙。」馬丁的雙手開始微微發抖，他把手插進口袋。「我打算透露這些最新發展，南極洲、中國——」

「小心點，馬丁。下一句謊話可能是你人生最後一句話。」

馬丁吞了吞口水，看著地上思索。

「我只有一個問題，老頭。為什麼？我蒐集了你留下的這麼多線索，但還是不懂你的最終目標是什麼？」

「我沒有違背誓言，我的目標就是我們的目標：阻止我們都知道的這場打不贏的戰爭。」

「我們都同意時候到了，托巴草案該即刻生效。」

「不。杜利安，還有別的方法。真的，我保留這些……發展，是有個好理由。雖然還不成熟，我不知道能否行得通。」

「行不通。我看了中國的報告，成人全部死亡。我們沒時間了。」

「沒錯，測試失敗，是因為我們用錯了療法，凱特應該用了別的東西。當時我們不知道，但她會告訴我。明天這時，我們就可以走進那座墳墓——我們終於可以知道真相了。」

這是冒險一試，史隆停止注視自己時，馬丁有點驚訝。史隆的目光移開，然後低頭。過了片刻，他終於轉身走回窗邊，恢復馬丁剛走進房間時的姿勢。「我們已經知道真相了。至於凱特和新療法……你抓了她的小孩，所以她不會說的。」

「她會告訴我。」

「我相信我比你清楚。」

馬丁感覺血氣上湧。

「你打開潛艇了嗎？」史隆的語氣變得平靜。

馬丁一臉愕然。史隆在試探？或者他認為……

「還沒。」馬丁說，「我們遵照比較周全的檢疫程序以策安全，但我聽說現場幾乎沒有危險。」

31

河村貧民窟

「他們打開時，我要在場。」

「已經封閉了七十幾年，沒有什麼會——」

「我要在場。」

「當然。我會通知現場。」馬丁伸手拿電話，不敢相信這個好運。希望的感覺好像潛水超時三分鐘之後吸到第一口新鮮空氣那般解放。他迅速撥號。

「等我們到了你再告訴他們。」

「我希望不要出任何差錯——」

史隆轉身離開窗戶。嗜血的眼神又回來了，他的目光簡直要在馬丁身上燒出個洞來。「這可不是請求。我們要一起打開潛艇，我不會讓你離開視線，直到這件事結束。」

馬丁放下電話。「好吧，但我必須先跟凱特談談。」馬丁吸口氣，挺直背脊。「還有，我不是請求。你需要我，我們都很清楚。」

史隆透過窗戶倒影看著馬丁，馬丁好像看見他的嘴角淺淺一笑。「我給你十分鐘。如果你失敗，我們就去南極洲，我會把她交給能讓她招供的任何人。」

雅加達，印尼

大衛看著兩名印瑪里保全幹員，轉身跑進這一排邊間的五房廉價公寓裡。他特別選這一戶正是因為它的格局。

他們掃過房間，以快速、機械化的動作移動，進入每個房間時舉槍在前，先往左，再往右指。

大衛從他的藏身處聽著他們回報。「安全。安全。安全。安全。安全。」他聽到他們走出已經「安全」的住宅時腳步放慢。

第二人經過他時，大衛悄悄溜到那人背後，用溼布摀住他的嘴，等待麻醉藥充滿他的口腔與鼻孔。那人手腳亂揮急著想要擺脫大衛，但是四肢逐漸失去控制。大衛緊摀著他的嘴，沒讓那人發出聲音，直到他癱倒在地上。大衛正要把注意力轉到另一人，卻聽見隔壁房間裡無線電沙沙作響。

「印瑪里偵察五隊，請注意，鐘塔回報你們所在區域裡有個外勤槍械庫被打開過，估計目標在你們近距離，可能持有武器和爆裂物。小心進行，我們會派出支援。」

「柯爾？你聽見沒？」

大衛蹲在剛迷昏的人——顯然是柯爾——身邊。

「柯爾？」另一人從隔壁房間喊。大衛聽見靴子踩到沙石的磨擦聲。現在他走得很慢，像走在地雷區的人，任何一步都可能是最後一步。

大衛起身時，對方衝進門來，槍口指著大衛的胸膛；大衛撲向他，雙雙倒地扭打奪槍。大衛抓住他的雙手猛撞幾次骯髒的地面，槍枝脫手滑到牆邊。

幹員推開大衛爬向手槍，但大衛隨即又壓在他身上，用臂彎緊緊勒住幹員的脖子。他把掌跟壓在幹員背部上借力，感覺得到獵物的氣管封閉，但是維持不久。

幹員前後搖晃地猛抓勒住他脖子的手臂，又向下伸手想要抓……什麼？他的口袋？然後他拿到了——靴子裡的一把刀。他反手刺向大衛，戳到側面。大衛聽見衣服破裂聲，看見刀上的血跡。刀子又急速地刺向大衛。他撲到旁邊，勉強閃過第二刀。他的手從幹員背後移到頭上，使出交叉鎖喉，一用力。一聲斷裂的巨響，幹員癱倒在地。

大衛從幹員屍體上翻身離開，望著天花板，看到兩隻蒼蠅在互相追逐。

32

印瑪里雅加達分公司總部

雅加達，印尼

馬丁的手下帶凱特到地下深處，經過一條長走廊，通往看似大水族館的地方。玻璃窗至少有十五呎高，或許六十呎寬。

凱特不懂她看到了什麼，窗外的場景顯然是雅加達灣的海底，但是游來游去的生物令她困惑。起初她以為是某種發光海洋生物，像是水母，漂到海底再浮上水面，但是燈光不對勁。她走近玻璃。那是機器人，很像機器螃蟹，有著像眼睛會旋轉的燈和四根觸手。每根觸手有三支金屬手指，它們鑽進地裡，再出現時機械手上拿著東西。她很專心地看。那是什麼？

「我們的發掘方法有很多波折。」

凱特轉身，看到馬丁臉上的表情後愣住，擔憂浮上心頭。他顯得很累、鬱悶卻又堅決。「馬丁，請告訴我怎麼回事。從我實驗室被抓走的孩子們在哪裡？」

「目前在安全的地方。我們時間不多了，凱特。我必須問妳一些問題，透露妳治療那些孩子的方式非常重要。我們知道不是ARC-247。」

*他怎麼會知道？為什麼在乎她用什麼治療孩子們？*凱特努力思索。有些不對勁。如果她透露了會怎樣？那個軍人，大衛，說對了嗎？

四年來，馬丁是凱特唯一能夠勉強完全信任的人。他向來和她疏離，埋首工作——比較像法定監護人而非養父。但她需要時他總是會在場。他不可能涉及綁架案。可是……有些不對勁……

「我會告訴你，但我希望先放了孩子。」她說。

馬丁走過來，陪她站在玻璃牆邊。「恐怕沒辦法，但是我保證，我會保護他們。妳得相信我，凱特，這關係到很多人命。」

保護他們避免什麼？「我要知道這裡到底是怎麼回事，馬丁。」

馬丁轉身走開，似乎在考慮。「如果我告訴妳，在這世上某處有個武器，比妳能想像的任何東西都強大呢？一種能夠消滅全人類的武器。而妳治療那些孩子的方法是我們唯一活命的機會，我們抗拒這個武器的唯一方法？」

「我會回你太扯了。」

「會嗎?妳懂進化,知道很多事並不離譜。人類沒有我們想得這麼安全。」他指指水族館牆外正在下沉的一隻機器人。「妳猜猜外面在做什麼?」

「挖寶藏?或許是沉船。」

「在妳看來像是尋寶?」凱特沒回答,他繼續說:「如果我告訴妳外面有很多海岸城市呢?而且只是全世界許多個城市之一。大約一萬三千年前,大半個歐洲埋在兩哩厚的冰層下,紐約也被一哩冰層覆蓋。幾百年內冰河融化,海平面上升將近四百呎,消滅了地表上每個海岸聚落。即使到今天,人類將近半數人口仍住在距離海岸一百哩內。想像一下當時有多少人住在海邊,魚類是最可靠的糧食來源,航海是最容易的貿易方法。妳可以想像永遠失去的聚落和城市,那些我們永遠無法重建的歷史,我們對此事件唯一殘存的紀錄是大洪水的故事,活過冰河洪水的人因此熱心警告未來的世代。洪水故事是歷史事實,出現在聖經與其前後年代的所有文本中的故事也是真的,這點有地質證據可證明。阿卡德人的楔形文字、蘇美人的文本、美國的原住民文明,都談到了大洪水,但沒人知道之前發生了什麼事。」

「就為了這個?尋找失落的海岸城市,亞特蘭提斯?」

「亞特蘭提斯不是妳想的那樣。我的重點是海平面下有好多東西,好多我們不知道的自身歷史,想想在大洪水時代還失去了什麼。妳了解遺傳史,知道至少兩種或三種人類活過了洪水期,可能還有更多。我們最近在直布羅陀發現兩萬三千年前的尼安德塔人骨頭,或許可能再找到更接近現代的骨頭。我們也發現僅約一萬兩千年前的骨頭,大致上就是洪水時代,離我們現在的位置不到一百哩,就在爪哇島外海的弗洛雷斯島上。我們認為這些哈比人存在了大約三十萬年,然後在一萬兩千年前突然滅絕了。尼安德塔人在六十萬年前進化——他們滅亡時已存活了大約是我們現代人三倍長的時間。妳知道歷史研究。」

「當然，但我看不出這跟綁架我的小孩有什麼關係。」

「妳想想，為什麼尼安德塔人和哈比人會滅亡？在現代人出場之前，他們已存在很久了。」

「我們殺了他們。」

「沒錯。人類是史上最大的屠殺集團。假設我們先天被設定可以倖存，我們古代的祖先都被這個本能驅使，看出尼安德塔人和哈比人是危險的敵人，所以他們或許屠殺了幾十個人類亞種，而那個傳承可恥地延續下來。如今的我們才會攻擊任何不同的、不了解的、可能改變世界或環境，抑或降低我們生存機會的東西。種族歧視、階級鬥爭、性別歧視、東西方對立、南北衝突、資本主義與共產主義、民主與獨裁、伊斯蘭和基督教、以色列和巴勒斯坦，都是同一場戰爭的不同面貌——追求同質化人類，結束歧異的戰爭。這是我們很久以前就開始，並且一直持續到現在的戰爭。每個人類腦中潛意識層面底下運作的戰爭，就像電腦作業系統程式隨時在背景中執行，帶領我們到了某種偶發意外。」

凱特不知該說什麼，毫不明白這跟她的實驗與小孩有什麼關係。「你指望我相信這兩個孩子涉及人類自古以來的鬥爭？」

「對。想想尼安德塔人和人類之間的戰爭，哈比人和人類之間的戰鬥，為什麼我們贏了？尼安德塔人腦部比我們大，身材也更高更壯，但我們的腦部線路不同，我們的心智設定可以製造先進工具來解決問題，甚至預料未來。我們的精神軟體給了我們優勢，但目前仍不知道是怎麼得來的。五萬年前我們只是動物，像他們一樣，但某種大進化給了我們至今仍然不懂的優勢，唯一可以確知的是大腦線路的改變，可能是我們使用語言和溝通的方式改變，一種改變。這些妳都知道，但是……如果另一次改變正要發生呢？那些孩子的大腦線路不同。妳知道進化是怎麼回事，進化從來不是直線發生，是靠嘗試錯誤進行。那些孩子的大腦可能就是人類心智的下一版作業系統，是更新更快的版本……比舊版，就是我們，更具優勢。如果那些孩子或其他類似的人，正是人類基因樹狀圖出現的新分支初期成員呢？新的亞種。如果在這個地球上某處，有一群人已經擁有新軟體呢？妳想他們會如何對待我們舊人類？或許就像我們上次對待沒我們聰明的人類一樣。」

「太荒謬了。那些孩子對我們不成威脅。」凱特觀察馬丁。他表情變了……眼神，她無法形容。還有他說的話，大談遺傳和演化史，說些她已經知道的事……為什麼？

「看起來或許不像，但我們怎麼知道？」馬丁繼續說，「根據我們對過去的了解，每種先進人類都消滅了他們視為威脅的每個物種。上次我們是掠食者，但下次我們會是獵物。」

「船到橋頭自然直。」

「已經到橋頭了，只是我們還不知道。這是框架問題的本質——在複雜環境中，我們無法知道自己行為的後果，無論當初看來有多好。福特自以為創造了大眾運輸裝置，但他也給了全世界摧毀環境的方法。」

凱特搖頭。「清醒一點，馬丁。你好像瘋了，出現幻覺。」

馬丁微微一笑。「令尊告訴我這些的時候，我的回答也一樣。」

凱特斟酌馬丁的宣告。這是謊話，一定是，至少也是故布疑陣，玩弄她的信任，想提醒凱特是他收留了她。她瞪視他。「你的意思是，你是為了防止進化才抓走孩子？」

「不盡然……我無法解釋一切，凱特，我真希望我可以。我只能告訴妳那些孩子握有防止戰爭發生、消滅全人類的關鍵。這是打從五萬年前我們的祖先離開非洲時就一直發生的戰爭。妳得相信我。我必須知道妳的療法。」

「什麼是托巴草案？」

馬丁面露困惑，或者可說是恐懼。「妳……從哪兒聽來的？」

「帶我離開警局的軍人。你——參加了托巴草案？」

「托巴草案……是個應變計畫。」

「你參加了嗎？」她的語氣平緩，但畏懼答案。

「對，但是……托巴草案或許沒必要——如果妳告訴我實話，凱特。」

四名武裝男子從凱特先前沒注意到的側門走進來。

馬丁轉向他們。「我們還沒談完！」

兩個衛兵抓住她手臂，把她拉出房間，穿過她來見馬丁的那條長走廊。

在遠處，她聽見馬丁和另外兩個人爭執。

「史隆總監說告訴你時間到了。她不會說的，反正她知道得太多。總監在直升機場等你。」

33

河村貧民窟
雅加達，印尼

大衛再給印瑪里保全幹員狠狠一記耳光，他醒了。這年輕人頂多不過二十五歲，如今睡眼惺忪地抬頭，看見大衛才瞪大眼睛。

他想掙脫，但大衛抓住他。「你叫什麼名字？」

男子看看四周，尋找救兵或是出口。「威廉．安德斯。」他在身上摸索武器但是沒找到。

「看著我。你看過我穿的護甲嗎？認得吧？」大衛站起來，讓對方清看他身上從頭到腳的印瑪里戰鬥服。「跟我來。」大衛說。

昏沉的男子蹣跚走進隔壁房間，他同伴的屍體躺著地上，頭顱呈現彆扭不自然的角度。

男子嚥下口水，倚在門上穩住身子。「柯爾。柯爾．布萊恩。」

「他也向我說謊。我只再問一次，你叫什麼名字？」

「好多了。你是哪來的，柯爾．布萊恩？」

「雅加達分公司，印瑪里保全特選隊。」

「不，你是哪裡人？」

「什麼？」年輕傭兵似乎沒聽懂問題。

「你在哪裡長大的？」

「科羅拉多州的柯林斯堡。」

大衛看出柯爾快要清醒了，不久他就會面臨危險，必須快查出柯爾．布萊恩是否可用。

「有家人嗎？」

柯爾離開大衛幾步。「沒有。」

謊話。那就有希望。現在大衛必須取信他。

「柯林斯堡也玩不給糖就搗蛋嗎？」

「什麼？」柯爾退向門口。

「別動。」大衛口氣變得強硬，「你應該感覺背部很緊繃，對嗎？」

男子摸摸下背部，想把手伸進護甲裡，臉上浮現困惑。

大衛走到房間角落的帆布袋掀開蓋子，露出幾個方形與長方形褐色磚塊，看起來好像包著保鮮膜的黏土。

「知道這是什麼嗎？」

柯爾點頭。

「我放了一小排這種炸藥在你背上，可用無線引爆。」大衛伸出他的左手，給柯爾看約略兩顆三號電池直排大小的小圓柱。大衛的拇指按在頂端的紅色圓鈕上。「知道這是什麼嗎？」

柯爾愣住。「死人的扳機（注）。」

「很好，柯爾。這是死人的扳機。」大衛站起來把帆布袋背帶揹到肩上。「如果我的拇指離開這個鈕，炸藥就會引爆，把你的內臟炸成漿糊。記住，炸藥不足以傷到我，卻能穿透你的護甲。即使我站在你身邊，如果我中槍或受傷，爆炸也會液化你的內臟，只留下外面的硬殼，好像吉百利奶油彩蛋。你喜歡吉百利奶油彩蛋嗎，柯爾？」大衛看出這下柯爾真的懂了。

柯爾悄悄往側面搖頭。

「真的？我小時候超愛的，最喜歡在復活節收到這玩意。我媽還會留一些在萬聖節上街討糖果之後給我，我總是等不及回家就吃了。巧克力厚殼，裡面是濃稠的黃色。」大衛轉過頭，彷彿在回想滋味有多好。他看向柯爾。「但你不想當吉百利奶油彩蛋，對吧，柯爾？」

34

印瑪里雅加達分公司總部

雅加達，印尼

馬丁走出通往直升機坪的電梯，太陽幾乎已完全西下，滿天紅霞，八十層大樓頂上的和風從海上吹來，帶著海水的鹹味。在他前方，杜利安．史隆和三名手下等著。一看見馬丁，他轉身示意直升機駕駛員開始起飛程序，引擎被發動，旋翼開始轉動。

「我早說過她不會透露的。」史隆說。

「她需要時間。」

注 Dead Man's Trigger，人死亡時會引爆所有預置的炸彈作為反擊

「沒用的。」

馬丁站直身子。「我比你了解她——」

「這點有爭議。」

「再說一個字，我會讓你後悔。」馬丁走向史隆，幾乎是在直升機噪音中吼叫。「她需要時間，杜利安。她會說的，我勸你別這麼做。」

「是你搞出來的，馬丁。我只是收拾善後。」

「我們還有時間。」

「我們都知道沒有了——是你自己說的。我覺得你說的另一點也挺有趣，我猜你討厭我是因為討厭我的方法和計畫。」

「我討厭你是因為你對她所做的——」

「還不到她對我家人所做的十分之一。」

「她跟那件事無關。」

「我們不可能有共識，馬丁。還是專心在眼前的任務吧。」

史隆抓著馬丁的手臂，帶他遠離直升機方便說話。馬丁猜想是為了避免讓史隆的手下聽見。

「聽著，馬丁，我跟你談個交易。我能延後托巴草案直到我們查明這樣有沒有用，你讓我們審問那女人，或許一兩個小時就能問出我們需要的。如果我們現在前往南極洲，登陸前就能得到資訊，便可以在八小時內測試真正的亞特蘭提斯基因反轉錄病毒。沒錯，我知道你在找入口。」

馬丁想說話，但史隆揮手打斷他。「別否認了，馬丁。我在團隊裡有線人。二十四小時內，你跟我可以一起走進墳墓的大門，不需要用到托巴草案。這是你唯一的一招，我們都很清楚。」

「我要你保證不會傷害她……不能是永久性傷害。」

「馬丁，我不是怪物，我們只需要她知道的事，不會造成她的永久性傷害。」

「這一點我們沒有共識。」馬丁低頭，「該走了。南極洲現場相當遠。」

他們走向直升機時，史隆把一名手下拉到旁邊。「把塔瑞放出來，叫他問出華納對那些小孩做了什麼。」

35

印瑪里雅加達分公司總部外面

雅加達，印尼

兩人默默開車將近十分鐘之後，大衛說：「告訴我，柯爾，柯林斯堡的小子怎麼會跑來印瑪里保全上班？」

柯爾直視前方，專心開車。「你說得好像是壞事。」

「那還用說。」

「殺了我同伴，還在我背上裝炸彈的人竟敢這麼說。」

柯爾說得有道理，但大衛無法解釋，這樣他就沒優勢了。有時候你得當壞人才能拯救好人。

他們繼續默默開車，直到抵達印瑪里雅加達園區，一棟被頂端蛇籠的高大鐵鍊圍籬包圍的六棟大樓，每個入口都有崗哨。大衛戴上頭盔護目鏡，把剛才死者的識別卡交給柯爾。

在門口，警衛走出崗哨，慢慢晃到車邊。「證件？」

柯爾給他兩張印瑪里識別卡。「布萊恩和史提芬斯。」

警衛接走卡片。「謝了，混蛋。我識字四十年了。」

柯爾舉起一隻手。「只是想幫忙。」

警衛靠近車窗。「脫下頭盔。」他對大衛說。

大衛脫下頭盔直視前方，以側面相對，希望側臉能蒙混過關。

警衛看看識別卡，再看著大衛，重複了幾次。「等一下。」他匆忙回到崗哨。

「這樣正常嗎？」大衛問柯爾。

「從來沒碰過。」

警衛把電話貼到耳邊，他在撥號，眼睛盯著他們兩個。

大衛一個快動作拔槍伸手橫過車子，警衛放下電話也想要拔槍。大衛開槍擊中他的左肩，正中背心沒遮到的地方。他倒地卻無性命之憂，但態度或許不會改善。

柯爾開車衝向印瑪里總部主建築。

「停在後門，靠近碼頭的地方。」大衛伸手到後座拿裝滿炸藥的小背包，他把裝著剩餘炸藥的布袋藏到地板上。

遠處，他們聽見園區到處傳出響亮的警笛聲。

他們從一處無人看守的卸貨區進入大樓，大衛把炸藥裝在門邊的牆上，在引信輸入密碼，讓它開始發出嗶嗶聲。這件事用單手很難做到，但為了柯爾，他必須把拇指留在扳機上。

他們走過走廊，大衛每隔二十呎左右就裝設炸藥。

大衛在他們抵達前不告訴柯爾任何事，因為他的俘虜可能會設法向印瑪里總部通風報信，無論如何都沒有好處。現在他必須解釋了。「聽著，柯爾。他們抓了一個女人關在這棟大樓裡。她是凱特．華納醫生。我們得找到她。」

柯爾猶豫片刻之後說：「牢房和偵訊室在大樓中段，四十七樓……不過即使她還在而你能把她帶出房間，還是出不了大樓；保全正在趕來，光是這棟樓裡就有幾十個警衛，再加上回來的外勤幹員。」柯爾指指大衛左手的死人扳機。「如果你……我會怎麼樣？」

大衛想了想。「這棟大樓裡有沒有外勤任務裝備？」

「有，三樓的主槍械庫，但大多數武器和護甲不在。今天所有外勤部隊都派出去殺你了。」

「沒關係，他們不會拿走我需要的東西。我們救出她之後，我會把扳機交給你。我保證，柯爾，然後我自己會設法出去。」

柯爾點一下頭，「有個送貨樓梯沒裝監視器。」

「在我們動手之前還有件事。」大衛打開一個儲物櫃點火。幾秒內，火焰燒到木架，接近天花板的煙霧偵測器。

四周響起火災警報，閃爍的LED燈點綴著喧囂，一陣大亂四起。房門紛紛開啟，人群從左右的房間衝出來，灑水器啟動，淋溼了逃命的人群。

「現在輪到我們上場了。」

36

印瑪里雅加達分公司總部
雅加達，印尼

電梯裡，凱特不停反抗警衛像老虎鉗似地緊抓她的雙臂。他們把她壓在牆上，直到電梯門打開，再把她拖進一個看起來像是有牙醫診療椅的房間。警衛重重丟下她，再把她綁住，冷笑說：「醫生馬上來。」他們隨後邊大笑邊走了出去。

這時她只能等待。剛剛見到馬丁的放鬆感覺像是一百萬年前的事。恐懼開始籠罩她，寬綁帶咬進她的手臂，就在剛才尼龍束帶咬住她手腕的上方處。除了椅子，四壁只有一片慘白，唯一的物品是上面放了一包圓形東西的鐵製高腳桌。她從躺椅上只能勉強看到它，然後被迫仰望著嗡嗡低鳴的日光燈。

房門打開，她轉頭去看。是抓走小孩的男子。從軍人的廂型車抓走她的人。他露出大大的微笑，惡毒的笑容，好像在說：「我終於逮到妳了。」

他停在她面前幾呎。「今天妳給我惹了不少麻煩，小妞。但是人生總有第二次機會。」他走到鐵桌邊打開那個包裹。凱特從眼角勉強看見不鏽鋼器具的反光，長長尖尖的。他回頭瞪著她。「噢，妳不相信？以我的經驗，人生就是復仇。」

他拿出一個刑求工具，小型版的燒烤鐵叉。「妳會招出我想知道的，但我希望肉體限度上拖越久越好。」

另一個穿著白袍的男子進來，拿著凱特看不到的東西，可能是針筒。「你在幹什麼？」他問刑求者。

「熱身。你在幹嘛？」

「計畫不是這樣。我們必須先用藥，這是命令。」

「不是我的命令。」

凱特無助地躺著，兩個男人互瞪，刑求者拿著鐵叉，白袍者抓著針筒。

終於，白袍者說：「管他的，我要給她注射，然後隨便你要幹什麼。」

「那是什麼？」

「我們在巴基斯坦用的新玩意，能把他們的腦子變漿糊，讓他們什麼都會招。」

「永久性的嗎？」刑求者問。

「有時候，會產生很多不同的副作用，我們還在調整。」他把大型針筒戳進凱特手臂緩緩注射，她感到冰涼液體流入血管，忍不住掙扎起來。

「要花多久？」

「十分鐘，或許十五分。」

「她會記得嗎？」

「可能不會。」

刑求者放下鐵叉，走到凱特身邊，一手摸過她的胸前和大腿。「真可愛，又火辣。或許他們問出答案之後，可以把妳送給我。」

37

凱特不知道過了多久，不知道現在她是睡著了還是醒著。她的身體不痛了，感覺不到綁帶，沒有任何感覺。她好渴，燈光好刺眼。她轉頭到側面，舔拭嘴唇，好渴。

醜男出現在她面前，抓著她下巴把她扭回來面向燈光。她眯起眼。他的臉好惡毒又憤怒。「我想我們應該準備好第一次約會了，小公主。」

他從口袋掏出東西。一張紙？

「但是首先，我們必須處理文書工作，只是幾個問題。第一題：妳給那些小孩吃了什麼？」他指著紙張。「啊，我們還有個注記：『我們知道不是A-R-C2-4-7』。管他是什麼。他們知道不是，所以別想說謊。嗯，是什麼？快給正確答案。」

凱特忍住回答的衝動。她左右搖頭。但在腦海中，她看到自己在實驗室裡準備，擔心不會成功，或者會傷害他們的大腦，把他們變成……漿糊……他們給她的藥……她必須……

「是什麼？告訴我。」

「我給……我的孩子……」

他湊近她。「大聲點，小公主。我聽不見。接線生準備好紀錄妳的答案了。」

「我給……不能……給我的孩子……」

「對，很好，給妳的孩子什麼？」

「給我的孩子……」

他坐起來。「我操，你們聽到沒有？她恍神了。」他關上門。「該用B計畫了。」他在房間角落做了什麼？

她無法專心。

突然警報大作。水從天花板灑下。燈光閃爍，比剛才更亮。凱特緊閉眼睛。經過多久了？一聲巨響，更多聲音，是槍聲。突然，房門爆炸。

醜男渾身是血地倒下。他們解開她，但她站不起來，她從椅子上滑落到地面，像個小孩溜下滑水道一樣。

她看見他了——廂型車那個軍人，大衛。他揹著背包，交給另一個人某種小裝置，另一人很害怕，拇指按著那個裝置。他們的聲音好模糊，凱特感覺像泡在水裡。

軍人雙手捧起她的臉，溫柔的褐色眼睛看著她。「凱特？聽得見嗎？凱特？」他的手很溫暖，但水好冰冷。她舔一下嘴唇，應該喝點水的，還是好渴。

他跳起來，又有更多槍聲。他離開一會兒後又回來。「妳能雙手抱住我嗎？」他拉她的手臂，但她渾身無力，雙臂像水泥一樣沉重。

他衝回門口丟出某種東西。

他用強壯的臂膀抱起她。他們奔跑著，擋在前方的玻璃和鋼鐵牆壁爆炸，碎片打到她，但是不痛。

他們在飛，不對，是墜落。他緊抱著她，現在只用單手。他往後伸手，想要拿什麼東西。然後他們被拉回來，卡到某個東西。她從他懷中掉出來，但他用一隻手抓住她，她垂吊在滑行的他身上，有片白雲伸出來的線吊著他。他抓不住她——她太溼了，衣服也溼了。她在墜落。

他改用雙腳夾住她，緊箍著她胸前和背後。他的手抓住她的手臂，最後用雙腿環抱著她。此時她面向下方，她看到了他們。

底下好多人，槍火四起，大樓和碼頭都是人，更多人跑出大樓開始開槍，上方有嗶嗶聲，大樓底部爆炸，碎片和士兵們的血肉飛濺到停車場上。

上方傳來撕裂聲，他們在加速墜落。大衛扭身，她感覺他們騰空飛走，飛向遠處的海灣上。

底下傳來更多聲音，引擎發動與更多槍響。他們轉身，她看到船塢也人來人往。上方急促的嗶嗶聲，停車場上一輛車爆炸，在幾百呎範圍發出一道火焰與煙霧之牆，吞噬每個人與一切事物。槍聲停止。

現在一片寂靜安祥。她看到夕陽的最後餘光消失在爪哇海，黑暗逐漸降臨，他們在天上飄了一陣子，凱特不知道有多久。

她又聽見上方的撕裂聲，他們落向下方黑暗的海面。凱特感到大衛在掙扎，伸手想抓東西。圈著她的雙腿鬆脫，他們終於抓不住了，她獨自加速墜落。過了慢動作的幾秒鐘，她墜落時翻轉，看到飄在上方的男子，飄離了她。

她聽見但感覺不到海水吞噬她的巨響，把她往下壓，往下拉。冰冷的鹹水灌進她的口鼻，她無法呼吸，只感到灼痛。天色幾乎全黑了，只有月亮接觸海面處有一點光線。

她在漂浮，雙臂浮在身邊，睜著眼睛等待。

只能等待。她努力不吸到更多水。腦中一片空白，沒有念頭。只有冰冷的海水包圍著她，燒灼她的肺。

信號彈，燃燒的棍子掉落，離她太遠了。海面上有東西在游泳，像隻小蟲，太遠了。又一發信號彈，近了點，但還是太遠。那個生物埋頭在水中划動，再冒出來吸氣。第三發信號彈，那個形體下潛游向她，抓住並拉著她，朝向海面猛踢水。他們絕對到不了。她又喝到一口水，她需要空氣。海水侵入體內，感覺像冰冷的泥水倒進她嘴裡，海水用力拉扯她，不讓她浮上去，除了月亮以外的一切都好暗。

她突然感覺到空氣了，風和雨滴，聽見濺水聲。水聲持續好久，那隻手臂抱著她，托住她，讓她的頭浮出水面。

一聲轟然巨響，一艘大船，有燈光，直接駛向他們，幾乎快要撞到他們。她看見救援者揮手拉著她避開航道。

有另一個人，雙手拉起她，讓她仰躺著。救援者俯瞰著她，按壓她胸口，捏著她鼻子，然後……吻她。他的呼吸好灼熱，充滿她嘴裡再衝入肺部。她起初抗拒，但後來決定回吻，她很久沒接吻了。她努力想舉起手臂，但是沒辦法，她再試一次，可以了。她伸手想抱他。他推開她的手並壓住。她靜靜地躺著，肺部幾乎快爆炸了。他把她翻過身，水從她的口鼻流出。咳嗽作嘔時流個不停。她的肚子抽筋，使她拚命喘氣。

他壓著她直到她呼吸緩和，每一次呼吸都灼痛不已，她的肺還是充不滿氣，每次呼吸都很淺。

他向其他人喊：「關燈！關燈！」他伸手橫過自己脖子作勢切斷，沒有動靜。

他起身走開。稍後，燈光熄滅，他們在快速移動。雨水拍打著凱特的臉，但她只能躺著，動彈不得。

他又扶起她，如同帶著她離開摩天樓那樣緊摟著。他帶她往下，把她放在一個擁擠房間的小床上。

她聽見講話聲，看見他指著一個人。「奧圖，停，停！」他又指著。

然後他走向她，強壯的雙手抱起她，他們下船回到了陸地，沿著海灘走，前往一個好像是二次大戰被炸過似地破敗城鎮。他們進入某座小屋，燈光亮起。她好累，再也無法保持清醒。他把她放到一片花床上——不，是有花卉圖案的被子上。她閉上眼睛幾乎睡著，但感覺他站在腳邊，拉掉她的溼褲子。她微笑，他伸手到她的上衣，她突然感到一陣驚慌。他會看見——那個疤。他雙手抓著上衣，但她壓著，掙扎著不肯脫下。

「凱特，妳得換上乾衣服。」

「不。」她搖頭翻身。

「妳得……」

她聽不清楚他的話。

他拉拉上衣。

「拜託不要，」她咕噥說，「拜託不要……」

這時他放開她，床上的重量改變。他走了。

小型馬達發動聲響起。上方吹來的暖風包圍她全身。她翻身，讓風吹暖了她的肚子，她的頭髮。她全身都好暖和。

38

印瑪里雅加達分公司總部

雅加達，印尼

柯爾趴著等待。他等了將近一小時讓炸彈技師處理他的背心。他努力不亂動，不尿褲子，不慘叫。有個念頭反覆閃過他腦中：我永遠見不到家人了。無論給多少錢，他都不該幹這份差事的。他開加盟修車廠所需的二十五萬美元已經存有十五萬。他的錢來自兩次陸戰隊服役的任務，應該勉強夠。但他想要「多存一點」以防前幾年的生意不好。印瑪里的招募員說過，「你去那邊多半是擺好看的，讓我們的客戶有安全感。如果你想，我們會派你去低風險的區域，絕對不是中東，也不是南美洲。歐洲要資深的才行。東南亞向來平靜，你會喜歡雅加達的天氣。」

現在印瑪里的文職人員可能會去敲他老婆的門。「夫人，妳的丈夫在不幸的吉百利奶油彩蛋事件中喪生了。我們深感哀悼。什麼？噢，不行夫人，這事得保密。這是他的骨灰。」柯爾發出響亮、幾乎不理性的大笑。他快要瘋了。

「撐住，柯爾。快好了。」炸彈技師在厚重的弧形防爆盾後面說。他戴著頭盔從盾牌頂端的玻璃小窗往外看，隔著兩隻銀色伸縮式金屬手臂套伸出雙手，看起來好像六〇年代影集的機器人。

技師慎重地切斷柯爾的背心綁帶，他稍微掀起背心，彎腰湊近玻璃縫隙想看清楚。

柯爾早已溼潤的臉上又開始冒出汗水。

「不是詭雷，」技師說。他一吋一吋地剝開背心。「來看看是什麼東西吧。」

柯爾聽到技師把背心完全掀開時差點跳起來。有定時器嗎？有副系統？他感覺對方的雙手迅速摸過自己的脊椎，然後戴手套的手停下來。技師用力推開防爆盾，柯爾聽見金屬摩擦聲。現在技師是用自己的手。

柯爾感到他拿起，背上的炸彈。

「你可以起來了，柯爾。」

柯爾轉頭，屏住呼吸。

對方不屑地看著他。「這是你的炸彈，柯爾。小心點，你可能對聚酯纖維過敏。」他遞給柯爾一件捲起來的T恤。

柯爾不敢相信。他好尷尬，但終究鬆了一口氣。

柯爾打開T恤。上面用黑色奇異筆寫著大字：「轟！」下方用小字寫著：「抱歉啦。」

39

巴達維亞船塢

雅加達，印尼

哈托摟著他的老婆，把子女們都叫到身邊來。他們站在哈托按照軍人吩咐取回船隻的船塢木造碼頭上，一家四口看著這艘船，沒人開口說話。船身亮晶晶的，哈托仍然覺得好像在做夢，這是自從他的么子出生以來，他看過最漂亮的東西。

「這是我們的。」他說。

「怎麼會，哈托？」

「那個軍人送我的。」

他老婆伸手摸過船身，或許是想試試看它是不是真的。「用來捕魚實在有點可惜。」

這是艘迷你遊艇，六十呎長，可以開到爪哇外海的小島。甲板上可以容納三十人，下層甲板的主臥艙、左舷客臥艙和船尾客臥艙可以睡八個人，上層甲板和露天艦橋有絕佳的視野。

「我們不拿來捕魚了，」哈托說，「我們要載別人去釣魚。住在這裡的外國人和觀光客，他們會付很多錢去深海區釣魚。還有別的——潛水和島嶼觀光。」

他老婆看看哈托再看看船，又回來看他，彷彿評估這主意是否可行，或者要增加她多少工作量。「你終於要好好學英語了嗎，哈托？」

第二部

西藏地毯

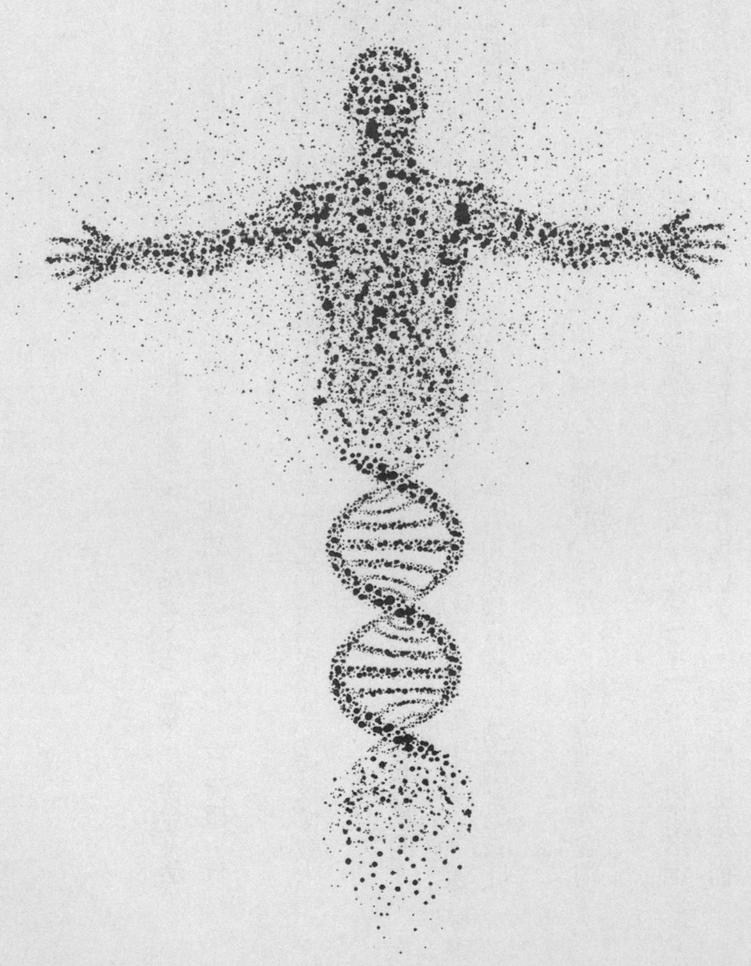

40

爪哇外海某處

凱特醒來後，遇上生平最嚴重的頭痛，輕輕動一下也會劇烈疼痛。她在床上躺了一會兒，嚥了幾下口水，就連睜開眼睛也疼痛不已。耀眼的陽光刺痛了她，她翻身離開窗戶。有窗戶，有床，這是哪裡？

她爬了起來，每移動一吋，疼痛就傳遍全身。這種全身發痛不像運動後的痠痛，比較像被木棍毆打全身。她覺得反胃，渾身好難受。*我怎麼了？*

室內景象逐漸聚焦，感覺像是海灘上的某種度假小屋。房間很小，有一張雙人床和質樸的木頭家具。在窗外，她看見朝向無人海灘的大陽台，不是度假村那種嶄新、精心維護的樣式，而是真正的無人島上可能看到的那種粗糙髒亂的海灘，散落著椰子、樹葉和熱帶植物，到處都是被昨晚的暴雨和大浪沖上岸的死魚。

凱特推開被子，放慢動作下床。新感官籠罩了她：噁心。她靜心等待，希望這種感覺會消退，但卻越來越糟。她感覺唾液堆積在喉嚨後方。

她急忙跑進浴室，勉強來得及跪倒在地往馬桶裡乾嘔。一次，又一次，第三次。抽搐發出疼痛的震波竄流遍她虛弱的身體。作嘔的感覺減退了，她抬起膝蓋坐在馬桶旁，一邊手肘撐在馬桶座上，用手撐著額頭。

「至少妳不必在外面丟臉。」

她抬頭看，是廂型車那個軍人，大衛。

「你是什麼人，這是哪裡……」

「晚點再說吧。先喝這個。」

「不行，我又會吐出來。」

他彎下腰來把橘色藥水湊向她。「試試看。」

他抬高她的頭，凱特發現她來不及抗議就已經被灌藥了。甜味滋潤了乾澀的喉嚨，她一口吞下去。他輕輕地扶她站起來。

她還有事要辦。是什麼？她必須拿到的東西。她的頭還是好痛。

他想扶她躺到床上，但她止步不動。「等等，我還有事得做。」

「改天吧。妳需要休息。」

他不發一語地扶她躺到床上。她突然覺得好睏，好像吃了安眠藥。

41

印瑪里集團企業專機

南大西洋上空某處

馬丁·葛雷倚向飛機窗戶，窺視下方的巨大冰山。納粹潛艇在靠近浮島中心處、面積幾乎有四十七平方哩，大約是迪士尼樂園規模的冰山凸出。潛艇與冰層銜接處，工人與重機具正忙著挖掘，尋找潛艇的入口，切開側面是最後手段，如果他們不趕快挖到艙門就只能如此了。潛艇下方的殘骸更加神祕，有幾批人還在研究推論。馬丁自己也有一個，但有必要的話，他會把這個想法帶進墳墓裡。

「你什麼時候發現的？」

杜利安·史隆的聲音嚇了馬丁一跳，他轉身看到史隆站在自己旁邊，從另一個窗子往外看。

馬丁開口想回答，但史隆打斷他。「別說謊，馬丁。」

馬丁躺到椅子上，繼續瞇眼看著窗外。「十二天前。」

「是他的船嗎？」

「標示相同。碳年代測定證實是那個時代。」

「我要先進去。」

馬丁轉向他。「我不鼓勵這麼做，殘骸可能不穩定，很難說裡面有什麼。可能有——」

「你要跟我一起去。」

「絕對不行。」

「我年輕時認識的英勇探險家到哪裡去了？」

「這是機器人的工作，它們能進入我們到不了的地方，能承受酷寒，裡面一定很冷，比你想像得更冷，使用機器比較容易做事。」

「對，會很危險。我猜如果我自己去，把你留在外面，或許更危險。」

「你以為我像你一樣道德低落？」

「綁架小孩、隱瞞祕密的人可不是我。」史隆躺回馬丁對面的座椅上。

一名空服員走進他們的機艙向史隆說：「長官，有您的電話。很緊急。」

史隆從牆上拿起電話。「我是史隆。」

他接聽電話，然後一臉驚訝地抬頭看馬丁。「怎麼會？」過了片刻。「你開玩笑吧——」他點了幾下頭。「不，聽著，他必須搭船離開。搜索附近島嶼，他們不可能走遠。派出所有人，必要的話召集當地印瑪里保全的部隊，佔領鐘塔細胞。」他專心聆聽。「好吧，隨便，用媒體把他們困住。殺掉男的活捉女的，抓到人之後立刻通知我。」

史隆掛斷電話盯著馬丁說：「那個女人跑了。有個鐘塔幹員救了她。」

馬丁無動於衷，繼續觀察下方的現場。

史隆把手肘撐在桌上，湊近到足以打中馬丁的距離。「我的手下死了五十人，印瑪里雅加達分公司有三層樓被炸成碎片，更別提碼頭了。而你似乎不驚訝，馬丁。」

「我正看著八十年前的納粹潛艇，以及疑似外星太空船的殘骸從南極洲外海的冰山中冒出來。最近我越來越難對什麼事物感到驚訝了，杜利安。」

史隆躺回去。「我們都清楚這不是外星太空船。」

「是嗎？」

「很快就會知道了。」

42

爪哇外海某處

大衛倚在臥室的門框上看著凱特睡覺，想看她會不會再醒過來。印瑪里那些混蛋真的把她整慘了，救援她的過程也萬分驚險。

看著她睡覺，同時聽海浪拍打，微風吹過房間，帶給他一種平靜感。雅加達站面臨迫切的恐怖威脅，進而淪陷——敵人正是他畢生想要阻止的那批人——一切真是糟糕透頂，不，慘到極點了。但拯救凱特在某個方面影響了大衛，現在世界感覺沒那麼可怕，比較可以掌控。在他印象中第一次……有了希望，幾乎是快樂，覺得安全。不，不對。或許是他身邊的人現在比較安全，讓他感到有信心，相信他能夠保護別人。

改天再自我分析吧。他還得工作。

顯然凱特短時間內不會醒來，他可以離開房間到小屋底下的密室繼續工作。

他交代建築商要一座防彈的房子，他們沒說什麼，但面面相覷的表情說明了一切。這傢伙瘋了，但他沒有砍價，所以就開工吧。他們把房間做成世界末日風格，全是水泥牆，萬用的內建金屬桌，只夠放小床和補給品的空間。以他目前的狀況來說挺適用的。

他的下一步很重要。大多數早晨他會考慮要做什麼，現在的第一直覺是聯絡鐘塔中央，霍華·基根局長是他的良師益友，大衛信任霍華會盡一切努力保護鐘塔，而局長一定會需要大衛幫忙。

問題是怎麼聯絡？鐘塔沒有任何後門通訊管道，只有正式的VPN和通訊協定。這些方式無疑會被監視，只要一連線就會標示目標所在位置。

大衛用手指敲打金屬桌面，靠回椅背上，望著天花板上垂下的燈泡。

他打開網路瀏覽器搜尋所有地方和全國新聞。沒什麼幫得上他的訊息，他只看到協尋跟恐怖陰謀有關、可能是販賣兒童集團的一男一女的快報，這可能阻礙他的行動。文章沒有附圖，但可能會隨後補上，東南亞每個邊防機構就會開始搜尋他們兩個。

大衛在庇護所裡有幾份假證件，但是現金不多。

他開啟他的銀行帳戶，餘額幾乎是零，賈許執行了轉帳。他還活著嗎？大衛猜想他在街上亂跑的期間，雅加達站總部被攻擊了。還有別的，幾筆存款，都不多，不到一千美元。很平均的美元金額。這……是個密碼嗎？但是哪一種？GPS嗎？

9.11

50.00

31.00

14.00

76.00

9.11

9.11——這是密碼開始與結束標記。其餘的50.31.14.76。是IP位址，賈許發了個訊息給他。

大衛打開網路瀏覽器，輸入該IP，頁面上是賈許寫的信。

大衛，

他們就在門外，我撐不了多久。

我解開了訊息，點擊此處閱讀。我看不懂是什麼意思，很抱歉。

我倒是找到了線人，至少在網路上。他使用羅斯威爾的克雷格網站的布告板傳遞訊息，點擊此處前往。希望他傳送了新訊息，讓你阻止攻擊。

很遺憾我無法幫上更多忙。

注：我看了你的信執行了交易。我以為你死了——你衣服上的感應器沒有生命跡象，希望你平安無事。

——賈許

大衛嘆口氣，把目光離開螢幕半晌後，打開解碼訊息的檔案：紐約時報的訃聞，一九四七年。賈許幹得真不錯。大衛打開羅斯威爾克雷格網站，立刻看到了線人留的新訊息。

主旨：在謊言的高塔上善用時鐘的每一秒。

本文：

致我的匿名仰慕者，

恐怕目前的狀況變得複雜了，我無法會面或做任何接觸。很抱歉，不是我的問題，而是你的。你對我來說太危險了。

我想出了三十個理由和八十八個藉口不去見你。我編了八十一個謊話和八十六個故事。

我告訴自己我會去見你。

我甚至設定了日期。03-12-2013

還有時間10：45：00

但事實上你是我目前優先列表上的第四十四號，不足以特別注意。或許如果你是三十三歲，或二十三歲，甚至十五歲，都不夠。

我必須切斷這件事的電源，救我的孩子。

這是唯一負責任的做法。

大衛抓抓頭。這是什麼意思？顯然是某種密碼。他現在好需要賈許的協助。

大衛拿出記事本努力想專心，但他的腦子不適合做這種事，該從何下手呢？第一部分相當直白：線人現在受到脅迫，他無法會面或發出任何訊息。接下來是處理一連串數字，其他的話都是幌子，它們很合理地出現在這個板上，但是什麼也沒說，也沒增添新訊息。這些數字一定有什麼特殊意義。

大衛開始在記事本上塗寫，從訊息中抄出數字。依序是：

30，88。81，86

03-12-2013

10：45：00

44

33-23-15

第一段的30，88。81，86可能是GPS座標。大衛查詢後，發現是在中國西部與尼泊爾和印度邊界上。衛星影像看來沒什麼東西……除了，那是什麼？一棟廢棄建築，是舊火車站。

接著，03-12-2013和10：45：00，日期和時間。線人說他無法會面，這座廢棄火車站會有什麼？陷阱？另一個線索？如果賈許看過了信——並且依照指示——他會把發現的一切呈報鐘塔中央。如果中央被滲透了，印瑪里會知悉關於訃聞和克雷格網站布告板的一切。這份訊息很可能是印瑪里發的。在中國可能已有一批特種部隊，等著大衛自投羅網。

大衛暫時拋開這個念頭專心看最後一組數字：44，33-23-15。是火車站裡的寄物櫃？也可能是四十四號列車或車廂？大衛刮刮鼻子，再看一次留言。

數字後面的句子……是不同的訊息，是指示嗎？

我必須切斷這件事的電源，救我的孩子。

這是唯一負責任的做法。

「必須切斷電源」、「救我的孩子」，大衛在腦中斟酌這些句子。

他決定了。他要在指定的日期和時間到座標位置，看看那裡實際上有什麼。他會把凱特留在這裡以確保安全。她知道一些事情，但他不知道有什麼關聯。她在這裡很安全，這點很重要。

突然間，他聽見有人在樓上走動。

43

【半島電視台，本社訊】

印尼當局指認兩名美國人與恐怖攻擊和販運兒童集團有關。

（雅加達，印尼）印尼首都雅加達昨天遭到一連串恐怖攻擊引發了陸海空大搜捕。印尼國家警察部署了六千多名水警在爪哇海，並召集全國各地的部隊，搜索雅加達和周邊小島。鄰國政府也啟動邊界與機場安全部門警戒加入搜尋。當局迄今對攻擊原因沒有發表任何評論，但他們公布了嫌犯的檔案。

凱薩琳．華納博士，女性，被指稱對來自雅加達外圍鄉村的貧童，進行未經許可之遺傳研究實驗。「我們仍然在拼湊線索，」警察總長納庫拉．龐表示，「我們知道華納博士的診所是未經父母同意帶走的一百多名印尼兒童的法定監護人，我們也知道她透過開曼群島的帳戶搬動很多錢——而那裡是毒品走私、人口販賣和其他國際重罪的溫床。現階段，我們認為該診所疑似是做為走私孩童的掩護，據我們所知，其收入可能用來資助昨天的恐怖攻擊。」

恐怖攻擊事件包括在住宅區三起獨立的爆炸、在市場區的激烈槍戰，以及在碼頭一連串致命爆炸，導致五十名印瑪里雅加達分公司的員工喪生。印瑪里雅加達分公司的發言人亞當．林區發表了下列聲明：

「我們哀悼昨天失去的生命，今天我們只是尋找答案。印尼警方證實了我們的懷疑，攻擊是由先前接觸過印瑪里國際集團子企業『印瑪里保全』的前CIA幹員大衛．維爾所執行。我們認為這些攻擊是挾怨報復，維爾先生為了自身的利益會繼續攻擊印瑪里員工。他是極端危險人物，可能患有創傷後壓力症候群或其他精神疾病。這對被波及的每個人來說都是一場悲劇。我們已經提供協助，包括印瑪里保全對印尼當局和鄰國政府的支援。我們希望結束這場惡夢，希望能盡快告訴我們的員工已經安全無虞。」

44

爪哇外海某處

凱特第二次醒來後感覺好多了，頭不再那麼痛，身體也幾乎不瘔痛，而且她可以思考了。

她環顧房間，天快黑了。她睡了多久？窗外的太陽正落入海上，美麗的景色短暫地吸引了她的注意。溫暖的微風帶有海水味，門廊上有個破爛的繩索吊床隨風搖晃，生鏽的鏈條嘎吱作響。這裡看起來摸起來都很荒廢。

她起身走出臥室，到了一個大客廳，可以通往廚房和門廊。只有她一個人在？不，有個男人，但是——

「睡美人醒了。」男子似乎突然冒出來。他叫什麼名字？大衛？

凱特猶豫片刻，不確定該說什麼。「你餵我吃藥。」

「對，出於善意。我可不是為了逼供或對妳做什麼可怕的事。」

一瞬間，她全想起來了。馬丁、迷藥、逼供，但後來發生了什麼事？她怎麼到這裡的？不重要。「我們必須找到那些孩子。」

「我們什麼也不必做。妳需要休息，我也必須工作。」

「聽我說——」

「休息之前，妳得吃飯。」他拿起一包像減肥餐，但是比較硬的東西，類似士兵的軍糧包。

凱特湊近，是蔬菜燉牛肉加餅乾，或類似蔬菜燉牛肉的東西。凱特想轉身離開，但是熱食的景象和香味讓她飢腸轆轆。她餓壞了，昨天一整天都沒進食。她接過餐點，坐下並拆掉薄紙盒的膠膜，餐點冒出一股蒸氣。她咬了一口牛肉，差點吐出來。「天啊，好難吃。」

「不好意思，稍微過了點保存期限，而且原本味道就不太好。沒別的食物了，抱歉。」

凱特再咬一口，隨便嚼兩下就吞下去。「這是哪裡？」

大衛坐到她對面。「雅加達外海某處一棟廢棄的建設開發案。建商倒閉後我在這裡買了一戶，心想萬一必須倉促逃離雅加達，這裡會是一個安全的庇護所。」

「我不太記得了。」凱特吃一口蔬菜。沒那麼糟了，要不是它比牛肉好吃就是她習慣了這噁心餐點。「我們得去向當局求助。」

「我也希望可以。」他塞給她一張列印紙，是半島電視台描述追緝他們的新聞。

凱特被蔬菜哽住，掙扎吞下後大聲說：「太荒謬了。這是——」

他拿回紙張。「很快就不重要了。無論他們有什麼計畫都已發生。他們在找我們，他們有政府人脈，我們的選擇有限。眼前我有個線索必須去看看，妳待在這裡很安全。我希望妳告訴我——」

「休想叫我留在這裡。」凱特搖頭，「門都沒有。」

「我知道妳不記得了，但是把妳從印瑪里牢房裡救出來可不是容易的事。這些人都是些凶神惡煞，不像電影裡的英雄和女主角能照劇情安排順利經歷一場大冒險。我們最好這麼做：妳告訴我妳知道的一切，我保證我會盡力救出那兩個孩子，然後妳留在這裡，幫我監視一個網站、注意新留言。」

「免談。」

「呃，我不是在跟妳商量，我是交代妳——」

「我不幹，你需要我。我不要留在這裡。」她吃完最後一口，把塑膠餐具丟進空盒裡。「況且，我想最安全的地方是跟著你。」

「嗯。有一套，訴求我的自尊心，但是很不巧，我的智商勉強過得去，不會心軟。」

「你把我丟在這裡是因為覺得我會礙事。」

「是為了妳的安全著想。」

「那不是我最擔心的事。」

他張嘴想說話卻忍住，猛地轉頭到側面。

「什麼——」

他舉起一隻手。「安靜。」

凱特在椅子上換姿勢。她看到了，聚光燈掃過海灘，隱解約約的直升機噪音。他怎麼聽得見？

大衛跳起來，抓住凱特的手臂，半拖半拉到大門附近的衣櫃，接著用力推背面牆壁，衣櫃向內旋轉開來，露出一道水泥階梯。

凱特回頭看他。「這是什麼——」

「先下去。我馬上來。」

「你要去哪裡？」凱特急問，但他已經跑得不見蹤影。

凱特跑回房裡。大衛在收拾他們的餐盒和他的外套。凱特再跑進臥室鋪平被子，迅速整理浴室。直升機噪音仍在遠處，但是已經逼近了。現在外面很暗，她看不到多少東西，微弱的光線勉強照亮海灘。

大衛衝進臥室看著凱特。「幹得好，來吧。」

他們跑回衣櫃裡，穿過通道，進入一個看起來像防空洞的小房間。有張電腦桌，一盞孤燈掛在天花板上，一張絕對只能睡一個人的小床。

大衛強迫凱特躺到單人床上，豎起食指湊到嘴邊，然後他拉下燈泡的開關，兩人陷入完全的黑暗之中。

過了一會兒，凱特聽見頭上的地板傳來腳步聲。

45

印瑪里研究基地，雪島

南極洲外海九十六哩處

馬丁・葛雷看著機器人扭轉潛艇的艙門轉輪。他穿著厚重的太空衣，幾乎動彈不得，這是他們上星期臨時向中國國家航天局（注）買來的，是唯一能承受南極洲低溫、保護他們免於潛在輻射，以及萬一管線斷掉時能提供足夠氧氣的東西。雖然防護性佳，但進入納粹潛艇仍讓他懼怕不已。走在背後的杜利安・史隆，只讓馬丁更擔心。史隆的脾氣不好，他們即將發現的東西絕對可能讓他大發作。在潛艇裡，連微小爆炸都能致命。

艙門大聲呻吟，發出金屬摩擦的悲鳴，但還是文風不動。機器手臂放開，滑動，重新抓住，再次轉動。轟的一聲，艙門直接像盒中彈簧玩偶的蓋子一樣炸開。機器人立刻撞在潛艇上，金屬與塑膠碎片飛散在雪地上，發出嘶嘶聲。

馬丁從太空衣的無線電聽見杜利安・史隆虛幻的聲音。無線電的空洞、機械化效果讓他的語調聽起來比平常更可怕。「你先請，馬丁。」

馬丁回頭看看史隆冰冷的眼神，轉回來走向艙門。「管制中心，有畫面嗎？」

「收到，葛雷博士，兩套太空衣都有。」

「OK。我們要進去了。」

馬丁蹣跚地走向小冰丘頂上三呎直徑的圓形入口。走到艙門後，他轉身蹲下，一腳踏進第一步。他從身邊拿出一支LED燈光棒丟進豎井裡，棒子墜落了大約十五或二十呎，硬塑膠撞擊金屬的聲響迴盪在這座冰雪墳墓中。下方冒出光線，照亮了右邊一條走道。

馬丁再爬一步，金屬梯級結冰了。再爬一步，他用雙手抓住梯子，但感覺一腳打滑，他想抓緊卻來不及，雙腳飛離梯子，他撞到艙蓋後方掉了下去。光線吞沒他，然後只剩黑暗——他著地時發出噗一聲，隔熱層救了他。但是……如果衣服破裂，幾秒鐘內他就會失溫凍死。馬丁雙手放在頭盔上，緊張地到處摸索。有一盞燈輕鬆地落入豎井中，燈光落在馬丁的腹部，照亮他的周圍。他看著太空衣，似乎沒事。

頭頂上方，史隆進入馬丁的視野，擋住了陽光。「看來你坐辦公桌太久了，老頭。」

「我說過我不該下來的。」

「那就別擋路。」

馬丁翻身爬出空地，史隆從梯子上滑下來，雙手雙腳抓著梯子兩側，沒有摸到梯級。

「我研究過格局圖，馬丁。艦橋就在正前方。」

他們打開頭盔上的燈，慢慢通過走道。

這潛艇，嚴格來說是U艇，是全新狀態——被冰封住了。看起來或許就像八十年前從德國北部出港的模樣，簡直可以放到博物館展示。

走道很窄，尤其對於穿著厚重太空衣的兩人，必須不時拉扯氧氣供應管才能順利深入遺跡。走道通到一個較大的區域，史隆和馬丁停步，左右轉動他們的頭燈，整個空間閃來閃去，像燈塔把光柱切入黑夜中。這裡顯然是某種指揮中心的艦橋。每隔幾秒，馬丁就瞥見恐怖的景象：一個血肉模糊的男子躺臥在椅子上，臉上的皮膚融化；另一人癱倒在艙壁上，衣服上都是血跡，還有一群男子俯臥在凍結的血泊中。這些人看起來像被關進了一個巨大微波爐，然後又急速冷凍。

馬丁聽見他的無線電作響。「看起來像大鐘輻射線嗎？」

「很難說，但是相當類似。」馬丁回答。

注 China National Space Administration，負責研究擬定國家航天政策和法規、制定國家航天發展規劃、計劃和行業標準。

兩人默默工作了幾分鐘，勘查艦橋，檢查每個人。

「我們最好分頭進行。」馬丁說。

「我知道他的艙房在哪裡。」史隆轉過來說，他邁步離開艦橋走過後方走道。

馬丁辛苦地跟上。他原本希望讓史隆分心，搶在史隆之前去船員艙房。現在穿著太空衣幾乎不可能迅速移動，而且史隆似乎比馬丁更能適應。

馬丁終於趕上史隆，看到他扭開房門。史隆丟了幾個燈進去，房間瞬間沐浴在久違的光線中。

馬丁屏息環顧房間。沒人，他嘆氣。看到屍體會比較開心嗎？或許吧。

史隆走到書桌翻閱文件，打開幾個伸縮式抽屜。他的頭燈照亮了一張德國軍人的黑白相片，不是納粹制服，時代更早，比一次大戰還早。那個人右邊抱著一個婦女，應該是他的妻子，左邊是兩個兒子。兒子長得很像他。史隆盯著照片老半天，然後把它收進太空衣口袋裡。

這時候，馬丁幾乎替他感到難過。「杜利安，他不可能還活著——」

「你指望發現什麼，馬丁？」

「我也想問你同樣的問題。」

「我先問的。」史隆繼續搜索桌子。

「地圖。如果你走運的話，還有地毯。」

「地毯？」史隆轉過頭來，頭燈光線刺得馬丁看不清楚。

馬丁舉起一手遮住燈光。「對，有故事的大片地毯——」

「我知道地毯是什麼，馬丁。」他的注意力回到桌上，在更多書本裡翻找。「你知道嗎？我或許看錯你了。你構不成威脅，只是瘋了。你看太多異端邪說，看看他的下場吧——追逐地毯和迷信傳說。」史隆把一堆文件和書籍丟回冰凍的桌上。「這裡什麼也沒有，只有記事本。」

記事本！可能是那本記事本。馬丁故作輕鬆。「我想拿走這些，或許有我們能用的東西。」

史隆站直身子，和馬丁眼神接觸，再回去看看那疊小書。「不，還是我先看看吧。我會把合乎……科學的部分交給你。」

杜利安恨透了這套衣服，他已經穿了六個小時，三小時在潛艇裡，三小時在無菌室。馬丁和他的蛋頭研究人員很徹底又謹慎，一堆矯枉過正的信徒，根本在浪費時間。

這時他坐在無菌室裡面對馬丁，等待驗血結果——那句「沒問題了」。怎麼會這麼久？

馬丁三不五時會看看記事本。裡面顯然有鬼，有他想看的內容，而且不希望被杜利安看到，馬丁把那疊書移近一點。

這艘潛艇是杜利安畢生最大的失敗。他四十二歲了，打從七歲起，便天天夢想著找到潛艇。但是這一天真的來臨，卻什麼也沒發現，只有六具毀損的屍體和一艘全新的U艇。

「現在怎麼辦，馬丁？」杜利安問。

「照我們的慣例，繼續挖。」

「我要細節。我知道你們在潛艇下面的結構體旁邊挖掘。」

「我們認為那是另一艘船。」馬丁迅速補充。

「沒有共識。你發現了什麼？」

「骨頭。」

「有多少？」杜利安靠回牆壁上。他的腹中有股騷動，好像坐雲霄飛車俯衝前的期待感。他害怕答案。

「目前大約十幾個人的份量，但我們認為還有更多。」馬丁疲倦地說。在太空衣裡待太久真的累壞了他。

「下面有大鐘，對吧？」

「那是我的猜測。兩名研究人員接近時，潛艇周邊區域崩塌。一個被烤熟了，類似我們在潛艇上看過的樣子，另一個死於冰塊崩塌。我希望在下面找到其餘船員。」

杜利安累得不想爭執，但這個念頭嚇到他了。最後的定局。「你對那個結構體了解多少？」

「目前不多。它很古老。至少和直布羅陀的遺跡一樣久。十萬年，或許更老。」

自從他們抵達後，有件事困擾著杜利安：挖掘缺乏進展。雖然馬丁的手下在十二天前才發現這裡，但以他們的資源應該已經能像感恩節火雞一樣把冰山切開。這裡的人員很少，似乎真正的行動藏在別處。

「這裡不是主要現場，對吧？」

「我們有些資源……被調到別處了……」

被調到別處了。杜利安在腦中斟酌這句話。還有什麼比這裡更重要？他們花了幾千年尋找的結構體，而且犧牲慘重。有什麼會更重要？

更重要，更大的結構體，或者……主體結構。

杜利安向前俯身。「這只是個碎片，對吧？你在尋找更大的結構體。這部分只是從主結構上脫落的。」杜利安不確定真假，但如果是的話……

馬丁緩緩點頭，沒有看著杜利安。

「我的天，馬丁。」杜利安起身在房間裡踱步。「隨時可能出事。他們可能幾天、甚至幾小時內就找上我們。你讓我們都陷入險境。而且，你已經知道十二天了！你瘋了嗎？」

「我們以為這裡是主要——」

「以為，期待，希望——算了！現在我們得行動，他們一讓我們離開這塑膠籠子，我就要回去結束中國的任務，啟動托巴草案。別抗議了，你知道時機已到。等你找到主結構之後通知我。對了馬丁，我還有幾批幹員正在趕來的路上。如果你無法操作你的衛星電話，他們很願意幫你的忙。」

馬丁兩肘撐在膝蓋上，望著地板。

無菌室的門嘶的一聲滑開，新鮮空氣和一個拿檔案夾的妙齡女子進入房間。她穿著一身緊身衣，八成是選了小三號的衣服。

「兩位，你們可以離開了。」女子轉向杜利安。「還有什麼事需要我幫忙嗎？」她把檔案夾放在桌上，雙手放到背後，稍微躬身。

「妳叫什麼名字？」杜利安說。

「娜歐蜜，隨便你怎麼叫我。」

46

爪哇外海某處

凱特分辨不出自己是醒著還是睡著。有一陣子，她只是漂浮在黑暗與死寂中，唯一的感官是她背上的軟布。她倚向側面，聽見廉價床墊的劈啪聲。她一定是在防空洞的小床上睡著了。當她和大衛等待追兵在屋裡到處搜索，感覺好像過了好幾個小時後，她失去了時間感。

現在起來安全嗎？

她又有另一種感官：飢餓。她睡了多久？

她抬腿離開小床，把腳放到地上——

「噢，天啊！」大衛的慘叫響徹狹小空間，他在她腿邊坐起來，又倒地蜷縮蠕動。

凱特把她的重心移回床上，摸索地板尋找穩固踏腳處——沒有大衛身體的地方。她終於踩穩左腳站了起來，在空中摸索開燈的拉繩。她的手摸到了繩子，把燈打開，黃光一閃，照亮了小空間。她瞇眼等待，單腳站著。視力適應之後，她走到房間角落，遠離呈胚胎姿勢靜靜躺在地板中央的大衛。

她踩到了他的那裡。天啊，他為什麼躺在地上？「我們又不是中學生，你知道的，大可以跟我擠一擠。」

大衛呻吟著翻身，用雙手和膝蓋撐起身子。「顯然騎士精神沒什麼好處。」

「我不是——」

「算了。我們必須離開這兒。」大衛坐起來咬牙說。

「那些人呢?」

「走了,他們九十分鐘前離開,但可能等在外面。」

「這裡不安全。我要跟你——」

「我知道,我知道。」大衛舉手。他恢復正常呼吸。「但我有個條件,沒得商量。」

凱特望著他。

「不管我說什麼,妳得照做。不要多問,不用討論。」

凱特站直。「我可以接受命令。」

「是啊,我要看到才能相信。我們出去之後,連幾秒時間都很重要。如果我叫妳丟下我或是快逃,妳絕對必須照做。妳可能受驚嚇或恍神,但是務必專心聽我的命令。」

「我不怕。」她說謊。

「呃,我會怕。」大衛打開水泥牆上一道雙併鋼門。「還有……」

「洗耳恭聽。」凱特說得有點叛逆。

大衛上下打量她。「妳不能穿這套衣服,看起來好像遊民。」他丟給她一些衣物。「可能稍微大了點。」

凱特換上新衣服,藍色舊牛仔褲和黑色V領T恤。

大衛又丟給她灰色毛衣。「妳也會需要這個,我們要去的地方會很冷。」

「去哪?」

「路上我會說明。」

凱特想要脫掉上衣但是又停住。「呃，你可不可以……」

大衛微笑。「我們又不是中學生。」

凱特轉頭，思索該說什麼。

大衛似乎想起了什麼。「噢，對了，疤痕。」他轉過身跪下，開始整理櫃中的箱子。

「你怎麼知道？」

大衛拿了一把槍和幾盒子彈。「藥效。」

凱特臉紅。她說過什麼？做過什麼？這個念頭嚇壞她了，她萬分希望自己能想起來。「我、我們有沒有——？」

「放心。除了沒必要的暴力，那一晚相當輔導級。這對小孩子來說很安全吧？」

凱特穿上襯衫。「還有幼稚的軍人。」

大衛似乎不在乎她的揶揄。他起身遞出盒子給她，又一盒速食餐。凱特閱讀標示。MRE（即食餐）。「餓嗎？」

凱特看看盒子，烤雞加黑豆馬鈴薯。「沒那麼餓。」

「隨便妳。」他剝開膠膜放到金屬桌上，開始用內附的叉匙吃了起來。他昨天一定是特地為了她才加熱的。

凱特坐到他對面的床上，穿上他為她準備的運動鞋。「嘿，我不知道有沒有說過，但我想要……說謝謝……」

大衛停止翻閱文件，勉強嚥下正在咀嚼的食物。他沒有回頭看凱特。「不客氣。這是我的職責。」

凱特綁上鞋帶。是他的職責，為什麼這個答案似乎……令人有點失望？

大衛把最後的文件塞進檔案夾交給她。「抓走妳小孩的那批人，我只知道這麼多。途中妳會有時間看完。」

凱特打開檔案夾開始閱讀，大概有五十頁。「去哪裡的途中？」

大衛又狼吞虎嚥了幾口。「看看最上面那頁。是來自印瑪里內部線人的最新加密訊息，這兩週來我一直跟他有聯絡。」

30，88，81，86

03-12-2013。10：45：00

44，33-23-15

切斷電源。救我的孩子。

凱特把紙放回檔案夾。「我看不懂。」

「第一行是一組GPS座標，好像是中國西部的一個廢棄火車站；第二行顯然是時間，可能是火車出發時間；第三行不太確定，但我猜是站裡的寄物櫃和開鎖密碼。我假設線人留了東西在寄物櫃給我們——我們需要的東西，或許是另一個訊息。不清楚孩子們是否會在這個火車站或只是另一個線索。我也可能誤判，這也可能是另一種密碼或不同的意思。我原本有個搭檔解開了先前的所有訊息。」

「可以請教他嗎？」

大衛吃完最後一口，把叉匙丟進餐盤，收拾他從櫃子裡拿出的東西。「不行，很不幸地我聯絡不上他。」

凱特闔上檔案夾。「中國西部？我們怎麼去？」

「我正在安排，一步一步來，我們先看看他們是否在樓上留了人手。準備好了？」

凱特點頭，跟著他走上樓梯。他叫她等他檢查過整間小屋。「安全。希望他們走了，跟緊一點。」

他們跑出小屋，在稀疏的草木中走過一條看似荒廢已久的泥巴路。道路盡頭的死巷有四棟藍色大倉庫，顯然也廢棄多年。大衛帶凱特到第二間倉庫，他掀開一片波浪狀鐵皮牆，露出一個僅容凱特通過的三角形破洞。

「爬進去。」

凱特想抗議，但想起他的唯一條件，便不發一語照做。她設法不讓膝蓋碰到泥土，但她進不去。大衛似乎察覺她的兩難，用力拉開那片鐵皮，給凱特足夠空間進去。

大衛跟著她擠進去，開鎖之後打開鐵捲門，露出倉庫的隱藏「寶藏」。

是架飛機——但很陽春，而且很怪的水上飛機，凱特聯想到人們用在阿拉斯加偏遠地區的交通工具……一九五〇年代那種。可能沒那麼老，但是很舊。裡面有四個座位，兩翼各有一個大螺旋槳。她或許需要手動發動，像愛蜜莉亞・艾哈特（注）那樣。如果發得動，以及他會駕駛的話。

她看著大衛掀開機尾的帆布，踢掉輪子下的固定塊。

在小屋裡，他說過「不要多問」，但現在她非問不可，「你會駕駛這玩意，對吧？」凱特問。

他停止動作，慢慢聳肩看著她，彷彿做壞事被逮到。「啊，呃，大概會。」

「大概？」

47

印瑪里集團企業專機

南大西洋上空某處

杜利安看著娜歐蜜喝完她的馬丁尼，在飛機另一側的長沙發上伸懶腰。毛巾布白袍落在側面，露出她的胸部，在她舒緩呼吸時微微起伏，像隻滿足的貓咪剛吞下了獵物。她舔舔手指上最後幾滴馬丁尼，用手肘撐著身體。「你準備好再來了嗎？」

她貪得無厭，能讓他這麼想可不容小覷。杜利安拿起電話。「還沒。」

娜歐蜜半嘟起嘴唇躺回沙發上。

在線上，杜利安聽見機上的通訊員說：「長官？」

「幫我接中國的設施。」

注 Amelia Earhart，首位飛越大西洋的女飛行家。

「印瑪里上海分公司嗎？」

「不是，新的——在西藏。我得跟切斯博士談談。」

電話另一頭，杜利安聽見隱約的嘖嘖聲。

「張博士嗎？」

「不是，找切斯。核能部門的。」

「請稍候。」

杜利安看著沙發上的娜歐蜜抓抓身上的浴袍，他懷疑她還能忍多久。

電話喀啦一響，心不在焉的聲音響起：「我是切斯。」

「我是史隆。我們的核彈進度如何？」

對方咳嗽，講話變慢，「是，史隆先生。我想，我們有五十或四十九顆可用。」

「總共多少？」

「我們只有這些，長官。我們想多弄一些，但是印度人和巴基斯坦人都不肯賣。」

「錢不重要，不管要多少——」

「我們試過了，他們多少錢也不賣。這是有理由的，我們沒有比儲備核子反應爐更好的說法。」

「你會用蘇聯的武器嗎？」

「會，但要花比較多時間。那可能是更老舊的裝置，必須檢查與改裝，而且輸出功率可能較低。」

「好吧，我會想辦法，準備新出貨。說到改裝，我需要你們做兩顆攜帶式炸彈……矮小的人，或……疲倦的人也能輕鬆攜帶的那種。」

「那得花點時間。」

「多久？」杜利安嘆氣。這些怪胎永遠沒有簡單的答案。

「看情況。重量限制多少？」

「重量？我不確定。或許三四十磅吧。等等，那太重了。或許……十五磅，設定在十五磅左右，做得到嗎？」

「這會降低輸出。」

「做得到嗎？」杜利安不耐地說。

「可以。」

「要多久？」

科學家嘆氣。「一天，或許兩天。」

「十二小時就要——別找藉口，切斯博士。」

一陣沉默。「是，長官。」

杜利安掛斷電話。

娜歐蜜終於忍不住了。她又給自己倒了一杯馬丁尼，期待地把瓶口倒向他。

「現在不行。」杜利安工作時絕不喝酒。

他想了一會兒，又拿起電話。「再幫我接西藏設施。張博士。」

「切斯嗎？」

「張，弓長張。」

這次的喀啦聲比較快。

「我是張勝，史隆先生。」

「博士，我正在去你那裡的路上，我們得做些準備，你那邊有多少受測者？」

「我想……」張勝說。杜利安聽見紙張窸窣聲，鑰匙碰撞，然後對方回到線上。「三百八十二隻靈長類，一百一十九個人類。」

「只有一百一十九個人類？我以為陣容會更龐大，原本計畫是幾千人。」杜利安眺望飛機窗外。一百一十九具屍體或許不夠。

「沒錯，但是，呃，因為缺乏成果，我們已經停止招募人類。現在我們比較專注在齧齒類和靈長類測試。請問我們要重新開始嗎？有新療法嗎？」

「不，有新計畫。只好用你現有的湊和了。我要你用上次的療法治療所有人類。華納博士的研究。」

「長官，那個療法沒效……」

「曾經，博士。我知道你不知道的事情。相信我。」

「是，長官，我們會讓他們準備好。給我們三天……」

「今天，張博士。我們沒時間了。」

「我們沒有人力或設備……」

「想辦法。」杜利安聽著，「喂？」

「我在，史隆先生。我們會想辦法。」

「還有件事，這次別燒掉屍體。」

「但是風險……」

「我相信你會想辦法安全地處理。你那邊有隔離室，不是嗎？」杜利安等待，但是科學家不發一語。「很好。噢，我差點忘了。你想那兩個孩子各自能支撐多少重量？」

張勝似乎被問得很驚訝，或許是分心或擔憂不銷毀屍體的命令。「呃，您說的重量是……」

「背包，如果他們要攜帶。」

「我不確定……」

科學家，真是杜利安畢生的天敵。逃避風險、膽小、又愛浪費時間。「猜猜看，博士。不需要精確。」

「我想，大概、或許十到十五磅。看他們必須攜帶多久或多遠而定……」

「好，好。我很快就到了。你最好準備就緒。」杜利安掛斷電話。

娜歐蜜沒給他機會再拿起電話。她一口喝乾她的馬丁尼，閒晃到他面前，把杯子放在桌上，跨坐他身上，脫掉浴袍讓它落在地上。她伸手到他的拉鍊，但杜利安抓住她雙手壓在兩旁，抬起她丟在旁邊沙發上。他按下背後的服務鈴。

五秒後空姐打開門，她一看見這場面便準備關門離開。

「等等，留下。」杜利安命令，「一起來吧。」

年輕女子臉上露出領悟的表情。她輕輕關上門，像半夜溜出臥室的青少女。

娜歐蜜從沙發上站起，雙手捧著空姐的臉吻她，扯掉她的領巾，最後玩弄她白襯衫上藍色背心的鈕釦。空姐的上衣在親吻結束前已經脫下，娜歐蜜接手把她的裙子褪到地上。

48

阿爾發雪地營
四號鑽探現場
南極洲東部

羅伯・杭特關上他移動式居住艙的門，撿起無線電。

「獵人，這是雪王。我們抵達了深度七千五百呎，重複，我們的深度七千五百呎。狀況不變，除了冰什麼也沒挖到。」

「雪王，這是獵人，我們收到了。深度七千五百呎。待命。」

羅伯把無線電麥克風放到折疊桌上，躺回單薄的椅子上。他等不及要離開這個冰凍的鬼地方了。他一向在世界上最惡劣的地方鑽探石油，加拿大北部、西伯利亞、阿拉斯加和北極圈內的北海，但沒一個比得上南極洲。

他看看莢艙四周，這是他七天來的家。就像前三個現場的莢艙：十乘十五呎的房間內有三個床位，一座吵鬧的大暖爐，四箱糧食與裝備，還有無線電桌。沒有冰箱，保鮮是他們最不擔心的問題。

無線電沙沙作響。「雪王，這是獵人。你的命令如下：收回鑽頭，掩埋地洞，前往新地點。準備好前進新GPS座標時請確認命令。」

羅伯確認了命令，記下新座標後關機。他坐了一會兒，回想這個工作。三個鑽探現場都是七千五百呎深，都是同樣結果：只有冰塊。裝備一片雪白，被拖曳傘般的巨大白色天幕覆蓋。無論他們在做什麼，雇主不希望被人從空中看見。

他猜想他們在鑽石油或貴重金屬。祕密鑽探很常見，前往鑽洞成功，再掩蓋起來，然後買土地的選擇權，但是南極洲不需買鑽探權，而且有其他比較輕鬆的地方——輕鬆多了，可以找到石油和原物料，這裡一點也不划算。但是錢似乎不成問題。每個現場都有約三千萬美元的設備——他們似乎也不在乎設備怎麼樣。他們付他兩百萬美元，說好頂多鑽探兩個月，因此他簽了保密協定，就這樣。

兩百萬，去我們說的地方鑽洞，不要多嘴。羅伯打算照做。兩百萬可以解決他現在的麻煩，或許剩下的錢足以讓他永遠離開油井，解決自己所有的問題，這也是一開始他壓力這麼大的原因。如今的結果可能是一廂情願，實現機率跟在南極洲挖到油差不多。

49

中國西部山區某處

他們試了三次想要降落在這個小湖裡，直到凱特再也忍不住開口問：「你不是說你會駕駛這玩意兒？」

大衛繼續專注在儀表板。「降落比飛行困難多了。」

對凱特來說，降落跟飛行是一樣的，但她放棄爭論。她第一百次檢查她的安全帶扣環。

大衛擦掉幾個老舊儀表上的霧，設法把飛機拉平重飛一次。

凱特聽見爆裂聲，感覺她這邊的機身下沉。「是你用的嗎？」

大衛指指儀表板，先是輕輕比，然後用力。「我們沒油了。」

「你不是說——」

「油表一定故障了。」大衛歪頭示意，「到後座去。」

凱特越過他身上爬到後座，就這一次乖乖聽話沒有回嘴或抱怨，她緊緊繫上安全帶。這應該是最後一次機會了。

另一具引擎也跟著停下來，飛機恢復水平，在不祥的寂靜中滑翔。

凱特俯瞰下方，觀察藍色小湖周圍茂密的綠林，美得好像加拿大荒野的場景。她知道下面很冷，他們一定是在印度北部或中國西部某處。

他們的飛行路徑多半在水上，貼近海面躲避雷達偵測。大致往北走，太陽高掛在凱特右邊的天上，直到他們越過海岸，進入低窪的季風地區，可能是孟加拉。凱特什麼也沒問，反正在雙引擎噪音中她也無法說話。無論他們在哪裡，都是鳥不生蛋的地方。要是他們在降落時受到任何小傷，可能就會送命。

此時湖面迅速逼近他們。大衛拉平飛機，飛機少了引擎動力顯然更難控制。

墜毀的場面閃過凱特腦海。萬一他們一頭栽進湖裡怎麼辦？周圍都是山，湖水可能很深又冰冷。飛機會把他們拉下去，在冰冷深淵中他們不可能存活。如果他們成功了呢？該怎麼停下來？

他們會全速撞上樹林。她想像一連串樹枝在他們身上戳出十幾個洞，像插針的巫毒人偶，或者油箱中殘餘的油氣遇到火花爆炸，這樣可能死得快一點。

浮筒在水面蹣跚地滑行，飛機左右搖晃。

一側浮筒可能脫落，會把飛機和他們撕成碎片。

凱特拉緊腿上的安全帶。她該解開嗎？這玩意也許會把她砍成兩半。

浮筒觸及水面再彈上空中，周身受損又搖晃。

凱特往前傾，雙手不自覺地緊抱大衛的脖子，把他緊壓在座位上同時自己也貼著椅背，她的頭靠在他頸部下方。她不敢看，感覺飛機更劇烈地插入水中，腳下搖個不停，亂流蔓延到整個薄鐵殼上，她聽見一連串斷裂聲，彈跳讓她被甩回座位上，讓她幾乎無法呼吸。

她睜開眼睛吸一口氣。他們停住了。樹枝！插進機艙裡。大衛的頭垂了下去。

凱特撲向前，卻差點被安全帶攔腰折斷。她解開安全帶，伸手摸索大衛。她檢查他的胸膛，樹枝有刺穿他嗎？她什麼也沒摸到。

他昏沉地抬起頭。「嘿，小姐，至少先請我喝杯酒再這樣。」

凱特躺回座椅上垮下肩膀。她慶幸自己還活著，幸好他也是，但她只說：「我遇過更好的降落方式。」

他回頭看她。「在水上？」

「其實這是我第一次水上降落，所以不是。」

「是啊，我也是第一次。」大衛解開安全帶，爬出乘客門。他踩在台階上，放倒乘客座椅，讓凱特出來。

「你是說真的，對吧？你從來沒降落過水上飛機？你瘋了嗎？」

「不，我開玩笑的。水上降落對我是家常便飯。」

「你老是飛到沒油嗎？」

大衛開始拆開飛機上的補給品。「油？」他抬起頭，彷彿在回憶什麼。「我們沒有用光汽油，我只是關掉引擎製造戲劇效果。妳知道的，希望妳會伸手從背後抱住我。」

「不好笑。」凱特開始整理物品，彷彿他們已有長年默契。她看看大衛。「呃，你比在雅加達的時候……活潑了點。」她考慮過不要說話，但她想知道。「我是說，這不是在抱怨——」

「妳知道的，死裡逃生總是會讓我心情好。說到這個，」他把一大片綠色防水布末端塞給她。「幫我張開來蓋住飛機。」

他把布蓋上後，凱特鑽到飛機下抓住帆布，跟他在一小堆補給品旁會合。她回頭看看被遮住的飛機。「我們不會……我們回程不會再……」

大衛對她微笑。「不會，我敢說這是它最後一趟飛行。況且，已經沒油了。」他拿起三盒即食餐，像撲克牌一樣張開。「嗯，妳要繼續絕食罷工，還是想要來點精緻美食？」

凱特嘟嘴湊近，彷彿在檢查棕色包裝。「今天早上的菜單有什麼？」

大衛把盒子翻過來。「我看看，為了您的用餐愉快，我們有肉捲、酸奶牛肉湯和雞湯麵。」

凱特的上一餐是昨天傍晚，在他們躲進小屋地下防空洞之前。「呃，我其實沒那麼餓，但是雞湯麵聽起來令人難以抗拒。」

大衛把包裝轉回來撕開。「選得好，女士。開胃菜加熱時請稍候幾分鐘。」

凱特走向他。「不用加熱了。」

「別傻了，一點也不麻煩。」

凱特想到蓋住飛機的帆布。「火光不會暴露我們的位置，帶來危險嗎？」

大衛搖頭。「親愛的醫生，我承認我們今天有點辛苦，但我們不是活在石器時代，得像尼安德塔人在石爐上煮食物。」他從背包掏出看來像小筆燈的東西交給她。他扭轉頂端，冒出像噴燈的火焰，接著把火焰在凱特的餐包下移來移去。

凱特蹲在他對面看著「雞湯麵」開始冒泡，那無疑是黃豆或其他雞肉替代品。「至少沒有傷害動物。」

大衛專注在火焰和盒子上，彷彿在修理一件精密電子產品。「噢，我想這是真的肉。這幾年他們搞這些東西進步很多。我在阿富汗吃過一些根本不是人吃的……或原人吃的東西，我想妳會這麼說。」

「了不起——對，我們是原人。嚴格來說是類人。唯一倖存的。」

「我有惡補進化史。」大衛遞給她加熱的雞湯麵，再撕開另一包肉捲，直接吃了起來。

凱特用叉匙攪湯試喝，咬了幾口。不難喝，或許她習慣了難吃的味道？不重要。她啜著湯，兩人默默吃飯。湖水平靜無波，身邊茂密的森林隨風搖擺，不明生物偶爾在樹枝間跳躍發出嘎吱聲。有一瞬間，凱特覺得要是沒有昨天的悲劇事件，他們或許就像一般普通的荒野露營客。她比大衛稍慢一點把湯喝完，他收走她的盒子說：「我們該走了，離與線人的會面時間只剩三十分鐘。」就這樣，大自然背景的安祥和純真感消失。大衛拎起沉重的背包，把垃圾藏到帆布底下。

兩人走進山區森林，他步伐輕快，凱特努力跟上，掩飾她的沉重喘氣聲。他比她健壯多了。他不時停下來，大氣不喘，讓凱特轉過頭吸吸空氣。

第三次休息時，他倚在樹上說：「我知道妳還沒準備好談妳的研究，但是說說看，妳認為印瑪里為什麼抓走小孩？」

「其實，我離開雅加達之後一直在想這些事。」凱特彎下腰，雙手放在膝蓋上。「馬丁向我說過的話，他們逼問我的時候，根本胡言亂語。」

「例如？」

「他暗示有個武器，某種超級武器，可以消滅全人類……」

大衛離開樹幹。「他有沒有說——？」

「沒有，他沒提到別的，那是說夢話。其中提到失落的城市，遺傳學和……還有什麼？」凱特搖搖頭。「他暗示有自閉症的小孩可能是個威脅，他們是人類進化的下一步。」

「可能嗎？關於進化？」

「我不知道，或許吧。我們知道上次進化的大突破是大腦線路的改變。如果我們檢視十萬年前和五萬年前人類的基因組，會發現基因改變很少，但我們知道改變的部分造成了大衝擊——主要是我們的思考方式。人類開始使用語言和辨別思考來解決問題，而非靠直覺行動。基本上，大腦的表現開始比較像電腦而非本能的處理中心。這點仍有爭議，但是有證據顯示大腦線路發生了另一個轉變。自閉症基本上也是大腦線路改變，自閉症光譜失調症，簡稱ASD的診斷率正在大爆發。在美國，近二十年來提高了五倍。每八十八個美國人就有某種自閉症。一部分增加是因為診斷技巧改善，但毫無疑問ASD人口正在增加，全世界每個國家皆然。其中開發中國家似乎受影響最大。」

「我不懂。ASD和進化遺傳學有什麼關係？」

「我們知道自閉症光譜上幾乎所有症狀都有重大的遺傳成分，都是由一小群基因控制的大腦線路差異所引起。我的研究集中在這些基因如何影響大腦線路——更重要的是，基因療法能否打開或關閉可以增加他們社交能力、改善生活品質的基因。自閉症光譜上有很多人過著獨立的愉快生活。例如被診斷出亞斯伯格症候群的人，就很難從事社交活動，通常會密集專注在一個興趣領域——電腦、漫畫、金融等等，不勝枚舉。但這未必永遠是個侷限。其實，這年代專精能力才是成功的關鍵。看看富比士排行榜就知道，如果檢查在電腦、生技和金融業發財的人，我保證大多數都有某種自閉症。但他們很幸運——抽中了基因彩券。他們的大腦運作方式讓他們能解決複雜問題，並且有足夠社交技能在社會上立足。我想做的就是這樣，給我的孩子們一個公平的人生機會。」凱特恢復了呼吸，但還是低著頭。

「別這麼說，好像他們死去了。出發吧，我們只剩十五分鐘。」

他們繼續前進，這次凱特跟上了。約定時間前五分鐘，兩人出了森林，眼前出現一個巨大的火車站。

「這裡絕對有人。」凱特說。

前方車站裡的確有很多人，全部穿著白袍、警衛裝和其他制服。大衛和凱特混入走進車站的人群中會很顯眼。

「快點，免得他們看到我們從樹林走進去。」

50

印瑪里集團研究機構
普蘭縣外圍，西藏

杜利安看著螢幕上的研究人員帶著二十幾個中國受測者走出房間，療法真的對他們造成了影響，半數人差點走不動。

觀察室包括一面螢幕牆，監視著研究設施的每一吋，還有幾排電腦工作站，蛋頭學者們整天敲電腦，天曉得他們在幹嘛。

房間對面，娜歐蜜倚在牆上，一副很無聊的樣子。她穿著衣服看起來好怪異。杜利安示意她過來，她沒被授權聆聽科學家的報告。

「你想離開這裡嗎？」娜歐蜜說。

「等等，妳去熟悉一下這個設施。我有工作要做，待會就去找妳。」

「我去看看本地人。」

「別做我不會做的事。」

她一聲不響地走出房間。

杜利安轉向自從他抵達後一直鬼鬼祟祟地跟隨、簡直是黏著他的緊張科學家。

「張博士？」

他上前。「是，長官？」

「我看的這是什麼？」

「這是第三大隊。我們已經盡快了，長官。」杜利安沒說話，張勝繼續說，「呃，葛雷博士會來嗎？」

「不會。從此以後，你這個計畫的報告對象就是我，明白嗎？」

「啊，是，長官。是不是有什麼——？」

「葛雷博士轉去負責新計畫，希望你能幫我跟上現在這個計畫的進度。」

張勝開口想說話。

「長話短說。」杜利安不耐地看著他。

「當然，長官。」張勝搓搓手掌，彷彿在火堆上取暖。「呃，您知道的，計畫可以追溯到一九三〇年代，但其實我們最近幾年才有具體進展——這都要歸功於遺傳學的幾項突破，尤其是快速的基因組排序。」

「我以為他們已經排出了人類基因組，在九〇年代。」

「唉，那不完整。啊，應該這麼說，人類基因組不只有一個。第一個人類基因組在九〇年代被排序，初稿序列在二〇〇一年二月發表——呃，就是克萊格．凡特博士(注)的基因組。但我們每個人都有基因組，而且各自不同。困難就在這裡。」

注 全名John Craig Venter，出生於美國鹽湖城，是一位生物學家及企業家。一九九九年曾帶領執行塞雷拉研究計畫，並於二〇〇一年發表人類基因組工作草圖（由公共基金資助的國際人類基因組計劃和私人企業塞雷拉基因組公司各自獨立完成，並分別公開發表），被認為是人類基因組計劃成功的里程碑。

「我沒聽懂。」

「是，抱歉，我不常說明這個計畫。」他緊張地傻笑，「呃，理由很明顯，但您這個職位的人不會熟悉。對，從何說起呢？或許從歷史吧。一九三〇年代，當時的研究很……激進，即使方法不夠好，但產生了有趣的成果。」張勝左顧右盼，彷彿擔心是否冒犯了杜利安。「呃，我們花了幾十年研究大鐘對受害者的真正影響。如您所知，那是某種我們不太了解的輻射線，但是效果——」

「別跟我談效果，博士，世界上沒人比我更清楚它的效果。告訴我你知道什麼，講重點。」

張勝低下頭，他握了幾次拳頭，又在褲子上擦汗。「您當然知道，我只是想對照我們過去的研究和……對，現代的遺傳學，我們排序……我們……呃……突破讓研究改變了方向，不再研究那個裝置的效果，而是專注在設法不被機器殺死。我們從三〇年代就知道某些受測者比別人有耐力，但他們終究會死掉——」張勝抬頭看到杜利安在瞪他，便低下頭繼續說，「我、我們的推論是，如果能找出對大鐘免疫的基因，便可以研發基因療法，來保護我們不受影響，可以用反轉錄病毒傳遞這個基因，我們稱之為『亞特蘭提斯基因』。」

「那為什麼還沒找到？」

「幾年前我們以為快找到了，但是似乎沒人能完全免疫。您知道的，我們的前提是曾經有一群人類能承受大鐘，他們的DNA分散到了世界各地，所以基本上我們必須在全世界各地尋找基因。但老實說，做了這麼多實驗，樣本數量累積這麼多之後，我們開始認為亞特蘭提斯基因可能不存在——人類身上從來沒有。」

杜利安舉起一隻手，張勝停下來喘口氣。如果張勝說得沒錯，就必須重新檢驗他們所相信的一切，這可能會證明他的方法正確，或至少很接近。但是可能嗎？還有幾個問題。「那兩個小孩怎麼活下來的？」杜利安問。

「很不幸，我們無法確定，我們甚至不確定他們的療法是什麼——」

「我知道。說你知道的。」

「我們只知道他們接受的療法是尖端科技，可能先進到我們沒有任何東西能比喻。但我們有些推論，最近遺傳學有另一個突破，稱作『表觀遺傳學』，它認為我們的基因組不是靜態藍圖而是一架鋼琴，琴鍵代表基因組，每個人各自有不同的琴鍵，琴鍵一輩子不會改變——我們死亡時也是和出生時同樣的琴鍵（基因組）。改變的是樂譜，就是表觀遺傳學。樂譜決定奏出什麼音樂，等於顯現出什麼基因，而那些基因決定我們的特徵，從IQ到髮色的一切。基因組之間的這種複雜互動，以及控制基因顯性的表觀遺傳學，真正決定了我們會成為怎樣的人。

「有趣的是我們也可以寫樂譜，控制自己的表觀遺傳。我們的父母甚至我們的環境都可以做到。如果特定基因在你父母和祖父母是顯性，很可能你也是顯性。基本上，我們的行為、父母的行為和我們的環境，影響了什麼基因可以被啟動。我們的基因可以控制機率，但表觀遺傳決定我們的命運，這是個神奇的突破。我們早已知道除了純粹靜態遺傳學還有別的作用力，在三〇到四〇年代的雙胞胎研究已證明了，即使基因組幾乎完全相同，有的雙胞胎在大鐘裡活得比另一個久，而表觀遺傳學就是缺少的環節。」

「這跟那些小孩有什麼關係？」

「我個人的推論是，某種新療法植入新基因到孩子身上，基因發生了級聯效應，可能也在表觀遺傳層面上運作。我們認為不被大鐘殺死的人是因為擁有正確的基因組並且啟動了『亞特蘭提斯基因』——這才是關鍵。很奇怪，這種新療法的作用幾乎像突變。」

「突變？」

「對，突變只是基因碼的隨機改變，可以形容為遺傳的擲骰子。有時候中大獎，帶來新的進化優勢，有時候……會長出四根或六根手指。但是這件事卻讓人對大鐘免疫。太有趣了！不知道我能否和華納博士談談，這會很有幫助——」

「別管華納博士了。」杜利安揉揉他的太陽穴。遺傳學，表觀遺傳學，突變，全都只有一個意義：研究失敗。沒有可行療法能對大鐘免疫，而且沒時間了。「你的大鐘測試室可以裝多少受測者？」

「我們通常限制每次測試五十個人，但最多可以容納上百人，如果硬塞或許再多一點。」

杜利安望著螢幕，一群白袍學者正在驅趕一群新的受測者坐到躺椅上，然後為他們接上透明塑膠袋的死亡點滴。「執行要多久？」

「不久，任何受測者頂多只能撐五到十分鐘。」

「五到十分鐘。」杜利安的聲音宛如耳語，他躺回椅背上，在腦中反覆斟酌這個概念。然後他站起來往門口走了一步。「開始讓你剩下的受測者全部進行大鐘測試——盡快。」

張勝想上前抗議，但杜利安已經走到門口。「噢，記住，別毀掉屍體。我們有需要用。我會待在核能部門，博士。」

51

印瑪里集團企業火車
普蘭縣外圍，西藏

凱特默默坐著，注視綠色鄉野以時速九十哩掠過。在她對面，大衛在密閉包廂裡稍微側身。這種時候他怎麼睡得著？睡成這樣脖子會抽筋吧。凱特俯身輕推一下他的頭。

即使沒有神經緊張，凱特的腿也痛得讓她睡不著。大衛帶頭健步如飛地從飛機的「降落地點」走到火車站產生了副作用，加上在站內狂奔，在一排置物櫃中找到四十四號，那是他們的救星。

他們在櫃裡找到兩套衣服——給大衛的警衛制服和給凱特的白袍，還有識別證。凱特現在是艾瑪．威斯特博士，「大鐘主計畫：遺傳部門」的研究員，管他是什麼；大衛則是康納．安德遜。證件上的照片不符，但他們只需要用在刷卡機，就像地鐵票或信用卡讀卡機，登上十點四十五分的火車——顯然是上午最後一班車。

他們上車時，凱特轉向大衛問：「現在怎麼辦？」

大衛把她轉回去說：「別說話，他們可能會竊聽。按照計畫。」

「計畫」實在不怎麼樣。她的目標是找到小孩、回到火車上，大衛會毀掉電力跟她會合。連半個計畫也算不上，他們下車前可能就會被逮住，而這時他居然睡得著。

但是……昨晚他可能沒怎麼睡。他整晚熬夜注意搜索小屋的人是否發現防空洞入口嗎？他在水泥地上躺了多久？然後又在宛如飛行棺材抖個不停的古董飛機上待了好久。凱特從她的行李拿出衣服折疊墊在他的臉和牆壁之間。

又過了三十分鐘，凱特感覺火車減速。人群在走道上排隊。

大衛抓住凱特的手臂。他什麼時候醒了？凱特看著他，不禁面露恐慌。

「保持冷靜。」他說，「記住，妳在這裡工作，妳要帶孩子們去檢查。奉總監的命令。」

「什麼總監？」凱特低聲問。

「如果他們問起，就說是他們不認識的高層，並且繼續走。」

凱特想問別的問題，但大衛已拉開包廂門把，把她推入移動的隊伍。她回頭看時，他已經隔了幾個人往另一邊走，兩人拉開距離。她落單了。她轉回頭來嚥了幾下口水，她做得到的。她跟著人潮行動，努力表現輕鬆。工人大多是亞洲人，但也有些歐美人士。她是少數，但不會太顯眼。

巨大設施有幾個入口，各自有三條隊伍。她看見大多數白袍者聚集的入口，走了過去，排隊等刷卡，並設法偷瞄身邊人的識別證。「大鐘副計畫：靈長類住居」。她看看旁邊的隊伍。「大鐘控制：維護與管家」。她是什麼來著？大鐘什麼的，似乎是關於遺傳學。她突然非常恐懼如果低頭看自己的假證件，會不會有人指著她大喊：「冒牌貨！抓住她！」就像遊樂場的小孩拆穿你尿褲子。

前方的白袍者向前走，像自動機器一樣掃瞄他們的識別證。隊伍動得很快，如同在火車站時。這時她看到六名武裝警衛。三個人散開，每個人守一條隊伍，檢查每張臉。另外三人在鐵鍊圍籬後面走來走去，喝著咖啡快速交談，像辦公室員工在茶水間閒聊。每個人肩上都有自動步槍，卻彷彿是裝滿備忘錄的收發員袋子一樣稀鬆平常。

她必須專心。凱特抽出她的識別證偷瞄一下：「大鐘主計畫：遺傳部門」。她在旁邊的隊伍發現一個高大金髮男子，可能四十出頭，拿著同部門的卡片。他比她落後幾個人，她決定等他通過，然後跟著他。

「女士——」

他們在跟她說話！

「女士。」警衛指著頂端有讀卡機的寬柱子，她身邊的人都在刷卡匆匆通過。

凱特強迫自己的手不再發抖，把她的卡刷過凹槽。不同的嗶聲，亮紅燈。

旁邊又兩個人刷卡。綠燈，沒有嗶聲。

警衛抬起頭上前一步。

她的雙手明顯在發抖。放輕鬆。她再次把卡放進凹槽刷過去，這次慢一點。紅燈，還有不妙的嗶聲。

圍籬後的警衛們停止交談，他們看著她。她這排隊伍的警衛回頭看其他的警衛。

她想要對準卡片再試一次，但有人抓住她的手。「妳刷反了，親愛的。」

凱特抬頭看，是金髮男人。她無法思考，他剛剛說什麼？「我在這兒工作。」凱特趕緊說，左顧右盼，大家都盯著他們，他們擋住了兩條隊伍。

「我也希望是。」男子拿走她的卡。「妳一定是新來的，」他說著細看卡片。「以前沒見過妳——欸，這看起來不像妳。」

凱特搶回卡片。「不，別看照片。我是，呃，新來的。」她伸手摸過頭髮。她會被逮到，她很清楚，對方還在看著她。凱特努力思考。「他們用了舊照片。我……減肥了。」

「顯然也染了頭髮。」他懷疑地說。

「呃，對……」凱特吸口氣。「希望你幫我保密，金髮比較受歡迎。」她擠出微笑，但她猜想自己顯得恐懼多過自信。

男子點頭微笑。「是啊，沒錯。」

隊伍後端有人大喊：「喂，大情聖，用別的時間把妹好嗎？」所有人哄堂大笑。

凱特微笑。「該怎麼做？」她又刷一次。紅燈，嗶聲。她抬頭看。

男子抓著她的手，翻過卡片刷過去。綠燈。然後他轉向自己的柱子刷自己的卡，綠燈。他小心地繞過六個瞪視的警衛，凱特趕上他。

「謝謝，你是——」

「潘德加斯特。巴納比·潘德加斯特。」他們一起繞過一個轉角。

「巴納比·潘德加斯特。我正要這麼猜呢。」

「呃，妳挺活潑的。」他看看她，「以不會用讀卡機的人來說，腳程算快的。」

他知道了？凱特假裝尷尬。「槍枝害我緊張。」

「那妳一定會討厭這裡，似乎沒穿白袍的每個人都『帶著傢伙』。」他用美國腔強調最後幾個字，再刷卡推開一連串可能區隔醫院各部門的寬大門戶。「我猜萬一樹木攻擊人，他們有備無患。」他嘲弄地說，「該死的白癡。」

前方有幾個胖子推著金屬籠子前進。凱特盯著看，籠子裡有黑猩猩。他們通過時，凱特發現走道上剩她一個。她跑過走廊看到巴納巴斯，或管他叫什麼，她跑步趕上他。

他停在另一道門口的刷卡機。「妳剛說妳要去哪裡，威斯特博士？」

「我……沒說。」凱特努力向他眨眼，她感覺自己像個呆子。「你……要去哪裡？」

「呃，我的病毒實驗室。妳的同事是誰？」他疑惑地看著她。也可能是在打量她？

凱特慌了。這比她在火車上想像得複雜多了。她以為只需要像個保姆似地走進去說：「我來接那兩個印尼小孩？」大衛的建議——跟他們說超過他們的階級很多——這時似乎顯得太單純，大錯特錯。看來他只是說給她安心，哄她下車展開行動。她腦中一片空白。「這是超過你們階級的事。」她脫口而出。

巴納比正要刷他的卡，但他停住，卡片懸在空中。「什麼？」他看著她，東張西望彷彿想弄清楚這個聲音從哪個方向來的。

凱特很想拔腿就跑，但她不知該往哪裡跑。她必須查出他們把小孩關在哪裡。「我是負責自閉症研究的。」

巴納比放下卡片轉身面對凱特。「真的？我沒聽說有什麼自閉症研究。」

「跟葛雷博士。」

「葛雷博士？」巴納比翻著白眼回想。「從來沒聽過……」他懷疑的表情慢慢消失，走向門邊牆上的白色電話，伸手去拿。「或許我該，呃，找人來幫妳帶路。」

「不要！」

凱特的爆發讓他突然愣住。

「不要。我沒迷路。我在研究……兩個小孩。」

他縮回手來放在身邊。「噢，原來是真的。我們聽到謠傳，但每個人都神祕兮兮的，好像有什麼大陰謀。」

他不知道小孩的事。這代表什麼？凱特必須爭取更多時間，必須動腦。「啊，對。很抱歉我不能多說。」

「我相信那確實超過我的階級，妳說得對。」他又咕噥了什麼，或許是「妳又不知道我的階級」。「不過老實說，我很好奇你們在這種地方要拿小孩子做什麼？我們這裡可是零生存率。零耶。我猜你們的『階級』允許這樣，是嗎？」

新念頭籠罩凱特，她從來沒想過的驚恐升起。零生存率。孩子們可能已經死了。

「妳在聽嗎？」

但凱特無法回答，她只能呆站著。

他看到她眼中的眼淚，他往側面轉頭。「妳知道嗎？妳怪怪的，不太對勁。」他伸手拿起電話。

凱特跳過去，搶走他手上的電話。

他瞪大眼睛，一臉不敢置信。

凱特看看四周。大衛的話在她腦中迴響——他們可能會竊聽。或許已經太遲了。她掛上電話抱住巴納比，在他耳邊低聲說：「聽我說，有兩個小孩被關在這裡。他們有危險，我是來救他們的。」

他用力推開她。「什麼？妳瘋了?!」

他看起來就像凱特兩天前在廂型車上被大衛質問的時候。

她又湊近。「拜託，你得相信我。我需要你幫忙，我必須找到那些孩子。」

他觀察她的臉色，嘟起嘴像是嚐到噁心的東西又不能吐出來。「聽著，我不懂妳在玩什麼把戲，安全演習或變態遊戲，但是我完全不清楚小孩的事——如果有的話，我也只是聽到謠言。」

「他們被關在哪裡？」

「我不知道。我連受測者都沒看過，我才剛進實驗室。」

「猜猜看。拜託，我需要你幫忙。」

「我不確定……我猜在居住區吧。」

「帶我去。」

他向她揮揮卡片，「看到沒？我沒有授權。我剛說了，我只能進實驗室。」

凱特低頭看她的卡。「我敢打賭我可以。」

警衛看著那個女子勾引那男人，搶走他的電話，抱住他對他耳語——可能是個威脅。那個男人顯得很害怕。他們剛開過性騷擾的研討會，但主要是針對男人強迫女人上床，這個情況不同，可能有麻煩。警衛拿起電話。

「對，這裡是七號站。我想我們的大鐘主計畫可能有問題。」

52

印瑪里集團研究機構
普蘭縣外圍，西藏

大衛排隊等著他們檢查完警衛放行。這座設施很龐大，超出他的預期。三座巨大的花瓶狀冷卻塔高聳入雲，冒出白煙，俯瞰著所有建築。

這座設施絕對是某種結合式醫院、醫學院兼發電廠，其他火車都從外側軌道進站。全體人員一定是從外地運來的，現場周圍有很寬廣的隔離區，或許有一百哩。為什麼？成本一定高得嚇人。在荒郊野外建造這樣的東西，每天把物資和人員運進來？

「先生！」

大衛抬頭。輪到他了。他刷卡，紅燈，嗶聲。他一看，弄反了。他翻過卡片之後再刷卡，綠燈。

他走進這棟建築。現在開始是困難的部分：要去哪裡？

另一個念頭滲透進入他內心深處。凱特。她正陷入險境中。他得趕快完成他的部分再去找她。

大衛在牆上找到了地圖和緊急逃生路線。地面上沒有反應爐室。根據水蒸氣塔的位置，他根本不認為反應爐室會在這棟建築裡。

他離開主線走廊，跟著大多數人走進一個有幾排置物櫃的開闊區域。大多數警衛不是互相交談，就是拿了武器和無線電之後離去。

他聽到幾個警衛在談核能發電廠，他跟著他們，離開前從架上拿了對講機和手槍。通往小型保全大樓的後門外是個小庭院，大衛瞥見遠處還有三棟巨大的核能發電廠；沒什麼窗戶的大樓或許是醫學設施；有窗戶、屋頂掛著印瑪里企業旗幟的較小建築可能是管理中心。

他前方的人都在專心交談。

大衛伸手去摸摸背包，估計他帶的炸藥夠不夠。可能不夠，這裡比他預期大很多。

在發電廠入口，一名肥胖警衛坐在高腳圓凳上，檢查證件同時參考他面前講台上的一張列印紙。他一言不發地向大衛伸出香腸般的手指。

大衛交出識別證。下了火車排隊時，他把照片刮得模糊難辨，以防萬一。

「你的識別證怎麼搞的？」

「被狗咬了。」

他輕哼一聲開始搜尋名單，臉色慢慢扭曲，彷彿名單變成了他看不懂的語言。「我沒看到你今天的班表。」

「他們今天早上叫醒我時，我也這麼說。如果你的意思是我可以走了，那我就回去。」大衛伸手要拿證件。

警衛舉起肥胖的手。「不，等一下。」他又埋頭在名單裡，從耳後拿起一枝筆。他每隔幾秒就看看證件又查看名單，用幼稚的方塊筆跡在頁面底端寫下「康納．安德遜」。他把證件還給大衛，揮手叫隊伍的下一個人。

隔壁房間像是個大廳，有接待櫃台，兩名警衛在交談。他們走過時看他一眼，又繼續交談。

大衛發現另一張緊急撤離路線海報，開始走向反應爐室。
幸好，他的卡片在每一道門都有效。他快要到反應爐室了。
「喂，站住。」
大衛轉過身來。是大廳的警衛。
「你是誰？」
「康納·安德遜。」
警衛面露困惑，接著拔槍。「才怪，不准動！」

53

巴納比看來像凱特感覺的一樣恐懼。身為陰謀的首領，不知怎地讓她比較有膽量了。一看到瘦削的亞裔警衛在居住區的雙併門外看漫畫書，她的信心又稍微減弱了點。他一看到他們就把薄薄的書本丟到桌上，看著他們走近牆上的讀卡機。
凱特掃瞄她的卡，綠燈。
她推開門踏進去一步。巴納比跟上，緊貼著她背後。
「不行！你──你也要讀卡！」警衛指著巴納比。他瞪大眼睛退後，好像怕挨槍。
「你必須掃瞄。」警衛指著掃瞄器。

巴納比把他的卡舉到胸前，刷卡，紅燈。

警衛站起來。「卡片。」他向巴納比伸手。

金髮科學家退到牆邊，不小心掉了卡片。「她逼我的，她瘋了！」

凱特卡進他們中間。「沒事，巴納比。」她撿起卡片交給他。「我要他護送我上班，但是沒事了。」她把手放在他後腰推開他。「沒關係。晚點見，巴納比。」她轉回來面對警衛，舉起她的卡再刷一次。「看吧——綠燈。」她走進門裡，等了一下。

門仍然關著，或許她安全了。凱特漫步深入建築物。每二十呎左右就有一道門，顯然是通往其他區域的走道。舉目所見全都一樣：門戶和對稱的走道，而且很安靜，安靜得令人緊張。

她刷卡走進最靠近自己的門，裡面看起來像是某種軍營或……大學宿舍——她只想起這個。她所在的公共大空間通往六個較小的房間，每個都有行軍床。不，這不太像宿舍房間……太寒酸了，比較像監獄的牢房，而且裡面沒人，顯然是廢棄了。牢房裡很亂，毯子和衣服亂丟在地上，私人物品丟在床邊的小水槽裡，彷彿住戶匆忙離開。

凱特退出房間，在主線走廊上走了一會兒。她的網球鞋每走一步就發出吱吱聲。遠處，她聽到交談聲。她得過去，但直覺有些抗拒。待在空房間裡比較安全，沒有別人。

她在下一個「叉路口」轉彎走向交談聲。她看到了好像醫院護士站的地方：一個高大櫃台上面放了些檔案，後面有兩三個女子。

有另一個聲音，來自另一個方向，規律的靴子腳步聲在空蕩走廊上迴響，他們逼近了。她緩緩靠近護士們，她聽見他們的聲音：「他們現在要用上全部的人」「我知道」「我剛說了」「他們做的事情從來沒合理過」「他們甚至沒治療——」

凱特左顧右盼，靴子聲在背後。六個男人，是警衛。他們跑向她，拔出槍。「站住別動！」

她或許可以跑到護士站。這時警衛快速接近。她起跑一步，兩步，但他們已經逼近，用槍指著她。

凱特舉起雙手。

54

大衛舉起雙手投降。

警衛瞄準他走近。「你不是康納．安德遜。」

「那還用說。」大衛低聲說，「快把槍收好閉上嘴巴，他們可能在竊聽。」

警衛停止動作，他困惑地低頭。「什麼？」

「他說我得頂替他進來。」

「什麼？」

「呃，我們昨晚玩瘋了，他說如果我不來代班，他會被開除。」大衛堅稱。

「你是誰？」

「他的朋友。你一定是他的聰明同事。」

「什麼？」

「你只會說這句嗎？聽著，把槍收好，表現自然一點。」

「康納今天沒有班。」

「是啊，我現在才知道，天才。他又喝茫了胡言亂語，我要宰了他，如果你們這些白癡沒先殺我的話。」大衛向前翻手掌點點頭，警衛沒說話。「老兄，開槍啊，不然就讓我走。」

警衛不甘願地收起槍，仍然顯得很不滿。「你要去哪裡？」

大衛走向他。「我要離開這裡。最近的出口在哪？」

警衛轉身指路，大衛趁機一拳重擊他的後腦，打暈了他。

他必須趕快行動，深入設施。還有另一個問題，因為生存問題更急迫，所以暫時被他拋到腦後。但現在他得想想如何切斷電源了。他的最佳構想不是直接攻擊發電廠，即使他能夠接近，它們一定早被隔離，具有妥善保護，更何況有三座。他猜輸電纜是最好的機會，如果他炸掉線路，就能永久切斷整座設施的電力，包括他們從反應爐儲存的電力。但他人生地不熟，萬一纜線埋在地下或其他搆不到的地方呢？或者經過反應爐設施之外戒備森嚴的地方？他認得出來嗎？有太多不確定……

大衛在牆上發現另一幅圖解，快速瀏覽各個區域。一號爐，二號爐，三號爐，渦輪機，控制室，主電路室……電路室或許有用。位於反應爐對面，看起來每座反應爐的電路都經過這個房間。

他轉身離開，正好兩名警衛繞過轉角走向他，他點點頭走向電路室。接近時，他聽見機器低鳴聲和高壓電的嗡嗡聲，似乎透過牆壁隔著地板傳過來。地板沒有震動，但他刷卡進入房間後，身體開始隨著巨大機器的脈衝而震動。

電路室內很巨大而且擁擠，管線和和金屬導管似乎往每個方向延伸，不時發出蜂鳴與爆裂聲。他感覺自己好像被縮小傳送到了電腦的電路板上。

大衛慢慢深入室內，把炸藥裝在較大的電路管線。電路室深處還有幾座金屬「櫃子」，沒別的字好形容。他也把炸藥裝上去。現在只剩幾塊炸藥了。有夠嗎？有多少時間？他把引信設定為五分鐘，藏到櫃子底下。最後的炸藥該放哪裡？

他又聽見電路噪音之外的怪聲。或許是幻覺。他拿出一塊炸藥塞在兩條小線路之間。他的手停了一下，慢慢縮手確認它黏住。

他從眼角看到了他們——三個警衛正快速接近。這次他可能無法靠話術脫困了。

55

六名警衛包圍住凱特。

其中一人向對講機說：「我們找到她了。她在三號走廊亂逛。」

「你們在幹什麼？」凱特抗議。

「跟我們走。」拿對講機的人說。

兩名警衛抓住她兩側手臂，開始把她帶離護士站。

「等等！」

凱特轉身看見一個女人從他們背後慢跑過來。她很年輕，或許二十幾歲。她穿得很……古怪，很挑逗，好像花花公子中的兔女郎，顯得非常突兀。

「把她交給我吧。」她向警衛們說。

「妳是誰？」

「娜歐蜜。我替史隆先生做事。」

「從來沒聽說過。」顯然是帶頭的警衛向另一人示意，「我們會處理她。」

「你會後悔的，」娜歐蜜說，「打回去問問，我等著。請你的上司打給史隆先生。」

警衛們面面相覷。

娜歐蜜搶走其中一人的對講機。「我自己來好了。」她按下對話鈕。「我是娜歐蜜，我要跟史隆先生說話。」

「請稍候。」

「我是史隆。」

「我是娜歐蜜，我想帶一個女人去見你，但是有一群警衛騷擾我們。」

「等等。」然後史隆的聲音隱約向某人說話，「叫你的狒狒們別騷擾我的人。」

另一個聲音出現在線上。「我是趙隊長，是誰在那邊？」

娜歐蜜想把對講機交還給警衛，但他像躲瘟疫似地退後。娜歐蜜把它丟給剛才講話的人。

「祝你好運。」她抓著凱特的手臂低聲說，「閉上嘴跟著我走。」

娜歐蜜帶著凱特離開警衛，他們正急著向對講機上的人道歉。

她們右轉，再左轉，經過另一條無人走道。娜歐蜜向凱特要她的卡片，打開一道雙併門。

「妳是誰？」凱特說。

「不重要。我是來幫妳救出小孩的。」

「誰派妳來的？」

「給你們證件的同一個人。」

「謝謝。」凱特只想到這個回答。

女子點點頭。她打開一扇門，凱特聽見裡面阿迪和瑟亞的交談聲，心臟差點停止。門打開後，她發現他們坐在白牆房間的一張桌子邊，凱特跑進去，跪下來擁抱他們。他們不發一語跑向她，跳進她懷裡，把她撲倒。他們還活著，她做得到，她可以救他們，凱特感覺一隻堅定的手扶她起來。

「抱歉，但我們沒時間了。我們得趕快。」娜歐蜜說。

56

保全主管把對講機還給杜利安。「他們不會再給您的助理惹麻煩了。容我道歉，史隆先生。因為新面孔太多，我們不太擅長——」

「少來這套。」杜利安轉向核子科學家切斯博士。「繼續說。」

「我們從北方收到的貨物，我不確定適合我們用。」

「為什麼不行？」

「白俄羅斯的核彈被亂搞過。如果我們有時間，或許可以拆開來重新整理。」

「另外還有哪些？」杜利安說。

「烏克蘭和俄羅斯的裝置看起來還好，只是老舊了點。中國來的是新貨，最近才建造的。你打算——？」

「別管這個。數量有多少？」

「我看看。」他看看列印紙。「總共一百二十六枚彈頭。大多數是極高威力等級。如果知道目標效果會比較好，除此之外我不敢說。」

「攜帶式核彈呢？」

「啊，我們準備好了。」切斯博士示意房間對面的一名助理。那個年輕人出去之後帶了一顆大銀蛋回來，只比超市手推車略小一點。他差點抱不住滑溜的銀蛋，所以像搬柴火一樣往後仰，以免它滾出圈住的雙臂。他走到桌邊，放下銀蛋然後退開，但是銀蛋怪異地搖晃，滾向桌邊，助理上前伸手穩住它。

切斯博士雙手插在口袋裡，向杜利安點個頭，期待地微笑。

杜利安瞪著銀蛋，又看看切斯博士。「這是什麼鬼？」

科學家從口袋抽出雙手往銀蛋上前一步，指著它。「這是……您要求的攜帶式裝置。七．四公斤重，大約十六磅。」他搖搖頭。「我們無法再減輕了。呃，有時間的話或許可以。」

杜利安躺回椅背上，看看銀蛋再看看科學家。

科學家走近銀蛋仔細檢查。「有什麼不對嗎？我們還有另一顆——」

「攜帶式。我需要兩顆攜帶式核彈。」

「噢，這是啊。您看到哈維帶過來了。雖然稍大了點，但是——」

「可遠距遙控放在背包裡，不是讓妖怪用來打水漂扔過海灣的魔術蛋。要花多久時間才能讓它更小？博士，關鍵字是，可以真的放進手提箱裡？」

「嗯，呃……您沒說過……」他看看銀蛋。

「多久？」杜利安逼問。

「兩天，如果——」

「史隆先生，我們的核能發電廠出了問題。您最好看看。」

杜利安仔細把椅子轉向保全主管拿的平板電腦。在背後，他聽到科學家踱步向哈維抱怨。

「這可不像電影裡只要『剪斷綠線』、塞進背包裡然後出發去爬聖母峰，我是說我們必須……」

杜利安不理會科學家，專心看平板上的影像：一個男子走過某個機房。

「這是哪裡？」

「反應爐外面的主電路室，還有這個。」保全主管把影片倒帶。

杜利安看著男子安裝了一堆炸藥，還有別的。杜利安點一下平板，暫停影片，放大臉孔。不會吧？

「長官，你認識他嗎？」

杜利安研究這張臉孔，回想起巴基斯坦北部的某個山村，每棟房屋冒出火焰，婦女孩童奔逃，男丁們倒臥在燃燒的房子前……有個人開槍反擊他。他記得擊中了這個人，不知道幾次，最後完成了任務。「對，我認識他。他叫做安德魯・里德。前CIA外勤幹員。你需要很多人才能對付他。」

「格殺勿論嗎？」

杜利安心不在焉地移開目光。隱約中他聽到無線電沙沙作響，警衛正在大聲下令。里德來了，想要破壞電力。他不可能獨自前來。如果他沒死，這四年來他跑哪裡去了？為什麼破壞電力？

保全主管俯身。「我們找到了炸藥和定時器，會拿到大樓外面去。我們察看過他進入之後的監視畫面——那是唯一的威脅。我們的人正在包圍他，是否要——」

「別殺他。他現在在哪裡？」杜利安說。

保全主管舉起平板，指著地圖上的一點。

杜利安點取地圖上的另一個位置。「這是什麼房間？」

「反應爐大廳之一，一號爐和二號爐之間的通道。」

杜利安指著面對面的兩道大門。「這是唯一的出入口嗎？」

「是。那個房間每一邊都有十呎厚的水泥牆。」

「好極了。把他趕進去關上門。」杜利安說。他還漏了什麼？他聽見保全主管用無線電下達命令。

那兩個小孩子。「那兩個小孩現在怎樣了？」

保全主管聽了面露疑惑。「在他們的牢房裡。」

「給我看。」

保全主管戳戳平板電腦。然後驚訝地抬起頭。

「去找他們。」杜利安說。

保全主管往對講機大喊。他們等了一陣子，對講機響了幾次，主管往平板輸入了什麼，叫出另一段影片之後交給杜利安：是娜歐蜜，身邊帶著凱特・華納和兩個小孩。

這是最好還是最壞的消息呢？

主管用另一隻手的對講機大聲下令。

杜利安心想。只有她們兩人嗎？

「我們很快就會抓到她們，長官。我不知道怎麼會——」

杜利安舉起一隻手，看都不看他。「別說了。」

怎麼辦？顯然還有個很嚴重的保全漏洞，而且只有幾名嫌犯。杜利安向帶來的一名幕僚示意。「洛根，發個備忘錄給印瑪里委員會：『中國設施遭受攻擊，我們正嘗試解決問題，但預料所有研究設施將被摧毀，因此加速進行托巴草案。之後會隨著事件發展，公布狀況更新。』附上發電廠裡那個男的和兩個女人企圖帶走孩子的影片，若有人回覆我要馬上知道。」

保全主管轉過身來。「我們會抓到她們，長官。」

「幹得好，真的。」杜利安揶揄地說。

保全主管嚥一下口水，心虛地說：「我們要不要……」

「把那兩個女人帶去大鐘室，跟所有準備好的受測者一起放進去，一定要確定她們進去，我要這幾個人站在前排。盡快打開開關，告訴張勝別找藉口。」杜利安暫停。凱特・華納進了大鐘室，真是甜美的復仇，馬丁別無他法。很快地，任何人都無能為力了，進展其實比他的計畫還好。杜利安示意切斯博士。「所有核彈都上了火車嗎？」

「是，除了白俄羅斯的和……攜帶式——」

「很好。」杜利安轉回來看保全主管。「把小孩跟核彈放上火車，立刻駛離這裡。」他轉向切斯博士。「我希望你也上火車，等它開到海岸的時候，不是核彈就是你的屍體會裝進背包裡。明白嗎？」

切斯博士點頭避開目光。

保全主管聽完，放下對講機。「入侵者被鎖在二號反應爐大廳了。」

「好吧，別讓其餘的火車開走。我們需要用來搬運別的東西。」杜利安走向他在印瑪里保全的私人衛隊副官，狄米崔．柯茲洛夫。

「大鐘結束之後，把屍體搬上火車開走，」杜利安說，「我們必須設立一個裝貨區，或許印度北部，可以通到機場的地方。」

「這裡剩下的員工怎麼辦？」

「我想過了，」杜利安帶著狄米崔遠離其餘的員工。「他們是累贅。我們當然不能放任何人離開，至少直到托巴草案啟動之後。還有另一個問題，這裡只剩一百一十九個人類受測者了。」

對方立刻聽懂了暗示。「屍體不夠。」

「差得遠了。我想我們可以一箭雙鵰，這可不容易。」

狄米崔點頭，看看實驗室裡走來走去的科學家們。「用大鐘處理員工？我同意。這需要張勝的團隊來操作機器……對付他們自己人可行，但是場面會很難看。這裡至少有一百個保全人員，他們不會坐以待斃，即使我們打散他們假裝成演習。」

「你需要什麼？」杜利安說。

「五十，或許六十個人，最好是印瑪里保全或鐘塔外勤幹員。目前印瑪里保全正在清理鐘塔新德里站，我們或許可以利用剩下的外勤幹員。」

「你去安排。」杜利安邊說邊走開。

「您要去哪裡？」

「印瑪里內部一定有人和里德合作，我要查出到底是誰。」

57

警衛從她手中搶走小孩，把她推倒在地，凱特尖叫。她抓向他們的臉同時亂踢，她不能再失去孩子們，她必須反抗。

「不對，上火車。」一名警衛說。孩子們想要掙脫。

凱特向他們伸手，但有人壓住她的手臂，另一人衝向她，她看到槍托往她臉上飛過來。

這個房間陰暗又擁擠，凱特身邊四面八方都是人，她用手肘推擠左右的人，但是沒人回應。他們都站著死掉了。要不是擠得這麼緊，他們一定會倒下去。

在上方，凱特聽見一個巨響。有個巨大的金屬裝置從天花板降下來，燈光在頂端閃爍，還有同步的雷聲。她感覺到雷聲在她胸口和周圍其他殭屍的屍體上共鳴。

孩子們在這裡嗎？她環顧房間，誰也看不見，只有半睡半醒的茫然臉孔。然後是娜歐蜜，救出她的自信女人看起來很驚恐。

上方的隆隆聲變得震耳欲聾，燈光刺目。凱特感到她周圍的身體變熱。她舉起手想擦掉臉上的汗水，但她的手已經溼了，沾著濃稠、幾乎黏膩的液體——鮮血。

58

通往反應爐大廳的水泥門一聲巨響關上，但在巨大反應爐的噪音中幾乎聽不見。大衛深入這個房間，觀察他最後的據點，心想或許凱特逃出去了。

他退出手槍的彈匣，剩兩發。他該用最後一發自殺嗎？他們給凱特下的迷藥很厲害，誰曉得他們會做出什麼事。他知道寶貴的情報，那是無私的理由，但還有別的理由。他把這個念頭拋開，事情還沒到最後關頭。

他在兩座高大反應爐之間的通道走來走去。這裡好像是有挑高天花板和鋼架的高中體育館，形狀像個沙漏，房間近似長方形，但中央有兩處圓形凹陷——兩座反應爐的厚水泥牆。有兩個入口，都是上下滑動式水泥門——一個在房間前方，另一個在後方。門邊高大平滑的牆上點綴著金屬電纜和多半是銀色、穿插幾根藍色與紅色的管路，給人一種嘴巴狀大門上方灰色額頭浮出靜脈曲張血管的印象。

「哈囉，安德魯。」無疑是撤離警告用的擴音器突然傳出響亮的招呼。大衛認得這聲音。是進鐘塔之前的熟人，但他想不起來。

大衛必須爭取時間，這是唯一能幫凱特的辦法。「我已經不叫那個名字了。」他聽見兩側的反應爐怒吼著運轉，懷疑這個「聲音」在喧囂中能否聽見他的話。

過多久了？炸彈應該快爆炸了。切斷電力形同自殺，但可以幫上凱特。

「我們抓到那個女人了，而且找到了你的炸彈。沒什麼創意啊，我還以為你不只這兩下子。」

大衛看看周圍。這個聲音在說謊嗎？為什麼告訴他？他能怎麼辦？射擊反應爐？餿主意——這裡有巨大水泥牆。射擊某條管線，碰碰運氣？不太可能。射天花板？沒用。

對方想要他的什麼東西，不然為什麼問他？或許對方在說謊。凱特可能在火車上等他，或許他沒有抓到她。「你想幹什麼？」大衛大喊。

「誰派你來的？」聲音問道。

「放了她，我就告訴你。」

對方大笑。「好啊，一言為定。」

「聽起來不錯，你過來，我會做個正式聲明，甚至畫張圖給你。我也有他的Email。」

「如果我得親自下去，我會打到你招供為止。我很忙，沒時間下藥了。」

反應爐變得更吵了。這樣子正常嗎？

那個聲音繼續說：「你沒有選擇了，安德魯。我們都很清楚，你只是在硬撐。這就是你的毛病，你的弱點。你是失落的理想中最大的笨蛋。訴求你的救人幻想。巴基斯坦村民，雅加達兒童，你總是硬幹。因為你同情，你自認理解受害人——那是你的心態。你心想如果能報復那些虧待你的人，就能得到滿足，但你不做不到，已經結束了。你知道我說得對，聽聽我的聲音，你知道我是誰。我言出必行。我保證我會讓她死得痛快。你現在能做的只有這樣。告訴我是誰，這是你最後的機會。」

標準的偵訊手法：打擊你的目標，建立優越性，說服他們招供是唯一的選擇。其實在這時挺有說服力的。大衛知道他們可以放瓦斯毒死他，或丟一顆手榴彈進來，或用幾個警衛打倒他。他沒有選擇。但這時他終於想起麥克風背後的人是誰：杜利安．史隆，印瑪里在阿富汗和巴基斯坦的外勤指揮官。他早該猜到史隆這時已經掌管了印瑪里保全的整個地區。他很殘暴，幹練又虛榮。大衛可以利用這點嗎？他最好的選擇是拖延時間，賭一賭會發生什麼事，或者其實史隆在說謊，凱特早就逃走了。

「我得告訴你，史隆，我想你入錯行了。精神分析……太神奇了，你真的讓我懷疑我的人生了。我可不可以多要點時間反省你觸及的深層問題？我是說——」

「別浪費時間，安德魯。對你或她都沒用，你聽到反應爐運轉聲了沒？那是電力流向正在殺死凱特的機器的聲音，現在只剩你了。幾小時前鐘塔淪陷了。快說吧——」

「若是如此，浪費時間的人是你。我沒什麼好說的。」大衛咬牙切齒地把槍丟到地上，槍一路滑到對面的門邊。「你想要打到我招供，放馬過來試試看。我沒有武器，你或許有一半機會。」他站在沙漏狀房間的中央，看看兩邊的門，猜想哪邊會先打開，還有到時他能否跑得掉。

反應爐怒吼得更大聲，大衛感覺它散發出熱氣。是故障嗎？在他背後，一道水泥門隆隆啟動，從兩呎深的凹槽中抬高。槍在另一側的門邊。

大衛奔向開啟的門，還差四十呎，三十呎。這是他唯一的選擇：從底下溜過去徒手格鬥，然後設法逃離他們設定的範圍，剩二十呎。

史隆出現，從門下鑽過去站直，用右手的槍探路。他連開三槍。第一發擊中大衛的肩膀，立刻讓大衛仰倒在水泥地上。大衛來回滾動拚命想站起來，身體底下出現一大片血泊，但史隆隨即來到面前，踢倒大衛的雙腿。

「誰告訴你這個地方的？」

大衛在反應爐聲中只能勉強聽見這句話。他的肩膀脹痛，傷口感覺不像傷口，比較像是身體的一部分被炸掉，他根本感覺不到他的左手。

史隆用槍指著大衛的左腿。「至少死得有點尊嚴，安德魯。招出來，我就給你個痛快。」

大衛努力思考。我必須爭取時間。「我不知道名字。」

史隆把槍湊近大衛的腿。

「但是——我有個IP位址。我就是這樣跟他聯絡的。」

史隆退後，似乎在考慮。

大衛喘了幾口氣。「在我左邊口袋裡，你得自己拿出來。」他指指自己的手臂。

史隆向他俯身扣扳機，一顆子彈射進大衛的腿裡。

大衛在地上痛苦掙扎慘叫，史隆繞著他走。「別、跟、我、說、謊。」

大衛沒說話，史隆抬起靴子猛踹大衛的額頭，讓他的後腦狠狠撞上水泥地。大衛眼冒金星，他確信他快要昏過去了。頭頂上的反應爐又改變了聲調，不同的聲音。史隆抬頭看，警笛大作，然後一聲爆炸震撼了整個房間，水泥和金屬碎片到處亂飛。管線和牆上漏出瓦斯，瀰漫整個空間。另一道門打開，有人從門外跑過。

大衛翻身俯臥，用單手單腳爬行，拖著癱瘓的手臂和動彈不得的腿前進。疼痛幾乎壓垮了他，他被迫停下，嚥口水，不停喘氣。他再爬了幾呎，努力不吸進地上的塵土。他知道塵土跑進了腿上和肩膀的傷口，但那不重要，他必須逃出去。他看到史隆拍打著煙霧，到處跑來跑去。

又一聲爆炸。

另一座反應爐嗎？

煙霧濃到什麼也看不見了。

遠處有交談聲。「長官，我們必須疏散，出問題了——」

「好吧。你的槍給我。」

到處都是槍聲。牆壁和地板崩落。大衛愣住。他低下頭貼著地面像在聆聽，等某種訊號。地板上方幾吋處，他看見人體紛紛倒下，史隆的手下成了他拚命想再擊中大衛的替代犧牲品。

「長官，我們必須——」

「好啦！」

大衛聽見身邊有人跑來跑去。他想用沒受傷的手臂撐起身子，但是沒辦法。他太虛弱，太冷了。他看見自己的呼吸吹起地上的白色灰塵，每一口氣都吹起一些粉末。在他身邊，白色被紅色吞噬。他想到了什麼，想法或是回憶。是什麼呢？刮鬍子。就像刮鬍子受傷流的血瀰漫白色衛生紙。警笛呻吟聲中，他看著紅色爬過白色灰塵，接近他的臉。

59

凱特原以為房間裡的人群紛紛倒下，但她驚恐地發現他們全身上下都在融化或分解。室內燈光閃爍，她瞥見波浪流過，像劇烈的潮汐，隨著每一聲巨響帶來死亡。

但是巨響不一樣了。還有燈光——閃光——變得昏暗，沒那麼刺眼。她看見掛在牆上的裝置，像個鐘形，或頭部有窗子的巨大棋子。她瞇起眼看到別的。它在……滴水？鋼鐵眼淚掉落，底下不幸的人群融化成一片。

更多人倒了下來，但房裡還有些零星倖存者，有的表情困惑，彷彿等著被點名槍斃，有的在奔跑，有的縮在角落，有三四個人在拍打房門。

凱特低頭，醒來之後第一次看到自己的身體，她渾身是血，但不是她的血。除了腦中的脹痛，她毫髮無傷。她必須救這些人。她跪下檢查她腳邊的人——應該說是殘骸。看來好像他的血液膨脹，血管從內部爆破，造成嚴重的全身出血，並撕裂了他的皮膚，血液也從眼睛和指甲噴射而出。

大鐘改變了——燈光再度閃爍，比先前更亮。凱特伸手遮住眼睛別過頭去。前方，她看到娜歐蜜正穿過屍堆往門口移動。凱特往娜歐蜜爬過去。

隆隆聲這時變成了持續的低鳴，像敲鑼的餘音久久不歇。鋼鐵在延展？

凱特把娜歐蜜的頭轉過來，撥開她臉上的頭髮。她死了。血沒有流到她漂亮的臉上。

凱特身邊的人體在蠕動——剩下的活人。他們擠在門口，拍打叫喊。她想站起來但是做不到，他們都不理她，在空中揮手同時推擠。

爆炸聲震聾了凱特，吹倒人群，五六個人往她壓過來。她猛吸一口氣，但吸不到。他們壓迫著她，令她窒息。她拍打其他人，扭轉身體，試圖仰起頭呼吸。好像在下雨，不對——是碎片在飄落。然後是水，一陣大水沖進房間。她自由了，漂浮著，隨波逐流，大水沖垮了封閉這個行刑室的牆壁。

凱特猛吸一口氣。好痛，但也是個解脫。這一刻，她有兩個念頭：

我還活著。

一定是大衛救了我。

60

杜利安·史隆示意張勝戴上直升機的耳機。

在他們下方，又一次爆炸撼動了整座設施，連直升機也受到波及，然後稍微傾斜避開。

張勝的耳機一蓋住耳朵，杜利安就說：「他媽的出了什麼事？」

「大鐘出了某種問題。」

「被破壞嗎？」

「不是，至少，我不認為。電力跟輻射輸出都很正常。但是……失靈了。」

「不可能。」

「呃，我們還是不完全了解它如何運作，您知道的，它很老舊，超過十萬年，我們連續使用了它大約八年——」

「這不是保固期的問題，博士。你必須弄清楚發生了什麼事——」

另一個人在線上插話。「長官，設施裡有人來電。保全主管，他說很緊急。」

杜利安摘下耳機抓起衛星電話。「什麼事？」

「史隆先生，我們有另一個問題。」

「別打來跟我說出了問題，很明顯我們有問題。直接說是什麼事，別浪費時間。」

「當然，很抱歉——」

「怎樣？快說！」

「大鐘室爆炸了，我們認為輻射線可能外洩。」

杜利安飛快思索。如果屍體——甚至輻射線——溢出了大鐘室，他還可以挽救托巴草案，只需要讓地面的人相信他。

「長官？」保全主管試探地說，「我要根據我們的SOP啟動隔離，只是我需要確認——」

「不。我們不建立隔離區。」

「但是我收到的命令——」

「改變了，狀況也變了，我們必須救援我們的人。我要你動用所有資源把每個人送上火車離開現場，把屍體也搬上車。他們的家人有權利埋葬他們。」

「但是瘟疫——」

「你只要擔心如何把那些人弄上火車，其他的我會處理。有些你不知道的因素，最後一列火車開走後通知我。印瑪里是個大家庭。我們不丟下任何人，明白我的意思嗎？」

「是的，長官，我們不會丟下任何一個人——」

杜利安切斷連線，重新戴上耳機。他轉向坐在對面的狄米崔．柯茲洛夫。「切斯帶著核彈和小孩出來了嗎？」

「是，他們正在前往海岸的路上。」

「很好。」杜利安思索片刻。他們仍然拿得到被大鐘殺死的屍體，這是好消息。但是設施的爆炸會引起注意，如果世人發現這個現場的真相……他們五千年來的努力和保密，將毀於一旦，印瑪里集團也是。「從阿富汗派出無人機。最後的列車一離開，就炸掉這座設施。」

61

大衛感覺他像個布偶般被抬起帶走。他看到身邊猶如戰場的景象，警笛大作，白色塵土像雪花瀰漫空中，火焰冒出黑煙，中文喊叫聲。他透過半閉的眼睛看著，彷彿在作夢。

擴音器反覆傳出預錄的指示內容，「反應爐爐心破裂。撤離。撤離（法語）。撤離（德語）……」。

大衛感覺聲音漸弱，陽光照在他臉上，他們抬著他通過崎嶇地形時，把他丟來丟去。

「停！讓我看看。」一名男子出現在他面前。穿白袍，金髮，年約四十，英國人。他抓著大衛的臉撐開他的眼皮，上下打量他，檢查傷口。

「唉，他不行了。」男子指著地上，伸手畫過喉嚨。「放下他，找別人。」他指指建築物，中國工人像扔掉一袋爛馬鈴薯般丟下他，往建築物跑回去。

大衛看著男子跑向另一群人，從瓦礫中拉出另一個人，男子短暫地嘟嘴思考。「嗯，她可以撐下去。」他往火車指一指，工人們抬著那個女人走了二十呎，把她丟進車廂，讓其他工人拖她進去。

白袍男轉向另一群人。「有沒有糧食？上火車。快點。」

火車。距離自由只差二十呎，但是大衛無法動彈。

62

凱特正好趕上乘客列車駛離。她追著跑，雙腿灼痛地逼迫自己的身體直到虛脫，但火車還在半個足球場距離外。

她停住腳步，彎下腰，雙手撐在膝蓋上，邊喘息邊聽到火車規律的嗤嗤聲逐漸消失在廣大的綠林中。

孩子們在車上。雖然不知道過程和位置，但她確信就在她無法指出的地方。救不到他們了，而且她無計可施。這個裝置，這個地方，在這一刻，她感到無比挫折。

她看看四周，沒別的火車了。進來時的車程幾乎有一小時都在穿越茂密的森林。她無法步行出去，況且還有另一個問題：越來越冷了。她需要住處，但她能躲多久而不被印瑪里保全的人發現呢？

她浮現另一個念頭：大衛。他在找她嗎？他的炸藥對建築物造成一些損傷。他可能在火車上，以為她也在。他可能在搜索每節車廂，期待發現她跟孩子們坐在一起嗎？他找不到她會怎麼辦呢？她只知道印瑪里如果抓到她會怎麼做。

她回頭看看燃燒中的印瑪里設施。這是唯一的選擇。

另一聲火車汽笛響起，凱特轉身尋找。從哪裡傳來的？她再轉身，焦急地想找到方向，一定是在園區的另一邊。她開始奔跑，肺部因為寒冷和在大鐘室受到的衝擊而灼痛。

她來到醫學大樓又聽見火車汽笛聲。她低下頭衝進一片混亂中。設施的後門通往一小片連接到發電廠的庭院，顯然發電廠受損最嚴重，成了一片冒煙、崩塌的廢墟，兩座巨大的花瓶狀煙囪已經完全倒塌。火車聲又鳴響了——來自建築的另一邊。凱特擠出全身的力氣奔跑。空中瀰漫發電廠內的另一個爆炸聲，幾乎把她吹翻。她穩住身子奮力前進。

通過發電廠大樓側面時，她看到了一列貨車。工人們正把補給品和屍體從寬闊的滑門扔上緩緩駛過的火車，讓他們把貨物分散到每一節車廂。

在發電廠外看到大屠殺不禁讓凱特起了另一個念頭：萬一大衛沒逃出來呢？他可能還在裡面，或在火車上。她看得到貨車廂裡有人，在屍堆上走來走去，其中一個可能就是大衛。她得在火車開走之前搜索車內，再回到發電廠。她不能丟下他離開。

在背後，凱特聽見一個熟悉的聲音。那個英國醫生。巴納比．潘德加斯特？

她跑到他身邊。「巴納比，你有沒有看到——」但他專注在一具屍體上。他不理凱特，向站在附近的一群中國警衛大喊。凱特抓著他潮溼的白袍衣領把他轉過來。「巴納比，我在找一個男的，是警衛，金髮，三十幾歲——」

「妳！」巴納比想退開，但凱特緊抓著他。他看清凱特的外表，衣物染血但似乎沒有受傷，接著他蹣跚後退想掙脫她。「是妳幹的！」他向一名警衛揮手。「救命啊！這個女人是冒牌貨，恐怖份子！是她幹的，快來人啊！」

眾人停下他們在做的事看過來，幾名警衛開始走向凱特。

凱特放開巴納比環顧四周。「他胡說！我沒有——」但警衛一直逼近，她必須離開這裡，她掃瞄月台找出口，或——

這時她看到大衛了。他躺在那兒動也不動，閉著眼睛，身體彎扭地倒在布滿碎片的水泥月台上。孤獨垂死，或已經死了？

凱特衝過去檢查他的傷口，有兩處槍傷在肩膀和大腿。他怎麼了？傷勢很嚴重，但凱特更擔心的是幾乎沒有流血。她被一陣寒意籠罩，似乎腹中一沉。

她必須繼續檢查他其餘部分。他的衣服破爛，大腿和軀幹上有一些燒傷和碎片刺傷的痕跡，但沒有槍傷這麼嚴重。她必須——

她感覺有隻手拍她肩膀，是個警衛，然後又一個，三個人包圍著她。她看到大衛就忘了周圍的一切。他們抓住她的手臂拉她站起來。巴納比在他們背後指指點點，忙著催促警衛，「我試過阻止她！」

凱特掙扎想逃脫警衛的掌握，但他緊抓著她。她的手在他側腰，靠近手槍。她伸手去抓，但槍拔不出來。她再使盡全力一扭，聽見砰一聲。她拿到了，但他們仍緊抓著她，三個人對付她，把她壓向地面。她指著空中扣扳機，槍差點脫手飛掉。他們立即散開，巴納比拚命逃走，緊張地回頭一看，然後再轉回低頭狂奔。

凱特伸出手槍，朝舉起雙手退後的警衛們左右揮動。拿槍的手抖得很厲害，只好用另一隻手幫忙穩住。她看看背後。火車已經開始離站，月台上的人都逃到即將離站的剩下三節車廂。

「把他抬上車。」她命令警衛。他們繼續後退，凱特把槍指著大衛，然後火車。「抬上去。快！」她離開大衛，讓出空間給他們，他們抬起他送上車，放在邊緣。凱特瞄準他們，同時走向地上散落的一堆醫藥品，這無疑是驚恐的工人遺落的。哪個優先拿好呢？抗生素、清理與縫合傷口的工具。她知道救不了他，但即使只為了安心，她還是要試試看。

又一聲爆炸震撼了設施，接著是警衛的無線電傳出憤怒的中文喊叫聲。警衛們顯然判斷有這麼多事正在發生，他們有比應付竊取醫藥品的瘋婆子更緊急的事，突然間凱特就被獨自丟下了。

後方火車的速度加快，離開了建築物。凱特想把槍插在腰帶上但是改變主意，察看了一下四周。手槍仍然在擊發狀態嗎？擊錘拉開了。她可能會打斷自己的腿。她小心地把槍放在地上，盡量多拿一些醫藥品，然後拔腿奔向火車。有幾盒東西掉落到地上，但她繼續跑，幾乎要追不上火車。她把東西先丟上車，有幾樣撞到車廂邊緣彈掉。然後她抓住門奮力一跳，撲倒在地，但雙腿仍懸在車外。她使勁地鑽進車廂裡，坐起身看著月台逐漸消失。

她爬向大衛。「大衛？聽得見嗎？你會沒事的。」

她伸手過去開始整理那堆微不足道的醫藥品。

63

建築崩塌時，大衛驚恐地轉身，被水泥、塵土和金屬碎片吞沒。他感到瓦礫逼近他身邊，壓垮他，刺入傷口。他呼吸到灰塵和油煙，聽到有近有遠的慘叫聲，他只能等著。不曉得過了多久，然後他們出現，把他拉了出來。

「我們會處理。不要動，老兄。」

紐約消防隊。他們在他身邊又拉又挖，叫來擔架，把他固定好，抬著他經過崎嶇的地面，陽光照上他的臉。

一個醫生撐開他的眼皮用燈光照他，然後在他腿上綁了某種東西。

「聽得到嗎？」她繼續處理他的腿，然後檢查他的臉色。「你的腿被壓斷了，背上有個大傷口，但是你會復原的，了解嗎？」

凱特包紮好大衛腿上和肩膀的傷口，但是無關重要，沒多少血好流了。他摸起來已經開始發冷。

她告訴自己這只是因為冷風從車門吹進來。火車正在快速前進，比進來時的速度更快。太陽西下，氣溫逐漸降低。她站起來跟金屬滑門搏鬥了一會兒，在這種速度下她無法關上門。

她癱坐回地上，拉著大衛的手臂，把他拖到角落，盡量遠離車門。她已經盡力給了他一針抗生素並且清理縫合好傷口。沒什麼事可以努力了。她倚在牆壁，拉他靠在她腿上，雙手抱著他，希望幫他保暖。他毫無動靜的頭枕在她的腹部，她伸手摸摸他的短髮。他的身體越來越冷了。

64

直升機窗外的太陽正落入西藏高原，杜利安試著在廣大的翠綠森林中尋找那個設施。它只剩下一道灰白色的煙霧，像在原始荒野中的營火炊煙。

「最後一列火車走了。」狄米崔說。

「無人機呢？」杜利安繼續盯著窗外的煙柱。

「三十分鐘前出發了。」見杜利安沒說話，他繼續說，「現在怎麼做？」

「停下火車。登記每個人，包括屍體。務必讓我們的人穿上全套檢疫裝備。」

65

凱特望著外面的黑夜，一道弦月在快速掠過的樹梢上發出微弱的閃光。火車在減速，但是外面什麼也沒有，只有森林。

她把大衛的頭從腿上移開，起身走到門邊。她探頭出去眺望火車前方，再看後方。他們在最後一節車廂，後方的鐵軌上什麼也沒有。凱特轉身回到車內，接著她看到了——透過對面的門，在他們旁邊的鐵軌上有另一列火車，像黑夜一樣靜止陰暗，幾乎隱形。還有別的東西，站在火車頂上的陰暗人影。他們在等什麼？

火車停下，幾乎同一瞬間，她聽見如雷的靴子踏在天花板的聲音。在士兵們像吊單槓的體操選手從車門翻進來之前，凱特走回車廂陰影中。他們迅速在空間裡散開，用燈光照亮她的臉和車廂每個角落。他們在火車之間搭了一條塑膠繩，拉拉看測試強度。

一名男子抓住凱特，掛到繩子上，衝出車門往第二列火車。凱特回頭看。大衛！但他們也抓了他，就在她背後，另一個男子一手把大衛舉在胸前，就像抱熟睡的小孩一樣。

士兵帶凱特進入一節餐車，推她進入座位隔間。「在這兒等著。」他用中文腔英語說，然後轉身離開。

另一人帶著大衛進來，把他放在沙發上。凱特衝向他，他看起來沒有惡化，但是沒有用。他活不久了。

她跑到士兵正在關上的門邊。她抓住門阻止他。「嘿，我們需要幫忙。」

他看著她，繼續關門動作。

「住手！我們需要醫院，醫藥用品，血漿！」他聽得懂她在說什麼嗎？「急救箱。」她焦急地說，尋找任何可能有用的詞彙。

他伸手把她推回車廂裡，用力關上門。

凱特走回大衛身邊。他肩膀和腿上的槍傷都是子彈貫穿。凱特盡力縫合了傷口。她必須適當清理傷口，但眼前感染不是他最大的生命威脅。

他需要輸血——馬上。凱特可以給他血——她是O型陰性，通用血型。如果……她有工具就能輸血給他。

火車暴衝一下，把凱特甩到地上。她站起來之後，火車仍氣喘吁吁地往前走，逐漸加速。窗外，她看不到先前他們搭的那列火車，現在他們被帶往反方向。這些人是誰？凱特暫時拋開這個疑問，目前救大衛才是最重要的。

她看看四周，或許有她用得上的東西。餐車大約四十呎長，大多數是座位，但遠端有個放軟性飲料、玻璃杯和酒類販賣機的小吧台，或許有管子——

車門又打開，另一個士兵蹣跚進來，在火車加速中努力保持平衡。他把畫了紅十字的橄欖色盒子放在地上。

凱特衝上前。

凱特拿到盒子時，士兵已經關上門離開了車廂。她打開盒子翻找，看到內容物之後如釋重負。

十五分鐘後，輸血管從凱特的手臂連到大衛手上。她反覆握拳，讓血液流動。她好餓又好睏，但總算為他做了點事，感覺很好。

66

凱特被容納雙併小床的凹室上方大觀景窗傳入的鐘聲吵醒。涼爽、清新、乾淨的山風吹動她床上的白色亞麻簾子，幾乎碰到她的臉。

她伸手想去摸布料，但是痛得縮手。在她手肘內側有嚴重瘀青，幾塊深紫與黑色延伸到了她的上臂和二頭肌。

大衛。

她看看外面的房間，或許是某種教室，又長又寬的房間鋪著老舊的木地板，白色石灰牆，每隔十呎就有木樑。

她隱約記得下火車的事，當時是深夜，幾個人抬著她爬上無止境的階梯，進入山區要塞。現在她想起來了……這裡是座寺廟或修道院。

她想翻身下床，但有東西嚇她一跳。室內有動靜，一個人影從地板上站起，他一直靜坐著所以她沒看見。他走近，凱特看得出他很年輕，是個青少年，裝扮幾乎像年輕版的達賴喇嘛。他頂著光頭，一身厚重的深紅色袈裟在一側肩膀上固定，蓋到腳趾，垂在皮革涼鞋上。他對她微笑熱心地說：「早安，華納醫生。」

她把雙腳放到地上。「抱歉，你嚇了我一跳。」她感覺不知所措。

他誇張地鞠躬，彎腰時往地面伸出一隻手。「我無意驚嚇，女士。在下米洛，聽候差遣。」

他小心地說出每個字。

「呃，謝謝。」她揉揉太陽穴，努力集中精神。「跟我一起的人呢？」

「啊，對，里德先生。」

里德？

米洛走到床邊的桌子。「我來帶妳去見他。」他雙手拿起一個大碗，走回她面前，向她遞出來。「但是首先，吃早餐！」他抬起眉毛說。

凱特伸手推開大碗，但她一站起來就感覺暈眩，使她跌回床上。

「早餐對華納醫生有好處。」米洛微笑著再次遞出碗。

凱特湊近，聞聞這碗濃稠的粥，勉強拿起湯匙嚐嚐看。好吃。或許是因為她太餓了，還是軍糧包太難吃？她兩三下就吃完一整碗，用手背擦擦嘴。米洛把碗放回桌上，給她一塊像手帕的厚布。凱特心虛地微笑擦嘴。

「現在，我想見——」

「里德先生。當然，這邊走。」米洛帶她走出房間，經過一條連接好幾棟建築的長廊。

外頭的景觀壯麗得令人屏息。他們眼前是一片綠色高原，延伸直到地平線，中間只有幾座雪山，下方的高原上幾處村莊冒出炊煙。遠處的山腰上點綴著一些東西，其他寺廟就蓋在白雪覆蓋的陡坡上。

凱特必須忍住停下來欣賞的衝動。米洛放慢腳步等她跟上。

他們繞過另一個轉角。在他們下方，一座方形木造大廣場可俯瞰下方的山谷與山脈。二三十個剃光頭穿深紅袈裟的人盤腿而坐，文風不動地眺望著遠方。

米洛轉向凱特。「早課。妳想要加入嗎？」

「呃，今天不行。」凱特咕噥說，盡力不去看風景。

米洛帶她走進另一個房間，她看到大衛躺在類似她醒來時的一個凹室裡。凱特跑過去，跪在床邊迅速檢查他。他清醒著但是無精打采。抗生素——為了抵抗感染他需要更多。如果放著不管，他一定會沒命，她必須仔細再消毒一次，並且重新縫合子彈傷口。

必須一件一件來。她把抗生素掉在火車上了，是在她被綁架時遺落的？還是被救時？當時有太多疑點。

「米洛，我需要一些藥品，抗生素——」

年輕人示意她到一張類似剛才放早餐的桌子。「我們猜想也是，華納醫生。我準備了一些藥給妳用。」他往幾堆沾著塵土的樹根、一堆橘色粉末和一撮蕈類揮揮手。他抬起頭微笑，彷彿在說：還不錯，對吧？

凱特雙手叉腰。「米洛，這些，呃，很有幫助，謝謝，但是……恐怕他的狀況很嚴重，呃，需要一些——」

米洛退後，像童話人物一樣指著她咧嘴笑。「哈，我騙到妳了，華納醫生。」他打開一座木頭落地櫃的門，露出一堆現代醫療用品。

凱特衝到櫃子前，一排一排檢查。裡面樣樣齊全：抗生素、止痛藥、抗黴藥和繃帶。要從哪裡開始下手呢？凱特搖頭對米洛親切地微笑，一面整理藥物。「對，你騙倒我了，米洛。」她看了幾個標籤，絕對是歐洲或加拿大貨。有些過期了，但她找到一些可用的東西。「你的英文很好，在哪裡學的？」

「羅塞塔石碑。」

凱特懷疑地看看他。

米洛的笑容消失變得嚴肅。他看著窗外的山谷。「他們在這座山的山腳洞穴發現它，連續三十個晝夜，用一百個喇嘛把石塊拖走，直到只剩一條小通道。他們派我進去，我是唯一身材適合的。在洞穴深處，有道黃光照在一塊石碑上，我發現了那塊碑。當晚我扛著它出來，贏得了我的袈裟。」他說完故事之後長嘆一聲。

凱特拿著抗生素愣住，不知道該說什麼。

米洛跳回來面向她，指著她。「哈，我又騙到妳了，華納醫生！」他仰天捧腹大笑。

凱特搖搖頭，回到大衛的床邊。「呃，你很自豪，對吧？」她摘掉抗生素的瓶蓋。

「米洛充滿活力，華納醫生，我很樂意娛樂客人。」

客人？顯然米洛認為這是交新朋友的機會。凱特向他微笑。「叫我凱特。」

「好，我當然會，凱特醫生。」

「說真的，你在這裡怎麼學英語的？」

「羅塞塔石碑（注）——」

凱特戲謔地瞄瞄他，但年輕人只點點頭。「是真的。我透過郵件收到的，來自匿名捐贈者——非常、非常神祕。米洛很幸運。我們沒多少訪客。他們說妳講英語，非米洛不可，沒有別人

注 Rosetta Stone，是一塊製作於公元前一九六年的花崗閃長岩石碑，原為一塊刻有古埃及法老托勒密五世詔書的石碑，因石碑上用了三種不同語言，使得近代的考古學家得以有機會對照各語言版本，解讀出已失傳千餘年的埃及象形文的意義與結構，進而成為今日研究古埃及歷史的重要里程碑。這裡指的是一款由美國羅賽塔石碑公司出品的同名多國語言學習軟體。

講英語，至少不像米洛這麼厲害。其實我學好玩的，但是運氣好了一點。」

凱特從桌上拿起一杯水，幫助大衛吞下幾顆抗生素。她選了泛用型，希望能生效。在醫院環境中最理想是用靜脈注射抗生素。她也餵他吃了一大顆止痛藥，等他從譫妄中醒來，疼痛會很真實，她希望先下手壓抑那種疼痛。

接著怎麼辦？她突然有個念頭。羅塞塔石碑。「米洛，你有電腦嗎？」

「當然有，我們就是靠它找到你們的。」他意有所指地抬起眉毛。「密碼Email。」

凱特站起來。「Email？我可以用嗎——？」

米洛鞠躬。「不行，很抱歉，凱特醫生。老錢要見妳，他說妳幫里德先生餵藥之後，我必須帶妳去見他。他是很神祕的人，不像米洛這麼風趣，他有東西要交給妳。」

67

大演講廳

印瑪里印度分公司辦公室

新德里，印度

閒聊聲沉寂下來，演講廳內兩百雙眼睛盯著他，等著聽聽他們大清早六點鐘被吵醒的理由。

杜利安走到舞台中央掃視人群，大多數是印瑪里保全幹員，有幾十個人來自其他印瑪里子公司印瑪里研究、印瑪里後勤、印瑪里電信和印瑪里資本控股。他們都會在未來的任務中扮演重要角色，當然還有鐘塔的幹員。

新德里站長發誓他幹掉了每個可能出問題的人，印瑪里保全協助清理門戶，牢房裡還有幾個分析師和外勤幹員等待「最終評估」。只有站長和杜利安的印瑪里保全單位，知道托巴草案的細節和做法。杜利安必須維持現狀，但他也需要現場所有人協助，很多協助。所以這場演講，這場說服工作——是杜利安不習慣的事——很重要。往往都是他下令，別人就照做。他不是請求，因為他說了算，手下從不多問。但這些人會，他們習慣分析與獨立思考。沒時間讓他們這樣做了。

「你們都在猜想為什麼被叫來這裡。這種時候，在充滿新面孔的場地，」杜利安開口，「如果你站在這裡，你就是被選上的。選上成為任務部隊的一員，非常特殊的工作小組，印瑪里集團和所有前身組織寄予厚望的菁英團隊。我要告訴各位的事絕對不能洩漏出去。今天在此說的話必須帶進你們的墳墓裡，有些會令人難以置信，有些要求各位去做的事很難做到，因為你們還無法完全了解其中緣故。我必須先聲明我無法給你們所有答案，我無法壓抑各位的良心，至少現在不行。事情結束後，一切都會很合理。你們會發現你們在歷史上扮演的重要角色，其他人也會。但你們有權知道，你們即將奉命去做的危險任務的，一些理由。」

杜利安暫停，在台上踱步，觀察眾人臉色。

「印瑪里是大約一萬兩千年前離開這個地區——我們認為是在印度、巴基斯坦，甚至可能是西藏某處部落——的後代，也就是現代人的前身。在上次冰河時期後不久，洪水提升了海平面幾百呎，摧毀了全世界的海岸社群。這個團體有個目標：發現人類歷史的真正起源。這些人信念很堅定，我們認為他們在追尋答案的過程中創造了宗教，但隨著時間過去以及人類的進步，出現新的調查路線：科學。科學是我們現今的工作核心。你們有些人見過了這個大任務的一小部分：考古挖掘、研究計畫和遺傳實驗，這是我們的成果。但我們所發現的，你們永遠想像不到。

「我能夠說的不多。各位必須知道，很多年前，我們發現了對人類明顯又迫切的危險。難以置信的威脅。近百年來，我們已經知道總有一天必須跟這個敵人作戰，而這一天已經到了。你們每個人都是阻止末日來臨的軍隊一員，接下來兩天與隨後發生的事會很艱苦。我說的可不是在落後國家的局部衝突，這將是全人類為了捍衛生存權的戰鬥。我們只有一個目標：人類的生存。」

杜利安回到舞台中央，讓聽眾吸收他的話。有些人露出困惑的表情，但也有人專注地點頭。

「你們心裡一定有很多疑問。為什麼我們不能公開？為何不向世界各國政府求助？我也希望可以，真的。這樣會讓我的良心安穩一點。其實，你們的良心也是未來要對抗的另一個敵人。公開化會減輕負擔，就像俗語說的承擔全世界——知道我們不是最後一道防線，援軍即將到來，還有別人共同抗敵，而我們或許會失敗。但我們卻絕不能失敗。正如同我們無法透露威脅細節的同樣理由，我無法告訴你們所有細節，我無法坐在這裡合理化我即將要求各位去做的每件事，雖然我希望可以。然而如果我們公開了，結果將是民眾恐慌、歇斯底里，社會將在我們必須維持完整的時刻崩潰。

「地球上有七十億人。試想如果他們知道人類正瀕臨滅絕會發生什麼事。我們的目標是盡力拯救人命，人數或許不會很多，但如果我們盡責，就可以確保人類存活，這就是風險。我們不只要面對重大威脅，還有其他的小障礙：政府、媒體、情報單位。我們無法打敗他們，但我們可以牽制他們，讓我們的計畫實現。那就是我們必須開始做的，立刻開始。我的手下正在分發的包裹是各位的任務——小組，責任，你們的出發通知。任務危機重重，但我們的處境也很危急。」

杜利安挺起肩膀。「我是軍人，天生要做這種事，畢生奉獻給這個理想，家父也為此付出了生命。為了我們的理想。但我知道你們不是軍人，你們是被徵召而來，我不會要求你們做能力不及的事情，那太殘忍了。我不是殘忍的人，印瑪里不是殘忍的組織。如果在任何時候，你無法參與後續的任務，只需要通知我的單位裡任何一個印瑪里保全幹員，沒什麼好丟臉的，我們都是鎖鍊的一環。如果其中一環斷裂，就會發生災難。重點就在這裡——無論看起來如何，災難必須提前預防。感謝各位，祝大家好運。」

一名印瑪里保全幹員在杜利安走下台時迎接他。

「老闆，說得好！」

「別拍馬屁。你得密切注意這些人。任何人都可能拖垮整個任務。我們的主任務小隊在哪裡？」

「在鐘塔工作站總部集會。」

「很好。給每個人三十分鐘，整理他們的情報，然後召集全體。我們的火車狀況如何？」

「我們一小時內應該會有生死人員的名單。」

「動作快點。我要用來開會。」

68

西藏

米洛把燈籠移到他背後，照亮石階。「不遠了，凱特醫生。」

他們爬下螺旋石階好像有一小時那麼久。凱特心想他們這時一定已經在山的中心或寺廟地下一哩深。米洛蹦蹦跳跳地下樓梯，像萬聖節晚上拿糖果袋的小孩似地提著燈籠，不必停下來休息。凱特的雙腳好痛，她還沒從昨天的折騰中復原，想起回程還要爬樓梯就害怕。

前方，米洛又停下來等她，但這次他站在平地上——階梯底端一大片圓形空地。終於，他退後伸出燈籠，照亮一扇墓碑狀圓頂木門。

凱特等了一會兒，不知他是否又在等她。

「請進去，凱特醫生。他在等妳。」

凱特點頭推開門，裡面是個擁擠的圓形房間，牆上掛滿了地圖和放置玻璃瓶、人偶和金屬器具的架子。房間很有……中古氣氛，像城堡高塔上的古老實驗室，巫師梅林會在裡面工作的那種。房間裡真的有個巫師，至少看起來很像。有個老人坐在破舊的木桌旁看書，他慢慢轉動脖子，彷彿動得太快會疼痛。他是亞洲人，頭上早已全禿。凱特從來沒看過皺紋這麼多的臉孔，他少說也有一百歲了吧。

「華納醫生。」他的聲音宛如耳語，起身往凱特緩步走來，沉重地倚著他的拐杖。

「先生……」

「這裡沒有先生，華納醫生。」他暫停。邊走邊說話對老人太累了，他耐心地望著石板地調整呼吸。「叫我老錢，我有東西要給妳，我等了七十五年。但是首先，我有東西要給妳看。妳能幫我開門嗎？」他指指凱特先前沒看見的一扇四呎高木門。凱特打開門，看到通道比門高一點才鬆了口氣。她在門邊等老錢先進去，每走幾呎就停一下。他走下來這裡花了多少時間？

凱特看著走廊，驚訝地發現裡面有現代的燈光。路很短，不到十五呎，似乎是通到一面石牆的死巷。老錢花了幾分鐘才走到門邊，指著牆上的一個按鈕。

凱特按下去，石牆開始緩緩地升起。凱特感到風吹過她的雙腳，竄入房間。房間之前一定是密閉的。

她跟著老錢進入房間，這裡意外地寬敞，大約四十呎見方。除了一張方形大地毯鋪在地板中央，別無他物。地毯肯定至少有三十呎長。凱特看看天花板，看見一面亞麻薄布蓋住整個房間。布的上方，她看見另一面相同的布，再上面還有一層，以此類推，像掛滿很多層蚊帳直到山頂。這是防溼氣的方式嗎？有可能，但凱特看到有小塊泥土和石頭被布擋住。

老錢往地毯點頭。「這是我們在此守護的寶藏，我們的傳承。我們為它付出了龐大的代價。」他清清喉嚨，繼續慢慢說話，「在我小時候，有一批人來到我的村子。他們身穿軍服，當時我不懂，但原來那是納粹制服。這些人要找住在我村子外山上的一群喇嘛。沒人談論過這些喇嘛的事，我也不太清楚。他們付錢給我和其他小孩帶他們上山。喇嘛們不怕這批人，但他們應該怕的。這些人在我們的村子裡和顏悅色，一上山卻很粗暴。他們搜索寺廟，刑求喇嘛，最後放火燒山。」

老錢又暫停，調整呼吸。「我的朋友們都死了，士兵們搜索廟裡找我。後來他們找到了我，有個士兵抱著我帶我經過寺廟進入一條隧道，三個喇嘛在裡面等候，他告訴他們我是唯一的倖存者。他交給我一本記事本，叫我必須妥善保管，直到時機到來。三個喇嘛當晚只帶著我、身上的衣服和這幅地毯離開。」老錢的目光固定在這幅巨大藝術品上，那似乎是某種關於神祇、英雄、怪獸、天使、光明、血腥、火焰和洪水的聖經故事。

凱特默默佇立。在心底，她懷疑這跟她有什麼關係，但忍住沒說出。「看起來很漂亮。請問我可以借用你們的電腦嗎？」

「妳在想這跟妳有什麼關係。」

凱特臉紅著轉過頭。「不，我是說，這很漂亮……」確實是。用色很大膽，像天主教教堂的壁畫一樣清晰亮麗，針線加強了描繪的深度。「但是，跟我一起來的人，他和我有危險。」

「不只妳和安德魯而已。」

凱特來不及說話，老錢繼續用出人意料的堅定語氣說：「你們的敵人就是七十五年前燒掉寺廟的同一群人。他們很快會釋放出難以想像的邪惡，地毯就是這樣描述的。了解它和記事本內容是阻止他們的關鍵。我苟活了七十五年，苦苦等待，希望我實現宿命的那一天到來。當我得知在中國發生的事，我就知道時候到了。」老錢伸手到長袍裡，用虛弱的手拿出一本皮革裝訂的小書，交給凱特

他往地毯指了指。「孩子，妳看到了什麼？」

凱特研究色彩繽紛的圖像。天使，神祇，火焰，洪水，血腥，光明與太陽。「某種宗教敘事？」

「宗教是我們了解這個世界，還有我們的過去的媒介。我們活在黑暗中，被神祕包圍。我們

從哪裡來？我們的生存目標是什麼？我們死後會發生什麼事？宗教也給了我們更多東西：行為準則，是非對錯的藍圖，人性提升的指引。它就像其他工具，也可能被濫用。但這個文本，早在人類尋求宗教慰藉之前就創作出來了。」

「怎麼說？」

「我們相信這是口述歷史的作品。」

「是傳說？」

「或許吧。但我們認為這是兼具歷史和預言的文件。描述人類覺醒前的事件，以及即將來臨的悲劇。我們稱之為四大洪水的史詩。」老錢指向地毯左上角。

凱特跟著他的指尖研究圖像——裸體的野獸，不像人類，在一處稀疏的森林或非洲草原。有人在奔跑，逃離從天而降的黑暗，讓人窒息並殺死植物的灰燼黑毯。下方，他們獨自在一片荒蕪、死寂的原野上。然後出現一道光，帶領他們出來，保護者在跟野蠻人交談，給他們一杯鮮血。

老錢清清喉嚨。「第一個場景是火之海。幾乎摧毀世界、把人類埋葬在灰燼中，還有剝奪世上一切食物來源的洪水。」

「創世神話。」凱特低語。各大宗教都有某種創世神話，神明如何用自己的形象造人的歷史。

「這不是神話，這是歷史文件。」老錢語氣溫和，像個老師或父親。「注意，人類在發生火之海前已經存在了，他們在森林裡過著野獸的生活。火之海原本會殺光他們，無一能倖免，但是救世主保護了他們。不過他無法永遠拯救人類，所以他給了人類最大的禮物：他的血液，能保護人類安全的禮物。」

凱特心底冒出一個想法：托巴突變和大躍進。血液，基因突變——大腦線路改變——給了人類生存優勢，幫人類活過七萬年前從托巴超級火山落下的灰燼之海。火之海，是這樣嗎？

凱特沿著地毯瀏覽。場景很奇怪，來自森林的人類似乎變成了忍者或鬼魂。他們穿著衣服，而且開始屠殺野獸，場面變得血腥，隨著每一吋畫面更加驚駭，奴役、謀殺與戰爭。

「這份禮物讓人變聰明、強壯，免於滅絕的威脅，但是付出了龐大的代價。人類第一次看清了世界的面貌，也看到周圍的危險——無論森林的野獸或同類。身為野獸時，他們過著極樂的生活，靠直覺行動，只在必要時思考，從未看清自己的本質，不擔心死亡，也不想逃避死神。但現在他們被思想和恐懼主宰。他們初次認識到邪惡。你們的佛洛依德用本我和自我描述得很貼切。人類轉變成了雙面怪醫（注）。他跟自己的獸性、動物本能搏鬥。激情，暴怒，無論我們進化得多高級，人類甩不掉這些本能：我們的獸性傳承。我們只能指望控制內心的野獸。人類也渴望了解自己覺醒的心智，它的恐懼、夢想與疑問，人類來自何方，又有什麼命運。最重要的，他們夢想著打敗死神。他們在海岸建立社群，做出未知的暴行以確保自己的安全，藉著行為或透過某種魔法煉金術尋求永生。海岸是人類的天然棲地，我們就是這樣活過了火之海。當陸地化為焦炭，海洋生物是我們的食物來源，但人類的統治很短暫。」

凱特觀察地毯的左下角區域：在海面上的古戰車後面，有一道大水牆，車上是火之海時期拿著杯子的救世主。

「救世主回來告訴他的部落有大洪水即將來襲，他們必須準備好。」

「很耳熟。」凱特說。

「對。世界各地，不分新舊，每個宗教都有洪水神話。洪水正是事實，大約一萬兩千年前，上次冰河時期結束之際。冰河融解，地軸改變，海平面在整個期間上升了幾乎四百呎，有時候逐漸上升，有時則是毀滅性的波浪和海嘯。」

凱特觀察描繪——城市沉入波浪中，人群溺水，統治者和富人站在水邊微笑，到最後一小群人穿著破爛衣服深入內陸，到了山上。他們帶了一個箱子。

老錢讓她思索地毯內容半晌，再繼續說：「無視洪水警告的人，自以為稱霸世界，他們傲慢又腐敗，對逼近的災難嗤之以鼻，繼續他們邪惡的生活方式。有人說是上帝懲罰人類殘殺自己的兄弟姊妹。只有一個部落注意到警告，建造了一艘方舟，撤離海邊，進入山區。洪水來襲時摧毀了沿海城市，只留下內陸的原始村莊和零星的遊牧民族。謠傳說上帝已死，人類成了地球上的神，地球屬於他們，可以隨心所欲。但這個部落維持了信仰，他們只堅持一個信念：人類有缺陷，人不是神，擁抱人性才是真正的人類。」

「你就是屬於這個部落。」

「對。我們留意救世主的警告，依照他的命令行事。我們把方舟帶到了高地上。」

「這塊地毯是方舟裡的東西嗎？」凱特問。

「不是。連我也不知道方舟裡有什麼，但這一定是真的。它描述的故事流傳到今天，而且是非常有力的故事，對任何看過的人都有種不可思議的強大吸引力。這是從人類心態衍生的許多故

注 Dr. Jekyll and Mr. Hyde，英國科幻小說名作。講述雙重人格主角的故事。

事之一，我們認為是史實，如同我們承認各種版本的創世神話。這些故事一向存在，也會永遠存在於我們的內心。」

「部落後來怎樣了？」

「他們致力尋找地毯的真相，去了解上古時代——意指大洪水之前——的世界，查明發生了什麼事。有個團體認為答案就在人類心中，透過反省和自我檢視就能了解我們的存在。他們成為山上的喇嘛，所謂的『Immaru』，光明派，我是最後一個光明派。但其中某些喇嘛感覺不安，他們在全世界尋找自己的答案，就像我們，他們是信仰團體，至少剛開始是。隨著時間，他們走遍各地，逐漸名符其實地失去了他們的宗教。他們轉向找到答案的新希望：科學。他們厭倦了神話和寓言，只想要證據，他們開始尋找，但是付出了高昂的代價。科學缺少宗教提供的一個要素：道德準則。適者生存是科學事實，但也非常殘忍，是野獸的方式，而不是文明社會。法律對我們的保護有限，法條一定有些根據——來自某處共同的道德準則。當道德的基礎崩壞，社會的價值觀也會隨之改變。」

「我不認為人必須信教才具備道德。我是科學家，我不算……特別虔誠……但是我，至少我自認，是相當有道德的人。」

「妳也比大多數人聰明得多又有同情心，但他們有一天會趕上妳。世界會變得和平，不再需要寓言或道德教條。我怕這一天比大家認為得還遙遠。我說的是現今的狀況和大眾，不是少數人。我根本不該說的，我只宣揚我有興趣的主題，老人經常這樣，尤其是孤獨的老頭。妳一定猜到了很久以前從光明派分裂出去的那些喇嘛的身分。」

「印瑪里集團。」

老錢點頭。「我們認為大約在希臘時代，分離派喇嘛改名為印瑪里。或許這樣聽起來比較像希臘語，他們可能被在這個新興科學領域有許多突破的希臘學者接納。真實的悲劇和這個派系如何永遠改變的真相都紀錄在記事本裡，所以妳必須讀過。」

「地毯的其餘部分呢——另外兩次洪水？」

「那是尚未發生的事件。」

凱特研究另外半張地毯。吞沒世界的海上大洪水從藍色變成深紅色的血海，彷彿流進了地毯右下方。在血海上空，一群超人正在屠殺弱勢種族，世界成了一片廢墟，黑暗籠罩著大地，每個男人、女人和小孩身上流出的血形成了紅色血泊。血之海。在戰鬥的上方，有個英雄跟怪獸搏鬥，殺死牠之後飛升到天堂，從那裡釋放出光之海，照耀並且解放全世界。整體看來，地毯從火之海的灰黑色，到水之海的藍綠色，到血之海的各種紅色，到光之海的黃白色。美麗非凡，令人不禁神往。

老錢打斷她的專注。「現在我得休息了。妳也必須做妳的功課，華納醫生。」

69

大會議室
鐘塔總部

新德里，印度

杜利安舉起手打斷分析師。「『巴納比·潘德加斯特報告』，是什麼東西？」

三十幾歲的分析師一臉疑惑。「就是巴納比·潘德加斯特提出的報告。」

杜利安看看會議室裡聚集的鐘塔和印瑪里保全人員，整合後的人馬仍在調適正式的印瑪里鐘塔聯盟，商議角色和管轄權，讓會議進度減緩下來。「有人可以告訴我巴納比·潘德加斯特是什麼嗎？」

「噢，那是人名——巴納比·潘德加斯特。」分析師說。

「真的？我們替他取名的嗎？算了，不用告訴我，我不在乎。他說了什麼？從頭說起。」

分析師翻閱了幾頁裝訂文件。「潘德加斯特是仍在現場的大約二十名員工之一。」

「*曾經*在現場。」杜利安糾正。

分析師抬起頭。「呃，嚴格來說他還在，至少屍體還在現場。」

「去你的，講報告內容吧。」

分析師嚥一下口水。「呃，在無人機攻擊之前，他，潘德加斯特，說有個身分不明的女性，照他的說法，『在他的實驗室外向他搭訕，哄騙他協助她自稱要拯救某些兒童的行動』。」分析師又翻過一頁。「他還說他『試圖阻止她』，而且他『認為她使用了偽造或偷來的識別證』。還有最精彩的，他說她在攻擊事件後跑掉了，以下引述：『渾身是血但毫髮無傷』，而且她『再次攻擊他，阻止他救援工人』，然後她『搶了警衛的槍，想射殺他』，就是潘德加斯特，接著跟垂死的共犯搭上了貨運火車，潘德加斯特宣稱那個人身中多槍。」

杜利安靠回椅背上望著螢幕牆。凱特．華納活過了大鐘實驗。怎麼可能？里德應該死了，杜利安幾乎把那個笨蛋變成了一團瑞士乳酪。

分析師清清喉嚨。「長官，我們要不要略過？這是鬼扯，或許他是在演戲想引起別人注意？」

「不，我不認為。」杜利安咬著指甲。「情況詳細到不可能是捏造的。等等，你為什麼說『演戲想引起別人注意』？」

「潘德加斯特在攻擊前打了一通電話到BBC，我們才會看到報導。自從……意外之後，我們就監視設施內外的所有通訊。他在我們的不信任名單上，他的說法牴觸印瑪里稍早的工業事故新聞稿，所以——」

「等等，暫停一下。一件一件來，我們專心一點。」杜利安旋轉椅子，面向坐在角落、望著會議室廉價地毯的張勝。「張博士，注意聽。」

張勝挺直身子彷彿被老師點名，從中國的爆炸事件後，他就一直心神不寧。「是，我在聽。」

「目前是，博士。但如果你搞不懂凱特．華納如何活過大鐘實驗，你就給我滾蛋！」

張勝聳聳肩膀。「我根本沒辦法著手……」

「你給我去查，她怎麼可能活下來？」

張勝舉起拳頭到面前清清喉嚨。「呃，嗯，我看看。她自己可能也吃了用來治療小孩的藥，或許她為了安全先試吃過。」

杜利安點頭。「有意思。其他可能性呢？」

「沒有。呃，只有很明顯的──她可能已經免疫了。她有亞特蘭提斯基因。」

杜利安又咬了一會兒指甲。這倒有趣，非常有趣。「好吧，這點似乎很容易測試──」

張勝搖搖頭。「我的實驗室被毀了，我們也根本不知從何開始……」

「找個新實驗室。」杜利安轉向一名幕僚。「幫張博士找個新實驗室。」他又轉回去看張勝。

「我不是科學家，但我會從定序她的基因組，檢查任何異常之處開始。」

張勝點頭。「當然，那很簡單，但是以現場狀況，我們不太可能找得到DNA──」

杜利安往後仰頭。「我的老天，跳脫框架思考啊。她在雅加達有公寓，用你的聰明才智一定足以找到梳子或用過的衛生棉條，博士。」

張勝臉紅了。「是是，或許行得通。」

一名女性鐘塔分析師開口：「有的女人會把衛生棉條沖掉──」

杜利安閉上眼睛舉起雙手。「別管衛生棉條了。雅加達一定有很多凱特・華納的DNA，去找出來。或者，最好找到她本人。如果她跑了，一定是在某列火車上。」杜利安轉向陪他離開中國的印瑪里保全外勤指揮官，狄米崔・柯茲洛夫。

狄米崔搖搖頭。「我剛才拿到名單，跟員工名冊比對過，她不在火車上，里德也不在。我們有很多死傷者，其中幾個還有精神創傷，但沒人受到槍傷。」

「你開玩笑吧。再搜一次火車！」

「這樣會耽誤托巴──」狄米崔說。

「做就是了。」

拿潘德加斯特報告書的分析師插嘴：「她可能跳車了。」

杜利安揉揉太陽穴。「她沒有跳車。」

分析師搖頭。「你怎麼知道——」

「因為她身邊帶著里德。」

「她或許把他推下車了。」

「或許，但是絕對沒有。」

分析師表情困惑。「何以見得？」

「因為她顯然沒你這麼笨。她身高五呎八吋，一百二十磅重。里德超過六呎，體重至少一百八十磅。華納不可能自己走出西藏，更別說拖著一百八十磅重的傷患。相信我，就算里德活著，也沒辦法走路。」

「她可能丟下他。」

「她不會丟下他。」

「你怎麼知道？」

「因為我了解她。結束吧，快點出去，各位。」杜利安站起來揮動雙手，催大家離開擁擠的房間。

「巴納比・潘德加斯特報告怎麼辦？」分析師說。

「什麼怎麼辦？」

「我們要不要駁斥——」

「千萬不要，去證實它，反正媒體會追查，裡面有恐怖份子這個字眼。況且那是事實，恐怖份子攻擊我們在中國的設施，這是我們最好的說法了。釋出里德安裝炸彈的影片來佐證。告訴媒體這次攻擊是先前在雅加達發動攻擊的同一批人幹的，也要附上華納的影片。」杜利安考慮片刻。這或許行得通，或許能幫他們爭取時間，提供一個掩護說法。「就說我們正在調查華納博士是否在設施裡使用生化武器，我們要求嚴格隔離現場。」杜利安看著幕僚，思索良久。「好啦，時間不多，幹活去吧。」

他指著狄米崔。「你留下。」

高大的軍人在眾人離去時，走到杜利安面前。「有人把他們帶下了火車。」

「同意。」杜利安踱步回到桌邊。「一定是他們。」

「不可能。我們從九一一事件之後不斷搜索那些山區，始終一無所獲。他們都在一九三八年被殺了。他們也可能是神話，或許光明派根本不曾存在。」

「你有更好的主意嗎？」杜利安說。狄米崔沒回應，杜利安繼續說，「我要派人徹底搜索那片山區。」

「抱歉，長官，我們人力不足。鐘塔清理，加上在阿富汗的敵對行動緩和——我們在當地的人力已經很精簡，那裡的每個人都專注在托巴草案。如果您要派人，必須抽調過去。」

「算了。托巴草案優先。衛星監視呢？我們可以追蹤他們，查出他們在哪裡嗎？」

狄米崔搖頭。「我們在中國西部上空沒有衛星，任何人都沒有。這正是印瑪里研究選擇該場地的理由之一——那裡鳥不生蛋沒什麼好監視的。沒有城市，其實連村子和道路都不多。我們可以重新配置衛星，但是需要時間。」

「就這麼辦。發射其餘在阿富汗的無人機。」

「要多少？」

「全部。叫他們搜索高原的每一吋土地，特別留意寺廟。重新指派兩個人，我們可以撥出人力。托巴草案很重要，但逮捕華納也是。她活過了大鐘實驗，我們必須知道理由。叫那兩個人追蹤每一列火車離站的路線，詢問村民和任何可能看見異狀的人，盡管施壓，一定要找到她。」

70

光明派寺廟

西藏

凱特回到房間時大衛還在睡。她坐到凹室中的雙人床上，靠近他腳邊，俯瞰窗外一會兒。此地的寧靜是她前所未有的體驗。她回頭看看大衛，他看起來幾乎像綠色山谷和白頭雪峰一樣安祥。凱特倚著凹室的牆，在他身邊伸展雙腿。

她翻開記事本，掉出一封信。紙質感覺很老舊且脆弱，就像老錢。字跡以濃黑墨水寫成，她從紙張背面摸得出像點字般的凹陷。凱特開始出聲朗讀，希望大衛聽得見，希望聲音能夠安撫他。

致光明派，

我淪為你們所知的印瑪里派系的僕人，深深以我做過的事為恥。我也為世界擔憂——因為我知道他們正在計畫的事。在此刻，一九三八年，他們似乎所向無敵。我祈禱我錯了。萬一我沒猜錯，我會把這本記事本寄給你們，希望你們能用來阻止印瑪里的世界末日。

派崔克·皮爾斯，11-15-38

一九一七年四月十五日
盟軍醫院
直布羅陀

一個月前他們把我拉出西部戰線的隧道，送到這家野戰醫院時，我以為我得救了。但這個地方像癌症一樣影響我，從裡到外侵蝕我。起初無聲無息，我毫不知情，然後它突襲我，把我推入無法逃離的黑暗疾病。

醫院在此時幾乎寂靜無聲，這才是最可怕的。牧師們每天早晚都來禱告，聽病人告解，在燭光下讀書。現在他們都走了，大多數的護士和醫生也是。

我的房外，我聽到其他病患在排列無數病床的寬闊病房裡慘叫——主要因為疼痛，有些是作惡夢，還有人哭泣、交談、在月光下玩牌談笑，彷彿天亮之前不會再死幾個人。

他們給了我個人病房，安置在這裡。這不是我要求的。但是只要關上門就能擋住哭聲和笑聲，我很高興，兩者我都不愛聽。

我伸手拿起鴉片酊，喝到溢出來流過我下巴，然後昏昏入睡。

某人一巴掌把我拍醒，我看到一張汙穢、沒刮鬍子的臉上充滿邪惡的笑容，露出參差不齊的爛牙。「他醒了。」

酒精與疾病的惡臭讓我頭暈又反胃。

另外兩人把我拖下床，我的腳落地時痛得大叫。我在地上打滾，努力不在他們的笑聲中昏厥，在他們殺我的時候我要保持清醒。

門打開，傳來護士的聲音。「怎麼回事——」

他們抓住她，用力關上門。「只是跟賽納塔的小子鬧著玩罷了，女士，不過妳比他漂亮多了。」他們伸出手攬著她，溜到她背後。「不如我們就從妳開始吧，小妞。」他一把從左袖到腰際扯破她的衣服和內衣。她的胸部裸露，她舉手遮住身體，用另一手拚命反抗，但他們抓住她的手臂扭到背後去。

裸體的景象似乎更加刺激了這些醉漢。

我掙扎地想站起來，一站起來，最靠近的人撲向我。他拿刀子架在我的喉嚨上，直瞪著我的眼睛同時醉醺醺地說：「賽納塔的壞老爹把你送去打仗，把我們都送去，但現在他救不了你。」這瘋子瞪著我的同時刀子也咬進我脖子，另一人從背後抓住護士，歪頭湊上去想要吻她，但是她轉頭避開，最後一人開始脫衣服。

單腳站立讓我痛徹全身，痛得頭暈眼花，分不清方向。我快不行了，即使喝了鴉片酊，還是難以忍受。鴉片酊在這種地方可是比黃金還貴重。

我走向桌子，想避開他的瞪視。「桌上有一整瓶鴉片酊。」

他稍微分心了一下，我趁機搶到刀子，把他轉過來一刀割喉，推開他之後伸出刀子，再撲向裸體男子，一刀插入他腹部。我倒在他身上，再拔出刀子插向他胸口。他的雙手亂揮，嘴裡不斷冒出血泡來。

大動作造成的疼痛壓倒了我。我已經沒力氣對付抓住護士的最後一個人，但他瞪大眼睛，放開護士，在我昏迷時逃出了房間。

兩天後。

我在不同的地方醒來，放眼望去像是鄉下小屋，氣味和陽光從窗戶照進來的感覺就是如此。這是個明亮的臥室，充滿女性化裝潢，有些女人喜歡、但男人除了這種時候從不留意的小擺飾和小東西。

她也在，待在角落看書，默默地搖晃身體守候。藉著某種第六感，她似乎立刻發現我醒了。她宛如精緻瓷器般輕輕放下書本，走到床邊。「哈囉，少校。」她低頭看看我的左腿，有點緊張。「他們必須再幫你的腿動一次手術。」

這時我看到自己的腿，上了厚厚的繃帶，幾乎變成兩倍粗。他們帶我來的時候，以及隨後兩週的治療都堅持要截肢。「以後你會感謝我們，少校，你必須相信我們，聽起來很可怕但這是最好的辦法。你不是在國內唯一的案例，我敢保證。很多打仗回來的年輕人，都像這樣為了保命裝上金屬義肢。我跟你說，就和喝水一樣稀鬆平常。」

我想彎腰查看，但一起身就劇痛來襲，痛得我再度躺平。

「腿還在。我堅持必須尊重你的意願，但他們切除了很多組織。他們說受到感染永遠不會復原了，醫院是充滿細菌的地方，那件事之後……」她嚥了一下口水。「他們說你得臥床兩個月。」

「那些人呢？」

「他們認為是逃兵，會有一場調查，但是……我猜只是個形式。」

我看到了桌上的白瓶子，跟醫院那瓶一樣。我盯著不放。我知道她看見了。「妳可以把它拿走。」如果我破戒使用，就會永遠戒不掉。我知道結果會怎樣。

她上前迅速拿起來，彷彿它正要從桌上掉落。

她叫什麼名字？天啊，這一個月來模糊不清，像充滿鴉片和酒精的一場惡夢。巴恩斯？巴瑞特？巴涅特？

「你餓嗎？」她站著，一手緊抓藥瓶在胸口，另一手抓著她的衣服。或許是藥效或太久沒進食，其實我一點食欲也沒有。

「餓壞了。」我還是說。

「稍等一下。」她走到門口。

「護士……妳叫……」

她停步回頭看，看起來有些失望。

「巴頓。海蓮娜．巴頓。」

二十分鐘後，我聞到玉米麵包、斑豆和自製火腿的香味。氣味比我生平吃過的任何東西都香。令我驚訝的是，當晚我吃了整整三盤。我畢竟還是餓了。

71

大會議室
鐘塔總部
新德里，印度

杜利安翻閱那兩列火車上生者和死者的名單。「我要多送些屍體到美國。我想歐洲看起來還可以。」

他抓抓頭髮。「送去日本的應該也夠了，高人口密度會幫上點忙。」他真希望能諮詢張博士或其他科學家的意見，但這些資訊必須盡量保密。

狄米崔研究名單。「我們還是可以重新配置，但是該從哪裡抽調？」

「非洲和中國。他們的動作會比我們想像中緩慢。中國通常忽視或壓抑公共衛生危機，而非洲根本沒有基礎建設足以面對大規模疫情。」

「或是傳播。那正是我們配置的原因之一——」

「已開發國家，那是真正的威脅。不要低估了疾管局，一出事他們會迅速行動。計畫開始以後，我們可以再來處理非洲。」

72

光明派寺廟
西藏

凱特扶起大衛的頭，讓他用瓷杯喝水，吞下抗生素。水從他嘴角漏了出來，她用她的衣角擦拭，整個上午他一直睡睡醒醒。

她重新翻開記事本。

我帶著我的手下穿過隧道，面前舉著蠟燭。我們快到了，但我停下，舉起雙手，眾人慢慢聚集在我背後。我好像聽到什麼聲音？我把音叉插到地上目不轉睛地盯著，等待結果。如果它振動起來，表示德國人正在我們附近挖隧道。我們因為害怕跟他們撞上，已經放棄了兩條通道。我們在他們底下引爆第二條，希望阻斷他們的進展。音叉沒動靜。我把它插回工具腰帶上，和眾人蹣跚地深入黑暗中，燭光在土石洞壁上投射出模糊的影子。我們前進時，有塵土碎石掉在我們頭上。

後來塵垢雨停了。我抬頭把蠟燭湊近去看，想分辨發生了什麼事。接著我轉身大喊「退後！」洞頂瞬間塌陷，一陣混亂。昏暗的燭光熄滅，我被推倒在地。掉落的碎石壓住了我的雙腿，我差點昏過去。

那些德國人雙腳落地，踩在我身上，開始亂開槍，立刻殺死我兩名手下。他們的機關槍口火光和垂死者的哀號聲是我對大屠殺的唯一印象。

我拔出手槍從近距離向他們開槍，射殺了前兩人。他們一定是以為我死了，或在黑暗中沒發現我。更多德國人冒出來，我也向他們開槍。死了五、六、七個人，但他們簡直源源不絕，像一整個軍團，準備穿過這個隧道到盟軍陣線後方，屆時勢必會展開一場大屠殺。我沒子彈了，我扔掉空槍拿出手榴彈，用牙齒拔掉插銷，使盡全力丟進上方的德軍隧道，朝新一波的敵軍腳下滾去。漫長的兩秒過去，他們跳下來，一面前進一面往我開槍。這時爆炸震倒他們，炸垮他們的隧道，兩條隧道同時塌在我身邊。我被困住了，我站不起來也出不去，土石令我窒息。但突然有兩隻手抓住我——

是護士。她溫柔地捧著我的頭，正在擦拭我眉毛上的汗水。

「他們在等我們……趁夜連接到我們的隧道……我們死定了……」我嘗試解釋。

「都過去了，只是一場惡夢。」

我伸手去摸腿，彷彿摸它就能阻止疼痛。惡夢還沒結束，永遠不會過去。

盜汗和疼痛每晚逐漸惡化，她一定看到了。確實如此，她手裡拿著白瓶。我說：「只要一點點。我得設法戒掉。」

我啜一口，讓獸性退散，安穩地睡了一陣子。

我醒來時，她待在角落打毛線。我身旁的桌上，三個小酒杯裝著暗褐色液體——當天能給我所需的嗎啡和可待因的鴉片藥劑配額。感謝上帝。盜汗恢復了，疼痛隨之而來。

「日落之前我會回家。」

我點點頭，喝掉第一杯。

每天兩小杯。

她每晚工作和晚餐之後會讀書給我聽。

我躺著，偶爾補充俏皮的評論和笑話。她大笑，如果我表現太粗魯，則會戲謔地懲罰我。

疼痛幾乎可以忍受了。

每天一小杯。自由。

幾乎是。但疼痛仍在持續。

我還是無法走路。

我一輩子都在礦坑裡度過，早已習慣黑暗狹窄的空間，但我受不了了。或許需要光線或新鮮空氣，或日日夜夜躺在床上。一個月過去了。

每天接近下午三點時，我會倒數時間直到她回家。男人，等待女人回家，讓人不禁懷疑這個句子的前提設定。

我堅持她辭掉醫院的工作。細菌、炸彈、沙文主義者，我全碰過了。她不肯聽，我拗不過她。我連站都站不起來，就是無法把我的腳放在地板上。最重要的是，我開始逐漸發瘋，對自己開無聊的玩笑。

窗外，我看到她從小徑走來。什麼時候了？兩點半。她提早回家了，而且有個男人同行。我在這裡的一個月期間，她從未帶過追求者回家。我從來沒想過這件事，如今，它造成了最惡劣的效果。我努力想看清楚窗外，但我看不到他們。他們已經進門了。

我慌亂地整理我的床鋪，在隱約的疼痛中撐起身子，以便在床上坐起來顯得堅強一點。我撿起一本書開始看，但是上下顛倒了。我抬頭看看，在海蓮娜進來之前把書轉回正確方向。留鬍子、戴單片眼鏡、穿三件式西裝的男人緊跟在她背後，像隻貪婪的獵犬。

「啊，你開始看書了。你在看什麼？」她把書略往下拉一下，看看標題，稍微抬頭。「嗯，傲慢與偏見。我的最愛之一。」

我闔上書本把它丟在桌上，彷彿她剛告訴我書上沾了病毒。「對，呃，人總得盡量多讀點書。還有，欣賞……經典。」

單片眼鏡男子不耐煩地看看她，準備繼續進行拜訪，並遠離客房裡的瘸子。

「派崔克，這位是達米安・韋伯斯特先生。他從美國特地來看你，但他不肯告訴我理由。」她意有所指地抬抬眉毛。

「幸會，皮爾斯先生。我認識令尊。」

原來他不是追求者。等等，認識我父親？

韋伯斯特似乎了解我的困惑。「我們發了電報到醫院，您沒收到嗎？」

我父親過世了。他不可能只為了這件事跑來。那是什麼事？

海蓮娜搶在我之前開口。「皮爾斯少校在這裡一個月了。醫院每天收到很多電報。韋伯斯特先生有什麼事呢？」她的語氣變得嚴肅。

韋伯斯特瞪她一眼。他可能不習慣女人這樣跟他說話，搞不好他平常會有更強烈的反應。

「有幾件事。首先是令尊的房子——」

窗外有隻小鳥停在泉水邊。牠煩躁不安地低下頭，又抬起頭甩掉水。

「他怎麼死的？」我仍然專心看著鳥兒說。

韋伯斯特講得很快，好像希望趕快結束這件煩心事。「車禍。他和令堂當場去世。危險的機器，我就說嘛。過程很快，我敢說他們沒有太痛苦，然後……」

我感到另一種傷害，壓倒性的孤獨、空虛感，好像我體內有個洞再也填不滿。我母親也去世了，這時應該已經下葬。我永遠見不到她了。

「這樣可以嗎，皮爾斯先生？」

「什麼？」

「查爾斯頓第一國家銀行的帳戶。令尊是很簡樸的人。帳戶裡有將近二十萬美元。」

簡樸得太過分了。

韋伯斯特顯然很失望但繼續說話，希望得到回應。「帳戶是在您的名下。沒有遺囑，但是您沒有兄弟姊妹，所以沒問題。」他又等了一會兒。「我們可以把錢轉到這裡的銀行。」他看看海蓮娜。「如果您希望的話，英國也可以——」

「西維吉尼亞兒童之家，在艾金斯鎮，把餘額全部捐給他們吧。告訴他們是我父親捐的。」

「呃，是，這……辦得到。容我請問為什麼？」

真正的答案是「因為他不希望我繼承」或更精確地說，「因為他不喜歡我現在這樣子」。但我沒這麼回答，或許因為海蓮娜在場，又或許因為我不認為必須誠實回答這個訟棍。我只咕噥著說些曖昧的話，「他會希望我這樣做。」

他看看我的腿，心裡尋找適當措辭。「那樣當然很好，但是陸軍的退休金……相當微薄，即使是少校階級。我猜您會想要保留一點錢，例如十萬塊？」

這下我狠狠瞪他。「不如你直接告訴我來訪的理由吧？我懷疑不只是為了家父的二十萬元遺產。」

他被嚇了一跳。「當然了，皮爾斯先生。我只是提供建議……為了您的最佳利益。其實這正是我的來意。我來轉達西維吉尼亞州州長亨利·杜魯瑞·哈特菲爾先生的訊息。州長閣下希望您——呃，首先，他對您痛失至親表達最深的哀悼，這也是本州和我們偉大國家的損失。此外，他想告訴您，他正準備提名您遞補令尊的參議員缺額，因為州議會剛剛根據法律授與他職權。」

我開始了解為何麥考伊家族這麼討厭這些鼠輩了。亨利·哈特菲爾是惡名昭彰的哈特菲爾家族首領戴維爾·哈特菲爾的姪子。州長不能競選第二任。他兩年前就設定要競選參議員，但是中央政府去年通過了憲法第十七條修正案，允許全民直選參議員，剝奪了腐敗的州議會和哈特菲爾這種操弄者的權力。我父親是第一屆民選的參議員，他去世又有人來談錢，顯得很合理，但是提名似乎不太對勁。

韋伯斯特沒有保持沉默太久。他倚著床腳，開始用老朋友的口氣說話，「當然，您戰爭英雄的身分會是個受歡迎的選擇，也會有一場補選。您知道的，現在參議員是民選。」他點點頭，「早該這樣了。只要您願意在補選中幫他背書與競選，州長準備提名您接下令尊的位子。相對的，他也願意進一步支持您的事業，或許競選眾議員。我想，派崔克．皮爾斯眾議員聽起來很不賴。」他離開床邊對我微笑。「那麼，我可以帶著好消息回去見州長嗎？」

我瞪著他。生平從來不曾像此刻這麼想要站起來，送這個混蛋到門口把他丟出去。

「我知道狀況可能不太理想，但我們都必須臨機應變。」韋伯斯特往我的腿歪歪頭。「以您的……侷限，或許是個好差事。您不太可能找到更好的工作——」

「出去！」

「唉，皮爾斯先生，我知道——」

「沒聽見嗎?別再回來。你已經聽到永遠不會改變的回答了。告訴哈特菲爾那個混蛋，他要亂搞自己去，或者找他自家親戚。我聽說他們很擅長。」

他走向我，但海蓮娜抓住他的手臂。「韋伯斯特先生，請往這邊走。」

他離去後，她回來了。「很遺憾你的雙親去世了。」

「我很難過，我母親是個非常慈祥體貼的人。」我知道她看得出我有多難過，但我忍不住了。「需要我帶什麼東西回來嗎？」我知道她是無意的，但她的目光飄向床邊通常放瓶子的位置。

「要。請找醫生來幫我看腳。」

73

戰情室
鐘塔總部
新德里，印度

杜利安在門邊踱步，觀察整個戰情室，這裡看起來好像NASA發射的任務管制室，幾排分析師正對著耳機說話，操作控制無人機的電腦。漫長的牆上大大小小的螢幕顯示著無人機傳來的遙測資料：山岳和森林的場景。

狄米崔一直在協調搜索工作。這個粗壯俄國人看來好像從中國的爆炸事件後就沒睡過，他擠過幾批分析師到房間後方的杜利安面前。

「目前毫無發現，要搜索的區域太大了。」

「衛星監視呢？」

「還在等候。」

「為什麼？怎麼拖這麼久？」

「重新定位需要時間，有太多地方要覆蓋。」

杜利安望著螢幕牆片刻。「直接打草驚蛇吧。」

「打草？」

「放火。」杜利安說。他轉身帶狄米崔到門邊，分析師們聽不見的地方。「看看會跑出什麼來。我猜華納就在某座寺廟裡面。我們的托巴草案進度如何？」

「屍體已經送上了飛往歐洲、北美、澳洲和中國的飛機。活著的——」他看看錶，「一小時內都會送到印度和孟加拉的地方醫院。」

「有報告嗎？」

「目前沒有。」

至少還有些好消息。

74

光明派寺廟
西藏

隔天早上米洛等著凱特，如同前一天早上。他坐在那兒等我醒來多久了？她暗自猜想。

凱特起床發現同樣的地方放了另一碗早餐。她和米洛互道早安，他再度領她去大衛的房間。記事本躺在床邊的桌上，但凱特不管它，先察看大衛的情況。她替他打了抗生素，再檢查肩膀和大腿傷勢。一夜過去，過去紅腫的範圍擴大了，蔓延到他的胸前和上腿部。凱特緊抿著嘴，心不在焉地望著窗外。

「米洛，我需要你幫我做件事，很重要。」

「我們剛認識時我就說過，」他鞠躬說，「米洛聽候女士差遣。」

「米洛，你怕見血嗎？」

幾小時後，凱特綁好大衛肩膀上最後的繃帶，一堆血腥的紗布泡在桌上大碗裡的血液與膿液中。米洛的表現令人讚賞，雖不如手術室護士，但他禪定般的冷靜很有幫助，尤其能讓凱特避免緊張。

包紮完成後，凱特伸手摸過大衛的胸膛長嘆一聲。現在，她只能等待了。她倚在凹室牆上看著他的胸口，幾乎難以分辨起伏的動作。

過了一會兒，她翻開記事本繼續閱讀。

一九一七年六月三日

「現在呢？」卡萊爾醫生邊說邊把筆尖刺在我腿上。

「有。」我咬緊牙根說。

他把筆向下移再刺一下。「這裡呢？」

「很痛。」

他站起來思考測試的結果。

看腿傷之前，他花了些時間蒐集「病歷」。跟野戰醫生不同的優點是，他們通常只看傷勢，不在乎病人，治療時不發一語。我告訴他我二十六歲，健康大致良好，沒有「戒斷傾向」，是在西部戰線的地下坑道崩塌中受的傷。他點點頭做了徹底檢查，指出傷勢跟他行醫生涯看過的礦工和運動員沒有太大的不同。

我等著他的判決，猜想是否該說些什麼。

城市醫生抓抓他的腦袋，坐到床邊的椅子上。「我必須說，我同意軍醫告訴你的看法。當時就截肢會比較好，或許在膝蓋以下，至少換成我會這麼做。」

「現在怎麼辦？」我怕聽到答案。

「現在……我不確定。你無法再走路，至少功能無法正常。主要看你會有多痛來決定。如今毫無疑問已有很多神經損傷。我會建議你往後一兩個月嘗試走路，盡力而為。如果痛得無法忍受，如同我的推斷，我們就切掉膝蓋以下。大多數感覺在腳上，那裡的神經比較多，這樣會讓你輕鬆一點。」彷彿料到我的煩惱，他又說，「我們對抗的不只是疼痛，虛榮也是個因素，沒有人想要失去半條腿，但這並不妨礙人的完整性。最好務實一點，你會因此感謝自己。我想最不必考慮的就是你會做哪種工作，上尉——不，少校，對吧？我沒看過這麼年輕的少校。」

「身邊的人都死了就比較容易升官。」我說，拖延時間想另一個問題，自從隧道崩塌以後拒絕面對的問題，我只懂挖礦。「我不確定往後我會做什麼……等我站起來以後。」這是腦中最先想到的一句話。

「呃，文書工作有助於修身養性，如果找得到的話。」他點頭站起來。「那麼，如果沒別的事，一個月後打電話或寫信通知我。」他給了我在倫敦的地址名片。

「謝謝，醫生，真的。」

「我實在無法拒絕巴頓爵士的請求，我們是從伊頓公學開始的老交情了。他說你是個戰爭英雄，他的小女兒又很堅持，他怕如果我不來看看她一定會很傷心，於是隔天我就上火車了。」走廊上有騷動聲，好像有人打翻了架子上的東西。卡萊爾醫生和我都轉頭去看，但兩人都沒說話。他收拾他的黑色公事包然後起身。「我會指示海蓮娜怎麼包紮這條腿。祝你好運，少校。」

一九一七年八月五日

兩個月過去了，我能夠「走路」也有一個月。多半是靠蹦跳，狀況好的日子，借助拐杖還可以跛行。

卡萊爾醫生一週前來看過我的跛行狀況。他站在海蓮娜身邊，像狗展上驕傲的飼主般幫我加油。

這麼說不公平，也不厚道——對一個這麼善待我的人。

藥丸。它鈍化了疼痛與一切事情，包括我的思想。讓我吃藥之後對情緒完全無感，藥效退了又心情惡劣。在腦中打仗是種奇怪的折磨，我想我寧可去射殺德軍，至少我知道我的立場，不在前線時可以休息片刻。幾週的散步、吃藥和跛行練習讓我產生另一個恐懼：我永遠無法擺脫潛在的獸性，不斷慫恿我去想辦法消除疼痛。我需要藥丸，沒有它活不下去，也不想活。我跟惡魔做了交易，鴉片酊，只為了兩個依靠，一個在我身邊，一個在我口袋裡。

卡萊爾醫生說等我「適應了腿」，就能找出我日常所需的最少劑量止痛藥，走路一定會改善。說得倒容易。

我離開醫院之後的幾個月間，逐漸養成依賴的不是藥丸。她跟我認識過的人都不一樣。想到未來要搬出去、與她道別，就令我恐懼。我知道我想做什麼：牽著她的手，一起上船，離開直布羅陀，遠離戰爭，遠離過去，重新開始找個安全的地方，讓我們的孩子可以與世無爭地長大。

快三點鐘了，我整天都沒吃藥。我希望跟她說話時保持清醒。我不想錯過任何事，無論是我腿或心中的疼痛。

我需要我所有的頭腦。或許是她的英國教養、禁欲主義和冷面幽默，又或許是在野戰醫院工作了兩年，情感就像他們所對抗的感染一樣有傳染性又危險，這個女人幾乎不可能看透。她大笑，微笑，充滿活力，但從不失控，從不失言，從不透露她的想法。我願意失去另一條腿來交換她對我的真正感覺。

我一直在考慮我的選擇，做我能做的安排。混蛋達米安．韋伯斯特找上門那天之後，我寫了三封信。第一封給查爾斯頓第一國家銀行，請他們把家父的存款捐給艾金斯鎮的西維吉尼亞兒童之家；第二封寄給兒童之家，通知他們等候捐款，萬一遺贈沒有直接交到他們手上，請他們聯絡達米安·韋伯斯特，因為他是最後一個接觸過帳戶的人，我真心希望他們能收到這筆錢。

最後一封寫給查爾斯頓的市立銀行，我自己的存款在那裡。一週半之後我收到回信，通知我帳戶餘額共有五千七百五十二·三四美元，寄匯票到直布羅陀需要一點費用。我早料到結清帳戶時會被敲一筆，銀行經常這樣。我立刻回覆，感謝並要求他們盡快寄出匯票。昨天信差把匯票送來了。

我也收到了微薄的軍餉存款，你在外面打仗時，陸軍會替你扣下一大部分。我在上週光榮退伍，所以這是最後一筆收入。

就這樣，我有六千三百八十二·七九美元，距離安頓下來養家活口所需的金額還差得遠。我必須找一份靜態性工作，很可能是關於金融或投資方面，也可能是我懂的——採礦，或許是軍用品。但這些工作只適合特定類型的人，要有適當的人脈和教育程度。如果我自己有資本，我可以試試看，只要運氣好，挖得到煤炭、黃金、鑽石、銅或白銀，錢就不成問題。我設定的目標是兩萬五千美元，因此並沒有多少容許犯錯的空間。

我聽到海蓮娜開門，於是走到外面的小接待室去迎接她。她的護士制服布滿血跡，跟她看到我時臉上的親切笑容形成怪異的對比。我願意放棄一切，只求知道這是同情或出於快樂的微笑。

「你起來了。別在意衣服，我正要去換呢。」她說完跑出了房間。

「穿上漂亮衣服，」我叫她。「我要帶妳出去散步，然後吃晚餐。」

她從臥室房門探出頭來。「真的？」燦爛的笑容綻放，還帶著一絲驚訝。「要我準備你的制服嗎？」

「不用。謝謝，我厭倦制服了。今晚要談談未來。」

75

戰情室
鐘塔總部
新德里，印度

杜利安在房裡踱步，等著看無人機傳回的資料。牆上的螢幕逐一發亮啟動，顯示出山腰的一座寺廟。

技師轉向他。「我們要不要多繞幾圈，找個最佳的目標——」

「不，不用麻煩了。攻擊它地基的右邊，不必很精準。我只想讓它燒起來而已，叫其餘無人機跟上去拍攝後續情況。」杜利安說。

一分鐘後，他看著火箭從無人機射向山腰。他等著，期望看到凱特．華納從燃燒的建築物跑出來。

76

光明派寺廟

西藏

凱特放下記事本凝神觀看遠處發生了什麼事，聽起來像爆炸聲。山崩嗎？地震？最遠處的山脊背後有煙飄上天空，起初是白色，然後變黑。

印瑪里在找他們嗎？

若是如此她能怎麼辦？她只能給大衛打了下午劑量的抗生素，繼續為他朗讀記事本。

一九一七年八月五日

海蓮娜和我沿著鵝卵石碼頭散步，享受海上吹來的暖風，聽著船隻進港停泊時發出的汽笛聲。在直布羅陀的高聳崎嶇岩壁下，木製碼頭似乎小到像一堆牙籤。我的雙手插在口袋裡，她勾著我的手臂，緊貼著我，配合我的步伐。我認為是好跡象。漸漸地，路旁街燈亮起，店員們也從他們的西班牙式午睡中醒來，準備迎接晚餐和夜間的購物人潮。

我踏出的每一步都像扭轉一把插在我腿中的刀子，至少，走路產生的感覺就是如此。悶痛讓汗水累積在我眉毛上，但我怕她放開手，不敢伸手去擦。

海蓮娜停步。她看到了。「派崔克，你很痛嗎？」

「不，當然沒有。」我用袖口擦擦額頭。「只是不習慣炎熱。老是在室內吹電扇讓我適應不良，而且我是在西維吉尼亞州長大的。」

她往巨岩點點頭。「在洞穴裡比較涼爽，裡面還有猴子，你看過嗎？」

我問她是不是開玩笑，她保證不是。我說晚餐前還有時間，請她帶路過去。但主要是因為她又勾了我的手臂，要我去哪裡我都願意。

英國士官親自帶我們參觀他們養猴子的獸欄，就在聖米迦勒洞穴深處。我們講話時有回音。他們稱之為巴巴利獼猴，類似獼猴，但是沒有尾巴。顯然直布羅陀的巴巴利獼猴是全歐洲僅存唯一的野生靈長類——呃，除了人類。如果進化論可信的話，但我不是很確定。

我們離開要去吃晚餐時，我問她怎麼知道有猴子。

「他們會把病猴送來英國海軍醫院治療。」她說。

「妳開玩笑吧。」

「是真的。」

「安全嗎？把猴子和人類放在一起治療？」

「我猜是吧。無法想像有哪種疾病可以從猴子傳給人類。」

「為什麼這麼麻煩？」

「傳說只要直布羅陀的獼猴活著，英國就會永遠統治這裡。」

「妳的同胞真迷信。」

「也可能只是我們熱心照顧我們在乎的東西。」

我們默默走了一會兒。我懷疑我對她而言是否像寵物，或被監護人，或因為在醫院救過她而讓她覺得有所虧欠的人。

我快忍不住疼痛了。她一言不發停了下來，仍然勾著我的手臂，轉回去面對巨岩看著夕陽落入海裡。「關於巨岩還有另一個傳說。希臘人說這是海克力斯的柱子之一，底下的洞穴和隧道一直延伸深入地心，通往黑帝斯之門。」

「冥界的大門。」

她戲謔地抬起眉毛，「你認為地底下有嗎？」

「不，我挺懷疑的。我相當確定地獄離這兒有一千哩，在西部戰線的壕溝裡。」

她臉色變暗，低下頭去。

她只要開玩笑，而我想要表現聰明，結果害我們想起了戰爭。我毀了氣氛，真希望我能倒轉時光重來一遍。

她稍微開朗了點，拉拉我的手臂。「呃，至少我很高興你離那裡很遠……而且不用回去。」

我張口欲言，但她湊近，可能想阻止我說出什麼無趣的話。「你餓了嗎？」

酒送來，我接連喝了兩杯，當作麻醉。她喝了半杯，或許為了禮貌。我希望她多喝點——我盼望拘謹的門面因此崩潰，即使只有一會兒，讓我能明白她的想法、她的感受。

餐點送來了，我們都邊聞著邊讚美它看起來好可口。

「海蓮娜，我有件事一直想跟妳說。」講得太嚴肅了。我原本希望輕鬆一點，解除她的心防。她放下叉子，咀嚼剛吃下的一小口，下巴幾乎沒動。

我繼續說：「妳一直非常好心照顧我。我不知道有沒有說過謝謝，但我非常感激。」

「沒什麼。」

「真是麻煩妳了。」

「我不介意。」

「然而，我想既然我脫離了……恢復期，應該另找個住處了。」

「或許再等一下比較妥當。你的腿還沒完全痊癒。卡萊爾醫生說你頻繁走路以後，可能會發生二度傷害。」她撥撥在盤子裡的食物。

「我不擔心我的腿。未婚男女住在一起，別人難免會說閒話。」

「人們永遠有閒話可以說。」

「我不能讓他們議論妳。我會找個新家和工作，我必須開始整頓我的生活。」

「等你確定去哪裡工作再安排……聽起來……比較合理。」

「那倒是。」

她開心了點。「說到這個，有幾個人想找你談工作。是我爸的朋友。」

失望之餘，我無法掩蓋話中的憤怒。「妳要求他幫我找工作？」

「沒有，我保證，雖然我很想。我知道這麼做你會作何感想。一週前他打電話找我，他們很想見你，我忍著沒說，因為我不確定你打算怎麼樣。」

「見見他們也無妨。」我說。

這是我一生最大的錯誤。

大衛推開他們公寓大門的時候，聽見她在朗讀，或是有人在朗讀。艾莉森抬頭看他，走到音響前按下暫停鈕。

「你提早回家了。」她微笑一下，到廚房水槽去洗手。

「沒辦法讀書。」他指指音響。「另一本有聲書？」

「是啊，做菜比較不無聊。」她關掉水龍頭。

「我想得出比做菜更有趣一點的事情。」他拉她過來吻她的嘴。

她潮溼的雙手放到他胸前，在他懷抱中掙扎。「不行，喂，放手。明天他們要我搬辦公室，我得提早到。」

「噢，投資銀行女強人已經有自己的靠窗辦公室了？」

「不可能，我在一百零四樓。在那邊我大概要花上二十年才弄得到靠窗辦公室，目前可能是廁所旁邊的小隔間。」

「這正是妳該放輕鬆的理由。」他抬起她丟到床上。他再次吻她，伸手撫摸她。

她的呼吸加快。「你幾點有課？明天幾號？週二，十一日？」

他脫掉毛衣。「不知道，也不在乎。」

77

【新聞稿】

疾病防治中心

克里夫頓路一六〇〇號

亞特蘭大，GA30333，美國

立即發布

聯絡人：電子與新媒體部，傳播室

（404）639-3286

印度北部村莊回報發現新流感病毒株。

印度的衛生與家庭福利部通報，發現稱作「NII.4普蘭」的新流感病毒株。目前尚不確定它是現有病毒株的突變種或是全新病毒。疾病管制局已經派出外勤隊，協助印度衛生官員分析新病毒株。

最先反映疫情的是印度達爾丘拉郊外的村落。新病毒株的嚴重性和死亡率目前尚不明朗。疾管局已建議國務院暫時不要前往訪問。

待疾管局獲得更多關於NII.4普蘭的詳情後，將發布後續追蹤新聞稿。

78

光明派寺廟

西藏

隔天早上，米洛沒有來等凱特，但早餐的粥碗按照慣例放在桌上。有點涼但還是很好吃。

凱特走出木頭地板房間，進入走廊。

「凱特醫生！」米洛說著慢跑過來。他停在她面前，雙手撫胸喘氣，直到恢復呼吸。「抱歉，凱特醫生。我……我得做我的特殊計畫。」

「特殊計畫？米洛，你不用每天早上來見我。」

「我知道，但我想要。」他緩過氣來說。

他們一起走過露天的木造走廊，前往大衛的房間。

「你在研究什麼，米洛？」

他搖搖頭。「我不能說，凱特醫生。」

凱特懷疑這是不是他的另一個惡作劇。他們到大衛的房間之後，米洛躬身離去，往他過來的方向飛奔。

大衛的狀況沒什麼改變，不過凱特認為他的血色似乎恢復了一點。

她給了他晨間抗生素和止痛藥，再次打開記事本。

一九一七年八月七日

海蓮娜帶他們進入小治療室，我起身迎接那兩個人。我臉上一點疼痛的表情也沒有，今天吃了三大顆白色止痛藥，準備並確保我看起來勝任任何工作。

快到中午了，太陽高掛在天上，白色柳條家具和放在治療室四周的盆栽都沐浴在光亮中。較高的男子上前，越過海蓮娜不等她介紹就開口：「嗯，你終於決定見我們了。」一個德國軍人，眼神冷酷又專注。

我來不及說話，另一人從高個子後面冒出來伸出手。「馬洛里．克瑞格，皮爾斯先生。幸會。」愛爾蘭人，身高不高。

德國人解開他的外套鈕釦，沒打招呼就逕自坐下。「我是康拉德．肯恩。」

克瑞格在沙發上挪來挪去，最後停在肯恩旁邊，肯恩皺起鼻子瞄過去，再往旁邊挪動。

「你是德國人。」我的口氣彷彿指控他是殺人犯，但我認為這挺中肯的。要不是吃了藥，我或許掩飾得了語氣，但我很高興自己露出破綻。

「對。出身波昂，但我必須說現在我對政治沒有任何興趣。」肯恩輕鬆地回答，彷彿我剛問他是否趕上了馬車，彷彿他的同胞並未放毒氣殺害數以百萬計的士兵。他抬起頭。「我是說，世界上有這麼多更迷人的事情，誰在乎呢？」

克瑞格點頭。「沒錯。」

海蓮娜把咖啡和茶的托盤放在我們中間，肯恩搶在我之前說話，彷彿這是他的家，是他在招待我。「啊，謝謝妳，巴頓小姐。」

我指指椅子向她說：「留下。」我只是為了向肯恩強調誰是主人。他面露不悅，我感覺好一點了。

肯恩啜一口咖啡。「我聽說你需要工作。」

「我是在找工作。」

「我們有個特殊差事要做。我們需要特定種類的人才，懂得守口如瓶和隨機應變。」

當時我想：智力工作——效命德國人。我床邊的桌裡還擺著美國陸軍配發的手槍，我在腦中幻想自己拿出槍來回到治療室的畫面。

「什麼樣的工作？」海蓮娜打破沉默。

「考古學，挖掘。」肯恩仍專注在我身上，等待我的反應。克瑞格只是看著肯恩。他自從「沒錯」之後就沒開口，我懷疑他不會再發言了。

「我找的是本地的工作。」我說。

「那麼你不會失望，工作現場就在直布羅陀灣底下，相當深的海底。我們已經挖掘了一段時間。事實上已有四十五年。」肯恩看著我等待回答，但我還是沒反應。他慢慢啜一口咖啡，沒有移開目光。「我們剛開始有……具體進展，但戰爭讓我們陷入困境。我們總以為事情很快就會結束，但我們被迫另作安排直到停戰。所以，我們來這兒，向你提出這個職缺。」肯恩終於別開目光。

「危險嗎？」海蓮娜說。

「不。不會比，呃，西部戰線更危險。」肯恩看見她皺起眉頭，伸手拍拍她的腿。「不，親愛的孩子，我只是開玩笑。」他轉回來對我微笑。「我們不會讓我們的戰爭小英雄冒任何風險。」

「你上次的團隊怎麼了？」我問。

「我們有個德國地道小組，非常能幹的團隊，但顯然戰爭和直布羅陀被英國控制後，讓我們的處境更加複雜。」

我問了一開始就該問的事，「你損失了多少人？」

「損失？」

「死掉的人。」

肯恩輕率地聳肩。「沒有。」克瑞格的表情告訴我那是謊言，我懷疑海蓮娜是否也發現了。

「你們在挖掘什麼？」他會說謊，但我好奇他會用什麼角度說。

「歷史遺跡，古物。」肯恩像無味的菸草般吐出這些話。

「我想也是。」我猜想是尋寶。可能是海灣裡有沉沒海盜船或商船，一定很可觀，才會花費四十五年發掘，尤其是在水下。挺危險的任務。「酬勞呢？」我問。

「每週五十紙馬克。」

任何貨幣只有五十元都是個笑話，但紙馬克更是羞辱人，他們還不如付我假黃金。以德國的戰局看來，一兩年內紙馬克就會形同廢紙。德國家庭得用手推車搬一車子錢到麵包店去才能買一條麵包。

「我寧可收美元。」

「我寧可收美元。」

「我們有美元。」肯恩輕鬆地說。

「而且不只這個價碼，我要五千美元頭款——只勘察你們的隧道。」我回頭看看海蓮娜。

「如果挖得太爛，或支撐結構太糟糕，我就不幹，頭款歸我。」

「工程做得很好，皮爾斯先生，那可是德國人挖的。」

「還有我要週薪一千美元。」

「太離譜了，你做農民的工作要求國王的贖金。」

「才怪，我聽說國王、皇帝和酋長不像以前那麼值錢了。但明確的指揮體系確實有其價值，可以讓人活命，尤其在海底隧道那種危險的地方。如果我接受這個工作，只要我在隧道裡，就由我發號施令，沒有例外。我不會把自己的性命交到笨蛋手裡，這就是我的條件，要不要隨你。」

肯恩重哼了一聲，放下他的咖啡杯。

我靠著椅背說：「當然，你還是可以等戰爭結束。我同意不會太久了，然後你可以送德國團隊進去，假設德國人還沒死光，但是……如果是我就不會這麼賭。」

「我不會接受你的條件。」肯恩起身，向海蓮娜頷首，走出去，丟下一臉困惑的克瑞格。他謹慎地站起來，猶豫片刻，在我和他離去的上司之間來回轉頭，最後追著肯恩出去。

門關上之後，海蓮娜坐在她的椅子上，伸手摸摸頭髮。「天啊，我好擔心你會接這個工作。」她望著天花板。「他們跟我說找你做某種研究計畫，我說你很聰明或許是適當人選。如果我早知道他們的企圖，絕對不會讓這些混蛋進門。」

隔天，海蓮娜上班時，馬洛里．克瑞格再度來訪。他哈著腰把帽子拿在胸口。「昨天真抱歉，皮爾斯先生。肯恩先生受到很大的壓力，何況……呃，我是來說，嗯，我們很抱歉，要給你這個。」

他拿出一張支票。印瑪里直布羅陀分公司支付的五千美元。

「我們很榮幸讓你帶領挖掘，皮爾斯先生。當然一切照您的條件。」

我告訴他我不介意昨天的對話，無論如何，我會保持聯絡。

當天剩下的時間，我坐著思索。我出門打仗之前有兩件事一直不太擅長，之後卻花了很多時間練習。我想像自己走回礦坑底下，日光變成燭光，空氣變得又冷又溼。我看到一些剛從隧道崩塌或其他傷害現場回來的人，堅強的人，失去光明後像早餐在鍋邊打破的蛋一樣崩潰。我會嗎？我努力想像，但唯有再次走進隧道才能知道。

我考慮我還能做什麼別的工作——我的選項。我可以找挖礦工作，至少直到戰爭結束。然後，可能會有更多隧道工人，有些是在戰爭中訓練的新手，更多是解甲歸田的老手。那我就必須離開直布羅陀，去找需要我這種人的礦場。另一個問題我沒想太久，就是大老遠跑到美國或南非，只為了在坑道裡嚇得尿褲子再匆忙逃出來，太辛苦了。

我看看支票。五千美元可以讓我做很多事，參觀他們的挖掘或許可以……給我個人的啟發。

我決定就去「看看」。我還是可以袖手離開，端看我的控制力而定。

我告訴自己我可能會婉拒這個工作，沒理由告訴海蓮娜。不必讓她擔心，在野戰醫院當護士已經夠累了。

印度新德里鐘塔總部的戰情室裡，杜利安揉揉太陽穴看看電腦螢幕牆。

「我們有衛星影片了，長官。」技師說。

「然後呢？」杜利安回答。

古怪的技師湊上前，觀察他的電腦螢幕。「有幾個目標。」

「馬上派出無人機。」

這些寺廟好像巨大的西藏稻草堆裡的幾根針，但他們終於找到了。這下就快了。

79

凱特檢視傷口，幫大衛換繃帶。傷口逐漸復原，他很快就能痊癒，她希望啦。她又拿起記事本開始閱讀。

一九一七年八月九日

[illegible]天來電時，告訴我印瑪里直布羅陀分公司「只是地方的小公司」。他趕緊補充，

「雖然我們隸屬於在歐洲與海外有其他利益的大型集團。」但地方小公司可不會擁有半座碼頭，也不會透過五六家幌子公司來營運。

參觀發掘現場是發現印瑪里不像外表那麼單純的第一個跡象。我來到克瑞格名片上的地址，看見貨運區中央一棟破舊的三層樓房。此地建築物上的招牌結尾都是各種「進口／出口公司」、「貨運與海運」或「造船與翻修」之類的，一長串名字和熱鬧的氣氛，跟門上用粗黑大字寫著「印瑪里直布羅陀分公司」，但是燈光昏暗、似乎廢棄的水泥大樓形成強烈的對比。

進了屋裡，冒出一個靈敏的接待員說：「早安，皮爾斯先生。克瑞格先生正在等你。」她要不是從跛腳認出我來，就是他們的訪客不多。

穿越辦公室讓我想起軍隊的營部，在剛被圍攻淪陷的城市中匆促設立，等佔領更多地方或必須突然撤退時，就會被迅速拋棄的地方。無法保障安穩的地方。

克瑞格很親切，告訴我他多麼高興我決定來幫他們。如我所料，肯恩不見蹤影，但有另一個年輕人在，接近三十歲，跟我的年紀相近，而且長得非常像肯恩——尤其是臉上那高傲的冷笑。克瑞格證實了我的懷疑。

「派崔克．皮爾斯，這位是魯格．肯恩。你見過他父親了。我請他陪我們去參觀，因為你們將會一起工作。」

我們握手。他的手很結實，握得很用力，我差點叫痛。臥床幾個月讓我衰弱了，我縮回手。

小肯恩似乎很滿意。「幸好你終於來了，皮爾斯。這幾個月我一直請老爸幫我找個新工程師，這場該死的戰爭耽擱我夠久了。」他坐下翹起腿來。「葛楚德！」他回頭看走到門口的祕書。「拿咖啡來。你喝咖啡嗎，皮爾斯？」

我不理他，語氣平和地對克瑞格說：「我的條件很清楚，在坑道裡我作主——如果我接下工作的話。」

克瑞格舉起雙手打斷魯格，趕緊說話，希望安撫我們兩人。「沒有變卦，皮爾斯先生。魯格參與這個計畫十年了，幾乎是在坑道裡長大的。你們可能有很多共通點，我猜。不，你們必須同心協力。他會提供寶貴的意見，有他的知識和你的採礦技能，我們很快就會過關，達成重要進展。」他阻止端著托盤、躡手躡腳進來的祕書。「葛楚德，把咖啡放進保溫瓶好嗎？讓我們能隨身帶著。請給皮爾斯先生泡杯茶。」

坑道的入口距離印瑪里辦公室將近一哩，在巨岩與港口旁邊某棟倉庫裡。嚴格來說是兩棟倉庫，內部打通但有兩個不同門面，讓它外觀看起來像兩棟倉庫。若是一棟這麼大的倉庫會很顯眼、引人好奇。但是用兩座普通大小的倉庫偽裝就不會引人注目。

巨大倉庫裡，四個膚色偏淡的黑人在等我們。我猜是摩洛哥人。一看到我們，四人默默開始移除倉庫中央結構體上面蓋的帆布。露出來之後，我發現這根本不是結構體，而是是隧道的洞口，向左右兩側張開的大嘴。我原本預料是垂直豎井，但這還不是最令人驚訝的。

有輛電動卡車，兩條大鐵軌向下伸進坑裡。顯然他們搬了不少土石出來。

克瑞格指著空台車，再指向港口和倉庫門外的海面。「我們白天挖掘，晚上運土，皮爾斯先生。」

「你把土石倒在——」

「海灣裡，如果狀況允許。碰到滿月，我們就航行到外面遠一點。」克瑞格說。

這很合理，大概也是處理掉這麼多土石的唯一選擇。

我走近檢查礦坑。用大型木架支撐，就像我們在西維吉尼亞的礦坑，但是木材之間有粗黑的電線，延伸到舉目所及處。細看其實有兩條電線，分別在礦坑兩側。在坑口的遠端，左邊的電線連接到……一台電話。右邊的電線連到裝在柱子上的一個箱子，有個金屬手把，好像開關盒。電力嗎？一定不是。

摩洛哥人拉開剩餘的帆布後，魯格大步過去用德語罵他們。我聽得懂一點，尤其這個字「feuer」。火。我一聽到就起了雞皮疙瘩。他指著台車，然後是鐵軌，他們一臉困惑。這無疑對我有利，我轉過身，拒絕看他們被羞辱的這場戲。我聽見魯格拿出某樣東西，鐵軌上傳來金屬碰撞聲。我轉身看到他點燃迷你台車上一個圓形紙袋的燈芯，頂多一個餐盤大小。魯格把它貼在一條鐵軌上，幾個摩洛哥人用彈射裝置幫他把燃燒的盤子丟進黑暗礦坑裡。紙張保護著火焰不致於立刻熄滅。

稍後我們聽見遙遠的悶聲爆炸。沼氣，可能是甲烷蓄積層。魯格示意摩洛哥人再送另一批下去，他們衝到另一輛載著燃燒紙袋的台車的鐵軌邊。我很佩服。在西維吉尼亞州很遺憾的是，我們的方法沒這麼先進。挖到甲烷蓄積層就像撿到擊發的手榴彈，會引起全面性大爆炸。如果沒被火燒死，崩塌也會活埋所有人。

這是個危險坑道。

我們聽到第二波悶響，這次更深了。

摩洛哥人裝填並發射了第三批。

我們等了一下，沒有聲音傳來，魯格扳動箱子開關，再躲到卡車的輪子後面。克瑞格拍拍我的背。「我們準備好了，皮爾斯先生。」他坐上乘客座，我坐到後面的長凳上。魯格粗魯地開進礦坑裡，差點撞上入口的鐵軌，幸好在最後一刻轉彎跨上去然後修正方向，我們如同儒勒·凡爾納(注)小說中的人物深入地下，就像《地心探險記》一樣。

隧道裡，除了卡車昏暗的頭燈之外完全黑暗，只能勉強看見前方十呎外。我們高速行駛了感覺有一個小時，我沉默無言，反正在隧道的噪音中也無法講話。這裡的規模大得驚人，難以想像。隧道網又寬又高，而且讓我很懊惱的是，做得非常好。不是僅供一次使用的挖寶隧道，而是準備長久維持的地下道路。

進入坑道的前幾分鐘不斷在轉彎，我們一定是沿著螺旋隧道走，像開瓶器一樣深入地下，足以到達海床之下。

螺旋隧道帶我們進入一處較大的平台區，無疑是用來整理與儲存補給品。我只瞥見幾個大小箱子，魯格又催了油門，怒吼著更快速衝過直線隧道。我們持續下降，幾乎感覺得到每分每秒空氣都變得更潮溼。隧道裡有幾條叉路，但魯格沒有慢下來。他瘋狂駕駛，左彎右拐，勉強過彎。我抓著座椅，克瑞格靠過去摸摸年輕人的手臂，但我在震耳欲聾的引擎噪音中聽不見他說什麼。無論說了什麼，魯格並不在乎。他撥開克瑞格的手更快速地前進。引擎尖叫，隧道飛速掠過。

魯格表演這招驚悚飛車，是在證明他在黑暗中也對隧道瞭如指掌。這是他的地盤，我的性命操在他手中。他想恫嚇我，真的有效。

這是我有史以來看過最大的坑道，以前在西維吉尼亞的山區也有不少巨大坑道，但遠遠比不上這個。

終於，隧道通到了一片不規則形的大區域，好像礦工們尋找方向、經過了幾次嘗試錯誤的地方。洞頂上掛著電燈，照亮了空間，露出沿路洞壁上的斑點和鑽探孔，炸開但又放棄的新隧道。我看到一堆其他的黑電線，旁邊的桌上有另一台電話，無疑是通往地面。

鐵軌也終止在這裡。三輛迷你台車在軌道終點排成一列，靠近空間末端。其中兩輛的頂部被炸掉了。第三輛靜靜停在最前面，它的火焰斷斷續續地燃燒，爬行在潮溼空間中，尋找游離的氧氣蓄積能量。

魯格關掉引擎跳下車，吹熄火焰。

克瑞格跟上去對我說：「呃，皮爾斯先生，你認為呢？」

「好驚人的隧道。」我看看四周，觀察這個怪異空間。

魯格加入我們。「別輕描淡寫，皮爾斯。你從來沒見過這樣的規模。」

「我沒說過我有。」我轉向克瑞格說，「你們有沼氣的問題。」

「對，相當近期的發展。我們去年才開始挖到蓄積層，顯然令我們有點措手不及。我們以為滲水會是這次發掘最大的危險。」

「安全的假設。」甲烷在許多煤礦坑裡是持續存在的危險。我絕對猜不到在似乎沒有煤炭、石油或其他燃料蘊藏的這裡也會有。

克瑞格指向上方。「你一定注意到了礦坑是穩定的斜角，大約九度。你該知道的是我們上方的海床斜角大約是十一度。距離我們頭上大約只有八十碼——我們認為。」

注 Jules Verne，法國的小說家、博物學家與科普作家，是現代科幻小說的重要開創者之一，一生寫了六十多部的科幻小說，被譽為「科幻小說之父」。

我立刻聽懂其中的暗示，無法掩藏我的驚訝。「你認為甲烷蓄積是來自海床？」

「對，恐怕是。」

魯格冷笑得好像我們是兩個老太太在聊八卦。

我檢查洞穴的頂上。克瑞格遞給我頭盔和一個小背包。接著他打開旁邊一個開關，頭盔亮燈。我驚訝地看了一會兒，把它戴上，決定先面對眼前更大的神祕未知。

洞頂的岩石是乾的，好跡象。心照不宣的危險在於，如果甲烷蓄積層爆炸，大到足以炸穿海床，就會引發極大的爆炸，接著大水會幾乎立即沖垮整個隧道。人不是被燒死或淹死，就是被壓死，或許以上兼具。只要一個來自丁字鎬、掉落的岩石或台車輪子磨擦鐵軌的小火花，就能毀掉整個現場。

「如果上面在坑道和海水之間有瓦斯，我看不出別的選擇。你們必須關閉這裡找別的方法。」我說。

魯格冷笑一聲。「我說過了，馬洛里，他不適合。我們跟這個膽小的美國痞子在浪費時間。」

「等一下，魯格。我們付了錢給皮爾斯先生請他來，先聽聽看他的意見。」克瑞格舉起一隻手說。

「皮爾斯先生，你會怎麼做？」

「不怎麼做。我會放棄這個計畫。收獲不可能抵得過費用，無論人力或資金。」

魯格翻翻白眼開始走來走去，不理會克瑞格和我。

「恐怕我們做不到。」克瑞格說。

「你們在找寶藏。」

克瑞格雙手握在背後，走進洞穴深處。「你也看到了這次挖掘的規模。你知道我們不是尋寶人。一八六一年，我們在直布羅陀灣鑿沉了一艘船，烏托邦號。小小的內幕笑話。我們接下來五年在殘骸現場打撈，其實是掩護我們在它底下發現的東西——有個結構體，距離直布羅陀海岸大約一哩。但我們判斷無法從海床上挖出這個結構，它埋得太深，而我們的潛水科技不夠先進，發展也不夠快。另外我們也怕引人注意。我們在商船沉沒現場已經逗留太久了。」

「結構體？」

「對，城市或神殿之類的。」

魯格走回我們身邊背對著我，面向克瑞格。

「他不必知道這些。如果他認為我們在挖高價值的東西就會獅子大開口，美國人跟猶太人一樣貪婪。」

克瑞格拉大嗓門。「閉嘴，魯格。」

不理會這小子很容易，但我很感興趣。「你們怎麼知道要在哪裡沉船，在哪裡挖掘？」我問。

「我們……只有個約略的概念。」

「哪來的？」

「歷史文獻。」

「你怎麼知道你們在打撈現場底下？」

「我們用了羅盤計算距離，推算隧道的斜度。目前我們就在現場正下方，而且我們有證據。」克瑞格走到洞壁抓著岩石，不，是骯髒的黑布，我以為那是岩石。他把黑布拉到地上，露出……一條通道，像大型船隻的艙壁。

我走近，把頭盔燈照進這個怪異空間。牆壁是黑色，顯然是金屬，但它們有難以形容的怪異反光，幾乎像是生物對我的光線發生反應，或是像用水做成的鏡子，而且還有燈光，在通道頂上和底下閃爍。我在轉彎處細看，發現這條隧道通往某種門戶。

「這是什麼？」我低聲說。

克瑞格從我背後湊過來說：「我們認為是亞特蘭提斯。柏拉圖描述過的城市，位置沒錯。柏拉圖說亞特蘭提斯是從大西洋冒出來的島嶼，位於希拉克里斯之柱的海峽前方——」

「希拉克里斯之柱——」

「我們稱作海克力斯之柱。直布羅陀巨岩是海克力斯之柱之一。柏拉圖說亞特蘭提斯統治全歐洲、非洲和亞洲，也是通往其他大陸的路徑，但它沉沒了。引用柏拉圖的話：『發生了劇烈的地震和洪水，經過不幸的一天一夜，所有好戰者全部沉入地下，亞特蘭提斯島也同樣消失在深海之中。』」

克瑞格踱步離開怪異結構體。

「這就是了。我們找到了。現在你懂為什麼我們不能就此罷手，皮爾斯先生。我們非常非常接近了。你要一起來嗎？我們很需要你。」

魯格大笑。「你在浪費時間，馬洛里。他嚇死了，我從他的眼神看得出來。」

克瑞格盯著我。「別理他。我知道很危險，我們可以付你超過一千美元的週薪，只要告訴我價碼。」

我窺探隧道裡，再檢查天花板。乾燥的天花板。「讓我考慮一下。」

80

阿爾發雪地營
五號鑽探點
南極洲東部

「現在深度多少？」羅伯・杭特問鑽探技師。

「剛過六百呎，長官。要停止嗎？」

「不。繼續鑽。我會報告上頭。到六千五百呎的時候通知我。」他們這一哩多只鑽到冰，先前四個鑽探點也一樣。

羅伯拉緊雪衣，從巨大的鑽探平台走向他的露營帳篷。途中他經過第二個人。他想說些什麼，但想不起對方的名字。他們派給他的兩個人很沉默寡言，不常說起自己的事，但他們工作努力而且不喝酒，在鑽探任務的極端環境下也只能要求這樣了。他的雇主可能快要放棄了。五號坑看起來和前四個一樣，除了冰塊什麼也沒有。整個大陸就是個巨大冰塊。

他想起以前書上說南極洲佔了全世界百分之九十的冰塊和百分之七十的淡水。就算把全世界每個湖泊、池塘、溪流甚至雲朵裡的水集合起來，也不到南極洲冰凍水量的一半。當所有冰層融化，世界會變得很不一樣。海平面會上升兩百呎，有些國家會淪陷——更精確地說，是被淹沒——像印尼等低地國會從地圖上消失。紐約市、紐奧良、洛杉磯和大半個佛羅里達也不復見。冰塊似乎是南極洲唯一不缺的東西。他們究竟在底下找什麼？合理的答案是石油。畢竟羅伯是油井作業員。但這些設備都不是鑽油用的，鑽頭口徑不對。鑽油時，你只需要裝油管。可是這些裝備鑽出的洞大到可以開卡車或把卡車吊下去。下面會有什麼？礦物？科學的東西，或許是化石？或是宣示主權的花招？南極洲很大，共有一千七百五十萬平方公里。如果這是個國家，就會是世界第二大國。南極洲只比俄羅斯小了兩萬平方公里，他也在那個鬼地方鑽探過，但成果好得多。這裡大約兩百萬年前曾經是富庶的樂園，假設它地底下蘊藏難以想像的石油也很合理，天曉得還有什麼其他東西——

背後，羅伯聽見一聲巨響。

冒出地面的支架正在瘋狂旋轉，鑽頭失去阻力了。他們肯定鑽到了一個空洞。他早已料到這件事——研究團隊最近發現冰層中有大洞穴和裂縫，冰層接觸下方山脈處可能有海底峽灣。

「快關掉！」羅伯大喊。平台上的人聽不見。他伸手畫過喉嚨，但是對方只是目瞪口呆地看著。他抓起無線電大喊，「關機！」

在平台上，伸出地面的長管子開始搖晃，像失去平衡的陀螺。

羅伯丟下無線電奔向平台。他推開擋路的手下，輸入關機指令。

然後他抓住手下，兩人一起跑離平台。他們幾乎跑到居住點才聽見平台顫抖、倒塌和翻覆的聲音。鑽頭柱斷裂，旋轉著飛上天。即使已站在兩百呎外，噪音仍震耳欲聾，像全速怒吼的噴射引擎。平台沉入積雪中，鑽頭在前，像堪薩斯平原暴風的龍捲風鑽入冰層中。

羅伯和另一名手下趴著，忍受暴雨般的冰雪碎片降落，直到鑽頭終於停住。

羅伯抬頭看看現場。他的雇主一定不會高興。「什麼也別動，」他向手下說。

進了帳篷，羅伯拿起無線電。「獵人，這是雪王。有新狀況。」羅伯猜想該報告什麼。他們鑽到的不是瓦斯層，是別的東西。鑽頭會刺穿任何岩石或土壤，即使是凍土。而今無論他們鑽到什麼，它都擋住了鑽頭。這是唯一的可能性。

「收到，雪王。報告狀況。」

少說為妙。他不願意臆測。「我們鑽到東西了。」羅伯說。

81

印瑪里技師走進來時，馬丁．葛雷正望著模組化總部的窗外。馬丁沒抬頭，無邊無際的白雪讓他的心情很平靜。

「長官，第三鑽探隊剛剛回報。我們認為他們鑽到結構體了。」

「入口嗎？」

「不是，長官。」

馬丁走過房間指著顯示南極洲地圖的大螢幕。「指給我看。」

西藏

隔天早上凱特過來時，大衛已經醒了，而且正在生氣。

「妳必須離開。那孩子說我們已經在這裡三天了。」

「很高興你覺得好一點了。」凱特語氣輕快地說。

她拿出他的抗生素、止痛藥和一杯水。他看起來比昨天更憔悴，得幫他找點東西吃。她想摸摸他的臉以及他突出的顴骨，但他現在可怕多了——因為醒著。

「別裝傻。」大衛說。

「先吃藥再說。」她遞出手上的兩顆藥丸。

「這是什麼？」

凱特指著。「抗生素跟止痛藥。」

大衛拿走抗生素喝口水吞下去。

凱特把止痛藥湊到他面前。「你必須——」

「我不吃。」

「你睡覺的時候比較合作。」

「我睡夠了。」大衛躺回床上，「妳得離開這裡，凱特。」

「我哪兒也不去——」

「不，別這樣。記得妳在海邊小屋裡答應過我什麼嗎？妳說會聽我的命令，那是我唯一的條件。現在我要求妳離開這裡。」

「呃……呃……這是醫療決策，不是……隨你怎麼說的『指揮決策』。」

「別玩文字遊戲。看著我，妳知道我走不出這裡，我也知道必須走多久。我以前試過——」

「對了，誰是安德魯．里德？」

大衛搖頭。「不重要。他死了。」

「但他們叫你——」

「死在巴基斯坦山區，離這裡不遠。那時跟印瑪里作戰，他們很擅長在這種山區殺人。這不是遊戲，凱特。」他抓著她手臂，拖她下來靠近床鋪。「聽著，妳聽到那個低沉的蜂鳴聲，像遠處的蜜蜂嗎？」

凱特點頭。

「那是無人機，獵殺用的無人機。他們在找我們。等他們找到，我們就無處可逃。妳得快走。」

「我知道，但今天不行。」

「我不——」

「明天就走，我保證。」凱特握著他的手捏了一下。「給我一天時間。」

「天一亮妳就走，不然我就到山腰去——」

「別威脅我。」

「妳不打算照做才是威脅。」

凱特放開他的手。「那我明天走吧。」她站起來，離開房間。

凱特拿著兩碗粥回來。「我想你可能餓了。」

大衛點點頭開始用餐，起初狼吞虎嚥，吃了幾口才慢下來。

「我一直在朗讀給你聽。」她舉起記事本。「你介意嗎？」

「朗讀什麼？」

「一本記事本。樓下那個老人……他給我的。」

「噢，他呀。老錢。」大衛又迅速吃了兩口。「裡面寫什麼？」

凱特坐在床上，像他昏迷時一樣在旁邊伸直她的腿。「挖地道。」

大衛抬起頭來。「挖地道？」

「或是戰爭吧，不對，其實我不太確定。背景設定在直布羅陀——」

「直布羅陀？」

「對。這很重要嗎？」

「或許是密碼？」大衛翻找他的口袋。「其實，賈許把它……」

「賈許是誰？他怎麼了？」

「他是……我以前的同事。我們從線民那裡得到一個密碼，就是他告訴我們中國設施的存在。對了，我想談這個。總之，那是一張潛艇埋在冰山裡面的照片，背面寫了密碼，密碼指向一九四七年紐約時報的訃聞，共有三則。」大衛低頭，努力回想。「第一則提到直布羅陀和英國人在現場附近發現骨頭。」

「現場可能是礦坑。印瑪里想要雇用一個美國礦工兼退伍軍人，去發掘直布羅陀灣底下幾哩處的結構體。他們認為那是失落的城市亞特蘭提斯。」

「有意思。」大衛沉思說。

他還來不及說什麼，凱特已翻開記事本開始朗讀。

一九一七年八月九日

我回到家時已經很晚了，海蓮娜坐在廚房小桌旁。她將手肘撐在桌上，雙手托著臉，如果她放手，頭好像就會掉到地上。沒有眼淚，但她的眼眶紅腫，彷彿哭到無力了。現在她看來就像我老是在醫院看到的婦女，後面總是跟著兩個男人抬著用白床單覆蓋的擔架。

海蓮娜有三個兄弟，兩個在服役，一個年紀還太小，也可能他剛報名了。那是我第一個念頭，我懷疑她現在還剩幾個兄弟？

她聽見開門聲跳了起來，瞪大眼睛望著我。

「怎麼了？」我說。

她擁抱我。「我以為你走了，接下那個工作或是發瘋跑掉了。」

我也抱著她，她把臉埋在我胸前。哭泣稍停以後，她抬頭看我，褐色的大眼睛問著我根本無法解讀的問題。我吻上她的嘴，飢渴魯莽的吻，好像野獸咬著牠獵殺了一整天、準備用來果腹活命的獵物。她在我懷中感覺好纖細，好嬌弱。我伸手摸她的上衣，撥著其中一顆鈕釦，但她抓住我的手，退後一步。

「派崔克，我不能。我還是……很傳統，在很多方面。」

「我可以等。」

「不是那樣。是，呃，我希望你見我父親，我的家人。」

「我很樂意去見他，他們所有人。」

「好。下星期我放假，明天早上我會打給他。如果他們方便，我們可以搭下午的火車出發。」

「我們……後天再走吧。我得……我得去拿東西。」

「好。」

「還有一件事。」我斟酌措辭。我需要那個工作，至少為了錢要做幾週，就能萬事俱備。「那個工作，其實我去看過了，嗯，或許沒有那麼危險——」

她瞬間變臉，彷彿我剛打了她一記耳光，表情介於擔心和憤怒之間。「我做不到。我不要！每天只能等待，擔心你會不會回家，我不想過那種生活。」

「我只會這個，海蓮娜。我做不來別的事，也不懂別的行業。」

「我不信，隨時都有人重新開始。」

「我會的，我向妳保證。只要六週，只需要這樣，然後我就辭職。到時戰爭或許結束了，他們會找到別的團隊，妳也可以離開這裡。而我必須……我需要錢去……做安排。」

「沒錢也可以做安排。我有——」

「絕對不行。」

「如果你死在礦坑裡，我永遠無法釋懷。你能忍受嗎？」

「沒人向你丟炸彈的時候，挖地道真的安全多了。」

「萬一整個海洋壓在你頭上呢？整個直布羅陀灣就在你頭上。那麼多水不斷壓迫那些隧道，他們要怎麼把你從崩塌中救出來？這是自殺啊！」

「要崩塌時會有前兆。」

「怎麼說？」

「岩石會冒汗。」我說。

「對不起，派崔克，我做不到。」她的眼神告訴我她是認真的。有些決定很容易。「好吧，我會拒絕他們。」

我們又親吻，我緊抱著她。

大衛伸手放在凱特的手上。「妳就是在讀這個？一次大戰時代的《亂世佳人》？」

她推開他的手。「不！並不像那樣，但是……你或許可以多看一些浪漫文學作品，軟化你軍人的強硬心腸。」

「再說吧。或許我們可以跳過軟性的部分，直接看他們說炸彈或祕密實驗室在哪裡的重點。」

「我們不能略過任何東西，細節或許很重要。」

「既然妳這麼喜歡，我就忍耐一下吧。」他雙手放到肚子上，淡定地望著天花板。

凱特微笑。「嘖，你老是喜歡扮聖人。」

82

鐘塔總部

新德里，印度

「長官？」

杜利安抬頭看著緊張地在他辦公室門口徘徊的印瑪里保全幹員。

「什麼事？」

「您要求任務進展要報告……」

「說吧。」

保全幹員嚥一下口水。「包裹已經到美國和歐洲就位了。」

「無人機呢？」

「它們找到了另一個目標。」

83

光明派寺廟
西藏

凱特覺得遠處的蜂鳴聲，尋找他們的大蜜蜂，好像更響了。但她不想管它，大衛也沒說什麼。

他們一起坐在可以俯瞰山谷的小凹室裡，凱特繼續朗讀，只有吃午餐和給大衛抗生素時才停下來。

一九一七年八月十日

我瀏覽櫥窗展示櫃時，當鋪老闆像隻高踞樹上的猛禽盯著我。櫃子裡面放了很多戒指，閃閃發光，個個都很漂亮。我以為只會有三四個可以挑選，一定很簡單。怎麼辦……

「用心尋找訂婚戒指的年輕人，沒有什麼比這件事更讓我感動了，尤其在這種黑暗的時代。」老闆站在櫃子邊，露出感傷的微笑。我根本沒聽見他走過來。

「對，我沒想到會有這麼多。」我繼續瀏覽展示櫃，等待感覺特別搶眼的那個戒指出現。

「戒指多是因為直布羅陀這兒有很多寡婦。英國幾乎打了四年仗。可憐的女人家，戰爭害她們沒老公也沒收入，她們只好賣掉戒指買麵包。肚裡有麵包比手指上有寶石或心裡有回憶重要多了。」老闆伸手到玻璃櫃裡，拿出放著最大戒指的絲絨展示架。他把架子放在櫃上，距離我只有幾吋，然後攤開雙手彷彿想要表演魔術。「但她們的不幸可能是你的收獲，年輕人。看看價錢，你一定會有驚喜。」

我退後一步，不知道自己在做什麼。我看看戒指再看看露出貪婪笑容、指著戒指的老闆。

「沒關係的，你可以摸摸看——」

彷彿在作夢，不知不覺間我已走出店門，回到直布羅陀的街上。我走得很快，以一條半的腿能走的最快速度前行。不知道為什麼，我走出商業區往巨岩走。抵達之前，我離開比較現代化、面對直布羅陀灣的西區，走進位於巨岩東邊、在卡塔林灣面對地中海的舊村落。

我走了一會兒，邊走邊想事情。我的腿已經痛得不得了，但是沒帶止痛藥出來，因為我沒料到會走這麼多路。我只帶了一萬一千美元存款中的五百美元出來。

我內心掙扎著該花多少錢買戒指。我想過多花一點，或許一千美元。但兩件事讓我打消念頭：首先是，我需要資金展開新生活。一萬一千美元可能不夠，但我可以想辦法。我已決定不接印瑪里的工作，所以手上的資金是我唯一擁有的；其次更重要的理由是，我不認為海蓮娜會希望這樣，她會微笑接受昂貴的戒指，但她不會真心想要。在她成長的環境中，高級珠寶、華服和豪宅就像喝水般稀鬆平常，我想那些東西對她已經失去魅力。她渴望真正的事物，真實的人。我們經常尋求童年被剝奪的東西，備受呵護的小孩變得魯莽，飢餓的小孩變得野心勃勃，有些養尊處優的小孩，例如海蓮娜，從來不缺任何東西，被脫離現實世界、每晚喝白蘭地閒聊別人家子女八卦的人包圍……有時候他們只想要看看真實的世界，投入其中做出貢獻，往來真誠的人際接觸，證明自己的人生有點意義。

在我前方，街道在抵達巨岩處結束。我需要找地方坐下，讓腿休息。我停步看看四周，在右邊高聳的巨岩陰影中有座簡樸的天主教堂。木拱門打開，一名中年神父走出來進入酷熱的直布羅陀艷陽下，他不發一語，伸手指向陰暗的門內，指引我爬上階梯，進入小教堂。

光線透過彩繪玻璃窗透進來。這是座漂亮的教堂，牆上有深色的木樑和美妙的壁畫。

「歡迎來到哀慟聖母教堂，孩子。」神父關上沉重的木門說，「你是來告解的嗎？」

我想掉頭回去，但教堂之美吸引我進去，我閒晃到內部深處。「呃，不是的，神父。」我心不在焉地說。

「你想找什麼？」他走在我背後，雙手交握在前，呈現謙恭的姿勢。

「找？沒有，應該說，我在市場想買個戒指然後……」

「你到這裡來很有智慧。我們活在一個怪異的時代裡，這些年來我們的教區非常幸運，收到了過世的教區居民許多遺贈，有農田、藝術品、珠寶，近年還有很多戒指。」他帶我走出禮拜廳，進入一個有書桌和整面書架牆、放滿皮革精裝書的擁擠房間。「教堂擁有這些物品，有機會就出售，用這些錢來照顧那些還活著的人。」

我點頭，不太確定該說什麼。「我在找……特別的東西……」

他皺眉坐在書桌旁。「恐怕我們的藏書都是你在別處找不到的。」

「我要的不是書……是戒指……有故事背景的。」

「孩子，每個戒指背後都有故事。」

「那就要有圓滿結局的。」

神父靠回椅背上。「黑暗時代很難有圓滿結局。但是……我或許有這樣的戒指。告訴我，你要送給哪位幸運少女？」

「她救了我的命。」這問題我回答得很彆扭，但只想得出這句開場白。

「你在戰爭中受了傷。」

「對。」很難看不見我跛腳。「但是不僅如此，她改變了我。」這似乎不足以概括她為我所做的事，是她讓我重拾生存意志。但神父只是點點頭。

「幾年前有一對親切的夫婦在這裡退休，她在南非當慈善志工。你去過南非嗎？」

「沒有。」

「不意外，直到最近才有人對它感興趣。大約一六五〇年以來，它只是前往東方的貿易航道上的一處補給站。荷蘭東印度公司建立開普敦，當作好望角航道上的停靠站，利用來自印尼、馬達加斯加和印度的奴隸來建設。海上的貿易站一直維持那樣，至少直到一八〇〇年，他們發現黃金和鑽石之後，當地變成了真正的人間煉獄。荷蘭人在一連串邊界戰爭中屠殺非洲當地人幾百年，但後來英國人引進現代化戰爭，只有歐洲國家打得起的那種。我想你已經知道了，大量傷亡、饑荒、疾病和集中營的戰爭。

「有個在南非戰爭替英國打仗的士兵，幾年前衝突結束後他變得相當有錢，他投資礦業，變得更有錢，但後來他生病了。某個戰爭期間在醫院工作的西班牙女人，照顧他直到恢復他健康，也軟化了他的心。她告訴他想結婚有一個條件：他必須永遠離開礦坑，把半數財產捐給醫院。

「他同意了，他們永遠離開南非。於是他們落腳在直布羅陀地中海岸的舊城區，但是他不適應退休生活。他一輩子都是軍人和礦工，有人會說他只懂黑暗、痛苦和爭鬥。直布羅陀的陽光對他的黑暗之心而言太過明亮，安逸的生活讓他開始反省他的罪孽，揮之不去，日日夜夜折磨著他。一年後他死了，幾個月後妻子也隨著他過世。」

我等著，不曉得故事是否已結束。終於我說：「神父，我們對圓滿結局的看法有很大的歧異。」

他露出微笑，彷彿剛聽見小孩子說了什麼好笑的話。「這個故事比你想的幸福多了——如果你相信教會的教誨。對我們來說，死亡只是個過程，對義人（注）是種喜樂。是開始，不是結束。你看，那個人懺悔了，選擇拋棄壓迫與貪婪的人生。他為罪孽付出了代價——以各種重大的方式。有個好女人讓他得救，如同其他許多人。但有些人生比別人更辛苦，有些罪孽如影隨形，無論我們付出多少代價或逃得有多遠。或許他就是這樣。」

「還有另一個可能性。他在南非尋求戰爭和財富，渴望權力與安全，知道自己在危險的世界裡很穩當，但他認識那女人之後拋棄了一切。可能他要的只是被愛與不受傷害，在沒有愛的人生中終於找到愛之後快樂地死去。而那個女人，她只想要知道她能改變世界，如果她能改變最黑暗的人的內心，那麼全人類就有希望。」

神父暫停喘口氣，觀察我。「又或許他們唯一的愚行就是退休，渴望過著安穩的生活，但無論去哪裡，過去的一切仍會在睡夢中陰魂不散。無論他們死因是什麼，他們的命運很確定：天國

注 被上帝認定是無罪的人，稱為義人。

屬於那些懂得懺悔的人，我相信那對夫婦至今便是在天堂裡。」

他站起來，我回想神父講的故事。

「你想看看那枚戒指嗎？」

「不必看了。」我數了五張百元鈔票放在桌上。

神父瞪大眼睛。「我們很樂意接受信徒的樂捐，但我得提醒你，免得你後悔。五百美元遠超過這戒指的價值……以目前的行情。」

「對我來說非常值得，神父。」

走回小屋途中，我幾乎感覺不到腿上的疼痛。我幻想著海蓮娜和我一起駕船環遊世界，在每個地方住上幾年。在幻境中，她在醫院工作，我投資採礦，用我的知識找出能幹的幫手和有潛力的礦脈，付給工人公平的工資，提供良好的工作環境。起初不會很順利，但我們會吸引最優秀的人才，礦業如同其他行業，強者會出頭。我們會打敗所有競爭對手，利用這些錢改變世界。我們永遠不退休，決不讓過去的世界追上我們。

凱特闔上記事本，俯身檢查大衛胸口的繃帶。她拉拉邊緣，把繃帶整理平坦。

「怎麼了？」

「沒事，但我想你的某個傷口還在稍微流血。過一會兒我再更換紗布。」

大衛誇張地嘆口氣。「我向來心腸軟。」

凱特微笑。「別又改行當諧星。」

84

一九一七年八月十三日

海蓮娜的童年老家比我想像中更豪華，多半因為我從未看過這種房子。它位於一座大湖旁邊，在茂密的英格蘭森林和起伏的丘陵之間。這是木石的傑作，好像經過現代化翻修的中古城堡。吵鬧的汽油車載著我們離開火車站，沿著路樹排列的碎石路回家時，周圍濃霧瀰漫。

她的父母兄弟都等者我們，排排站得好像我們是來訪的貴賓。他們親切地問候我們，而家中僕役從車上卸下我們的行李。

她父親是個高大健壯的人，不胖但也不會太瘦。他跟我握手時直視著我，瞇起眼像在檢查什麼東西，或許是我的靈魂吧。

接下來的幾小時在模糊的印象中度過。晚餐在休息室閒聊，然後參觀豪宅。我只記得請求他把女兒嫁給我那一刻之前，我不時偷瞄他，嘗試獲得一點零碎訊息，讓我知道他的為人和可能會說的話。

晚餐後，海蓮娜用家具的問題把她母親誘出房間，她弟弟愛德華也隨後跟父親告退，讓我不由得鬆了一口氣。

我們終於在裝潢華麗的休息室裡獨處，我開始緊張起來。今天我特地少吃藥。最近疼痛已減輕許多，也可能我只是像卡萊爾醫生預告的那樣「習慣了這條腿」。但還是會痛，透過緊張困擾著我。即使如此，我還是站著，等他坐下。

「皮爾斯，你想喝什麼？白蘭地，威士忌，波本？」

「波本就好。」

他倒了幾乎滿滿一杯沒加冰的波本遞給我。「我知道你來這裡想問什麼，答案是不行。所以我們趕快結束不愉快的部分，享受這個夜晚吧。肯恩告訴我你去看過直布羅陀挖掘了，克瑞格帶你大略參觀過我們的小計畫。」他含蓄地微笑，看著我。「我想聽聽看你的印象——以一個專業礦工的身分。它能撐到讓我們通過嗎？」

我幾度開口想說話，負面想法不斷閃過腦海。他像對待挨家挨戶的推銷員似地打發我。我慢慢喝了口酒，盡量心平氣和地說：「我想知道為什麼。」

「我們文明一點吧，皮爾斯。」

「她愛我。」

「我相信。戰爭讓人情緒化，但戰爭會結束，情感會淡去，所有人究要回歸真實世界。她會回英國，嫁給能給她真正想要的生活的人，那是種文明和優雅的生活，直到你看過世界上其他地方的野蠻才能理解的生活。這就是她的未來，而我已經安排好了。」他翹起腿，啜飲白蘭地。

「你知道嗎？海蓮娜小時候，老是收容跑到家裡附近、滿身跳蚤、生病受傷或半死不活的動物，直到牠們死掉或復原，她才肯罷手。她的心腸很好，但她長大後就轉移了興趣。人人都會經歷那樣的階段，尤其是女孩子。咱們還是聊聊你對我們的直布羅陀坑道的意見吧。」

「我一點也不在乎那些坑道或裡面有什麼，那裡很危險，我不會加入。我會娶令嬡，無論你同不同意。我不是受傷的動物，她也不再是小女孩。」我把酒放在玻璃桌上，差點敲破桌子把褐色液體灑了一地。

「感謝招待。」我起身要走，但他在門口用力攔住我。

「等一下，你不是認真的吧。你看過了底下的狀況，就這樣放棄了？」

「我發現過比失落的城市更讓人感興趣的東西。」

「我說過，我早已幫海蓮娜找好對象了。至於挖掘，我們可以付錢給你。碰巧管理錢包就是我的角色——印瑪里財務公司。肯恩主持探索和其他很多事情，我相信你早已知道了。克瑞格是我們的情蒐大師，可別小看克瑞格，他挺厲害的。所以你要多少錢？我們可以加倍，週薪兩千？只要做幾個月，過後你就可以做任何你想做的事。」

「多少錢我都不幹。」

「為什麼不要？安全問題嗎？你可以的，我很確定。軍方的人說你很聰明，是頂尖高手。」

「我告訴她我不會去礦坑工作，這是我的承諾，我不想讓她當寡婦。」

「你以為你能娶她？沒有我的允許，她不會嫁人。」巴頓爵士吸口氣看著我的反應，似乎很滿意把我逼到角落。

「你小看她了。」

「你高估她了。好，如果這是你的條件，隨你吧。但是你必須當場同意參與挖掘工程直到結束，只要你做得到，我會毫不猶豫地祝福你們。」

「你為了埋在那裡的東西願意答應這件婚事？」

「很簡單。我是務實的人，也是負責任的人。或許之後你也會跟我一樣。為了全人類的命運，我女兒的未來算什麼？」我差點笑出來，但他無比嚴肅地盯著我。我摸摸臉頰，努力思考。其實我沒料到他會討價還價，更沒想到會是為了直布羅陀海底挖掘這件事。我知道我犯了錯，但我看不出有別的選擇。「那麼你現在就得同意婚事，不能等挖掘完成後。」

巴頓別開目光。「要多久才能進入結構體？」

「我不知道——」

「幾週，幾個月，幾年？」

「我猜幾個月吧。沒辦法確定——」

「好吧，好吧，你贏了。我們今晚就宣布。如果你在直布羅陀不好好幹，我會宰了你。」

85

【美聯社——網路突發新聞布告板】

全美和西歐醫療院所反映新流感爆發。

（紐約市）全美和西歐的急診室和急症診所，皆同時反應出現一波新流感病例，令人憂心這

86

光明派寺廟
西藏

凱特把頭靠上凹室的木牆望著太陽，盼望能停留在這一刻。她從眼角看見大衛睜開眼睛抬頭看她。她不等他說話，翻開記事本繼續朗讀。

一九一七年十二月二十日

岩石落在身邊時，摩洛哥工人們縮成一團。空中煙霧瀰漫，我們撤回豎井中，聆聽等待，準備擠上鐵軌上的卡車，一旦麻煩的徵兆出現——進水或起火——就立刻逃出豎井。

金絲雀的叫聲打破了沉默，一聲接一聲，我們都吐了口氣，走回巨大洞穴去察看這次有什麼進展。

已經很接近了，但還沒到。

「我早說過我們應該鑽深一點。」魯格說。

我不記得他有說過什麼。其實，我相當確定他坐著偷懶，安裝化學炸藥之前根本沒去檢查鑽洞。他走到挖掘現場仔細察看，經過金絲雀籠子時伸手碰了一下，嚇得鳥兒驚慌失措地飛跳。

「別碰籠子。」我說。

「你為了爭取幾分鐘逃命時間，寧願讓牠們被甲烷嗆死，我卻連摸都不能摸？」

「這些鳥可以救我們每一個人的命，我不准你為了自己的娛樂折磨牠們。」

魯格把針對我的怒氣發洩到摩洛哥的工頭身上，轉頭用法語向那可憐的傢伙大聲吼叫，十幾個工人開始清除爆炸後的碎石。

從我初次勘察現場，初次涉足這個怪異的空間起，已經過了將近四個月。挖掘的前幾個月得知，顯然他們發現的結構體部分是在底部的進出通道，通往一道封閉的門——使用遠超過我們現有任何手段的某種科技。我們什麼都試過了：火燒、冰凍、炸藥與化學藥劑，工人裡的柏柏爾人甚至進行了某種怪異的部落儀式，可能是為他們自己祈福。但我們很快就發現完全進不了這道門。最後的推論是，這道門屬於某種排水管道或緊急撤離通道，天曉得已經封閉了幾千年。

一番辯論之後，印瑪里委員會——就是肯恩、克瑞格和我的岳父巴頓爵士——決定我們應該往上挖，進入含有甲烷蓄積層的區域。但最近這幾週我們放慢速度，因為發現接近某種入口的徵兆。結構體呈現平滑表面，某種比鋼還硬、敲打起來幾乎無聲的金屬開始傾斜。一週前，我們更發現了台階。

眼前的塵埃逐漸落定，我看到更多台階。魯格大喊要工人加快動作，彷彿這玩意會自己長腳跑掉。

隔著背後的灰塵，我聽見腳步聲，看到助手跑過來。「皮爾斯先生，您的夫人在辦公室，她要找您。」

「魯格！」我大喊。他轉過身。「我要開走卡車。在我回來之前別炸掉任何東西。」

「休想！只差一點了，皮爾斯。」

我拿走炸藥包，跑到卡車上。「載我上地面。」我向助手說。

魯格在我身後破口大罵。

到了地面，我趕緊更衣洗手。我還沒動身去辦公室，倉庫的電話突然響起，經理走出來。

「抱歉，皮爾斯先生，夫人離開了。」

「他們跟她說了什麼？」

「抱歉，長官，我不清楚。」

「她生病了嗎？她要去醫院嗎？」

他歉疚地聳聳肩。「我很抱歉，長官，我沒問——」

他話沒說完，我已經跑出門上了車。我趕到醫院，但她不在，他們沒看到她。醫院的接線生幫我接到我們家新安裝的電話。響了十聲後接線生插話：「抱歉，先生，沒人接。」

「讓它響。我可以等。」

又響了五聲之後，我們的管家戴斯蒙接了。「皮爾斯公館，我是管家戴斯蒙。」

「戴斯蒙，皮爾斯太太在嗎？」

「在，先生。」

「叫她來聽。」我努力平復心情但無法掩飾我的緊張。

「是，先生。」他尷尬地說。他不太習慣電話，或許因此才會過了這麼久才接聽。

三分鐘過去，戴斯蒙回到線上。「她在房間裡，先生。要我叫梅托進去問她——」

「不用，我直接回去。」我掛斷，跑出醫院跳回車上。

我命令助手越開越快，在直布羅陀街道上橫衝直撞，把幾輛馬車逼離了路面，在每個轉角嚇得購物客和觀光客四散奔逃。

我們終於到家，我奮力跳下車，奔上台階，打開門衝過門廳。每一步都讓我的腿劇痛不已，逼得我滿頭大汗，但我被恐懼驅使前進。我爬上通往二樓的大樓梯，直奔我們的臥室，沒敲門就進去。

海蓮娜轉身，顯然很驚訝看到我額頭滴著汗水，氣喘吁吁，一臉痛苦。「派崔克？」

「妳沒事吧？」我邊說邊輕輕地坐到床上，拉開厚棉被，伸手摸摸她隆起的肚皮。

她在床上坐起來。「我還想問你呢。我當然沒事，你為什麼這麼問？」

「我以為妳跑來找我是因為妳發生什麼事。」我喘氣，放下一顆心，接著用眼神責備她。

「醫生說妳應該待在床上。」

她靠回枕頭上。「你試試看連續臥床幾個月——」

她發現自己說錯了話，我對她微笑。

「抱歉，但在我印象中，你也不是很聽話。」

「嗯，妳說得對，確實如此。很抱歉我沒趕上，有什麼事？」

「什麼？」

「妳來過辦公室吧？」

「噢，我想看看你能不能溜出來吃個午餐，但他們說你已經出去了。」

「對。在……碼頭有點問題。」這大概是我第一百次騙海蓮娜了。每一次都沒有比較輕鬆，但總比說實話好。

「這就是當貨運大亨的壞處。」她微笑，「嗯，或許改天吧。」

「或許過幾個星期，等到我們有三個人可以一起吃午餐。」

「三個嗎，可能是四個，我覺得肚子很大。」

「看起來不像。」

「你真會說謊。」她說。

這句話還不足以形容事實的一半呢。

我們的歡聚被隔壁房間裡的敲打聲打斷，我轉過頭。

「他們在測量休息室和底下的會客室。」海蓮娜說。

我們已經為了孩子翻修了一間嬰兒房，又拓寬了三間臥室。如今我買了一棟聯排式大宅，加上佣人住的獨立小屋，無法想像我們現在還需要什麼。

「我想我們可以蓋個舞廳，用木條鑲花地板，像我父母家那樣。」

海蓮娜想怎麼裝潢家裡都可以，那不成問題，但每個男人都有極限。「如果我們生兒子呢？」我問。

「別擔心。」她拍拍我的手，「我不會讓你堅強的美國兒子陷入英式社交舞會無聊的繁文縟節裡，我們要生的是女兒。」

我抬起眉毛。「妳怎麼知道？」

「我有預感。」

「那我們確實需要一個舞廳。」我微笑說。

「說到跳舞，今天郵差送來了邀請函。印瑪里年度會議和聖誕舞會今年要在直布羅陀舉辦，一定會有很多慶祝活動。我詢問了媽媽，她和爸爸也會參加。我好想去，我保證我一定會小心謹慎。」

「好啊，當作是約會。」

87

凱特瞇著眼，努力閱讀記事本。太陽已經落到山頭，恐懼逐漸在她腹中累積。她看看大衛，他幾乎面無表情，難以分辨情緒，或許有點嚴肅。

彷佛知道她心思的米洛，拿著瓦斯燈走進木地板大房間。凱特喜歡這氣味，莫名讓她覺得安心。米洛把燈放在床頭櫃上，讓光線照得到記事本，然後說：「晚安，凱特醫生。」看到大衛醒著，他很高興。「哈囉，里德先——」

「現在是大衛・維爾。很高興又見面了，米洛，你長高很多。」

「不只如此，大衛先生。米洛學會了你們稱作……英語的古老溝通技藝。」

大衛笑了。「學得很好。當初我還懷疑他們會扔掉還是真的交給你呢——羅賽塔石碑。」

「啊，我的神祕贊助人終於現身了！」米洛又鞠躬，「謝謝你送的語言工具。現在容我回報，至少一部分，」他神祕地抬起眉毛，「請你們用晚餐？」

「請便。」凱特大笑說。

大衛望著窗外。太陽最後的銀光像鐘擺消失在時鐘側面般溜到了山後。「妳該休息了，凱特。明天還要走很遠的路。」

「等唸完再休息，朗讀能讓我放鬆。」她又翻開記事本。

一九一七年十二月二十三日

灰塵散去時，我努力想看清眼前景象。我瞇起眼睛，不敢相信親眼所見。我們發現了更多階梯，但還有別的部分，延伸到階梯右邊——是個洞口，彷彿是金屬的裂縫。

「我們可以進去了！」魯格大喊著上前，衝進黑暗與飄浮的塵埃中。

我抓住他，但他掙脫我的手。我的腿已經好很多，每天只需要吃一顆止痛藥，有時候兩顆，但絕對跟不上他。

「我們要跟他進去嗎？」摩洛哥工頭問。

「不用。」我不想犧牲任何人去救魯格。「把鳥籠給我。」我接過鳥籠，打開頭燈，走進黑暗的洞口中。

鋸齒狀的破洞顯然是爆炸或撕裂的結果，並不是我們造成的。我們只是發現者。金屬牆幾乎有五呎厚。當我走進這個印瑪里持續打撈與挖掘了將近半個世紀的結構體，內心充滿驚嘆。第一個區域是走道，約十呎寬三十呎長，通往一個我無法形容的奇妙圓形房間。

最先吸引我注意的是牆上的凹陷和四根粗管子，像大型橢圓膠囊或拉長的玻璃瓶直豎著，從地板連接到天花板。管內只有微弱的白光和飄浮在底部的薄霧。較遠處還有兩根管子，我想其中一根損壞了，玻璃已經裂開，也沒有霧。但旁邊的管子……裡面有東西。魯格和我都看見了，他站到管子邊。裡頭的東西似乎察覺到我們的存在。我們走近時白霧散掉，像簾子拉開露出裡面的祕密。

是個人。不對，是人猿，或介於兩者之間。

魯格回頭看我，第一次露出傲慢或鄙視以外的表情。他很困惑，也可能是害怕，我當然也是。

我伸手放在他肩上，繼續觀察這個房間。「別碰任何東西，魯格。」

88

一九一七年十二月二十四日

海蓮娜身上的晚禮服明麗動人，裁縫師用了整整一星期製作，所費不貲，但是物超所值。她整晚豔光四射，我們忍不住共舞時，兩人都不在乎她會小心的承諾，我也無法拒絕她。大半時間我靜靜站著忍受疼痛，或許畢生僅此一次。我們在舞池裡完美配合，音樂變慢，她把頭倚在我肩上。我完全忘了管子裡那個人猿。從西部戰線的隧道爆炸之後頭一遭，感覺世界又恢復正常。

然後，就像管子裡的霧，那份安全感的感覺又消散掉了。音樂停止，巴頓爵士舉起杯子講話，他向我敬酒——敬印瑪里的新任運輸主管、他的女婿和戰爭英雄。在場眾人紛紛點頭。他說了個古代窮人在現代復活的笑話，全場哄堂大笑。我微笑以對，海蓮娜摟緊我。巴頓終於說完了，全場賓客們正狂喝香檳並不停向我致意點頭，我笨拙地鞠個躬，護送海蓮娜回我們的桌子。

那一刻，我不懂為什麼，只想起最後一次見到我父親，是我出發去打仗的前一天。那晚他喝得像水手一樣爛醉又失控。我第一次，也是最後一次，唯一一次看到他失控。他跟我提起他的童年，讓我了解他的過去，至少我自以為了解。但你究竟能真正了解一個人多少呢？

我們住在西維吉尼亞州查爾斯頓市中心的現代住宅裡，和他的員工們一起。他的同儕如其他企業主、商人和銀行家都住得很遠。但我父親喜歡這樣。

他在客廳踱步，邊講話邊吐口水。我身穿全新的褐色陸軍制服筆挺坐著，衣領上掛著中尉軍階的一條銅槓。

「你看起來跟我認識的另一個參軍者一樣愚蠢，他跑回艙房時簡直樂壞了。他在空中揮舞信函，彷彿那是國王親筆寫的皇家諭令。他向我們宣讀，但我當時不太了解。我們正要搬到美國一個叫維吉尼亞的地方。那時州際戰爭剛爆發，我已不記得是什麼時候，只記得那時打得相當慘烈，兩邊都需要人手讓更多人去送死。但如果你夠有錢就不必當兵，只要派個替代者。有個有錢的南方農場主人僱用你的祖父當他的替代者。替代者啊，想想看僱用別人替你去死在戰爭中，只因為你有錢。他們開始徵兵之後這件事就更白熱化。我進入參議院後，決心要確保沒人可以再派替代者。」

「他們不需要徵兵，有成千上萬的勇士會自動加入──」他大笑著又倒了杯酒。「成千上萬的勇士，根本是一火車的傻瓜。或許他們認為很光榮，為了名譽和冒險而加入軍隊，但他們不知道戰爭的代價，人類要付出的代價。」他搖搖頭喝了一大口，幾乎乾杯。

「真相很快會傳開，到時候他們必須徵兵，就像內戰期間那樣。起初沒有，但戰爭維持了幾年後，當人們吃到苦頭，他們就開始徵兵，富人會寫信給我父親這種窮人。但是加拿大邊界的郵政很緩慢，尤其對住在野外的伐木工人而言。等我們趕到維吉尼亞，農場主人已經僱了另一個替代者，說他沒收到你祖父的回覆，擔心他必須親自入伍，那太可怕了。但我們已經到了維吉尼亞，於是你祖父決心要從軍賺錢──高達一千美元，那是替代者的行情──如果收得到，確實是不少錢。他找到另一個願意付錢的農場主人，穿上那該死的灰制服，然後戰死了。南方戰敗之後，社會崩潰，原本承諾要給你祖父當酬勞的大片土地，被某個北方工業家透過郡法院低價拍賣買下。」他終於坐下，酒杯已經空了。

「這還不是重建時期最可怕的部分。北軍佔領期間吃垮了我們，我們失去了住宅。我看著唯一的兄弟死於傷寒。當時住在農場上的破舊小屋，新老闆把我們趕出來，但你祖母談妥了條件：讓我們留下她就去田裡工作。她做到了，在田裡工作到死。我十二歲那年逃離農場，一路搭便車到西維吉尼亞。礦坑的工作很難找，但他們需要小男孩，越矮越好，才方便爬過狹小空間。那就是戰爭的代價，現在你懂了吧？至少你沒有家累，但你必須有所準備：死亡和苦難。如果你不懂我為什麼對你這麼嚴厲、這麼苛求──答案就是這樣。人生很辛苦──人人都是──如果你愚蠢或軟弱就會活在人間地獄。我確保了你兩者都不是，你卻這樣回報我。」

「這是不同的戰爭——」

「戰爭永遠是同樣的，只有死者的名字不同。重點永遠只有一個：有錢人可以瓜分戰利品。他們稱作『大戰』——很聰明的行銷。那是歐洲的內戰，唯一的疑問是哪些國王和女王會在戰後瓜分歐洲大陸。那邊不關美國的事，所以我投票反對。歐洲人很識相沒插手我們的內戰，你會以為我們可能也是，其實不然。那邊的戰爭基本上就是王室之間的家族內鬥，他們都有親戚關係。」

「他們是我們的親戚，我們的祖國被逼到了絕境。我們要是面臨滅亡，他們也會來幫忙。」

「我們什麼也不欠他們。美國是我們的，我們付出了血汗與眼淚爭到這塊土地——這是唯一重要的貨幣。」

「他們急需礦工，地道戰或許能提早結束戰爭。你寧願我待在家裡嗎？我能夠拯救人命啊。」

「你無法拯救人命。」父親面露嫌惡，「你完全沒聽懂我說什麼，對吧？滾吧！即使你能活著回來，也不用回家了。不過幫我個忙，看在我辛苦養你的份上，等你想清楚你是在替別人打仗就快點離開。在你脫掉制服之前千萬別結婚，別像你祖父一樣殘酷又貪心。我們熬過北軍的蹂躪才到了維吉尼亞那座農場，他知道自己參加了什麼事還是執迷不悟。等你親眼目睹戰爭，你就會懂。你要做出比今天更好的選擇。」他走出房間，從此我沒再見過他。

我沉溺在回憶中，差點沒注意經過我們眼前的人群。我一一自我介紹然後摸摸海蓮娜的肚子，兩人像官方場合的皇室夫婦般靜坐著。有好幾十個科學家也在場，無疑是來研究我們最近發現的那個房間。我見到印瑪里各個海外部門的主管，這個組織很龐大。

康拉德·肯恩走過來。他的手腳動作僵硬，背脊挺得筆直，彷彿正被某種隱形儀器檢查。他介紹身邊的女人是他太太。她的笑容親切，說話和藹，讓我對自己嚴厲的態度感到有點尷尬。有個小男孩從她背後跑出來，跳到海蓮娜的大腿上，壓到了她的腹部。我抓住他的手臂，把他拉開放回地面。我的臉色不好，小男孩看起來快嚇哭了。康拉德和我眼神交會，但小男孩的母親環抱著他諄諄告誡，「小心點，迪特。海蓮娜肚子裡有小嬰兒。」

海蓮娜在椅子上坐直，向小男孩伸出手。「沒關係。把手伸出來，迪特。」她抓著小男孩的手拉他過來，把他的小手放在她肚子上。「有沒有感覺？」小男孩抬頭看著海蓮娜點頭，海蓮娜微笑。「我記得你在你媽媽肚子裡的時候，也記得你出生那一天。」

巴頓走到康拉德和我中間。「時候到了。」他看看撫摸著海蓮娜大肚子的女人和小孩。「先失陪了，女士們。」

巴頓帶我們穿過大廳，到了一間大會議室。

其餘的末日使徒都在這裡等我們：魯格、克瑞格和一群其他幹部，主要是科學家和研究員。我匆忙地自我介紹，這些人看到我並不大驚小怪，然後是另一輪簡短誇張的恭賀，彷彿我們已治癒了瘟疫，最後終於談到正事。

「我們何時能通過——到樓梯間的頂端？」康拉德問。

我知道我最好說些什麼，但忍不住好奇心。「我們發現的房間裡那些裝置是什麼？」

一名科學家開口：「我們還在研究，或許是某種懸浮室吧。」

我猜也是。但是聽科學家親口說出來比較合理些。「那個房間是某種實驗室？」

科學家們點頭。「對。我們認為那個建築物是科學建築，可能是個巨大的實驗室。」

「如果不是建築物呢？」

科學家表情疑惑。「不然會是什麼？」

「一艘船。」我說。

巴頓大笑一聲，高興地說：「很有趣，派崔克。你還是專心挖掘工作，把科學交給這些人處理吧。」他感激地向科學家們歪頭。「我敢保證他們比你擅長多了。呃，魯格告訴我們，你擔心階梯上方的滲水和瓦斯，你有什麼計畫？」

我堅持地說：「結構體裡面的那些牆，看起來像船隻的艙壁。」

首席科學家猶豫一下，然後說：「對，很像，但是太厚了，厚度幾乎達五呎，沒有一艘船會用這麼厚的艙壁，況且浮不起來。它也大到不可能是船。那是個城市，這點我們相當確定。它甚至還有樓梯，船上有樓梯未免太奇怪。」

巴頓舉起手來。「我們進去以後再解決這些謎題吧。可以給我們估計值嗎，皮爾斯？」

「我沒辦法。」

「為什麼？」

有一瞬間，我的心思飄回到西維吉尼亞那一夜，然後回到現場，望著印瑪里委員會和科學家們。

「因為我不想挖掘了，你們另請高明吧。」我說。

「你聽著，小子。這可不是什麼社交俱樂部，加入之後覺得負擔太沉重就能隨意退出的無聊小事，你得完成工作，實踐你的承諾。」巴頓爵士說。

「我說我會帶你們進去，我做到了。這不是我的戰爭，我還有家庭要照顧。」

巴頓起身想怒吼，但肯恩抓住他，第一次開了口：「戰爭。真有趣的措辭。告訴我，皮爾斯先生，你覺得最後一個管子裡面是什麼？」

「我不知道，我也不在乎。」

「你錯了。」肯恩說，「那不是人類，不符合我們迄今發現的任何骨骸。」他等待我的反應。「容我為你說明一下，因為你似乎搞不懂或是太過粗心。有人建造了這個結構體——它是地球上最先進的科技產物，而且在幾千年前、或許幾十萬年前建造。天曉得那個冰凍人猿在裡面是不是等待幾千年了。」

「等什麼？」

「我們不知道，但我可以保證當牠和其餘的結構建造者醒來，地球上的人類就完蛋了。你說這不是你的戰爭，但它就是。你無法逃避這場戰爭，不能只是放棄或逃走，因為這個敵人會追到天涯海角，把我們徹底消滅。」

「你假設他們有敵意是因為你有敵意，你滿腦子都是消滅、戰爭和權力，你以為他們也跟你一樣。」

「我們唯一確定的是，那個東西是某種人類。我的假設很合理，而且務實。殺掉他們能確保我們的生存，不必交朋友。」

我考慮他說的話，知道自己羞於承認他很有道理。

肯恩似乎察覺我的動搖。「你知道這是真的，皮爾斯。他們比我們聰明，根本沒得比。如果他們讓我們活著，即使只有某些人，對他們只不過是寵物。或許他們會讓我們繁殖成癡呆又友善的人，在營火邊餵食我們，殺掉那些有侵略性的，就像人類幾千年前把野狼馴化成狗。他們會讓我們馴服到無法反擊，無法獵食，無法自給自足。或許這件事已經發生了，只是我們還不知道。

也可能他們覺得我們不可愛，讓我們成為他們的奴隸。

「我想你很熟悉這個概念——一群殘暴又聰明、擁有先進科技的人類征服比較落後的一群，但這次將會直到永遠，而我們不會再進步或進化。想想看，如今我們可以阻止這個命運，只要進去趁他們睡著時殺掉他們就好，這聽起來似乎很過分，但想想另一個後果。當歷史知道真相，我們會被當作英雄紀念，我們是人類的解放者、救世主——」

「不行。今後無論發生什麼事，都與我無關。」我無法擺脫腦中海蓮娜的臉，還有和她一起抱著我們的孩子，在某個湖邊白頭偕老，在夏天教孫子釣魚的念頭。我無法改變印瑪里的計畫，他們可以找別的礦工，或許會耽擱他們幾個月，但是底下的東西不會跑掉。

我站起來，望著肯恩和巴頓半晌。「兩位，恕我失陪了。我太太懷孕了，我該送她回家休息。」我直視巴頓。「我們的第一個孩子快出生了，祝你的計畫順利。如你所知，我是軍人。軍人懂得保密，幾乎像戰鬥一樣擅長，但我希望不用再上戰場。」

大衛坐起來。「我知道他們在幹什麼。」

「誰？」

「印瑪里、托巴草案，這下全都合理了。他們在建立軍隊。我敢打賭，他們認為人類遭遇了一個先進的敵人。托巴草案想削減總人口，製造遺傳瓶頸和第二次大躍進。他們要創造一個超級士兵種族，能跟建造直布羅陀那個東西的人種抗衡的先進人類。」

「或許吧，還有別的。在中國還有個裝置，我想跟這件事也有關係。」凱特說。

她告訴大衛自己在中國的經歷，以及那個殺光受測者然後讓他們融化、爆炸的鐘形物體。

她講完之後，大衛點頭。「我想我知道那是什麼。」

「是嗎？」

「是啊，或許知道。繼續唸吧。」

89

一九一八年一月十八日

管家衝進我書房的時候，我第一個念頭是海蓮娜。她羊水破了或她跌倒了，或——

「皮爾斯先生，您辦公室的來電正在線上，他們說有緊急要事，關於倉庫裡的碼頭。」

我下樓到管家辦公室拿起電話。克瑞格搶在我之前說：「派崔克，出意外了。魯格不肯讓他們通知你，但我想你該知道。他逼得太緊，操之過急，有些摩洛哥工人被困住了，他們說——」

他沒講完後面，我已經跳起來衝出門口。我開車到倉庫，帶著助手跳上電動卡車，像第一天魯格帶我們參觀隧道一樣狂飆。那個呆子真的動手了——他堅持挖掘，引發了崩塌。我很怕看到那畫面，但還是叫助手開快一點。

從隧道進入工作了四個月的巨大石穴後，我發現電燈沒亮，但洞內並不黑暗——空間裡交雜著十幾道光束，是工人頭盔上的燈光。有人抓住我，是工頭。「魯格在電話線上等你，皮爾斯先生。」

「在電話線上……」我說著慢慢走過陰暗的空間。我停步，額頭上有水，是汗水嗎？不對，又來了。從洞頂掉落一滴水——它在冒汗！

我拿起電話。「魯格，他們說出意外了，你在哪裡？」

「安全的地方。」

「別耍嘴皮子。意外在哪裡？」

「噢，你來對地方了。」魯格的口氣戲謔又自信，顯得心滿意足。

我看看洞穴周圍，礦工們困惑地走來走去。燈為什麼不亮？我放下電話走到電線處，它接上了一條新電線。我用頭燈照亮線路，跟著它走過洞穴，看見它爬上洞壁……直到天花板上然後通到階梯，到……「快出去！」我大喊。我在崎嶇地面上拚命走到洞穴後方想驅趕工人，但他們在混亂的光影之海中跌跌撞撞。

頭頂上傳來爆炸聲，岩石掉落。灰塵充滿洞內，就像西部戰線的隧道那般。我救不了他們。我根本看不見他們。我蹣跚後退，退入走道——連往實驗室的通道。灰塵緊隨而來，我聽見岩石封死了入口，慘叫聲淡去，就這樣，好像關上了門，我困在黑暗中，只有管子裡的微弱白光和霧氣裊裊。

我不知道過了多久，但我非常肌餓。我的頭燈早已耗盡電力，只能靜坐在黑暗中，倚著牆壁思考。海蓮娜一定很擔心，她終於要發現我的祕密了嗎？她會原諒我嗎？前提是我能出去求她諒解。

在岩石另一側，我聽到腳步聲和講話聲傳來，兩者都很模糊，但石縫間有足夠空隙聽得見。

「嘿！」

我必須小心措辭。「快打電話通知巴頓爵士。告訴他派崔克．皮爾斯被困在隧道裡了。」

我聽到笑聲，是魯格。「你是倖存者，皮爾斯，佩服佩服。你是個好礦工，但是說到人性，卻像裡面的牆壁一樣遲鈍。」

「殺了我的話，巴頓會找你算帳。」

「巴頓？你以為是誰下令的？你以為我可以任意除掉你？如果可以，我早就動手了。不，巴頓和我父親在我們出生前，早就安排海蓮娜要嫁給我，但她不喜歡這個主意，所以戰爭爆發後她就跳上往直布羅陀的第一班火車。可是我們無法逃避命運。為了挖掘計畫我也來了，想要我的人生回復正軌，直到甲烷外洩害死我的手下，然後你出現了。巴頓和你談了條件，但他承諾我父親可以取消。懷孕大概是這整件事最後一根稻草，但是別擔心，我會處理。因為各種神祕疾病會讓很多小孩子一出生就會夭折。別擔心，我會安慰她。我們認識很久了。」

「我一定會離開這裡，魯格。等我出去，我會宰了你。聽到沒有？」

「小聲點，派崔克老兄，有人在工作呢。」他從岩石覆蓋的門口走到通道上，用德語大喊，我聽到洞內到處有腳步聲。

接下來不知道過了多久，我仔細搜索這間神祕實驗室。沒有任何能用的東西，所有出口都封閉了，這裡將會成為我的墳墓。我一定要找到辦法出去。最後，我坐了下來，望著牆壁發呆，看著它像玻璃般閃閃發亮，幾乎反射出管子裡的光線，又不盡然。那是個暗沉模糊的倒影，就像拋光的金屬。

我偶爾聽到頭頂上鑽孔與丁字鎬敲擊岩石的聲音，他們還是想完成挖掘。他們一定很接近樓梯頂端了。此時突然噪音停止，我聽見喊叫聲。「Wasser，Wasser（德語：水）！」有水——他們一定挖到了——然後幾聲巨響傳來。無疑是岩石掉落聲。

我跑到門口注意聽，慘叫聲、流水聲，還有別的，像是鼓聲或是脈搏振動聲，越來越響。更多的慘叫，人群狂亂奔跑，卡車發動怒吼著要奔離。

我聚精會神，但聽不到別的聲音。在寂靜中，我赫然發現自己站在兩呎深的水裡，水迅速地從寬鬆堆疊的岩縫滲進來。

我退回走道上，一定有門能通到別處。我敲遍所有牆壁，但是沒有反應。實驗室進水了，幾分鐘內就會淹沒我。

管子——四根裡有一根開著。我有什麼選擇？我努力涉水，爬進裡面。白霧接著籠罩了我，門悄然關上。

90

阿爾發雪地營

六號鑽探點
南極洲東部

羅伯·杭特坐在帳篷艙裡，捧著一杯剛泡好的熱咖啡暖手。上次在鑽探點幾乎釀災之後，他很慶幸他們一路順利鑽到了七千呎。沒有空氣、水或沉積物蓄積層。或許下個現場會像前四個一樣只有冰。他啜飲咖啡，回想上個現場跟前幾次有什麼不同。

帳艙門外，爆出一陣高頻噪音，無疑是鑽頭失去阻力的旋轉聲。

他急忙跑出去，和技師交換個眼色，伸手畫過脖子，對方俯身按下關機鈕。謝天謝地，他學乖了。

羅伯慢跑到平台上，技師轉向他說：「要倒轉退出嗎？」

「不要。」羅伯察看深度，讀數是七三〇九呎。「降下鑽頭。看看空洞有多深。」

技師降下鑽頭，羅伯看著深度讀數上升：七四〇〇、七四五〇、七五〇〇、七五五〇、七六〇〇，最後停在七六二四呎。

羅伯飛快思索各種可能性。冰層下一哩半有洞穴，可能之前是地表上的東西。但是什麼呢？這個洞穴或蓄積層，不管是什麼，高達有三百呎，頂端距離地面幾乎有足球場的長度，完全不符合重力法則。什麼東西的強度能撐住一哩半厚的冰層呢？

技師轉向羅伯問：「要重新開始鑽嗎？」

仍在沉思的羅伯往儀表板揮揮手說：「不，呃，不，先別動。我得報告。」

他回到帳篷裡，打開無線電，「獵人，我是雪王。有狀況更新。」

過了幾秒無線電沙沙作響，傳來回答：「請講，雪王。」

「我們在七三〇九呎深度鑽到一個空洞，重複，七三〇九呎。空洞末端在七六二四呎，重複，七六二四呎。請指示，完畢。」

「請稍候，雪王。」

羅伯開始泡另一壺咖啡，他的隊員可能需要來一點。

「雪王，鑽頭的狀況如何？完畢。」

「獵人，鑽頭還在洞內最深處，完畢。」

「了解，雪王。指示如下：收回鑽頭，封鎖現場，移動到七號地點。請抄收GPS座標。」

他照例寫下座標，忍受關於避開當地居民的無謂警告。他折起寫著GPS座標的紙張，收進口袋裡，站起來拿著兩杯咖啡走出帳篷。

他們倒轉鑽頭退出來，輕鬆地整理現場。三個人工作得很有效率，雖然有點機械化，而且沉默無語。從空中看，他們可能像三個愛斯基摩玩具兵在軌道上跑來跑去，抬著箱子堆疊，打開白色大傘遮住小東西，豎立白色金屬柱子，搭蓋遮掩鑽探現場的巨大天幕。完工後，兩名技師騎上他們的雪車，等著羅伯帶隊。

他一隻手倚在裝攝影機的塑膠箱子上，抬頭看著現場。兩百萬美元可是不少錢。

兩個手下回頭看他。他們發動了雪車，但有個技師又關掉引擎。

羅伯撥掉箱子上的積雪打開一個扣環，無線電的聲音嚇了他一跳。「雪王，這是獵人。報告狀況。」

羅伯按下無線電按鈕，遲疑了一下才說：「獵人，這是雪王。」他看看手下。「我們正要撤離現場。」

他鎖上扣環，佇立片刻。整件事感覺不對勁，無線電靜默，神祕兮兮，但他知道什麼呢？他只是領錢來鑽洞的。或許金主沒做什麼壞事，或許他們只是不想讓媒體向全世界廣播這件事，這沒什麼不對。為了好奇心被開除才不妙，他沒那麼笨。他想像自己告訴兒子：「對不起，你想上大學再必須等一等。我現在負擔不起。對，我原本可以負擔，但我無法保守祕密。」

話說回來……如果這是什麼非法的事，而他參與了……「兒子，你不能上大學，因為老爸成了國際罪犯，而我竟然笨得看不出來。」

另一人也關掉雪車引擎，兩名技師都望著他。

羅伯走到多餘的偽裝補給品旁，拿起一根八呎長收攏的白傘綁在他的雪車上。他發動機器騎向下一個地點，兩名手下緊跟著他。

上路三十分鐘後，羅伯看見積雪中出現一個大岩石缺口，沒有洞穴那麼深，但是山體凹陷了二三十呎，造成長長的陰影。他調整方向從旁邊通過，在最後一秒時轉向，騎入陰影的黑暗中。兩名手下緊跟著他，也迅速配合他的路徑把雪車停在他身邊。羅伯仍然坐著，沒有人下車。

「我在現場忘了東西，馬上回來，應該不會太久。在這兒等著，呃，不要離開這個峽谷。」兩人都沒說話，羅伯越來越緊張，他不擅長說謊。但他繼續開口，希望合理化他的命令，「他們要求我們盡量掩蓋空中可見度。」他打開白傘放在身邊，貼著雪車，彷彿是中古騎士把長矛握在身邊，準備策馬衝鋒。

雪車倒車，羅伯循著他們來的原路回去現場。

91

光明派寺廟

西藏

凱特打個哈欠翻頁。房間裡好冷，她和大衛這時都裹上了厚毯子。

「離開以後再看完吧，」大衛睡眼惺忪地說，「妳會經常停下來休息。」

「好吧，我只是想找個好段落再停。」她說。

「妳小時候經常熬夜看書，對吧？」

「幾乎每天。你呢？」

「打電玩。」

「我想也是。」

「有時候玩樂高積木。」大衛又打個哈欠。「還剩幾頁？」

凱特翻過記事本。「其實不多了，只剩幾頁，你若撐得住我也可以。」

「我說過我睡夠了，而且明天也不用走遠路。」

我醒來時，聽見管子打開、空氣流入的微弱嘶嘶聲。起初，空氣讓我感覺沉重，像肺裡進了水，但深呼吸幾下溼冷空氣之後，呼吸便恢復正常。我察看我的狀況。房間裡仍然黑暗，但有一道微弱光柱從走道灑入實驗室。

我踏出管子走向走道，一面觀察房間。其他管子裡都沒人，除了那個人猿，顯然牠平安睡過了淹水。我懷疑牠可能在睡夢中遭遇過幾次。

走道上還有大約一呎積水，需要留意但無法耽擱我。我涉水走向鋸齒狀的破洞，把我困在裡面的岩石幾乎全都不見了——肯定是被沖走。上方有柔和的琥珀色亮光照在殘餘的岩石上，我把它們推開，走進大洞穴裡。

怪光線的來源高掛在頭頂上三十呎，在樓梯的頂端。看起來像個鐘或是大型的棋子，頂部有窗子。我打量著想弄清楚那是什麼，然而它似乎也回看著我，燈光緩慢閃爍，彷彿塞倫蓋提國家公園的獅子吃飽之後的心臟跳動。

我站著不動，猜想它會不會攻擊我，但是沒有動靜。我的視力逐漸適應，每過一秒，便能更看清楚洞內的情況。地上像噩夢般淹著水、灰燼、塵土和血液的混合物。在水底，我看見摩洛哥工人的屍體被壓在土石下。歐洲人在他們身上俯臥著，被撕成碎片，有的還燒焦了，全都被我無法想像的某種武器殺傷。這不是爆炸、槍傷或刀傷，而且他們死了一陣子，傷口看起來很舊。我在這裡待了多久？

我搜索屍體，希望看到某個人。但魯格不在這裡。

我揉揉臉頰。我得專心，想想該怎麼回家。為了海蓮娜。

電動卡車不見了。我好虛弱，又累又餓。我不確定自己看得到明天的太陽，但我努力開始一步一步走出漫長的礦坑。我拚命驅使雙腿準備忍耐即將來襲的疼痛，但是沒有感覺。我被某種我不知道自己擁有的力量驅使著，想要離開這個地方。

轉眼間礦坑已走完，我走出螺旋的最後一個轉彎，看到了光線。有人用白帳篷或是某種塑膠布蓋住了隧道入口。

我推開布幕，馬上被穿戴防毒面具和奇怪塑膠衣服的士兵包圍。他們撲倒我，把我壓在地上。從地面，我看到一個魁梧軍人大步走來。雖然隔著笨重的塑膠衣，但我認得那是誰。康拉德・肯恩。

一名士兵抬頭看他，隔著面具用模糊的聲音說：「他剛走出來，長官。」

「帶他過來。」肯恩用低沉虛無的聲音說。

他們拖著我到倉庫深處，一連六座白帳篷讓我想起了野戰醫院。第一座帳篷有成排的病床，都鋪著白床單。我聽見隔壁帳篷有尖叫聲——那是海蓮娜！

我想掙脫抓著我的人，但我太虛弱了。因為飢餓和一路奔波，還有受到管子的不明影響。他們緊抓著我，但我繼續反抗。

這時我清楚聽見她的聲音。她在帳篷末端，一道白幕後面。我試圖衝過去，但士兵把我拉回來，押著我走過病床，讓我看清楚躺在床上的死人，那景象便我大為驚恐。巴頓爵士夫婦、魯格、肯恩的妻子，全都死了。還有其他我不認識的人，看起來像是科學家、軍人、護士。我們經過的一張病床上有個男孩，是肯恩的兒子，迪崔奇？迪特？

我聽見醫生和海蓮娜交談。當我們走過白幕邊緣，我看到他們圍繞著壓住她，在她身上注射某種東西。

我跳起時他們抓住我，肯恩轉向我說：「我要你親眼看到這一幕，皮爾斯。你可以看著她死，就像我看著魯格和瑪莉死。」

他們拖著我靠近。「出了什麼事？」我說。

「你闖大禍了，皮爾斯。你原本可以幫我們。在裡面的鬼東西殺了魯格和他的半數手下，其餘逃回地面的人跟著都生病了，我們難以想像的瘟疫散播開來，肆虐直布羅陀之後又蔓延到整個西班牙。」他把白幕拉開一點，露出完整場景：海蓮娜在床上掙扎，身邊的三男兩女手忙腳亂。

我推開衛兵，肯恩舉起手制止他們抓我。我跑到她面前，撥開她的頭髮，親吻她臉頰，然後是嘴唇。她在發燒，我摸到她滾燙的皮膚，大驚失色。她一定看見了我，她伸出手撫摸我的臉。「沒關係，派崔克。只是流感，西班牙流感，總會過去的。」

我抬頭看醫生，他低頭看地上。

我眼眶的淚水緩緩流下臉頰，海蓮娜把它擦掉。「我好高興你平安無事。他們說你死在坑道意外，想要救手下的摩洛哥工人。」她的手摸著我的臉。「你真勇敢。」

她伸手摀嘴，想壓抑讓她全身發抖、讓病床搖晃的咳嗽。她另一手按著隆起的肚子，避免撞到床邊的扶手。咳嗽感覺持續了永恆那麼久，聽起來像是她的肺被撕裂了。

我按著她的肩膀。「海蓮娜……」

「我原諒你沒告訴我，我知道你都是為了我。」

「不要原諒我，千萬不要。」

她又咳了起來，醫生們推開我。他們給她吸氧氣，但似乎沒什麼幫助。

我看著海蓮娜，忍不住痛哭出聲，肯恩看著我。海蓮娜踢腿反抗了幾下，當她身體靜止之後，我轉向肯恩，聲音變得空洞，幾乎像他戴著面具發出的聲音。此時此地，在那座印瑪里臨時醫院裡，我和魔鬼做了交易。

凱特的臉淌下淚水。她閉上眼睛，這時她已不在西藏和大衛一起躺著。她神遊回到了舊金山，五年前的一個寒夜。在擔架推車上，他們把她抬下救護車送進醫院。醫生和護士們在身邊急促地叫喊，她也向他們叫喊，但他們不理她。她抓著醫生的手臂。「如果母子只能救一個，救孩子，救——」

醫生掙脫她，向推擔架的壯漢大喊。「二號手術室，先做檢查！」

他們加速推著她，氧氣罩蓋到她嘴上，她掙扎著努力保持清醒。

最後，她在寬敞空蕩的醫院病房醒來。全身發痛，有幾根管子接到她手臂上。她趕緊伸手摸肚子，但其實在摸到之前就已知道。她拉開長袍，看著又長又醜的疤痕，雙手抱住頭開始痛哭。

「華納博士？」

凱特驚訝地抬頭，抱著一絲希望。一名羞怯的護士站在她面前。「我的孩子呢？」凱特用沙啞的聲音問。

護士看著自己的腳低頭不語。

凱特倒回床上，淚水又大量湧出。

「女士，我們不確定，檔案上沒有緊急聯絡人，呃——有沒有誰需要我們通知？比如說孩子的……父親？」

一股怒氣阻止了凱特的眼淚。七個月的戀情，無數的晚餐和無盡的迷戀，那個看似完美的網路企業家的男人，簡直不像真的。避孕顯然失敗。他卻從此消失。她自己決定留下孩子。

「不必，沒人可以通知。」

大衛緊抱著她，擦掉她眼裡的淚水。

「我通常不會這麼情緒化。」凱特啜泣著說，「只是，我……想起我在……」洶湧的情緒好像水壩潰堤，讓她心中抗拒的感情和想法一擁而上。此刻感覺話在嘴邊，準備脫口而出。她準備初次向男人透露那個故事，這在幾天前根本是毫無可能的情況。此刻和他在一起，她感覺好安全。不僅如此，她信任他。

「我知道。」他擦掉她臉上的眼淚。「那個疤痕。沒事了。」他拿走她手上的記事本。「今晚看夠書了，我們休息一下吧。」他拉她躺到身邊，兩人一起沉沉入睡。

92

戰情室

鐘塔總部
新德里，印度

「長官，我們相當確定找到他們了。」技師說。
「有多確定？」杜利安問。
「地面的兩人小組回報，當地人告訴他們有火車經過這個地區。」技師用雷射筆圈出巨大螢幕上顯示山脈和森林的一塊區域。「鐵軌應該是廢棄了，所以不可能是貨車。無人機隊也在不遠處發現了一座寺廟。」
「現在無人機距離那裡多遠？」
技師在筆電上按了幾個鍵。「幾小時。」
「怎麼會？天啊，我們都飛過他們頭上了！」
「抱歉，長官，它們必須加油，一小時後可以重新升空。但是現在天黑了，衛星影像是稍早的，要到——」
「無人機有沒有紅外線？」
技師按按鍵盤。「沒有。該怎麼——」
「附近的無人機有沒有哪一架有紅外線？」杜利安怒道。
「稍候。」電腦畫面反射在技師的眼鏡上。
「有，稍微遠一點，但它們飛得到目標區。」
「發射。」

另一名技師跑進指揮中心。「我們剛才收到南極洲任務的機密報告，他們發現了一個入口。」

杜利安靠回椅背上。「證實了嗎？」

「他們正在查證，但深度和規模沒錯。」

「攜帶式核彈準備好了嗎？」杜利安問。

「是。切斯博士報告，他們已經改造成可以裝進背包裡的尺寸。」瘦削的技師拿起一疊太厚無法裝訂的列印紙。「其實他寄了相當詳細的報告書——」

「直接絞碎掉。」

技師把報告夾回腋下。「葛雷博士來電，他想跟您商量現場的預防措施。」

「告訴他等我到了再說，我要出發了。」杜利安起身離開房間。

「還有件事，長官。東南亞、澳洲和美國的感染率正在上升。」

「有人出來處理了嗎？」

「沒有，我們認為沒有。他們以為只是新流感病毒株。」

93 光明派寺廟

西藏

凱特睜開朦朧的眼睛觀察凹室，現在不是晚上，但也不算早晨。日出的第一道光線照進了凹室的大窗戶，她翻身避開，拖延起床時間，無視早晨即將到來。她把頭靠近大衛，再閉上眼睛。

「我知道妳醒了。」他說。

「我沒有。」她躺著不動。

他笑了。「妳在跟我講話。」

「我在說夢話。」

大衛在小床上坐起來，看著她半晌，再撥開她臉上的頭髮。她睜開眼看著他的眼睛，好希望他湊過來然後——

「凱特，妳該走了。」

她暈眩地轉過身。她不喜歡爭執，但她不想妥協。她不會離開他，但還來不及抗議，米洛就出現，彷彿憑空冒出來。他仍然掛著開朗的表情，但那是表象，從他臉色和姿態看來，無疑有疲倦的跡象。

「早安，凱特醫生、大衛先生，請你們跟米洛走吧。」

大衛轉向他。「等我們一下，米洛。」

年輕人走近他們。「我們沒時間了，大衛先生。老錢說時候到了。」

「要做什麼？」大衛問。

凱特坐起來。

「該走了。這是——」米洛抬起眉毛，「逃脫計畫。米洛的計畫。」

大衛抬起頭。「逃脫計畫？」

這是個替代方案，或者至少能延後凱特和大衛持續中的爭論，她把握這個機會，先跑到櫥櫃拿了幾瓶抗生素和止痛藥。米洛在她身邊拿著一個小布袋，讓她把瓶子和記事本全丟進去。她離開櫃子，又走回去拿了些紗布、繃帶和膠布，以防萬一。「謝謝你，米洛。」

背後，凱特聽見大衛把雙腳放到地上，幾乎立刻跌倒，凱特及時伸手扶住他。她從布袋裡撈出止痛藥和抗生素，在大衛抗議前迅速塞到他嘴裡。他直接吞下藥丸，同時讓凱特拖著他離開房間到露天木造走廊上。

這時太陽快速爬升，在走廊的木板地外面，凱特看見降落傘落到山上。不對，那不是降落傘——那是熱氣球，有三顆。她抬頭細看第一顆氣球。頂端是綠棕色，某種迷彩圖案。是……樹木和森林，好奇怪。

有聲音，蜂鳴聲，非常接近。大衛轉向她。「無人機。」他推開她扶著腋下的手。「去熱氣球那裡。」

「大衛。」凱特說。

「不，妳得照做。」他抓著米洛的手臂。「我的槍。我第一次來的時候，原本帶在身上的槍還在嗎？」

米洛點頭。「你的東西我們都留著——」

「快去拿來。我必須到高地上，去觀景台跟我會合。」

凱特以為他會轉身看她最後一眼……但是他就這麼走了，跛行穿過寺廟，掙扎著爬上山腰的石階。

凱特看看熱氣球再看看大衛，但他已經不見蹤影。

她匆忙走過木板路，終點是一道木造螺旋階梯。階梯底下，巨大的熱氣球進入視線中，下層平台上有五個喇嘛等著她，向她揮手。

一看到她，兩名喇嘛跳進第一顆氣球，解開繩索，推離平台。氣球飄離山峰時，喇嘛們揮手要她注意。他們示範控制熱氣球的繩子和火焰，教她如何操作。其中一人向她點頭，然後拉一根繩子放掉籃子旁邊的一個沙袋，他們隨即迅速升上天空，飄離山峰更遠。飛行的寧靜，紅黃藍綠的圖案色彩讓一切如真似幻，它一路飄過高原上空，像隻巨大蝴蝶在翩翩飛舞。

另兩名喇嘛在第二顆蝴蝶熱氣球裡準備起飛，但他們沒解纜，似乎在等她。第五個喇嘛示意她搭上第三顆氣球，頂上有森林圖案的那個。凱特發現底部是藍白色雲朵圖樣。要是從下方看，在適當的距離以內，無人機只會看到上面是天空。如果無人機飛在氣球上方，則只會看到森林，這手法非常高明。

她爬進白雲與森林的熱氣球。第二顆蝴蝶熱氣球在她之前出發，最後的喇嘛留在平台上，拉她吊籃上的兩條繩索放掉沙袋，讓熱氣球升空。熱氣球靜靜上升，像個超現實的夢境。凱特轉身，在高原遠處她看到幾十顆——不，幾百顆——熱氣球，在美麗繽紛的景觀中，全部飄浮上天空，沐浴在日出的光芒中。每座寺廟一定都放出了熱氣球。

這時凱特的熱氣球加速上升，遠離了木造發射平台和寺廟。

大衛。

一聲爆炸帶來波動，凱特抓著控制熱氣球的繩索。山腰似乎在眨眼間消失，熱氣球大幅震動，木片石塊飛上空中，煙霧、火焰和灰燼飄出來，填滿了凱特和寺廟之間的空間。

她什麼也看不見，但熱氣球似乎沒事。無人機的飛彈擊中了她下方的山脈，寺廟的另一側。

她拚命控制使熱氣球快速上升，有點太快了。然後另一個聲音，是槍聲——從上方傳來。

94

*這槍沒打中。*無人機在大衛扣扳機之前一秒鐘，發射了一枚飛彈，失去重量的無人機稍微加快速度，閃過了大衛的狙擊槍。

他退殼上膛，再次嘗試尋找無人機。這時濃煙大量升起，寺廟幾乎陷入火海，連下方的樹林也燃起熊熊火光。他試圖站得更好。他的腿聽話了，止痛藥有效。他必須換個較好的制高點。他轉身驚訝地看到米洛坐在木造觀景台角落，閉目盤腿，呼吸急促又帶著規律。

大衛抓著他的肩膀。「你在幹什麼？」

「尋找內心的平靜，先生——」

大衛拉他起來，把他往山壁推。「到山頂去。」大衛指著遠方，看見米洛轉身回來，又把他推向山壁。「無論如何，繼續爬上去，米洛。快去，我說真的。」

米洛不情願地伸手抓住崎嶇的山洞，大衛看了一會兒才攀上岩壁。

大衛將注意力拉回觀景台，他走到甲板邊緣等待。來了——煙霧出現破洞。他跪下，透過瞄準鏡窺視目標，不需調整就看到了不同型號的無人機。眼前這架掛了兩枚飛彈，總共有幾架？大衛沒有遲疑，他吸口氣緩緩扣下扳機射中油門，無人機瞬間爆炸，一小道煙霧劃過天空，隨著無人機墜地。

大衛搜尋天上的其他無人機，但是沒看見。他起身跛行走過木造平台。透過煙霧，一個彩色的物體升起，天空和樹林的圖樣，分開烏雲。是熱氣球，凱特。他下方的山壁爆炸時正好與她眼神交會。半座平台瞬間消失，他也失去平衡。槍枝脫手大聲撞到岩石上。寺廟快塌下來了。第一架無人機發射了第二顆飛彈——致命一擊。

熱氣球晃動，但還在原處，已到了他下方五到十呎高度，最後的平台正在一節節快速崩塌。

大衛站起來，跑到平台邊緣，朝熱氣球跳下去。他的軀幹撞到吊籃邊緣，撞擊力道幾乎讓他昏過去。他想抓住邊緣，但一隻手滑掉，隨即感覺凱特的手指抓住了他的前臂，用力緊抓著他。他停止墜落，但無力地擺盪。他試圖伸手抓邊緣，但是傷口太痛讓他提不起力。

他感覺到下方的熱氣纏上他的雙腿和軀體，每一秒鐘更加逼近。他正把熱氣球拖往下方的大屠殺現場，凱特必須放手。這種高度，會摔死得很乾脆。

「凱特，我爬不上去！」即使有止痛藥，他肩傷的疼痛還是很強烈。「妳得——」

「我不放手！」凱特大喊。她雙腳踩住吊籃側面，一股作氣使勁往上拉。大衛順勢用力，手指抓到吊籃邊緣撐住。她放開他，摔入吊籃裡。

大衛等著，他的手好痠，熱氣正吞噬著他。此時他聽見一聲，然後另一聲，接著第三個沙袋落地聲。他感覺手汗逐漸侵蝕了自己在吊籃邊緣的握力。就在他開始手滑又要往下墜落、直朝著燃燒的寺廟時，凱特的雙手再度抓住他的手臂，死命地拉他跨過吊籃，進入籃內。

她累得滿身大汗，他也被火烘得汗水淋漓。他的臉只距離她幾吋。他望著她的眼睛，感覺她的呼吸吹拂在他臉上。他向她靠近。

就在他們的雙唇即將碰觸之前，她推開他，讓他翻身仰躺著。

大衛閉上眼睛。「很抱歉——」

「不。你在流血，你的繃帶破了。」凱特掀開他的襯衫，開始處理傷口。

大衛喘氣，仰望著氣球上的白雲。他希望地面某處的米洛安全地坐在山頂上。

第三部

亞特蘭提斯之墓

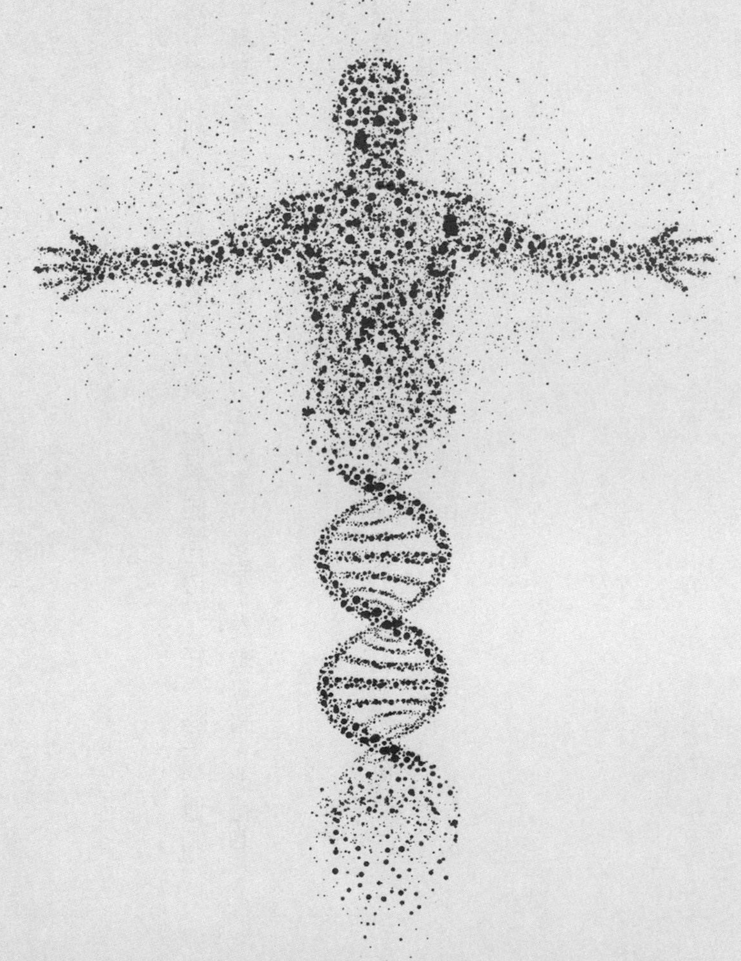

95

西藏

凱特重新綁好大衛的繃帶後，爬到熱氣球吊籃的另一邊，倚著側壁休息。好一陣子，他們只是飄過天空，感受微風拂面，凝望著白雪覆蓋的山頭以及下方的綠色高原，靜默無語。凱特的肌肉因為用力過度而陣陣刺痛。

大衛終於打破沉默，「凱特。」

「我想看完記事本。」她從醫藥品的布袋裡拿出皮革小冊。「然後我們再做打算，好嗎？」

大衛點頭，把頭靠回吊籃上，聆聽凱特唸出最後幾頁。

一九一九年二月四日

我在管子裡醒來後一年。

世界正在死去。是我們殺了它。

我和肯恩、克瑞格一起坐在桌邊，聽著像賽馬賠率似的統計數字。西班牙流感（那是我們對世人的說法，給這種傳染病的標籤）已經蔓延到全世界每個國家，只有幾個小島倖免於難，迄今已奪走數以百萬計的人命。它專殺身體強壯的成人，放過老幼弱者，完全不像其他流感。

克瑞格終於開口，繁瑣嘮叨地解釋這些資料，大意就是沒有人發現疫苗，當然印瑪里也不指望這件事，但他們認為還是可以聲稱這是流感。克瑞格宣布，這是「好消息」。

不只如此。整體的氣氛和評估已經轉向樂觀：人類會倖存，只是傷亡慘重。估計人類總人口的百分之二到五，介於三千六百萬到九千萬人之間，會因為我們釋放的瘟疫而死，總數大約十億人會被感染。他們估計目前人類總人口是十八億，所以用克瑞格的話來說：「結果還不錯」。島嶼提供了良好的隔離保護，但是民眾嚇壞了，全世界都躲了起來，迴避任何可能染病的人。戰爭估計死亡人數大約一千萬人。這場瘟疫，或稱西班牙流感，會殺害因戰爭而死的四到十倍人數。戰爭隱瞞疫情當然也是個問題。因此戰爭加上疫情，約略五千萬到一億人就這麼殞命了。

但我只想著一個人，我不懂為什麼她死了我卻活著。我成了行屍走肉，只為了一個理由撐下去。

肯恩用冰冷邪惡的眼神看著我，我也瞪視回去。他要求我報告，我說得很慢，用沉悶、心不在焉的口氣慢慢說話。

我報告我們發掘了那個器物周圍的區域。「武器。」他糾正我。我不理會他，逕自提出我的見解：我們拆除它之後，可以走進結構體內部。他們提出疑問，我機械式地回答，像個自動裝置。

有人提到戰爭結束了，媒體都聚焦在傳染病上，但是當然，我們有應變計畫。

有人提到美國的醫生在研究這個病毒，他們可能發現那是別的東西。克瑞格照例安撫眾人，表示狀況都在他掌握中，他向大家保證。他宣稱病毒似乎在自行弱化，就像森林大火的末期。疫情過去之後，他相信研究興趣會隨之而來。

合理的推論是，這種末日瘟疫會隨著輾轉傳染而減弱。坑道裡的人當場喪生，發現自己生病的人隨後不久也死去，在這階段感染的人可能從直布羅陀源頭經過五六次傳播，所以倖存率逐漸上升。後續還有兩波大爆發，我們認為都是因為直布羅陀或西班牙的早期感染者進入人口密集區造成的。

我主張應該公開訊息，追蹤任何離開直布羅陀的人。但肯恩不同意。「人終究一死，皮爾斯。不用我提醒你他們的死是有價值的。每一波感染發生，我們都學習到更多。」

我們開始互相叫罵，直到兩人都聲音沙啞。我根本不記得說了什麼，那不重要。肯恩控制了組織，我無法忤逆他。

凱特闔上記事本。「他們在中國把屍體裝到火車上。」

大衛望著吊籃外片刻。「我們先聽完所有紀錄，還有幾篇？」

「只剩一篇。」

一九三八年十月十二日

自從我上一則紀錄至今，已經過了將近二十年。很長的空隙，別以為中間沒有大事發生，但請試著理解我。

我在這本記事本開頭時是個無助困頓的傷兵，陷入黑暗無望的休養，為了整理自己的絕望心情，作為反省的一種方式，而開始寫下了這些記事。然後它變成是某種陰謀的證詞。當你看著世界上最深愛的人死去，成為你無意造成的受害者，這是為了擁有她和魔鬼談條件的後果。到頭來一輩子的總和只有手上的燙手山芋……很難不拿起筆談論我認為不再重要的人生。

還有我引以為恥的行為。這就是在帳篷那天的後續。

情況已經夠糟了，太糟了，這對我是道路的盡頭。我不想參加大屠殺，但也無法阻止它，我希望你可以。

從我上次記錄之後，發生了下列事情：

怪裝置——

我們稱之為「大鐘」，對肯恩和他的德國好友來說，那就是「Die Glocke」。肯恩堅信那是個超級武器，不是殺光全人類就是引發大躍進，會留下遺傳優越的人，並且殺死所有可能威脅這個天擇種族的人。他逐漸執迷於他的種族理論，追求可以活過未來的末日以及那個機器的優越種族。巧的是，他也自認是這個優越種族的一員。研究努力聚焦在如何趁所謂的亞特蘭提斯人攻擊之前，用可控制的方式製造出這個優越人類種族。他們搬出大鐘之後，我被排擠，但仍會聽到風聲。他把大鐘帶回了德國，在達紹附近做實驗。他的祖國當時國情危急，饑荒肆虐，失業率又高，因此政府很容易操弄，他完全利用了這點。

光明派——

我得知了關於印瑪里的歷史，以及他們的姊妹派系光明派更多詳情。在古代，印瑪里和光明派曾是同一個團體，推測可追溯到蘇美人時代，我們所知的第一個書面歷史。在蘇美神話中，光明派代表「光線」。肯恩認為光明派從大洪水之前幾千年來，一直都知道那個裝置和人類的命運。他的推論來自他在印瑪里集團的同志，一群光明派的叛徒，他們認為人類可以得救，但無法說服同儕接受這個超級種族。根據肯恩的說法，他的印瑪里祖先拋棄自身安全，離開亞利安故鄉進入歐洲，他們認為在當地會找到柏拉圖描述過的亞特蘭提斯遺跡，以及人類救贖的關鍵。

當他宣布這段修正歷史，我冷淡地問他為什麼先前沒有透露給印瑪里全體，畢竟，這似乎是有用的史實。他高傲地訓誡我，說什麼「欲戴皇冠，並承其重」和「知道只有我們能阻止人類滅絕會害死我們。我們的祖先很明智，他們隱瞞我們的行為背後的重擔，讓我們能專心找出真相，並且採取行動拯救世界。」

我很難和一天天變得更瘋的瘋子爭辯道理。

肯恩的探勘——

肯恩派出了探勘隊到亞洲高地的每個區域：西藏、尼泊爾和印度北部。他堅信光明派就躲藏在那裡，坐擁能夠拯救人類免於滅亡的祕密。

他堅持這些光明派會住在氣候寒冷的高地。他指出歐洲的北歐人因為與原始光明派血統有關而稱霸歐陸，他們活躍於寒冷多冰的環境。他無視我提到先進的羅馬與希臘文明，都是在溫和的南歐氣候之中孕育。「印瑪里擁有的遺傳天賦造成人為現象，使他們遷徙到北方，尋找亞特蘭提斯和他們偏好的自然居住地。」肯恩說。他堅持這種「亞特蘭提斯基因」遍布於全人類之中，最集中於印瑪里的基因傳承，而且必定跟寒冷天氣有關。因此，他認定其餘的亞特蘭提斯種族，必定存在於世界上某處，只是在嚴寒中冬眠，等著時機成熟，重新接掌地球。

於是他迷上了南極洲，派出探勘隊去那裡，但尚未有任何回音。他打算搭乘他在德國北部船塢建造的一艘超級潛艇，親自過去察看。我拚命想查出它的位置，希望能偷偷裝一顆炸彈毀掉它。但我聽說潛艇已接近完工，他很快會出航到遠東去，一舉殲滅光明派，再往南到南極洲尋找亞特蘭提斯首都。真是了不起的計畫。

我原本希望他不在能讓我有機會趁機控制印瑪里，但他已有所防範。如果我沒猜錯的話，我很快就會被驅逐，多多少少算是永久性的驅逐。所以，我做了其他計畫。

我說服探勘隊的一名士兵把這本記事本交給你——假設肯恩找得到光明派，士兵也遵守承諾的話。如果他被逮到身上帶著這個，他就死定了（我也是）。

珍品密室——

最後有件事我想告訴你。我發現了一個東西，某種密室，在直布羅陀的遺跡深處。我認為裡面有了解那個結構體的線索，或許還有亞特蘭提斯人的關鍵。那裡的科技很先進——落入惡人手中會非常危險。我花了許多工夫沒讓肯恩知道。在此附上那個密室的地圖，就藏在一道假牆壁後面。你要快點。

凱特打開脆弱的黃紙地圖，研究了半天，再交給大衛。「在中國的是同一個裝置——大鐘。他們把它用在包括我的幾百個人身上。原來他們的目的是想找出能對那個裝置免疫的遺傳關鍵。我的所有研究和印瑪里的所有遺傳研究，最終都是為了這個目的：找出亞特蘭提斯基因。馬丁說了很多謊，我的人生……他們利用了我。」

大衛交還地圖，望著吊籃外下方經過的山脈和森林。「我又是慶幸他們這麼做。」

凱特看著他。

大衛看著她的眼睛。「不然就是別人做了，其他人沒像妳這麼堅強聰明。妳能看清事實，而且還可以阻止他們。」

「我不懂——」

「重新檢討我們目前知道的吧。攤開所有的拼圖碎片，看看有什麼湊得起來，好嗎？」凱特點頭，大衛繼續說，「在寺廟裡，我說過我知道大鐘是什麼。那是二戰時期的老傳說，陰謀論者至今仍然在談Die Glocke或大鐘。他們說那是納粹的先進武器計畫，也可能是突破性的能源製程。推論越來越誇張，從反重力到時光旅行什麼都有。但如果是它造成了一九一八年的西班牙流感，而現在中國的屍體流了出去——」

「將會引發另一場瘟疫，比西班牙流感更慘重。」

「但是，這有可能嗎？」大衛說，「印瑪里的統計數字真的正確嗎？我們怎麼可能沒有疫苗防範消滅過百分之二到五總人口的疾病？」

「我在醫學院讀過西班牙流感，現代又稱一九一八流感。他們的統計若不正確也很接近了，研究認為西班牙流感殺害了五千萬到一億人，所以大約是全球總人口的百分之四——」

「那就等於……現代人口會死掉兩億八千萬人——這是全美國的人口數。他們一定有疫苗，印瑪里怎麼可能有辦法隱匿或偽裝成流感？」

「一九一八年，醫生們一開始不認為是流感。原本誤診為登革熱、霍亂或傷寒，主要是因為症狀很不像流感。病患黏膜出血，尤其在鼻子、胃臟和小腸，甚至從皮膚和耳朵流血。」凱特想到那個掛著大鐘、擠滿瑟縮人群的暗室，流血的屍體……她必須專心。「總之，全世界所有流感病毒株中，它仍然是最不為人知——也最致命的。目前仍然沒有疫苗。西班牙流感基本上引發了人體自毀，藉著細胞激素的風暴殺人，被人體自身的免疫系統破壞。大多數流感病毒株危害免疫系統虛弱的人——小孩和老人，所以我們才打疫苗，刺激免疫系統。西班牙流感卻有根本上的差異，專殺免疫系統健全的人。人的免疫系統越強，細胞激素風暴越慘烈，對二十五到三十四歲的人尤其致命。」

「幾乎像是殺死所有可能構成威脅的成人，難怪印瑪里認為那是武器。」大衛說，「但為什麼要釋放病毒？世人一點生存機會也沒有。一九一八年第一次世界大戰結束時，到處都關閉邊界，全世界人口停止流動。想想我們現今的人口流動性，若類似的疫情爆發，幾天內就會消滅我們。如果妳說得沒錯，病原體已經離開中國，此刻正在蹂躪全世界。他們為什麼要這麼做？」

「或許他們別無選擇。」

「永遠都有選擇。」

凱特說：「光是根據記事本裡的想法，我就有兩種推論：他們尋找亞特蘭提斯基因，讓他們能不害怕那個裝置，因此他們才對我的研究有興趣，進而綁架那些孩子。他們一定是沒時間了。」

「那張衛星照片——背面有密碼的，中間有艘潛艇。」

「肯恩的潛艇。」凱特說。

「我想也是，下面還有個結構體。我們知道他們從一九四七年一直在找潛艇——紐約時報的訃聞解碼後是『南極洲，未發現U艇，若授權進一步搜索請告知』。所以他們終於還是找到了潛艇，並且在它底下發現『亞特蘭提斯』——威脅。」大衛搖頭。「但我還是不懂，為什麼現在要釋放傳染病？」

「我想大鐘實驗的屍體就是托巴草案。直接接觸大鐘似乎是最致命的方法，但是大鐘只有一個，至少到目前為止，所以或許他們要在全世界散播屍體。待爆發瘟疫後，世界人口會大幅削減，只剩那些對大鐘免疫、有亞特蘭提斯基因的人。」

「對，但是為什麼，沒有更好的方法嗎？我不確定，難道他們不能定序特定基因組，或是偷一些資料找到這些人嗎？」

「或許不能吧。可能認得出有亞特蘭提斯基因的人，但還少了一步：表觀遺傳學和基因啟動。」

「表觀遺傳學？」

「這有點複雜，重點不只是看你有什麼基因，還有啟動什麼基因，還必須知道這些基因如何互動。可想而知瘟疫會引發第二次大躍進，啟動擁有者身上的亞特蘭提斯基因。也可能是完全不同的事，或許瘟疫會降低人口，強迫我們突變或進化，就像托巴突變一樣……」凱特揉揉太陽穴。還有別的，其他的碎片，只是想不起來。和老錢的對話閃過她腦海：地毯、火之海、垂死的少數人類，瑟縮在鋪天蓋地的灰燼下……救世主……拿出他的一杯血，森林的野獸演變成現代人類。「我想我們遺漏了什麼。」

「妳認為——」

「如果，第一次大躍進不是自然發生的呢？如果那根本不是進化？如果人類在滅絕邊緣，而亞特蘭提斯人拯救了我們？如果亞特蘭提斯人給了殘存的人類能幫助他們活過托巴火山爆發的東西呢？基因，讓他們聰明到可以倖存的遺傳優勢——大腦線路的改變。如果是他們給了我們亞特蘭提斯基因呢？」

96

大衛看看周圍，彷彿在想該說什麼，最後他張口欲言，但凱特舉手制止。

「我知道聽起來很離譜，好吧，但是聽我說完，讓我解釋清楚。反正我們暫時沒別的事做。」她指指吊籃和頭上的熱氣球。

「好吧，但是我警告妳，我可能完全聽不懂，不確定我能幫上多少忙。」

「聽起來太荒腔走板就馬上告訴我。」

「前面算嗎？因為妳剛才說的——」

「好吧好吧，你就先聽一會兒，再指出不合理的地方。歷史事實如下：大約七萬年前，印尼的超級火山托巴噴發，造成全球性火山寒冬持續了六到十年，以及可能長達一千年的冷卻期。火山灰遍布南亞和非洲，人類總人口因而大量滅絕，遽降到三千至一萬人，或許可以繁殖的只剩一千對。」

「沒錯，我可以證實這不離譜。」

「因為我在雅加達跟你提過托巴突變。」

大衛舉起雙手。「嘿，我只是想配合一下。」

凱特想起幾天前自己在廂型車上的反應，以及她對大衛說的話，有種恍如隔世的感覺。「不好笑。總之，人口降低在當時引發了基因瓶頸。我們知道地球上每個人類都是極少量人口的後代，從大約七萬年前存在的一千到一萬對可交配男女而來。非洲以外的每個人類，都是大約五萬年前出走的一個可能只有一百人的小部落的後代。其實，今天活著的每個人，都是六萬年前住在非洲的一個人直屬後代。」

「亞當？」

「事實上我們稱呼他Y染色體亞當，因為我們是科學家。也有個夏娃——粒線體夏娃——但她存活的時代早得多，我們認為大約在十九萬到二十萬年前。」

「時空旅人嗎？要不要我指出不合理——」

「不是時空旅人，謝謝。他們只是地球上每個人類直系追溯的遺傳指標。很複雜，不過重點是這個亞當有項重大優勢——他的子孫比其他同儕先進多了。」

「他們有亞特蘭提斯基因？」

「目前讓我們先聚焦在事實上。他們有某種優勢，無論是什麼。大約五萬年前，人類開始有不同的行為，簡直是複雜行為的大爆發：語言、製造工具、壁畫，這是人類歷史上最大的進步——被稱作『大躍進』。檢視之前與之後的人類化石比對分析，差異並不大，基因組的異同也不多。我們只知道可能是某種溫和的基因產生改變，造成我們思考方式的差異，也許是我們的大腦線路改變。」

「亞特蘭提斯基因。」

「不管是什麼，這個大腦線路的改變是歷史上最大的遺傳樂透頭獎。人類在短短的五萬年期間從瀕臨絕種——不到一萬人，在荒野狩獵與採集食物——到統治整個地球，繁衍超過七十億人。對進化史來說，這速度宛如一眨眼。這是神奇的大復活，讓遺傳學家難以置信。我是說，史上存在過的人類物種有百分之十二至今仍然存在。我們只在大約二十萬年前才演化出來。到現在我們仍在享受大躍進後續效應的好處，而我們卻不知道它怎麼發生或會如何發展。」

「是啊，但為什麼是我們，我們憑什麼走運？當時還有其他人類物種，對吧？尼安德塔人，還有……我不記得妳怎麼稱呼他們，他們呢？如果亞特蘭提斯人拯救了我們，為什麼不幫其他人？」

「我有個推論。我們知道五萬年前至少有四個人類亞種：我們這一支的現代人，尼安德塔人，丹尼索瓦人和俗稱哈比人的佛羅勒斯人。可能還有其他我們目前尚未發現的人種，但這是四個亞種——」

「亞種？」大衛問。

「對。學術上稱為是亞種。他們都是人類，我們定義的物種是能夠互相交配與繁衍後代的一群有機體，那四種人類群體都能互相交配。其實，我們有遺傳證據顯示他們這麼做過。幾年前排列尼安德塔人基因組時，發現非洲以外的每個人，都有百分之一到四的尼安德塔人DNA。尤其以歐洲——尼安德塔人的故鄉最明顯。我們排列丹尼索瓦人基因組時，也發現了同樣的現象。美拉尼西亞的某些人，尤其巴布亞紐幾內亞，擁有高達百分之六的丹尼索瓦人基因組。」

「有意思。所以我們都是雜種？」

「對，嚴格來說是。」

「所以我們吸收了其他亞種，成為一種綜合人類？」

「不是。呃，或許一小部分。但考古證據暗示這四群人存活下來，成為不同的亞種。我想其他亞種沒得到亞特蘭提斯基因可能是因為他們不需要。」

「他們——」

「並沒有瀕臨滅絕。」凱特說，「我們認為尼安德塔人早在六十萬到三十五萬年前就存在於歐洲，其他亞種也都比我們古老，他們可能人口較多，同時不在托巴火山噴發的範圍內。尼安德塔人在歐洲，丹尼索瓦人在現今的俄羅斯，哈比人在東南亞比較遠離托巴火山的下風處。」

「所以他們過得比我們好，而我們差點滅種。然後我們抽到遺傳大獎，接著他們真的死光了——被我們殺光。」

「對，他們滅絕得很快。我們知道尼安德塔人比我們強壯，腦子比我們大，在我們出現之前已經在歐洲住了幾十萬年。然後，一萬到兩萬年內，他們一下子就滅絕了。」

「或許那是印瑪里整體計畫的一部分，」大衛說，「或許托巴草案內容不只是尋找亞特蘭提斯基因。如果印瑪里認為這些先進人類，亞特蘭提斯人正在冬眠，等到他們真的醒來，就會消滅任何競爭者與可能構成威脅的人——就像我們得到亞特蘭提斯基因之後五萬年來的所作所為？妳看過肯恩的言論，他們認為跟亞特蘭提斯人即將開戰。」

凱特考慮大衛的推論，心思飄到她跟馬丁的對話。他指稱任何先進種族都會消滅有威脅性的次等人類；他假設人類就像某種電腦演算法趨向同一個可能性：同質性的人類。這就是最後一塊拼圖。「你說得對。托巴草案不只是尋找亞特蘭提斯基因，還要創造亞特蘭提斯人，把人類轉變提升。他們想要融合人類和亞特蘭提斯人，創造一個新種族。即使亞特蘭提斯人醒來，他們也不會把我們當作威脅。馬丁說過托巴草案是『應變計畫』，他們認為如果亞特蘭提斯人醒來看到七十億個野蠻人，就會屠殺我們。但如果他們發現只有一小群人類，遺傳上又跟他們很類似，可能就會允許我們活下去，把我們當作他們部落或種族的一部分。」

「對，但我想那只是計畫的一半。」大衛說，「那是科學基礎、遺傳角度和後備計畫。印瑪里認為他們在作戰，他們的想法像軍人。我說過我認為他們在建立一支軍隊，我仍然維持這個看法。我認為他們用大鐘測試人類有個特定的理由。」

「讓他們培養免疫力。」

「免疫力，對，但更具體地說是能夠直接跟它接觸。在直布羅陀，他們必須間接挖掘把它移走。我想每個亞特蘭提斯結構體可能都有個大鐘，那或許正是用來防止入侵的某種衛兵裝置。但對我們失靈是因為我們其實是人類和亞特蘭提斯人的混種。如果印瑪里找到方法啟動亞特蘭提斯基因，他們就可以派軍隊進去結構體，殺掉亞特蘭提斯人。托巴草案會是終極的應變計畫——如果計畫失敗，亞特蘭提斯人醒來，只剩他們自己種族的話。」

凱特點頭。「他們會屠殺拯救我們免於滅絕的那一批人種，或許還是唯一能幫我們逆轉大鐘瘟疫的人。」

凱特嘆氣。「但這都是推論和臆測，我們可能全猜錯。」

「只看我們知道的吧。我們知道屍體被帶離了中國，大鐘殺死的屍體曾經引發過傳染病。」

「我們得警告衛生機構吧？」

大衛搖頭。「妳看過記事本，他們懂得怎麼隱瞞疫情。現在他們可能更擅長了，因為他們為了托巴草案準備如此之久。我們必須查明妳的推論正不正確，而且需要某種優勢——接觸亞特蘭提斯人或是阻止印瑪里的方法。」

「直布羅陀。」

「這是我們最佳的選擇——派崔克·皮爾斯發現的密室。」

凱特看看熱氣球。他們正在下降，只剩幾個沙袋可以拋棄了。「我看我們飛不了那麼遠。」

大衛微笑著看吊籃四周，彷彿在找他們能用的東西。角落有一個包裹。「是妳帶來的嗎？」

凱特也是初次發現。「不是。」

大衛過去把它拆開。在幾層粗布裡，他發現一些印度盧比，兩人各一套換洗衣物，一張印度北部的折頁地圖昭示他們無疑就在這個區域上空。大衛打開地圖，掉出一張小紙條。他放下地圖看看紙條，再交給凱特。

請原諒我們袖手旁觀。

戰爭不是我們的天性。——老錢

凱特放下字條觀察熱氣球。「我不認為我們能在這上面待太久。」

「同意。我有個主意，不過很危險。」

97

六號鑽探點外一．五哩處

南極洲東部

羅伯．杭特被迫開慢一點，大傘有兩次幾乎要把他扯下雪車，他終於找到了可以支撐的適當速度。但即使如此，機器噪音加上傘的拍打聲，仍然差點讓他耳聾。他在嘈雜中聽見異常的怪聲。他回頭看，是手下在跟蹤他嗎？他停下雪車。不是引擎，而是講話聲。

他掀開外套摸索無線電。訊號燈亮著——他們在呼叫他。他關掉雪車電源，但是訊號不見了，他只好等待著。遠處，一陣風正從圓形山頂上刮下雪花。

他按下無線電按鈕說：「這是雪王。」

他深呼吸一下。突來的回答和接線員尖銳的語氣嚇了他一跳。「雪王——為什麼沒開無線電？」

羅伯想了一下，再按住按鈕，盡量若無其事地說：「我們在移動中。無線電很難收到。」

「移動？你們的位置在哪裡？」

羅伯吞了吞口水。以前他們從來不在移動中問的他位置或試著聯絡。他該說什麼……他們能從空中看見他嗎？

「雪王！是否收到？」

他在座椅上手足無措，拿起無線電到面前。「獵人，我是雪王。估計我們距離七號地點三公里。」他鬆開按鈕把它放回雪車上，深吸口氣。「我們遭遇了……我們有輛雪車出了毛病。正在修理。」

「稍候，雪王。」

過了幾秒鐘。好冷，但他只覺得心臟快跳出喉嚨。

「雪王。需要協助嗎？」

他立刻回答。「不用，獵人。我們能處理。」他等了一秒又說，「需要更改目標嗎？」

「不必，雪王。盡快繼續前進，遵守當地保密規定。」

「了解，獵人。」

他放下無線電到座位上。如今，它感覺像鐵砧一樣沉重。他的腎上腺素慢慢消退，同時發現右臂在痛。握著大傘果然很累。他幾乎無法握拳，稍微動一下肩膀就脹痛。他咬緊牙關把傘換到雪車另一邊。

藉著寒冷和疼痛，他的理智大叫：快回頭。他考慮他們為什麼打過來。只有兩種可能：一是他們知道他的意圖，二是他們想要確認他離開了現場。如果他們看穿了他，他的飯碗就不保了。若是他們在現場做一些不想讓他看見的事，那就更難說了。

他出發時，告訴自己如果他們逮到他，就說他在鑽探現場遺落了什麼東西。這沒什麼不對。傘呢？只是為了遵守當地保密規定。

但無線電對話拆穿了掩飾說法。如果他們現在逮到他，頂多只會失業；如果他們是做壞事的罪犯……那他的處境會更糟。

所以他和自己妥協：他就騎到最靠近的雪丘上，盡量偷看，然後回頭，他真的盡力了。

羅伯必須開慢一點，他用左肘撐著傘靠在自己軀幹上，花了將近一小時才到達雪丘頂。他拿出望遠鏡，掃瞄遠處的地平線尋找現場。

他不敢相信自己的眼睛。

聳立在現場的機器規模前所未見——他可是看過不少巨型機械的老手。它們宛如巨人，現場看起來像被龍捲風掃過。鑽探平台半埋在雪中，就像翻倒的顯微鏡，躺在兒童沙盒裡的建築玩具旁邊。但這不是沙盒，而且這些「玩具」上的雪地履帶車肯定至少有五十呎高。主要的車輛看來像蜈蚣，很長，或許四五百呎，有個小頭部，無疑是拖曳用的「座艙」。車體是一連串白色、氣球狀的區段，沿著現場彎曲成半圓形。

蜈蚣旁邊的一座白色起重機，大約是營建工地標準起重機的十倍大，正在空中高舉吊臂。要吊什麼東西上來嗎？或者比較可能的是，放什麼東西下去。

羅伯放大倍率。聚焦到起重機的鋼纜之前。他在蜈蚣前面瞄到某種東西或是輪廓。他往左看，但這麼高的倍率讓他完全錯過了現場。他縮小倍率，重新找到現場，再度放大，聚焦在蜈蚣的中央。

那是活人還是機器人？無論是什麼，他們穿的像是白色的核生化防護衣，而且更加厚重。他們吃力緩慢地移動，看來幾乎像《魔鬼剋星》（注）中造型像米其林娃娃的棉花糖寶寶，高度倒是符合人體。羅伯用望遠鏡盯著一個白色人形，搖搖晃晃地走到鑽探現場。起重機轉向蜈蚣，它從洞裡吊了東西出來。另一個棉花糖寶寶出現，幫第一個人解開再放下起重機的貨物到地面。貨物看來像顆舞廳鏡球，不過是黑色的。在他們背後，白蜈蚣的最後一節有扇門打開。門由下往上滑開，露出裡面的黃色燈光和一排電腦螢幕，還有一個白色大箱子正被兩名穿防護衣的男子推下斜坡。地面上的另外兩人加入他們，開始拆掉側面的白色板子。它們很容易拆卸，一定是某種布料或有彈性的東西。

羅伯調整望遠鏡焦距。那個箱子是籠子，裡面有兩隻猴子，或許是猩猩。牠們的體型很小，跳來跳去互相擁抱，避開鐵柵。牠們一定快要凍死了。其中一人迅速跪下敲打籠底，想必是要控制面板的東西。在籠頂上，原本微弱的橘光變成了暗紅色，猴子稍微冷靜了一點。

另一人向起重機揮手，它轉過來。眾人把起重機接在籠子頂上，再接上黑球。起重機吊起籠子，移到洞口上方，垂吊下去時他們退到一旁。兩個人走到起重機後面，開出螃蟹狀的機器。他們開到鑽探洞口連接兩台機器。合體之後，兩台機器蓋住洞口，留下一個只容鋼纜通過的小洞。

全體四人匆匆進入蜈蚣，門在他們背後關上。

好幾分鐘沒有動靜。羅伯的手臂開始累了，他不知道該繼續等多久。現在不必懷疑了，他們絕對不是在鑽油。那他們在幹什麼？為什麼需要穿防護衣？為什麼他不需要——猴子們也不需要？

他可能快要看到答案了。棉花糖寶寶此時跳出蜈蚣，走向洞口。他們移開蓋子機器，籠子似乎爆炸飛出洞外，它在鋼纜上彈跳了幾下來回擺盪，最後它懸在離地幾呎處，男子們穩住它，拉開籠門。

猴子身上覆蓋著白色或灰色的……或許是雪？兩隻都躺在籠裡不動。當男子拉牠們出來，白色留在牠們身上——那不是雪。他們把猴子丟進分開的白色屍袋，送進第二節蜈蚣的門裡。門打開後，羅伯瞥見兩個小孩坐在玻璃籠子裡的長凳上，彷彿他們就是下一批。

98

新德里，印度

「在這兒等著。如果我十五分鐘後沒出來就去找警察，告訴他店內發生了搶案。」大衛說。

凱特掃視街道和商店的外觀：鐘錶貿易公司。街上很繁忙，擠滿來來往往的老爺車和騎單車的印度人。大衛告訴她這家店是鐘塔的祕密前哨據點之一，讓當地線民和幹員可以傳送訊息給中央某種檯面下的通訊管道。他猜想若鐘塔還在運作，店可能會開門。大膽的假設。如果鐘塔徹底淪陷了，那麼印瑪里就會監視，甚至可能派人進駐這些據點，等著肅清抵抗的幹員或收拾善後。

注 Ghostbusters，一部一九八四年推出的美國電影，影史上第一部賣座破百萬美金的恐怖喜劇片。

凱特點點頭，大衛在街上跛行向商店。一轉眼，他進去了。凱特咬著嘴唇等待。

店內很擠，時鐘似乎都在玻璃櫃裡，至少除了立鐘以外。每樣商品看來都好脆弱，做工精緻，容易毀壞。大衛努力擠過兩個玻璃立櫃，強迫受傷的腿合作，感覺好像闖進瓷器店的蠻牛。

店內很暗，外面很亮，讓他幾乎看不清東西。他擦過一個放滿古董懷錶的櫃子。櫃子搖晃，懷錶邊緣互相碰撞發出叮噹聲。大衛抓住櫃子想穩住，同時靠正常的那條腿保持平衡。他可能一不小心就會讓整家店塌下來。

店內深處傳出一個聲音。「歡迎，先生。今天要找什麼嗎？」

大衛搜尋店內一次，再一次，終於在店後方高大的辦公桌附近發現那個男子。他跛行過去努力避開那些玻璃地雷。「我在找特殊的款式。」

「您來對地方了，先生。哪種款式？」

「鐘塔。」

店員打量他。「罕見的要求。但是您運氣真好，這些年來我們幫顧客找到了一些鐘塔。可以具體告訴我您在找什麼嗎？年份，形狀，尺寸？任何資訊都有幫助。」

大衛努力回想正確的字眼，他從來沒想到會需要用上。「不只能顯示時間，還必須用不會折斷的鋼鐵打造。」

「我可能知道這種東西。我得打個電話。」他的口氣變了。「請待在這兒。」他平淡地說。

大衛來不及回答，店員已消失在掛在門口的布簾後面。

大衛凝神聆聽，但是裡面沒傳出任何動靜。他看看牆上的時鐘，進來已快要十分鐘了，凱特會乖乖照吩咐做嗎？

店員回來，一臉難以解讀的茫然表情。「賣家想要跟您談談。」他等了一下。

大衛這時候願意用任何東西換一把槍。他只點點頭走到辦公桌後面。店員拉開布簾把大衛推進黑暗中，他察覺到店員在背後伸手，摸向他的頭，但大衛來不及轉身，店員的手臂已經迅速往他的胸口放下。

99

大衛轉身時，店員的手已經放下。

他身邊的燈光亮起。頭頂上有顆燈泡來回擺盪，店員手裡握著開關拉繩。「電話在那邊。」他指指角落的桌子。電話聽筒是模造厚塑膠，像八〇年代的公共電話亭，可以把人活活打死那種。電話也一樣老舊，是轉盤式撥號。

大衛走到桌邊，拿起話筒，他轉身面向店員，店員往他上前一步。

線路聽起來好像斷了。「中央？」大衛說。

「身分。」一個聲音說。

「維爾，大衛・派崔克。」

「站名？」

「雅加達。」大衛說。他不太記得了，但他知道程序不是這樣。

「稍候。」線路又斷了。

「存取碼？」

存取碼？根本沒有存取碼。又不是童子軍的祕密基地。他一說出姓名，他們就應該辨識出他的聲紋，除非他們故意拖時間，想包圍建築物，大衛握著電話一面設法判斷店員的臉色。他進來多久了？快十五分鐘了吧？

「我……沒有存取碼……」

「別掛斷。」聲音回來了。似乎有些緊張。「本名？」

大衛考慮這個要求。他有什麼好怕的？「里德・安德魯・麥可。」

反應很快。「稍等一下局長。」

兩秒鐘過去，霍華・基根老邁的聲音出現在線上。「大衛，我的天，我們到處在找你。你沒事吧？現在是什麼狀況？」

「這條線路安全嗎？」

「不安全。但是孩子，老實說，我們眼前有更大的問題。」

「鐘塔呢？」

「淪陷了，但還沒毀滅。我正在策劃反擊。還有另一個問題。瘟疫正在橫掃全球，我們在跟時間賽跑。」

「我想我知道一部分內情。」

「是什麼？」

「我還不確定。我需要交通工具。」

「目的地？」

「直布羅陀。」

「直布羅陀？」基根顯得困惑。

「有困難嗎？」

「沒有，這是我聽到最好的消息。其實我的人就在直布羅陀——殘餘的幹員和我在計劃反攻這裡的印瑪里總部。店員可以幫你安排交通，但是你離開之前，我……必須告訴你另一件事，大衛。我希望你知道，以防你無法趕到這裡或……你抵達時我已經不在了。你不是唯一在調查印瑪里的人，揭穿他們的陰謀一向是我畢生的目標，但我沒時間了……我知道你是阻止他們的最大希望。我就是你的線人，我已用盡在印瑪里內部所有臥底去幫你，但是還不夠，戰術錯誤純粹是我的責任——」

「那已經過去了。我們有新資訊，可能是我們能用的東西。這件事還沒完。我們直布羅陀見吧。」

100

印瑪里研究基地，稜鏡
南極洲東部

杜利安不得不佩服馬丁·葛雷，他真的很懂科技。南極洲的研究站令人嘆為觀止。這半小時以來，馬丁帶著杜利安走過了巨大蜈蚣狀機動實驗室的每個區段，裡面有兩隻屍體的靈長類實驗室、鑽頭控制中心、員工宿舍、會議室，最後是主控制中心，現在他們就坐在這裡。

「我們這裡是開闊的戶外，杜利安，應該採取預防措施。南極洲已經有好幾座研究站，任何一個都可能撞見我們。」

「然後怎樣？」杜利安說，「他們會通知誰？」

「至少，資助他們的國家——」

「那些國家很快就會被疫情吞沒。他們不會在乎遠在天涯海角的冰塊上有人做未經授權的研究，相信我。我們別浪費時間，談正事吧。告訴我你們在潛艇現場發現什麼？」

「大致如我們預期。」

「是他嗎？」

「不。肯恩將軍……」馬丁說這個字的時候似乎皺了眉，「不在我們辨認出的屍體中。」

「那麼他還在裡面。」杜利安的滿心期待背叛了他擅於隱藏的表情。

「未必。還有其他可能性。」

「我懷疑——」

馬丁堅持，「他可能在進攻西藏時或在途中喪生，這趟路很遙遠，或者——」

「他在裡面。我知道。」

「若是如此，那有幾個疑問。具體地說，他為什麼沒出來。我們為什麼沒聽到他的消息。還有時間流程的真實性問題。肯恩在一九三八年前往南極洲，七十五年前。如果他還在裡面，已經一百二十多歲，早就死了。」

「或許他嘗試過跟我們聯絡，羅斯威爾。警告。」

馬丁想了一下。「有意思。即使如此，你還是執意要找到肯恩，讓我們全體陷入危險。如果你要領導這項行動，就必須頭腦清楚——」

「我的頭腦很清楚，馬丁。」杜利安站起來，「我承認我很執著要找到康拉德·肯恩。但如果是你的父親失蹤了，你也會一樣。」

羅伯·杭特讓雪車繼續前進。他下車走到兩名手下在等待的小岩石突起處。他們不見了，但有輛雪車還在。他們去下一個地點了嗎？去檢舉他？他們是否跟蹤他回到上個現場？那跟檢舉他的意思是一樣的。

他跑出來，進入遼闊的冰原，拿出望遠鏡，掃瞄每個方向的遠處。

沒有人影。

他走回洞穴，裡面好冷，致命的寒冷。他想發動擱淺的雪車，但是沒油了。怎麼會？他們跟蹤他所以差點回不來嗎？不對——車痕很舊。他們把車開進了洞穴裡，為什麼？取暖嗎？嗯，很有可能。他們已經盡力等待了，直到它熄火失去溫度，然後他們爬上最後的雪車一起離去，但是去哪裡？

101

「拜託你別這麼做，杜利安。」馬丁走到牢房門口，張開雙臂。

「別傻了，馬丁。你知道時機已經到了。」

「我們不確定——」

「我們確定他們的城市有一大塊脫落了。他們有個大鐘大約七十五年前被啟動——我們有潛艇上的屍體可以證明。你想冒這個險嗎？我們都知道他們很快就會結束冬眠，或許現在已經醒了。我們沒時間研究和辯論了。如果讓他們離開這裡，人類就全完了。」

「你假設——」

「我確定，你也確定。我們見過那個大鐘的能耐，那還只是門廊上的小燈——通往我們幾千年內造不出來的那種城市入口。假設我們真的能發明出他們那個規模的科技，想想他們在裡面會有什麼武器，大鐘只是個防止野獸打擾他們休息的滅蚊燈。他們不想讓人進去是有理由的。我在確保我們的生存，這是唯一的辦法。」

「根據這麼多推測，採取這麼重大的行動——」

「偉大領袖是靠困難決定淬煉出來的。」杜利安說，「你讓開。」

杜利安走進牢房，跪下來面對兩個印尼兒童。他們坐在靈長類實驗室外的白色長凳上，腳離地幾吋晃蕩著。

「我打賭你們兩個很高興不用穿那些防護衣，對吧？」

孩子們只是望著他。

「我叫杜利安・史隆。你們叫什麼名字？」

孩子們茫然地望著他，目光從杜利安轉到地上。

「沒關係，我們這個遊戲不需要名字，反正猜名字很無聊。我們要玩比較好玩的，非常好玩。你們玩過捉迷藏嗎？那是我小時候最愛的遊戲，而且我很拿手。」他轉向助手。「把切斯博士的包裹拿過來。」

杜利安看著孩子們。「我們要把你們放進迷宮裡，一個巨大的迷宮。你們的工作是找到一個特殊房間。」杜利安拿出一張照片。「看到沒有？這個房間裡有很多玻璃管子，大到裝得下一個人的管子，你們相信嗎？如果你們找得到這個房間躲到裡面，就有獎品。」杜利安把亮面的列印紙放在他們腿上，是一張電腦繪圖——印瑪里推測大型管子房間可能長什麼樣子的模擬圖。

孩子們仔細研究。「什麼獎品？」其中一人問。

杜利安攤開雙手。「我也想問這個問題。天啊，你們好聰明，非常聰明。」杜利安看看周圍。是啊，什麼獎品。他沒料到他們會問。他討厭小孩子，幾乎像他們的問題一樣討厭。「其實我們有好幾種獎品。你們……想要什麼？」

另一個男童把列印紙放在長凳上。「凱特。」

「你要見凱特？」杜利安說。

兩個孩子都點頭，配合他們擺動雙腳的規律動作。

「我看這樣吧。如果你們找到那個房間，躲在裡面等著，凱特就會去找你們。」孩子們瞪大眼睛，杜利安點點頭，「沒錯。我認識凱特。其實我們是老朋友。」杜利安為這個內幕笑話暗自竊笑。他臉上的笑容有了期望的效果，孩子們在長凳上興奮地微微彈跳。

一名實驗室助手拿著背包進來。「拿來了，長官。」

他幫忙杜利安把背包掛到小孩身上。「按鈕啟動式彈頭，我們已經盡力讓它能抵抗破壞。如果按鈕斷線，彈頭會引爆。如您要求，一旦啟動，就無法手動或遙控取消。我們把倒數設定為四小時。」

「很好。」杜利安把胸帶扣緊，抓著孩子們的肩膀。「這是很重要的遊戲規則：你們不能把背包脫下來，否則遊戲就結束，沒有獎品，沒有凱特。我知道它有點重，需要的話可以停下來休息，但是記住，如果你們把它拿掉就見不到凱特。最後一件事——」杜利安拿出一個信封，貼在較高的男孩胸前。上面有大大的字母寫著「爸爸」。

杜利安在信封上加了幾個別針，確保它不會掉落。「如果你們在裡面看到一個人，穿軍服的老人，請把這個信封交給他——你們就贏了。所以一看到他，就跑過去跟他說是迪特派你們來的。記得住嗎？」

孩子們點頭。

十五分鐘後，杜利安從指揮中心看著這兩個男孩，蹣跚走向實驗室地下約兩哩深的「大鐘」。

這個致命裝置連閃爍也沒有。在他們前方，有道巨大的門戶分好幾層開啟，好像爬蟲類的眼皮，杜利安心想。

他盯著螢幕，上面顯示孩子們防護衣上的攝影機傳回的畫面，以及當孩子們在巨大冰塊圓頂內抬頭看著懸在上方幾百碼處的大鐘，兩個畫面都往上帶。

杜利安按下通話鈕。「它不會傷害你們，繼續走。記住那個有管子的房間。」他放開鈕，轉向指揮中心的技師。「可以把玻璃管的電腦影像放到他們防護衣的螢幕上嗎？」他再次連線到孩子們的防護衣。「就是這個，進去找出管子。」

杜利安坐回椅子上，看著孩子們走過門口。門關上之後，他們的攝影機訊號變成雜訊。在管制室裡的另一個螢幕上，杜利安看得到外室和大鐘。圓頂狀的門廳靜止，一陣死寂。

螢幕牆上，數位讀數正在一秒一秒倒數：

03：23：57

03：23：56

03：23：55

102

關於「閃電流感」爆發的白宮新聞簡報抄本。

亞當・萊斯（白宮新聞祕書）：各位早安。首先我要宣讀一份簡報聲明，然後接受發問。「總統與政府正採取步驟評估與因應媒體稱作『閃電流感』的衛生疑慮。今天稍早，總統下令疾管局投入所有現有資源評估其威脅。評估結果出爐前，白宮可能會採取進一步行動，以確保全體美國民眾的安全。」

萊斯放下聲明稿指著第一位記者。

記者：總統是否設定了關閉邊界的時間表？

萊斯嘆氣，看看鏡頭外面。

萊斯：總統重申關閉邊界是最後的手段。我們知道這對不分規模大小的美國企業會有何等衝擊。但我們了解這是公共衛生問題，也有經濟風險。關閉邊界對美國經濟有很實質的風險。流感可能影響許多美國民眾，但關閉邊界絕對會造成經濟立即性衰退，比流感疫情危害更多美國民眾。我們會採取平衡的方式。總統不會讓任何人冒險，無論是流感或貿易衰退。

記者：對於來自亞洲、中東和歐洲的報導是否有正式回應？

萊斯：我們非常嚴肅看待，但也在對資訊進行謹慎、平衡的檢討。我們目前的資訊還不完整，老實說，也不認為消息全都可靠。

記者：你是否指目擊者的報告，那些影片——

萊斯舉手制止。

萊斯：至於網路上的影片，你們只會看到最糟糕的部分。沒人會拍片放上YouTube說自己待在家裡非常健康，吃吃麥片或做做有氧運動之類的，有聳動的事情他們才會拍。我們已經全部看過，往後還會有更多。各位如果根據YouTube的東西過日子，恐怕不是個好主意，這正是我們想要避免的。我們連這些影片的真實性都還不清楚，即使是真的，也可能和任何其他的嚴重健康問題有關。

萊斯舉起雙手。

萊斯：好，今天先到這裡，謝謝各位。

103

鐘塔庇護所
直布羅陀

直布羅陀灣的日落美得令人屏息。柔和的紅、橙和粉紅光線在遠方與蔚藍的大西洋海水相連。大約一百碼外，港口盡頭的巨岩從海中與陸上聳立，灰黑色澤對比著夕陽從它側面落下時映照出的刺眼光芒。

凱特拉開玻璃門，走到四樓的瓷磚地陽台，位於碼頭街道上方。底下，武裝警衛在大宅裡巡邏。地中海的暖風包圍著她，凱特輕輕靠在欄杆上。

她聽見桌邊爆出一陣笑聲。回身一看，大衛的眼神對上她，他看起來好開心，坐在十幾位鐘塔站長和幹員之間，這些都是鐘塔淪陷的倖存者，目前所謂的「反抗軍」。遠遠看去，如果她不明就裡，可能會以為那只是大學好友聚會，單純談笑，分享故事，籌劃汽車野餐會和足球大賽的假期之類的事，但她知道他們正計畫突擊印瑪里直布羅陀分公司的總部。對話轉到了戰術的技術性討論，辯論建築物的格局，確認他們手上的藍圖和情報是否可靠。凱特像個顯然不屬於核心團體的新女友。

從印度前來的飛機上，她和大衛開誠布公地交談，第一次沒有任何防備或遲疑。她告訴他關於流產的事：她之前認識的男人幾乎在她懷孕的同時便人間蒸發。流產後一週，她離開舊金山前往雅加達，完全投入工作和接下來幾年的自閉症研究。

大衛也一樣坦白。他告訴凱特他的未婚妻死於九一一攻擊事件，他受了重傷還差點癱瘓，復原之後決定致力找出幕後真凶。一週前，凱特不會把他對印瑪里和全球性陰謀的主張當一回事，但在飛機上，她點頭同意了。她不知道如何拼湊全貌，但她相信他。

他們談完之後睡了一下，彷彿釋放壓力之後終於可以休息。但對凱特而言，那只是零星不安的瞌睡片段，主要是因為飛機噪音，還有在椅子上睡不好。她每次醒來，大衛總是在睡。她還有好多話想對他說。她看著大衛，直到自己再度睡著。最後一次醒來時，飛機正準備降落在直布羅陀機場。大衛望向機窗外，看見凱特醒著，他說：「記住，別提起記事本、西藏或中國設施的事，直到我們得知更多詳情。我對這件事還不確定。」

他們一落地，鐘塔幹員們就包圍飛機，將他們帶回庇護所。之後她和大衛就沒說上幾句話。

她背後的門滑開，凱特迅速微笑轉身，滿懷期望。是鐘塔的首領霍華．基根。凱特的笑容瞬間消失，她希望對方沒看見。他走過來關上門。「我可以加入嗎，華納博士？」

「請便。叫我凱特就好。」

基根站到她身邊的欄杆，沒有倚上去也沒看凱特，只望著外面變暗的海灣。他顯然已六十多歲，但體型精實。

沉默令人有點尷尬。「計畫進行得如何？」凱特問。

「很順利，但是不重要。」基根的語氣平淡，不帶情緒。

凱特全身發涼，她試著緩和情緒。「你就是那個——」

「就是我。明天的結果已經策劃了很多年。」他指指下方的街道和警衛。「那不是鐘塔幹員，他們是印瑪里保全，屋裡的警衛也是。明天，鐘塔內部最後一批非印瑪里幹員都會死，包括大衛。」

「別轉身。我是來跟妳談條件的。」基根的聲音變成耳語。

凱特離開欄杆，迅速回頭看看桌邊仍在談笑比劃的人群。「我不懂——」

「什麼條件？」

「用他的命交換妳的。妳今晚離開這裡，等過幾個小時大家睡著之後。他們會提早就寢，天亮就要出擊。」

「你說謊。」

「是嗎？我不想殺他，我挺欣賞他的。只是我們站在不同邊罷了。真不巧，我們很需要妳。」

「為什麼？」

「妳對大鐘免疫，這是我們所做的一切關鍵。我們必須搞懂為什麼。我不會說謊：妳會被訊問，然後研究，但他會活著。看看妳的選項。我們現在就可以殺光屋裡的幹員。在住宅區裡會比較棘手，但還可以接受。我們開啟這個任務已經太久了，一直等待著，看誰會來，希望他打電話進來。還有，如果妳擅長談判，或許那些小孩能夠被釋放，或許可以用妳自己交換他們，他們被關在同一座設施裡。」基根看著凱特的眼睛。「嗯，妳的答覆是？」

她吞了口口水，咬牙點點頭。「好吧。」

「還有一件事，根據飛機上的錄音，妳和維爾提到一本記事本。我們想要它，那是我們已經找了很久的東西。」

104

阿爾發雪地營
七號鑽探點
南極洲東部

羅伯・杭特看見雪車停在七號鑽探點的白牆小帳篷外面，感到如釋重負。他把自己的雪車停下，跑了進去，手下們都在牆壁加熱器旁邊取暖，他進去時兩人站起來。

「我們等了一陣子，但是好冷，實在待不下去。」

「我了解。沒關係。」羅伯邊說邊觀察房間，跟前六次一模一樣。他看看無線電。「他們有沒有呼叫——」

「三次了，每小時都有，問你在哪裡，他們快失去耐性了。」

羅伯想想該怎麼說，「你怎麼告訴他們的？」答案可以讓他判斷他們知道了多少。

「我們沒接到第一通，第二通說他們要派支援來，我們說你在修鑽頭，不需要幫手。你看到了什麼？」

最後一個問題讓羅伯的心思飛轉。萬一他們在試探我呢？萬一他們向雇主招供了，奉命要殺我呢？我能信任他們嗎？

「我沒有……」

「嘿，我不是什麼天才，我連他媽的高中都沒畢業，但我一輩子都在波斯灣的油井工作。我知道我們不是在鑽油，你就乾脆告訴我們看到了什麼吧？」

羅伯坐到放無線電的小桌子旁，突然覺得好累又好餓。他拉下兜帽，脫掉手套。

「我還不確定。有一些猴子，他們用某種東西殺了牠們。然後我看到小孩子，被關在玻璃籠子裡。」

105

鐘塔庇護所
直布羅陀

凱特試著估計陽台和陽台之間的距離。四呎？五呎？她跳得過嗎？下方，她聽見有警衛走過，她爬回自己房間裡，靜靜聆聽著。警衛踩著碎石的聲音逐漸遠去，她回到陽台上。

她踩上邊緣，先跨過一條腿，騎坐在欄杆上，再跨過另一條腿。她站在欄杆外的小突起上，雙手在背後抓著。她跳得過去嗎？

她伸出一條腿，一手抓著欄杆，接著準備像芭蕾舞者般奮力飛躍。她盡力伸長了腿，感覺手逐漸抓不住欄杆，差點掉下去。她及時退後，背部撞上欄杆。她可能會摔斷脖子，另一個陽台太遠了——還差大約兩呎。

她倚著欄杆，正打算跳過去，另一個陽台的門打開，大衛走了出來。他一看到她嚇退一步，但認出她之後又走到欄杆邊。他對她微笑。「真浪漫。」他伸出沒受傷的手臂。「跳吧。我會拉住妳。我欠妳一次。」

凱特往下看看，感覺雙手在冒汗。大衛把手伸出欄杆外，離她還有幾呎。她想跳過去，但她做得到嗎？如果她掉下去，警衛會發現她，基根馬上會知情，協議就告吹了。大衛接得住她嗎？他能帶她逃離這裡嗎？她信任他，相信他，但是……

她用力一跳出去，大衛穩穩接住她，把她拉過欄杆到他懷中。一切發生得太快，好像做夢。

他拉她進入房間，懶得關門。他把她丟到床上，接著爬到她身上，脫掉上衣，雙手摸過她的頭髮，飢渴地親吻她的嘴唇，再脫掉她的衣服。

她必須告訴他，必須阻止悲劇，但她無法抗拒這種親密，她希望繼續下去。他的觸摸宛如電流掃過，點亮她早已黑暗的部分。他喚醒了什麼，好像壓倒她的某種超能力，阻隔了一切。她再也無法思考。

感覺好愉悅。解脫感。或許他們可以晚點再談。

凱特看著大衛的胸膛起伏，他睡得很熟。她做了決定。

她躺回床上，望著白色石膏天花板沉思，試著理清自己的感受。她覺得……死而復生，完整又安全，即使有基根的威脅也一樣感覺不變。她心裡掙扎想叫醒大衛，告訴他有危險，必須逃離這裡。但大衛能怎麼辦？他腿上和肩膀的槍傷還沒復原，她只會害死他。

她穿上衣服，默默走出他的房間，慢慢關上門。

「我就知道。」

突如其來的聲音嚇了她一跳。她轉身，基根站在她背後，臉上的表情……哀傷，失望，遺憾？

「我沒告訴他——」

「我懷疑——」

「是真的。」凱特打開門，露出仰躺著的大衛，床單只蓋住他的下半身。凱特輕輕再關上門。「我們根本沒說話。」

她低下頭，「我是來道別的。」

三十分鐘後，凱特看著窗外北非的燈光，飛機往南飛，直向南極洲而去。

106

「大衛，醒醒。」

大衛睜開眼睛。他仍然赤裸著，躺在入睡時的相同位置。他摸摸身邊的床上，空無一人，冷冰冰的。凱特早已離開。

「大衛。」霍華·基根低頭看著他。

大衛坐起來。「怎麼了？現在是什麼時候？」

他的上司交給他一張紙。「大概凌晨兩點。我們在凱特房裡發現這張字條。她走了。」

大衛打開字條。

親愛的大衛，

別恨我。我必須設法換回孩子們，我知道今天早上你們要攻擊印瑪里總部。希望你成功，我知道他們奪走了你什麼。

祝好運。

——凱特

大衛的心思飛轉。凱特會這麼做嗎？*不太對勁。*

「我們認為她是幾小時前走的，我想最好告訴你一聲。很抱歉，大衛。」霍華走到門口。

大衛試著客觀地分析狀況。*我遺漏了什麼？*他的心思一直繞著凱特，她昨晚的樣子宛如關不掉的幻燈片在腦中重播。原本她很安全，現在卻主動投入敵人之手。*為什麼？*這真是最糟糕的狀況。

基根抓住門把。

「等等。」大衛打量四周，不斷思索。他有什麼選擇？「我知道她去哪裡了。」

基根轉身，懷疑地看著大衛。

「我們在西藏拿到一本記事本。」大衛邊說邊穿上衣服。「裡面有巨岩地下的坑道地圖，那裡面有東西，是他們需要的東西。」

「是什麼？」

「我不知道。但是我認為她去找了——用來交換孩子。我們的狀況如何？」

「大家都在著裝。我們快準備好出擊了。」

「我必須跟大家說話。」

三十分鐘後，大衛帶著世上最後二十三個鐘塔幹員，通過直布羅陀巨岩底下的坑道。他告訴大家自己非去不可，他必須找到凱特。但他的傷勢，尤其腿傷，讓他無法在行動中扮演活躍角色，因此他只能在桌邊盯著螢幕和讀數，負責協調大家。

同僚們一致同意他們要一起行動，先調查坑道、找回凱特，再回到原定計畫。密室的內容可能可以對主要任務提供一些戰術優勢。

他們預料在倉庫不會遭遇多少抵抗。果然沒錯，倉庫根本沒人看守，即使上了鎖也形同虛設。鐘塔小隊發現一個普通的密碼鎖，高中置物櫃用的那種，已斷成兩半掉在地上。這顯然是凱特幹的。印瑪里大概很久以前就放棄了這個現場，認為沒什麼價值。不過警戒如此鬆散仍然讓大衛持疑。

坑道入口正如記事本描述。洞口的黑色帆布被掀開，通往內部的燈亮著。裡面有個改變：加裝了電力台車系統，就像單車廂的單軌纜車，以提供快速安全進出坑道的方式。每個車廂可載兩名乘客，全隊擠進了十幾輛台車，霍華和大衛一起搭第一輛。經過一陣令人暈眩的下降螺旋之後，坑道伸直出去，開始分叉。大衛沒料到這點，他以為印瑪里會封閉死路。記事本裡的地圖是亞特蘭提斯結構體的內部，碰到叉路他就不知道該怎麼走。別無選擇之下，霍華開始分配人手。很不幸地，軌道一直分叉直到剩下大衛和霍華一輛車，他們希望自己沒走錯路。

計畫是一小時後在入口會合。這樣還有時間，在黎明前突擊印瑪里直布羅陀總部。

大衛直視著前方，坑道燈同時無窮單調地掠過。他遺漏了什麼？霍華負責操縱台車，控制速度。遠方某處，傳來三個模糊連續的爆炸聲。大衛看看霍華，兩人會心地互瞄一眼。霍華減速，他們等待更多聲音，希望能分辨方向。

「我們可以回頭。」霍華低聲說。

坑道裡很安靜。顯然那是槍聲，大衛的狀況又不適合戰鬥，雖然霍華在情報圈，但他是主管，不是戰士。兩人都沒太大的反抗能力，他們反而會礙事。

「不，我們前進。」大衛說。

五分鐘後，他們又聽到一陣槍聲，但依然沒停下。又過了幾分鐘，他們抵達通往亞特蘭提斯結構體的大洞穴，階梯在洞穴的中央完全裸露出來，右方是記事本描述的鋸齒狀金屬裂縫。大衛看得到其餘的結構，但主要是平滑深色的金屬，巨大的鋼樑直達上方至高處，支撐著巨岩和海床。

大衛抬頭，研究階梯上方的區域。有大圓頂，似乎有一處結構體的突出物從上方被切斷。

「那是什麼？」霍華說。

「那是他們拆掉大鐘的地方。」大衛像是自言自語。

霍華走到階梯，一腳踏上第一階，回頭看看大衛。

大衛不發一語，蹣跚上前，吃力地拄著拐杖走上階梯。他皺著臉爬上去，一股強烈的似曾相識感吞沒他。坑道建造者派崔克．皮爾斯，也曾經假借救人名義被騙到這裡，被困在裡面。大衛跨過門檻，霍華緊跟在後。他停下觀察上司的眼神。他遺漏了什麼嗎？他現在能怎麼辦？

結構體內部被地板和天花板上排列的LED燈照亮。走道大約八呎高，不狹窄但也不算寬敞，同時也不是方形。走道的底部和頂端稍微彎曲，類似橢圓形，只是曲線的角度比較尖銳。整體上，這個廳感覺像船艦——就像電影《星艦迷航記》的太空船走廊。

大衛帶著霍華通過走道，按照他腦中記住的地圖影像。記憶地圖和密碼是間諜行業的看家本領之一，大衛很擅長。

眼前這個結構體真是不可思議。許多房間的門開著，他們經過時，大衛看到一連串臨時實驗室，就像博物館玻璃窗裡，館員細心研究或修復歷史器物的地方。過去一百年來，顯然印瑪里摸清楚了結構體的每一吋。

如同夢境成真。大衛對隧道工程師的記事原本半信半疑，以為或許就只是故事而已，但它是千真萬確的。

通往密室的假牆快到了，就在下個轉角。景象映入眼簾時，大衛感覺自己停止了呼吸。密室……敞開著。

凱特。她在裡面嗎？

「凱特！」大衛喊叫。沒什麼好怕的，裡面每個人大老遠都聽得見他的拐杖敲擊金屬地板聲音，所以他們早已不怕被人發現。

沒有人回應。

霍華走到他背後。

大衛溜到密室的門邊向內窺探。裡面看起來像某種指揮中心。有艦橋，平滑的表面上有幾張椅子——電腦嗎？或是更先進的東西？

大衛小心翼翼地走進密室。他撐著拐杖轉來轉去，觀察房間每一吋。「她不在這裡，」他說，「但是那本記事本的故事是真的。」

霍華走進房間按了背後一個開關，房門立刻從右到左關上。「是啊，相當真實。」

大衛看著他。「你看過了？」大衛手指握住插在他腰帶上的手槍。

霍華的臉色變化，平常溫和的表情消失。現在他看來很志得意滿。「對，我看過了，但只是出於好奇。我早知道內容是什麼，因為我就在現場、親眼目睹過。是我僱用了派崔克．皮爾斯找到這個地方。我，就是馬洛里．克瑞格。」

107

印瑪里研究基地，稜鏡

南極洲東部

凱特坐在塑膠小凳上望著白色牆壁，這是某種實驗室或研究設施裡，但她不知道在哪裡。她揉揉太陽穴。天啊，她的頭好暈。在海洋上空某處，有人走回客艙給了她一瓶水。她拒絕後，他用白布蓋住她的嘴，她便昏了過去。

她站起來在房裡踱步。白色的門上有條小縫，但是窗外只看得到外面走廊和跟她房間一樣的其他門。

房裡的牆上有個長方形鏡子，縮入牆面幾吋。這裡看起來是個觀察室，類似她的雅加達實驗室，只是詭異多了。她望著鏡子。現在有人在鏡子後面看著她嗎？

凱特挺直身子對著鏡子，彷彿她看得見後面的神祕人士——那些抓她的人。「我實踐了我的承諾，我來了。讓我看看孩子。」

擴音器傳出一個經過電腦處理、有些模糊的聲音。「告訴我妳用什麼治療他們。」

凱特想了想，若她透露的話就沒有籌碼了。「我要先看他們，然後你釋放他們，我就告訴你。」

「妳沒什麼立場能談判，凱特。」

「我不這麼認為，你們需要我的知識。現在不讓我看孩子，我們就沒什麼好說的。」

沉默持續了幾乎一分鐘，然後鏡子的一側浮現一段影片，這塊一定是某種電腦螢幕。影片顯示孩子們走在陰暗的走道中。凱特走近鏡子，伸出一隻手。孩子們的前方，一道巨大的門打開，裡面只有一片黑暗，孩子們走進去，影片暫停在門關上的瞬間。

「妳看過隧道工程師的記事本，應該知道直布羅陀的結構體。這裡有二十倍大的類似結構體，它埋在冰層底下兩哩深已不知道幾千年了。孩子們就在裡面。」

鏡中的螢幕切換到孩子們走進大門前的特寫，聚焦在他們身上的背包，上頭有個簡單的LED讀數，鬧鐘常見的連串數位數字，正在倒數中。

「孩子們的背包裡是核彈，凱特。他們剩不到三十分鐘了。我們可以遙控解除，但妳必須告訴我們妳的療法。」

凱特退離鏡子前。這太瘋狂了，誰會這樣對待兩個小孩子？她無法相信他們。她絕對不能告訴他們，這些人只會傷害其他小孩，她很確定。現在她必須快速思考。「我需要一點時間。」她低聲說。

背包的影像從鏡中消失。

幾秒鐘過去，房門打開。身穿黑色長風衣的男子機械式地走進房間。

凱特認識他。

怎麼可能？腦中瞬間閃過昂貴晚餐、他逗她笑、舊金山的燭光公寓，還有她告訴他自己懷孕那天的回憶。那是她最後一次見到他……直到此時此地。

「你——」凱特只說得出這個字。他走進來，同時她退後，她的背貼到了牆上。

「該談談了，凱特。請叫我杜利安．史隆。呃，我們還是省略假名好了。我是迪特。迪特．肯恩。」

108

印瑪里地下坑道

直布羅陀

大衛看著他以前認識的霍華·基根，原本鐘塔的首領，如今自稱馬洛里·克瑞格的人，走過房間。

「你說謊！克瑞格僱用皮爾斯是將近一百年前的事。」

「沒錯，我知道。我們尋找他的記事本也差不多這麼久。皮爾斯聰明絕頂，我們知道他在一九三八年把記事本寄給光明派，但不確定寄到了沒有。我很好奇他會怎麼說，又會透露多少祕密。你閱讀的時候，不好奇他跟我們做了什麼協議嗎？西班牙流感害死他的妻子和腹中胎兒之後，他為什麼還留下來為印瑪里工作了將近二十年？他是怎麼形容的？『跟魔鬼的交易』？」他大笑起來。

大衛把手槍悄悄拔出來。他必須讓基根持續講話，至少久一點。「我看不出那和你有什麼關係。」

「是嗎？你覺得皮爾斯為什麼跟我們合作？」

「你們威脅要殺他。」

「對，但他不怕死。你看過記事本的結尾，他會很樂意，也很想轟轟烈烈地殺光我們。我們剝奪了他的所有，他深愛的一切，但他對自己孩子的愛比恨意更強大。我說過，派崔克·皮爾斯很聰明，他一走出玻璃管子，就知道那是什麼東西。那是冬眠管，一種冷凍室。在地面倉庫的臨時醫院裡，他做了一個交易，要求把海蓮娜的屍體放進其中一根管子，肯恩則決定在另一根管子放進垂死的兒子迪特。兩人都瘋狂執迷於醫學研究，他們夢想著有一天他們能打開管子，救活他們的親人。當然，肯恩的點子比較激進，比較受種族驅使，他致力於找出抵抗大鐘的方法。他把鐘帶到德國，然後……你已經知道實驗的事了。我們知道皮爾斯在跟我們作對，並且有所圖謀。

一九三八年，肯恩出發遠征前夕，派遣他的突擊隊逮捕皮爾斯，把他放進管子裡。」

「為什麼不乾脆殺了他？」

「我們原本想的，但是我說過，我們知道他寫了一本記事本，知道他有其他對抗我們的計畫。我們猜想他死了之後，可能會引發這些計畫執行，所以我們左右為難，殺掉他太危險了。當皮爾斯拚命反抗，直到警衛打暈他把他丟進管子裡，我還是笑了。然而，令我大驚失色的是，肯恩也下令突擊隊把我放進另一根管子。即使我效忠他那麼多年，他仍然不相信我，只保證回來之後會把我放出來。他做夢也沒想到他回不來。我們幾週前在南極洲只找到他的潛艇。

「皮爾斯和我在一九七八年被叫醒在一個全然不同的世界裡，我們的印瑪里組織幾乎不復存在——只剩公司外殼和某些海外資產。第二次世界大戰重創了我們，納粹強佔了我們不少資產，包括大鐘。原來是當時印瑪里領導階層急了——急得把老傢伙們叫醒，那批當初建立印瑪里國際集團的那些人。至少他們還有點腦子。但是他們不知道完整的歷史。派崔克．皮爾斯和我一起被叫醒，我們幾乎馬上接續當初各自中斷的事。我開始重建印瑪里，派崔克恢復阻撓我的角色。我復興了我建立的組織，我的印瑪里部門，世界第一個全球性情報組織。你很熟悉的，就是鐘塔，印瑪里的情報分支。」

「你說謊。」

「我沒有。你很清楚我在說什麼。你看過我們在一九四七年發出的訊息，暗藏在紐約時報訃聞版那些。為什麼印瑪里的訊息會標示『鐘』和『塔』的字眼？看到解碼訊息的當下一定就懂了，也可能更早。在你腦中深處，你一聽到有多少幹員在印瑪里控制下，就已經知道鐘塔的來歷，看到各細胞這麼快淪陷，更是完全通透。想想看。鐘塔並非被印瑪里滲透，它本來就是印瑪里的部門，專門博取全世界情報機構信任的單位，完美滲透它們，確保當這一天來臨，當我們放出亞特蘭提斯瘟疫時，他們會完全盲目，無力抵抗。鐘塔還有另一個目的：蒐集與控制任何知悉印瑪里整體計畫的人——像你。你在鐘塔的所有期間，我們都一直監視你，設法查明你知道了多少，告訴過誰。這是唯一的辦法，像你這種人被逼供不會屈服。另外，還有一個好處，這些年來我們發現大多數幹員得知完整真相後會加入我們。你也會的，所以你才在這裡。」

「來被洗腦？你以為我聽了你的理論就會加入？」

「事情不像表面上那麼——」

「我聽夠了。」大衛舉槍，扣下扳機。

109

印瑪里研究基地，稜鏡

南極洲東部

凱特搖頭。他怎麼可能在這裡？她不會哭。她只能勉強說出：「為什麼？」但聲音已不由自主變得沙啞。

杜利安的表情改變，彷彿想起什麼瑣事，像是他遺忘在雜貨店但不需要的東西。「噢，那個，只是還舊債罷了。如果妳不告訴我療法，那些事比起我要接下來對妳做的事，簡直微不足道。」他靠近她，迫使她退到房間角落。

凱特想要馬上告訴他事實，想要看看他臉上會出現什麼表情。「臍帶血。」

「什麼？」杜利安退後一步。

「我失去了小孩。但我流產前一個月，從臍帶抽取了胚胎幹細胞，以防未來孩子發生什麼狀況需要。」

「妳胡說！」

「是真的。我把實驗性幹細胞療法用在那些孩子們身上，就是我們的孩子的幹細胞。我全用光了，一點也不剩。」

110

印瑪里地下坑道
直布羅陀

大衛再扣下扳機，又是喀啦一聲。

「我拆掉了撞針。」克瑞格說，「我知道你能分辨裝滿子彈和空槍的差異。」

「你想要怎樣？」

「我已經說了，我是來招募你的。我們談完之後，你就會知道真相，最後會——」

「我絕不會加入。你現在就可以殺了我。」

「我寧可不要，好幫手非常難找。還有另一個理由，你知道得比別人都多，你有獨特的立場來——」

「你知道我為什麼加入鐘塔，知道印瑪里奪走了我什麼。你奪走的。」

「不是我，是杜利安，也就是迪特・肯恩。當然，我利用鐘塔的能耐，確保沒有其他的情報機構聽到計畫的風聲。是他策畫九一一事件，是他想出來的。他執意搜索那片山區，想找到他父親，他急需某種結果，但那不是唯一的理由。我說過，我在一九七八年醒來時組織已經支離破碎，到二〇〇一年我們還在調養。我們需要資金，以及全球性的掩護來進行我們的工作。」

「杜利安・史隆就是迪特・肯恩？」

「沒錯。我醒來後，命令手下打開他的管子，他非常健康地走了出來。這種管子一定也是某種治療裝置，或許是醫療艙，但它的能力只限於治療活人。我看著二十年來像法官一樣禁欲的派崔克・皮爾斯，在他們把海蓮娜的屍體拖出管子時再度崩潰。他重新經歷了一遍喪妻之痛。不過，我們倒是救活了她體內的小孩。」

「他的孩子？」

「女兒。你已經認識了。就是凱特・華納。」

111

印瑪里研究基地，稜鏡
南極洲東部

凱特觀察杜利安的表情。困惑？懷疑？遺憾？他望著牆腳和地板交會處陷入沉思。然後他看著她，露出不懷好意的獰笑。「有一套，凱特。妳當然很聰明——只要是關於科學方面，但是妳不懂人性。」

他轉過身，慢慢走向門口。「這方面妳和令尊一樣，聰明但愚蠢。」

他在說什麼？她父親二十八年前就死了。杜利安，還是迪特，管他叫什麼名字……他瘋了。

「你才是唯一的蠢蛋！」凱特說。

「是嗎？這都是令尊的錯，是他引發了這一切。他害死我母親和哥哥，迫使我父親進行危險的任務去拯救世界——從此他再也沒有回來。這就是妳想要的理由，凱特。我奉獻了一輩子去完成父親的遺願，討回令尊對我家人的虧待。今天，妳終於給了我成功的關鍵。」

凱特還來不及反應，警報聲已大聲響起。

一名警衛，或某種士兵，衝進門來。

「長官，我們遭到攻擊。」

112

印瑪里地下坑道
直布羅陀

大衛飛快地動腦，忍不住唸唸有詞，說出他的困惑。「凱特・華納是派崔克・皮爾斯的女兒？怎麼會？」

「我認為改名比較好。如果有人把我們扯上到第一次世界大戰期間和戰後的事件，會讓我們的生活變得……更複雜。皮爾斯改叫湯姆・華納，凱薩琳是他的新生女兒，他告訴她母親死於難產，其實也沒錯。迪特變成杜利安・史隆，他逐漸執迷於過去和他父親的遺志，成為一個充滿恨意的孩子。你想想，七歲的男孩在一九一八年帶著流感病毒冬眠，當時他的親人還活著，六十年後的一九七八年他醒來，在陌生的世界裡健康活著卻無比孤獨。我努力扮演他的父親，但他太苦惱、太孤僻了，就像你。他畢生致力要反擊奪走他家人的人，殺光改變他、摧毀他人生的人。對他而言，那些敵人就是湯姆・華納和亞特蘭提斯人。

「這也是我們的不幸。杜利安非常能幹，他在印瑪里組織內部獲得無上支持。對印瑪里而言，他是回歸的繼承人和救世主，瘟疫和大鐘可以被打敗、人類可以倖存的活生生證據。杜利安對此也深信不疑。他變成了一個怪物，打算削減人口，只留少數精英和基因優越者，他認為是同類的人。現在他已經釋放了瘟疫，此時此刻，末日正在發生。但是我們可以阻止他，你可以殺了他，讓我獨自掌管印瑪里組織，由你輔佐我。」

克瑞格看著大衛，期待老徒弟會回應這項提議。「我把你當成囚犯帶進去。我了解他，他會想要面對你，親自說明然後折磨你。在你們獨處的時候，我會給你殺掉他的方法。」

大衛搖頭。「這就是你的目的？這麼大費周章？只是要我殺了史隆，幫你坐上王位？」

「你不想嗎？是他發動了九一一攻擊事件，他是你的敵人。你還可以救出凱特，目前她和他在一起，他一定會傷害她。他在舊金山就做過了。那個流產的孩子就是他的。」

「什麼?!」

「那是報復。湯姆．華納死了，所以杜利安找上他女兒。杜利安毫不猶豫，決心要凱特體會自己的痛苦，醒來之後發現家人被無情奪走。他是個怪物，以前只有馬丁能阻止他殺了她，但現在馬丁也無能為力了。只有你可以救她，沒有別人。」

克瑞格暫停，讓大衛去考慮這些話。他轉身在房裡踱步。「想想看，大衛。你知道你贏不了的，你打不過我們。坑道裡的槍聲，是我的印瑪里保全人員殺掉最後一批鐘塔忠誠派的聲音，他們全死光了。你在這裡孤立無援。你打不過印瑪里，沒人可以。全世界已經在對抗瘟疫，你無法阻止突變啟動。但我們可以從印瑪里內部做些改變。我們可以塑造未來的世界。」

大衛考慮這份魔鬼的交易。然後他看看房間四周，想找到可以當武器的東西。確實有東西——長矛的木棍，從牆上突出來。在這個充滿奇特金屬、玻璃和大衛根本無法想像的高科技建構的房間裡，木頭和鐵器長矛顯得非常突兀。

房間的另一邊，一個雷射投影閃爍著亮起，好像某種3D影片。

「那是——」

「我們還不確定。」克瑞格說。他走近投影形成的區域。「可能是某種影片，雷射投影，一再重複。每隔幾分鐘就出現。我想它顯示的是過去這裡發生過的事。這就是我帶你來這個房間的另一個理由，這就是這間密室暗藏的祕密。我們認為派崔克・皮爾斯在一九三八年寄出記事本時也沒有發現。或者是，他發現了這個房間，但是所有功能故障，直到一九七八年他走出管子為止。我們還在研究其中虛實。但我們相信他以湯姆・華納的身分工作的七年間，曾經看過真相。現在我們還不清楚它的意義，但他費了很多工夫隱瞞。我們認為這是某種訊息。」

113

印瑪里研究基地，稜鏡
南極洲東部

凱特聽到第二聲爆炸時抬起頭來。她再次嘗試開門，還是上鎖的。她好像聞到了煙味。她的心思閃過杜利安的瘋狂主張，以及孩子們走進巨大結構體，背上還綁著背包的影片。

門打開，馬丁・葛雷悄悄走進來，抓住凱特的手臂拉她到外面走廊。

「馬丁。」凱特開口，但他打斷她。

「安靜。我們得趕快。」馬丁邊說邊帶她走過白牆走廊。他們轉個彎，走廊盡頭是看來像太空站的氣閘。兩人通過氣閘，進入大房間時，一陣強風吹過。這裡像是高大圓拱形天花板的停機棚或倉庫。馬丁捏捏凱特的手臂，帶她來到一堆硬塑膠箱子後，一起蹲下靜靜等待。她聽見房間盡頭有交談聲和重裝備引擎聲——或許是堆高機。

「待在這裡。」馬丁說。

「馬丁……」

「等一下。」馬丁低語之後起身快步走開。

凱特聽到他的腳步聲突然停止，走到那些人的位置。他的聲音充滿權威和力量，凱特從未聽過繼父這樣說話。「你們在這裡幹什麼？」

「卸貨。」

「史隆總監召集所有人到北門入口集合。」

「什麼？我們奉命——」

「這個站被滲透了。如果它淪陷，你們在這裡做什麼一點也不重要。他叫你們集合，任何人喜歡的話可以自行留下。」

凱特聽到更多腳步聲走向她，然後經過，走出另一個氣閥。現在只剩一個腳步聲了——是馬丁。他深入機棚又開口說話：「他召集所有人——」

「那麼誰來控制現場？」

「各位，你們覺得我為什麼過來？」

更多腳步聲，奔跑，氣閥打開又關上。馬丁走回來。「快過來，凱特。」

馬丁帶她經過幾排箱子和某種臨時控制站，有一整排電腦和螢幕牆。螢幕顯示一條冰雪長廊，還有她剛才看到孩子們通過的門口。

「拜託，馬丁，告訴我怎麼回事。」

馬丁眼神溫柔，充滿同情。「穿上這件防護衣。我盡量用這段時間，把我知道的都告訴妳。」他指指幾個置物櫃旁邊，掛在牆上的一套蓬鬆白色太空衣。凱特開始穿衣服，馬丁邊說邊別開目光。

「很抱歉，凱特。是我逼妳交出成果，妳成功之後……我綁架了小孩。因為我們需要他們。」

「大鐘……」

「對，為了通過大鐘、進入墳墓——南極洲冰層下方兩哩處的結構體。自從我們開始研究大鐘，就發現有些人可以承受比別人更久的時間，但最後他們都死了。幾年前我們辨識出一組跟抵抗力有關的基因：我們稱作『亞特蘭提斯基因』。這些基因深度影響大腦線路，我們認為它負責各種先進認知能力：解決問題、高階推理、語言、創意，只有我們現代人才擁有，其他人類亞種都沒有，只是我們沒發現這就是我們的差異。我的推論是亞特蘭提斯人大約七萬年前，托巴突變的時候，給了我們這種基因，讓我們倖存，但我們還沒有準備好接受。因此我們仍然很像我們的大型人猿親戚，靠本能行動，住在野外。奇怪的是，我們認為它是被某種神經求生副程式啟動，像大腦的『應戰或逃走』核心反應。這個機制啟動了亞特蘭提斯基因——讓身心更加專注。或許因此我們這個物種才會追求刺激，又容易採取暴力。」

馬丁搖搖頭，努力專心。「總之，我們還在設法理解它如何運作。人人都有亞特蘭提斯基因，或至少有些遺傳成分，但問題在於如何啟動基因。有些天才的腦子比較容易啟動，我們認為那些靈光一現的時刻、洞察與頓悟的剎那，其實就像燈泡的開關，啟動亞特蘭提斯基因，在極短的瞬間讓我們可以使用完整的腦力，而這些人可以不經應戰或逃走的斷路器，就能啟動亞特蘭提斯基因。我們開始把研究聚焦在能夠持續啟動的大腦。於是我們觀察自閉症光譜上某些大腦的啟動：學者症候群，所以我們才資助妳的研究。印瑪里委員會視而不見杜利安對妳的侵犯——因為他誘導妳進入了印瑪里有興趣的領域。妳成功了，孩子們顯現出持續啟動亞特蘭提斯基因的跡象之後，我在他發現之前帶走了孩子。我用鐘塔製造了其他干擾，讓他忙碌。」

「你就是線人。是你傳送情報給大衛。」

「對。這是為了阻止托巴草案不得已的辦法。我知道大衛一直在調查印瑪里的陰謀，我發訊息給他，透露擔任鐘塔分析師的印瑪里雙面幹員，也試圖告訴他鐘塔本身就是印瑪里情報單位，警告他該相信誰。我原本希望他能及時得知真相，但是我必須很小心——某些情報只有最高層知道，而我已經被懷疑了。至少，我希望鐘塔爭奪戰會削弱印瑪里，拖延托巴草案的執行。」

「托巴草案具體上是什麼？」

「托巴是史隆的計畫，利用大鐘的瘟疫，完成全人類的基因改造。」

「為什麼？」

「讓我們在遺傳上和亞特蘭提斯人同質化。至少，史隆和基根告訴整個組織的說法是這樣。但那只是一半的真相，他真正的目的是建立先制攻擊的軍隊。他們兩人想要進入我們底下的結構體，殺掉亞特蘭提斯人。」

「太瘋狂了。」

「對。但在他們的時代，一九一八年，疫情擴散後殺死了全球幾千萬人，包括史隆的母親和哥哥。於是他們相信結構體內的人對我們有惡意，這些人醒來後就會消滅人類。對他們來說，拯救少數精英和遺傳優越的團體，總比全體滅絕好。」

疑問閃過凱特腦中，她努力消化馬丁的話。「你為什麼不早說？為什麼不找我幫忙？」她幾乎不假思索地問出口。

馬丁嘆氣。「為了保護妳。我急需那些孩子，沒時間好好解釋，這麼做也只會把妳扯進印瑪里的陰謀。我想到自己很久以前的承諾：讓妳置身事外。但我失敗了。外勤隊應該要悄悄從妳的實驗室帶走小孩，那個時間妳根本不該在場。我聽說妳的助手被殺之後嚇壞了。接著我又犯了其他錯誤，低估了杜利安會有多快的反應。我們在雅加達見面時，我在觀察室誇張地怒罵，是想給妳線索了解怎麼回事，但我不確定妳能拼湊出來。後來杜利安的手下抓了妳……整個狀況失控。在雅加達見過妳之後，我被帶到南極洲這裡，杜利安的手下一直在監視我，我沒辦法幫妳。但我也有自己的幹員——娜歐蜜。我冒險發了另一則加密訊息給大衛，告訴他中國的設施，而娜歐蜜……設法陪杜利安過去。」

「娜歐蜜安排了火車站的假識別證。」

「對。我希望她、妳和大衛三個人，可以救出孩子並且癱瘓發電廠，阻止托巴草案。這是機會渺茫的下下之策，但考量幾十億條人命後，總比沒有機會好。」

凱特戴上最後的防護衣配件。「孩子們……你——」

「我們想要溝通。我是印瑪里內部主張不同路線的小派系一員，我們的目標向來是找到啟動亞特蘭提斯基因的療法，讓我們進入墳墓，在亞特蘭提斯人醒來時面對他們。我們的身分不是殺手，而是他們的子孫。我們想請他們協助管理人類成長的痛苦，想請他們幫忙修改亞特蘭提斯基因。我們發現了這個基因其他有趣的面向，一些我們仍然不懂的謎團。但沒時間解釋了，總之我們需要他們幫忙，這就是妳的使命，凱特。妳可以進入墳墓，妳看過杜利安的計畫——利用小孩殺死亞特蘭提斯人。妳得趕快。令尊為了這個目標犧牲生命，他為妳也做了很多犧牲，他還拚了命想救妳的母親。」

「我母親？」凱特難以理解。

馬丁搖頭。「對。我沒告訴過妳。那本記事本，是妳父親寫的。」

「不會吧……」凱特觀察馬丁的臉色。她的母親是海蓮娜．巴頓？派崔克．皮爾斯是她父親？這怎麼可能？她無法相信。

「是真的，他不得不加入印瑪里就是為了救妳。那天在直布羅陀的野戰醫院，他把還在母親腹中的妳和海蓮娜一起放進管子裡。一九七八年他醒來後改名湯姆．華納，而我當時已經成了印瑪里的幕僚科學家，但我在動搖……他們的手法太殘酷了。我發現他是盟友，在組織內部想要阻止瘋狂暴行。他是寧可對話不願屠殺的人，但是湯姆從來沒有完全相信過我。」馬丁看著地上。「我很努力想保護妳，實現我對他的承諾，但我失敗得一塌糊塗——」

另一聲爆炸震撼整個設施。馬丁抓起防護衣的頭盔。「趕快，我會放妳下去。進去之後，妳得找到孩子們，先帶他們出來。不管如何，他們一定要出來。然後妳要找到亞特蘭提斯人。時間不多了，剩不到三十分鐘，核彈就會引爆。」他催促她到倉庫末端的另一個氣閘。「妳出去以後，爬進吊籃裡。我可以從這裡操縱，等它到達冰層豎井的底端，妳像孩子們一樣跑進門口。」凱特來不及再說些什麼，他就把頭盔鎖上，推她進入氣閘。

外側氣閘打開後，凱特看到起重機的粗鋼纜懸吊著的鋼籃，它被風吹得微微擺盪，她只能勉強抓住側面的鐵絲網。帶著手套很難抓穩，她費了些力氣爬進去，差一點被風吹落，但她還是進去了。一關上門，籃子就開始落入圓洞中。

吊籃發出摩擦聲，頭頂上的圓形亮光一秒秒變小，讓凱特想起卡通的片尾，最後一幕逐漸被黑色遮蓋，直到全黑。尖叫下沉的吊籃背景音效搭配迎面而來的黑暗，令人神經緊張。

過了一會兒，吊籃開始加速，上方最後一絲光線消失。速度和難辨方向的黑暗讓她作嘔，她倚在籃子上，不停地告訴自己快到了，但其實並不確定。

這時出現下方有微弱的閃光，像晴朗夜晚的星光閃爍。有一瞬間，凱特低頭望著它，欣賞美景，沒想到那其實是什麼。*星星*，她心想。然後她的科學理智緩慢、溫和地開始想到各種可能性，最後停在最可能的情況：用來照亮洞底的小LED燈。它們雜亂地丟了一地，在黑暗中發光，彷彿指引著凱特的太空旅行來到某個未知星球，幾乎可說是令人神迷——

一聲爆炸巨響，從豎井上方迴盪傳來，凱特感覺吊籃加速下降，越來越快。籃子頂上的粗纜繩鬆脫，在她頭上形成波浪狀。她在墜落——重力加速度的自由落體。*纜繩被切斷了*。

114

印瑪里地下坑道

直布羅陀

雷射投影成形時，克瑞格靠近大衛。

大衛盯著它。色彩很清晰，雷射影像幾乎填滿了房間，感覺像身歷其境。他看到一艘大船從海中升起，直布羅陀巨岩出現。大衛看清了大船的比例，巨岩在它旁邊看起來像顆碎石。還有別的東西——巨岩的位置不對。在內陸，不在海岸，而且陸地經過巨岩延伸到右邊，一路到非洲、歐洲和非洲，還有陸橋相連。

「我的天啊——」大衛低聲說。

克瑞格走近大衛。「正如柏拉圖的描述，從海中升起的巨大島嶼——亞特蘭提斯。我們還在設法辨識這是什麼時代，但我們認為這段動畫大約在一萬二千到一萬五千年前拍攝，肯定是上次冰河時期結束之前。等我們估算出海平面，就會知道詳情。柏拉圖的記載說，該島嶼在一萬兩千五百年前沉沒，所以大致不會錯。你一定看得出船的大小。」

「不可思議。你們只發現了一部分。」

「對，而且只是一小塊。我們認為整個結構超過六十平方哩——假設一萬五千年前巨岩的大小和今天一樣的話。如你所說，我們置身的這個結構體或碎片還不到一平方哩，南極洲那艘船則大多了，大約兩百五十平方哩。」克瑞格往雷射投影歪頭。「下一段動畫透露了這艘船是什麼——我們認為。」

大衛看著大船移到岸邊，然後停止。影像閃爍，彷彿有人在更換古董放映機的膠卷。船還在，但是水面上升了一點。在船外，海岸的邊緣有座城市，勉強可以算是吧。原始的石碑，像一連串巨石陣從大船向外輻射成半圓形，茅草屋頂的小屋點綴著地面，石頭結構的中央燃燒著巨大營火。

雷射影像再放大，一群穿厚毛皮的人類正拖著另一個人類——不，是人猿，或介於兩者之間。人猿很高大，牠全身赤裸，瘋狂反抗身邊的捕捉者，身邊的人類走近營火時鞠躬。

從船上射出兩個飛行物體，看起來像古戰車或太空時代的賽格威代步車（注）。它們離地幾呎飄浮在半空，飛向營火，抵達之後，人類退開，鞠躬面向地面。

亞特蘭提斯人走下他們的戰車，抓住人猿，給牠注射了某種東西。他們穿著某種防護衣，頭盔幾乎完全被鏡面玻璃覆蓋，除了後腦杓。他們把人猿丟上戰車，又回船上去了。

雷射投影又閃爍，場景變成船的內部。人猿躺在地上，亞特蘭提斯人仍然穿著他們的防護衣，大衛聽不清楚，但他們似乎在互相交談……微妙的肢體語言和幾個手勢。

克瑞格清清喉嚨，「我們還在研究這一段是怎麼回事。別忘了我們是短短幾小時前得到記事本地圖，進入密室後才看到的。但我們認為這是亞特蘭提斯人阻止獻祭儀式的影片。那個人猿是尼安德塔人，我們認為我們的祖先覺得有義務獵殺每個不是按照神的形象造出來的人，用以獻祭，這算是早期的種族清洗。」

「這是皮爾斯在管子裡看過的早期人類嗎？」

「對，待會你就會看到。」

「牠後來怎麼了？」

克瑞格哼一聲搖搖頭。「肯恩讓大鐘恢復功能之後，在三〇年代初期馬上把他解凍，我們為了解凍所需的電力供應費了很多工夫。他們在幾年內進行了一連串實驗，甚至讓人類和黑猩猩交配，嘗試重新製造那種人猿：瘋狂的『猩猩人』計畫。毫無進展之後，肯恩終於失去興趣，在一九三四年拿牠去做大鐘實驗。」

「牠沒活下來？」

「雖然在管子裡睡了成千上萬年，終究沒有。因此凱特・華納能夠倖存讓我們很震驚，我們認為這跟管子有些關係，但無論是什麼作用，只對我們的亞種有效。管子一定不知何故，啟動了亞特蘭提斯基因。無論她用什麼治療小孩，都勢必跟管子有關。我們的推論是人人都有亞特蘭提斯基因，但只有極少數人能夠偶然啟動。顯然尼安德塔人就沒有這種遺傳上的前提。」

克瑞格又往雷射投影看去。「噢，他們說的，這是關鍵鏡頭。」

影像再度離開實驗室，來到戶外。在船的後方，一道巨大海嘯升上空中，肯定比船高出一百呎，根據與直布羅陀巨岩的相對高度，它少說也有兩百呎高。海浪衝過船上，進入原始城市，激烈地橫掃，摧毀了一切。

船漂浮著，波浪帶著它進入城市，所到之處石碑和小屋夷為平地，然後海水退去，拖著船回到海中，一半以上在水裡，船底摩擦到海床的部分冒出火花。這時雷射投影閃現紅白光線，船底下發生大爆炸，把它炸成兩半，三段，然後四段。

「我們認為海床上有巨大的甲烷蓄積層，爆炸威力等同十幾顆核彈。」

海水湧回來衝擊著破船，影像回到實驗室和亞特蘭提斯人。其中一人撞到了艙壁，癱倒不動，不知生死。倖存的亞特蘭提斯人像抓布偶般舉起尼安德塔人，把牠塞進玻璃管中。他的體力驚人，大衛懷疑那是靠防護衣還是真的天生神力。

注 Segway，是一種以電力驅動、具有自我平衡能力的個人用交通工具。

亞特蘭提斯人接著轉身，抬起他的同伴。他離開房間後，影像閃爍中斷，雷射投影跟著他跑過船上。他被甩來甩去——因為波浪搖晃船身，大船正緩慢無力地沉向海底，然後他進了克瑞格和大衛所在的這個密室。他操作了一會兒儀表，但其實什麼都沒碰到，只是凌空動動手指，同時把同伴扛在肩上。

電腦逐一關閉。

「我們認為這時他正在啟動大鐘，為了阻擋我們這種野獸的反入侵裝置，這很合理。然後他關掉電腦，接下來的部分我們還抓不到頭緒。」

雷射投影中，除了微弱的緊急燈光之外，房間幾乎陷入一片漆黑。那人走到房間後方摸了手臂上的什麼東西。一道門滑開。大衛的目光看向現在那道門的同一個位置，門上插了根長矛。影片中的亞特蘭提斯人看看周圍，暫停一下，走過去。門在他背後關上——沒有長矛。

大衛再回頭看看那道門。

克瑞格搖頭說，「我們已經試過好幾個小時了。」

「那道門裡有什麼？」大衛走近它。

「不確定。有些科學家認為那是命運之矛，但我們不確定。我們認為是湯姆・華納把它拿了過來，想在門上挖洞。」

大衛湊近。「命運之矛？」大衛知道那是什麼，但他需要爭取時間支開克瑞格。

「對。你不知道嗎？」

大衛搖頭。

「肯恩對它很著迷，後來的希特勒也是。傳說這根矛刺進了釘在十字架上的耶穌側腹，殺死了祂。古人相信任何軍隊擁有這根長矛，就能永遠不敗。希特勒併吞奧地利之後得到這根長矛，直到德國投降前幾週才再度失去。那是我們這些年來收集的眾多古物之一，希望它或任何其他古物能提供亞特蘭提斯人的線索。」

「真有趣。」大衛抓住長矛末端。他拉拉看，感覺門稍微移動。他再用力拉，長矛鬆脫，門開啟。他丟掉拐杖，衝向門口，克瑞格同時拔槍射擊。

115

印瑪里研究基地，稜鏡
南極洲東部

「不，別殺他們！」杜利安往無線電大喊，但是太遲了。他看著第二個人的胸口中了兩槍，第三個人肩膀和腹部中槍倒地。「停火！哪個白癡再開槍，我就親自斃了他！」

槍聲停止，杜利安走向最後一人。一看到杜利安，那人爬向他的槍，沿途留下一道血跡。

杜利安跑向手槍，把它踢到實驗室遠端的牆邊。「住手。我不想傷害你，老實說，我會設法救你。我只想知道誰派你來的。」

「派我？」男子開始咳嗽，鮮血流過他的下巴。

「對——」杜利安的耳機沙沙作響，他的視線離開垂死者。

一名站內技師說。「長官，我們查出他的身分了。他們是我們的人，鑽探小組之一。」

「鑽探小組？」

「是。其實是他們找到了入口。」

杜利安轉回去看他。「誰派你們來的？」

男子一臉困惑。「沒有人……派我們……」

「我不相信。」

「我看到……」男子失血越來越多，他快死了。

「看到什麼？」杜利安追問。

「小孩。」

「噢，我的天啊！」杜利安大聲說。這世界是怎麼搞的？這年頭連油井操作員都變成大善人了。他舉槍打爆男子的頭，轉身走回他的印瑪里保全小隊。「把屍體清掉。」

「長官，入口管制有狀況。」士兵抬頭說，「有人剛放出了吊籃。」

杜利安的目光飄向地上，來回移動。「是馬丁。派個小隊守住控制站，誰也不准離開那個房間。」一個念頭閃過杜利安腦中：籃子被放下去了。是凱特嗎？「還剩多少時間？」

「時間？」

「小孩帶的炸彈。」

印瑪里保全幹員拿出一台平板電腦，點了一下。「不到十五分鐘。」

她還有可能追上他們。「切斷吊籃的纜線。」杜利安說。挺合適的結局。凱特・華納——派崔克・皮爾斯的女兒——即將死在寒冷黑暗的地道裡，就像杜利安的哥哥魯格一樣。

116

大衛臥倒，子彈從他背後關閉的門上彈開。他轉過身，蹲下，把長矛握在肩上指向前方，像史前的獵人，準備等獵物從門後出現就射穿它。

但是門沒打開。大衛鬆口氣坐在地上，讓負傷的腿休息一下。他不懂派崔克・皮爾斯是怎麼做到的，能夠以同樣不便於行的身體，在這裡到處探索。

疼痛減輕後，他站起來觀察環境。這個房間類似剛才離開的房間——同樣的灰色金屬牆壁，頂端和地面的燈也一樣。這裡似乎是某種大廳。總共有七個門，呈半圓形分散排列，像是一排電梯門。

除了七個橢圓形滑門之外，房裡幾乎空蕩蕩，只有電梯門的對面放著一張大衛胸部高度的桌子。控制站嗎？表面覆蓋著符合上一個房間儀表板的深色塑膠或是玻璃。

大衛走到桌前倚著長矛，以便使用正常的那隻手。他伸手到表面上，像投影中看到亞特蘭提斯人的手法那樣。幾縷白色與藍色霧氣和光線開始出現，纏繞著他的手，發出微弱的爆裂聲和電擊。他動動手指，光線和霧氣劇烈變化，爆裂聲和輕微電擊也在他的手指上旋轉。

大衛縮回手。這真是令人完全摸不著頭腦。他原本期待，或應該說希望，會出現某種輔助選單可以幫助他。

他撿起長矛。堅持你懂的方式：狩獵與採集者的方式，他這麼告訴自己。控制站旁邊有另一扇門，獨自隔開。是出口嗎？他走過去，門打開，露出更多科幻電影式的走廊，通往皮爾斯的密室。這時他的視力已經完全適應地面與天花板上的微弱LED燈光。

如果一萬兩千到一萬五千年前大船爆炸時，亞特蘭提斯人跑到這個房間，那麼推測這裡是某種逃生艙也相當合理，也可能是船內的強化區域。另一個想法閃過大衛腦中：既然他們來了，也許某些人可能還留在這裡。或許他們在此冬眠，在其他管子裡。

大衛看看四周。沒有其他生命跡象。

電梯室通往一個T字路口。兩個方向末端都是一道橢圓形門。他選了較短的路走過去，把長矛當作手杖。很好用。

在走廊盡頭，門自動滑開，大衛踏進去。

「別動。」男性的聲音響起。很沙啞，彷彿很久沒說話了。

大衛一驚，聽到背後有腳步聲。根據回音，他（或亞特蘭提斯人）的體型和他差不多。大衛舉起雙手，仍然握著長矛。「我不是來傷害你的。」

「我說別動。」對方幾乎就在他旁邊。

大衛迅速轉身，瞄到一眼那個人或不明生物的長相，隨即被電擊棒戳中，立刻昏迷倒地。

117

印瑪里研究基地，稜鏡地下二哩處

南極洲東部

吊籃搖晃著在豎井中墜落，飄移擦撞到平滑的冰壁，在凱特的外衣和護目鏡上灑了一堆碎冰。籃子向後傾倒時，她舉起雙手抱住頭盔，差點被甩出去。吊籃上方沉重的鋼纜更添加了重量，穩定了一會兒又突然翻覆，底部卡入豎井的側面，頂端卡到另一側。凱特抓著頂端的橫槓，雙腳踩穩鐵絲網地板，像無重力訓練裝置中的太空人般穩住身子，準備承受萬一往任何方向翻轉的衝擊。她閉上眼睛，用盡全身力氣撐著吊籃等待。吊籃碰撞豎井側面時，更多冰屑噴濺在她身上。衝擊減緩了下墜。然後冰壁消失，經過了漫長的兩秒。碰的一聲，吊籃沉入一個冰堆中，凱特撞到地上，當場頭昏眼花。

她在防護衣裡奮力吸氣，感覺好像透過小吸管呼吸。她重新調勻呼吸之後，翻身檢查自己的狀況。

在豎井洞口的下方，吊籃陷入冰堆幾呎之深。一定是鑽頭被抽回地面時，還有她墜落時，從豎井掉下來的冰屑形成的堆積。這個冰堆救了她一命。

冰堆看起來像雪球，裡面透出亮光。凱特看了一會兒，覺得看起來很像一群螢火蟲，但那些東西無疑是被丟下來照明底下大洞穴的LED燈。它們深埋在冰屑中，光線折射出來，照亮了大房間，也透露了凱特的處境。

吊籃幾乎半埋在鬆散的冰屑中，冰堆表面以上的部分被鐵絲網覆蓋。她被困住了，但有個小破洞——不足以爬出去——但是可以挖掘下方把洞變大一點。

凱特開始徒手挖，像企圖鑽過鐵絲圍籬底下的小狗。她把細碎的冰屑撞鬆了一點，但進度還是很慢。終於，她認為洞口夠大了，一頭鑽到底下去。頭和雙手通過，但厚重的防護衣卡到了殘破的鐵絲網。凱特想要倒退，尖銳的鐵絲撕破了防護衣也卡住她。寒氣從衣服破洞灌入，在她蠕動掙脫時爬上她的背。她盡力腹部貼近冰屑，用雙手向後退，回到了吊籃裡。

寒氣似乎一點一滴令她的身體麻木，從背部開始擴散。每過一秒，寒意便佔據她身體更多。她的雙手開始發抖，原來防護衣比她想像的更保暖。在這裡的寒冷很致命，如果她不趕快行動絕對會凍死。

她開始用雙手挖冰，慌亂地想挖開大洞。雙腿開始變得僵硬。她挖了滿手冰塊扔進吊籃裡，必須奮力保持平衡。洞快要挖好了。

冰凍的空氣令她的肺部刺痛，她的呼吸在透明玻璃頭盔上形成冰霧。寒冷很快就會癱瘓她的肺，她凍死之前會先窒息而死。霧氣幾乎布滿了頭盔，她用手擦掉，但霧還是在。她又擦拭卻擦不掉。為什麼？當然——因為是在頭盔內側，她早就知道，為什麼她會嘗試擦頭盔外側呢？她怎麼了？寒冷正在控制她的身體，讓她幾乎無法思考。起霧之前她在做什麼？頭盔內側的冰幕已經完成，讓她什麼也看不見。她轉身，尋找任何指引。像籠中的狗那樣趴在地上，在黑夜中尋找線索。

狗，籠子，破洞。對了，她在挖洞要逃出去。她必須出去。破洞在哪裡？凱特驚慌地摸索身體底下的冰。她在籠裡走來走去。到處都是鐵絲網。有破洞嗎？這時她的手摸到了東西——對，有破洞。但她無法再挖掘，她已經感覺不到自己的手指。

她鑽進洞裡，用雙腳向前推，感覺到背上銳利的鐵絲網，但她不理會，更用力用腳推進，鐵絲網來到她的後腿上。她在動了。她的雙肘鑽進冰裡往後收，左右換邊，像障礙訓練的士兵般匍匐前進。前進了多遠？她向上踢腿。出來了。

她翻過身站起來。頭盔裡的冰幕令她盲目。結構體在哪個方向？她開始小跑步，但是雙腿感覺像鉛一樣沉重。防護衣，加上凍僵的雙腿——她絕對跑不到。她無計可施，不管往哪個方向走都一樣——全是冰。更遠處，有微弱的燈光。

她感覺地面上升。接著她倒在地上翻滾，冰接觸到她背後，新一波寒意滲入她體內，震撼她的身體系統。她拱起背瞪大眼睛，吸一口氣彈跳著跪立起來，吃力地喘息。

她必須動腦。她原地轉身站起來。燈光

其中一邊的光亮比另一邊多。圓頂房間很寬廣。燈光，雪球，裡面的螢火蟲……鑽頭穿透的地方……燈光會在入口的反方向。

凱特轉身蹣跚地離開光線。她好冷。這時轟的一聲，金屬摩擦的低鳴聲在她前方但稍微偏右處傳來。凱特調整方向繼續前進，她又跌倒，再爬起來，雙手撐在一邊膝蓋上拖著另一條腿站直。她已經感覺不到全身任何部位了，只是盡力揮動她的四肢，希望能繼續移動。

腳下踩到碎冰的聲音停止。她的腳步聲變安靜，周圍仍然很冷。她的視線模糊。她再走一步，又一步，繼續走。

背後傳出金屬摩擦聲。門在關閉嗎？

她還是好冷。終於她不支跪下，迎面仆倒在地。

118

印瑪里研究基地，稜鏡
南極洲東部

杜利安看著凱特倒下又站起來，走進巨大的門口。懸吊在上方的大鐘安靜無聲。他看看倒數時鐘：00：01：32。

剩不到兩分鐘。他原本以為墜落會摔死她，不然也還有墳墓裡的核爆。結果都一樣。

「放開我，杜利安。」

杜利安轉頭打量馬丁・葛雷。白髮老人正掙扎在左右兩旁抓著他的印瑪里保全人員之中。杜利安很執意要看著凱特死，至少希望她會死，以致忘了這老傢伙還在管制室裡。

杜利安轉向馬丁微笑。「是你。鐘塔的鬧劇。指點他們去中國設施，指望他們救援小孩，再阻止我執行托巴草案。」他想了一下。「你還幫助他們逃走。都是你，對吧？你聯絡了光明派，在大鐘爆炸之後救了他們。你怎麼知道的？你是怎麼找到他們的？」

「你在幻想，杜利安。放開我，別再丟人現眼。」

「你很聰明，馬丁，但這次你的話術不管用了。你剛才確實幫助凱特逃走。」

「我不否認。我從不掩飾對她的愛護，保護她是我的優先要務。如果有必要，為了她我會把這座設施燒個精光。」

杜利安微笑。「所以你承認了，攻擊我們的鑽探小組是你下令的。」

馬丁不屑地搖頭。「絕對不是。想想看，杜利安。我根本無法聯絡他們，連見都沒見過。」

「那不重要。我想通了，馬丁。」杜利安觀察老人，等待他的反應。「是嗎？我想也是。孩子們會對大鐘免疫，是因為他們注射了凱特和我的小孩的幹細胞：我們兩人都被玻璃管救過一命，當凱特還是她母親肚裡的胎兒，我自己罹患亞特蘭提斯瘟疫或稱西班牙流感的小孩時。這表示——我也可以走過那道門。不過我會等幾分鐘。」他指指倒數中的大型電腦螢幕。最後幾秒過去，直到顯示：00：00：00。字母變成閃爍的紅色。

杜利安原本預期地面會因為爆炸有些震動，但是毫無動靜。結構體牆壁一定厚到不可思議，兩哩的冰層也提供額外的隔絕。

杜利安微笑。「兩顆核彈頭剛剛在下面引爆了。凱特沒來得及找到小孩，我敢保證。她剩不到兩分鐘，我想她的狀況也不適合趕路。你看到了。她受了很多苦，馬丁。她可能在防護衣裡凍死，或至少失去大多數手指和腳趾，然後死去。」

杜利安等待，但馬丁沒說話。杜利安往一名隨身保鑣歪歪頭，保鑣走到置物櫃，開始準備防護衣。「等他們一裝好吊帶，我就會馬上下去察看她。我會通知你我們是否找到什麼殘骸。但我很懷疑。在出發前，我要分享另一件事——我想通了另一個謎。」杜利安走到他面前。「你想聽嗎？」

「這是你的怪物秀，杜利安。」

「別侮辱我，你的命掌握在我手裡。」

「你的命也是。委員會成員不得互相殘殺——」

「走著瞧吧。馬洛里．克瑞格幾天前禁止我殺你，但他改變主意了。他把凱特交給我，這次他不會否決你的死刑。我說過了，中國的爆炸。在那裡孩子們只是使用亞特蘭提斯基因療法罷了。大鐘輻射線沒有傷害他們，但是它和凱特接觸時就不一樣，因為大鐘關閉了。在中國就是這麼回事。大鐘認出她是亞特蘭提斯人——自己人——然後關閉，在我們的輸電網發出比例驚人的強力電流，摧毀了核子反應爐和整個設施的所有繼電器。你了解其中意義嗎，馬丁？」

馬丁望著遠處。「我想你會告訴我。」

「別耍嘴皮子，你最好聽清楚。這表示我和她的孩子是兩個亞特蘭提斯人的第一個後代——第一個新品種人類，人類進化的結果。它的基因組是了解五萬年前我們如何改變、如何繼續進化的線索。」

「曾經有可能，杜利安。你自己的——」

「我做不到。」杜利安轉身離開馬丁，「雖然我因為她父親害死我家人的行為而痛恨凱特，但我下不了手殺自己的小孩。現在他在舊金山實驗室的亞特蘭提斯玻璃管裡，我想說的就是這個。馬丁，你的干擾，什麼也沒有達成，而我贏了。科學團隊正在取出胎兒準備研究，我們很快就會有實用的亞特蘭提斯疫苗，或許幾週或幾個月內。我們會選擇性使用——」

一名技師打斷杜利安。「我們準備好了，長官。」

「我該走了，馬丁。」

「如果我是你就不會那麼做。」馬丁瞪著他。

「我確定你會。」

「我知道你為什麼要下去。」

「你知道？」

「你放在孩子們身上的信，」馬丁說，「我知道內容是什麼。德文信函，充滿希望的小男孩想告訴『爸爸』那兩個小孩帶著炸彈，他必須盡快趕到入口。你盲目了，杜利安，看清事實吧。還有三號實驗室裡的靈長類屍體，下面的大鐘在我們抵達後就啟動了。幾週前在冰山和潛艇上那個也是，它殺死了我們的研究團隊。我們在下面發現了骨頭。令尊從未睡在玻璃管裡，他是人類，非常平凡的人類——」

「他是神，而且他沒死，我沒看到他的遺骨！」杜利安憤怒地說。

「還沒有。但我們會——」

「他就在底下！」杜利安堅持。

「即使他在，這點我存疑，他也一百二十七歲了。」

「那我就會發現他的骨骸或其他遺物。但我能確定，我還會發現其他骨頭，一個三十幾歲的女性骨頭！接下來我會完成我的宿命，永遠除掉亞特蘭提斯的威脅。」杜利安指示警衛們。「別讓他離開這裡，嚴密看管。如果他們不需要他幫忙研究胎兒……」他轉頭直視著馬丁的眼睛。「就殺了他。」

馬丁鎮定的臉孔沒露出半點情緒。

一名技師走過來把杜利安拉開，他遲疑地說：「長官，關於下去察看，呃……我們認為您最好等一下。」

「為什麼？防護衣可以隔離輻射線，你說的。」

「是，沒錯，但是爆炸可能造成其他傷害，例如大火。結構體也可能受損，估計整個結構可能崩塌。我們正在接收直布羅陀結構體的資料——克瑞格局長發現了一些紀錄影片。結構體其實是被類似我們核彈的甲烷爆炸炸毀，呃，事實上威力更大，因此我們知道結構體並非牢不可摧。」

「你有什麼建議？」

「等幾天——」

「不可能，我頂多等幾個小時。」

技師點點頭。

「對了。我進入墳墓之後，從豎井放三個彈頭下來。如果除了我和我父親以外的人出來——無論是人類、亞特蘭提斯人或其他什麼的——就引爆。把剩下的核彈都丟到先前的鑽探孔裡，設定好同時引爆。」

「可是爆炸會融化冰……」

「爆炸會拯救人類，照做就對了！」

119

大衛睜開眼睛看看周圍。他躺在一張狹長的床上，凝膠狀的床墊完全密合他的身體。他向前傾，凝膠起了反應，幫助他起身。他聞到氣味，類似大蒜混合甘草的味道，其實更難聞一點。大衛舉手掩鼻，但氣味越來越臭。他發現惡臭來自他自己——他肩膀和腿上的黑色漿糊。天啊好臭，但是……傷口感覺好多了。凝膠浸透了他的衣服，但似乎修復了他的傷口。他站起來，又立刻跌回凝膠床墊上，還沒百分之百復原。

「慢慢來。」是電暈他的那個人。

大衛環顧室內找武器，長矛不見了。

「放輕鬆，我不會傷害你。起初我以為他們派你來殺我，但是我看到你的傷口……我想他們應該會派比較健康的人。」

大衛仔細看這個人——他曾經是個人，大衛看得出來。他年近五十，或許五十出頭，面容憔悴，彷彿有一陣子沒吃也沒睡了。不僅如此……他的臉色很嚴肅鎮定，可能是軍人或傭兵。

「你是誰？」大衛又嗅到肩膀上的黑色黏液氣味，徒勞地轉過頭想迴避。「你把我怎麼了？」

「老實說，我根本不確定。那是某種藥，似乎什麼都能治療。我不知道它的原理，但是很有效。我傷到自己、倒在地上，以為快死了。電腦突然打開一個面板，出現一盤這種臭東西，然後顯示把它敷上的影片——非常逼真，所以我照著做，果然傷勢迅速改善了。你很快就會復原，或許只要幾個小時。」

「真的？」大衛觀察傷口。

「或許更快。反正你又沒地方去，告訴我你是誰吧。」

「大衛．維爾。」

「什麼單位？」

「鐘塔，雅加達站。」大衛本能地說。

男子走近大衛，拔槍指著他。

大衛驚覺自己說了什麼。「不，我是反印瑪里的。我剛剛才發現鐘塔是他們的組織。」

「別騙我。你是怎麼找到我的？」

「我沒騙你，我也不是在找你。呃，我根本不知道你是誰。」

「你到這裡來幹什麼？你怎麼進來的？」

「直布羅陀底下的坑道。我發現一個密室，還有長矛──」

「怎麼會？」

「記事本。」大衛搖搖頭，努力回想。凝膠讓人好像患了感冒，很難專心思考。「從西藏一個喇嘛手上拿到的，你知道那本書嗎？」

「當然知道，那是我寫的。」

120

凱特聽見周圍有嘶嘶聲。她全身還是沒知覺，但是空氣變暖了，起初只稍微暖一點，但是越來越溫暖。她想從地上爬起來，但又一頭倒下去。她好累，只能讓無力的身體癱倒在僵硬的防護衣裡。

暖意漸漸地充滿防護衣，感官回到她體內。他們──無論他們是誰──讓她的體溫回升了。

頭盔面罩的霧氣變成水滴流下，條狀水痕浮現出地板的景象，像裁碎的圖片被一條一條重組。是金屬柵欄，除了……她看不清楚。不對，是有波紋的金屬地板。

她翻身仰躺，望著平滑的金屬天花板。霧氣正在消退。感覺還是很冷，但比起外面的冰冷，大廳已經算溫暖了。這是哪裡？某種消毒室嗎？

凱特坐起來。她感覺得到手指了。她開始撥手腕上的扣鎖。一番努力之後，手套脫下，她開始脫頭盔。十分鐘後，她卸下了防護衣，只穿著她離開直布羅陀時的衣服，接著起身。她觀察房間，光線明亮，大約四十呎寬，長度可能有兩倍。在背後，她看到自己剛進來的大門——比另一端的門大多了。她走到房間深處，小門打開。走進去之後天花板和地面的燈亮起，每個燈都很微弱，但是加起來已經足以照亮這條灰色走廊，讓她想起豪華禮車地板裝的流動閃燈。

她站在一個巨大的T字路口。該走哪邊？她還來不及決定，便聽到有東西往她的方向接近。是腳步聲。

121

大衛努力理解眼前這個人說的話，正在修復他肩膀和腿傷的奈米凝膠惡臭刺鼻，讓他頭昏腦脹。

男子自稱是派崔克・皮爾斯或是湯姆・華納——凱特的父親和記事本的作者。為了獲准娶印瑪里首腦之一的女兒，幫印瑪里挖坑道的美國軍人。但這不可能——時間兜不攏。不過……他確實待過亞特蘭提斯人的冬眠管……解釋得通嗎？他說的是實話嗎？

大衛努力拼湊他所知的事實。

一九一七到一九一八年，派崔克·皮爾斯從第一次世界大戰的傷勢中痊癒，並且在直布羅陀海底挖掘了亞特蘭提斯結構體。他發現大鐘之後，無意間釋放出致命傳染病，後來被全世界稱之為「西班牙流感」，疫情讓五千萬到一億人喪生，每個大陸上的感染者加起來共有十億人。

一九一八年，皮爾斯把妻子海蓮娜連同腹中胎兒放進玻璃管。

一九一八到一九三八年，皮爾斯被迫成為印瑪里領導階級一員，以保護他的妻兒。他完成了直布羅陀的挖掘，但自己也被關進管子裡，同時康拉德·肯恩出發遠征：先到西藏取回古物，屠殺光明派，再到南極洲尋找他認定的亞特蘭提斯首都，肯恩從此沒有再回來。

四十年後，一九七八年，馬洛里·克瑞格、派崔克·皮爾斯和迪特·肯恩從管子裡被喚醒。皮爾斯的妻子還是死了，但小孩倖存。皮爾斯把她命名為凱薩琳·華納，其他人也改名，派崔克·皮爾斯變成湯姆·華納；馬洛里·克瑞格變成霍華·基根；迪特·肯恩變成杜利安·史隆。

一九八五年，湯姆·華納（派崔克·皮爾斯）失蹤——據傳死於研究實驗。

這真的可能嗎？派崔克·皮爾斯從一九八五年就一直待在這裡？

假設第一次世界大戰期間，皮爾斯只有二十幾歲，如同記事本所述，他在一九三八年進入管子時應該四十幾歲……到了一九八五年應該五十二歲左右……現在則是高齡八十歲。在大衛面前的男子看來年輕多了，可能不超過五十歲。

大衛感覺自己好多了，於是他站起來，男子也跟著舉起槍。「別亂動。你不相信我，對吧？」

受傷又被人用槍指著的時候很難爭辯，大衛心想。他聳聳肩表示溫馴。「我相信你。」

「別裝可愛，也別騙我。」

「呃，我只是想拼湊事實，那記事本是……一九一七到一九三六年……」

「我知道記事本的日期，別忘了是我寫的。先告訴我，你怎麼進來的。」

大衛坐回床上。「我被鐘塔局長馬洛里．克瑞格騙進了陷阱裡。」

「我知道他是做什麼的。誘餌是什麼？」男子講話的速度很快，他想壓迫大衛，希望大衛犯錯，透露自己說了謊。

「凱特．華納。他告訴我她進了墳墓，我想去找她。大約一週前，他們從她的雅加達實驗室抓走兩個小孩，他們接受過一種自閉症新療法——」

「你在胡說什麼？」

「我不確定，她不肯告訴我——」

「凱特．華納只是個六歲的小女孩，她在雅加達或任何地方都不可能有實驗室。」

大衛打量他。這個人真的相信自己說的話。「凱特．華納是遺傳學研究員，而且絕對不只六歲。」

男子放下槍低頭移開目光。「不可能。」他咕噥說。

「為什麼？」

「我在這裡只待了一個月。」

122

凱特不敢相信自己的眼睛。阿迪和瑟亞跑過轉角，一看到凱特，便快步奔向她。凱特彎腰擁抱他們，但孩子們沒有停下來。

他們拉著她的手臂，要她跟著他們走。

「快點，凱特，我們快走。他們要來了。」

杜利安解開橘色吊帶，跳下剩餘的三呎高度，落在底下的冰堆上。他頭盔上的燈照亮了扭曲的吊籃從冰堆冒出的一半體積，看來很像掛在海床巢穴中的螃蟹。吊籃旁邊，躺著一大堆雜亂的鋼纜。它曾經掉落在凱特頭上，但是吊籃護住了她。真可惜。

杜利安站直身子，走向大門。他停到高懸在圓頂頂端的大鐘正下方。他以頭燈掃過它幾次，露出微笑。它沉默地毫無動靜。當場殺害他哥哥，又以瘟疫害死他母親的邪惡裝置，如今沉默靜止在那裡。

大門打開，彷彿認出他的宿命時刻已經到來。他走了進去。

123

大衛暗自尋思。「呃，我不知道該說什麼。現在是二〇一三年。」

「不可能。」男子舉槍指著大衛，同時走到一個櫃子，伸手進去，拿出一塊亮晶晶的黃金。他丟給大衛。

是只手錶。大衛把它翻過來看到日期：一九八五年九月十九日。「是啊。嘿。其實我沒有日期錯誤的金錶，但是……」他伸手到口袋裡。

男子舉起手槍。

大衛僵住。「放鬆。我有自己的時光膠囊，在口袋裡的照片。你拿去看看。」

男子上前，從大衛的口袋掏出亮面照片。他仔細研究有潛艇冒出來的冰山照片。

「我猜印瑪里在一九八五年不會拍下冰山的衛星照片吧。」

男子搖頭移開目光，彷彿還在努力理解。「這是肯恩的U艇，對吧？」

大衛點頭。「我們認為他們是在幾週前找到的。呃，我跟你一樣困惑。我們能不能商量看看，設法搞清楚狀況。你是怎麼到這裡的？」

「我在密室裡工作，我學會了怎麼操作他們的機器。」

「是你讓影片一直重播的？」

「影片？對，是我，以防我沒回去，有別人發現密室。」他坐到床上，低頭看著腳，似乎在回憶。「我也把長矛插在門上。我測試從印瑪里庫房裡拿出來的各種古物，希望有什麼東西能讓更多機器恢復功能。」

「看過影片後，我總算打開了門，但卻被困住了。我在密室裡找不到別的東西。我以為隔壁房間會有另一個控制站，所以我過去。我想用長矛把門撐開，以為希望行得通。但我無法從這道門回去，這裡的機器有點不同，大多數關掉了。還有其他一些謎團……不過這個月來我沒什麼進展，直到你出現。整個地方似乎正在醒來，較多機器開始能用，先前不能開的門也開了。我在到處探索時聽見了開門聲，發現了你。」

「我們回到時間差吧。我知道你不是派崔克・皮爾斯或湯姆・華納，他應該八十歲了。告訴我，你究竟是誰？」

「我是派崔克・皮爾斯。」男子俯身過來，「這裡的時間過得比較慢。一定是……這裡一天約等於外面一年。」

「怎麼會？」

「我不曉得，但我認為跟大鐘有關。它可能有兩個功能，一種是衛兵裝置，阻擋非亞特蘭提斯人，但這只是一半和功能。我們剛開始研究時，認為它是時光機。它在周圍產生一個力場，好像時間擴張的泡沫。我剛才說過在大鐘附近，時間過得比較慢。我們認為和可能重力移位有關——折疊並扭曲了周圍的時空。它甚至可能是蟲洞製造機。」

「什麼？」

「別管術語了。這是愛因斯坦一般相對論的概念。可以說，在直布羅陀搬出大鐘之後那幾年，我們注意到它似乎能減慢周圍的時間。我們認為它能這樣產生能源。基本上我們可以逆轉這個裝置，輸入能源把它的重力效果極小化。」

「有意思，但是有個問題。直布羅陀的大鐘是大約一百年前拆掉的。」

「我知道，是我拆的。我有另一個推論。我認為大船在直布羅陀爆炸時，亞特蘭提斯人被困在脫落的部分裡。我認為他們通過的門不是往船上另一個房間的通道，而是往另一艘船的入口。而且，我不認為我們正在直布羅陀。」

124

經過下一個轉角，凱特終於讓孩子們停下來。

「告訴我，怎麼回事？」她懇求。

「我們得躲起來，凱特。」阿迪說。

「躲誰？」

「沒時間了。」瑟亞說。

時間——這個字迴盪在凱特腦中，另一個恐懼籠罩她。她把孩子們轉過身來，尋找數位讀數。

02：51：37，還剩將近三小時。馬丁說過不到三十分鐘就會引爆。怎麼會？但時鐘確實還在倒數。她必須想清楚。

孩子們又拉她，在他們背後，一道雙併門打開。

杜利安脫下最後一件防護衣，掃瞄房間。這裡像是無菌室。他走向較小的門，響亮的腳步聲迴盪在挑高的金屬房間裡。他走近時門便打開，讓他踏進一條跟直布羅陀結構體一樣的走廊。全都是真的。這是另一個亞特蘭提斯城市。

走廊頂上和地面的燈閃爍亮起。這裡看起來很新，沒使用過。肯定沒發生過核爆。為什麼沒有？小孩們進入了墳墓更深處嗎？亞特蘭提斯人抓到他們，解除炸彈了？

正前方，杜利安聽到腳步聲。是靴子行進、整齊劃一地撞擊金屬地面的聲音。他拔槍退到走廊側邊，躲進樑柱的陰影中。

125

凱特站著，窺探房間裡。

有十幾根大玻璃管，像她父親派崔克·皮爾斯在記事本裡描述的那樣豎立著。如同記載的那般，每一根裡面都有人猿、人類或介於中間的東西。凱特走進房間，對著管子驚嘆不已。真不可思議：被遺忘的祖先齊聚在一堂。人類進化史上每個失落的環節，完整蒐集分類在這個橢圓房間裡，埋在南極洲冰層下兩哩，就像小孩子用玻璃罐收集蝴蝶似的。

有些樣本比凱特矮，頂多四呎高，大多數與她體型相近，有些高大多了。他們有不同膚色：有黑人，紅人，還有蒼白的白人。無數科學家們可以窮盡一生研究這個房間。許多人畢生挖掘化石，拚命努力，只為了找出漂浮在這十幾根玻璃管內的完整人類的碎片之一。

孩子們跟著她進入房間，雙併門在他們背後關上。

凱特環顧室內。管子旁邊，除了胸部高度、頂端是玻璃的一座櫃台之外，沒什麼別的東西。

凱特走過去，但是房門又突然開啟，嚇得她猛然停步。

126

派崔克．皮爾斯的手按在槍上，看著自稱大衛．維爾的人。他讓這個年輕人帶路。他的說法似乎可信，但派崔克還是不相信他。或許只是不願意相信。

他們走過一條又一條的長廊，派崔克的心思飄到了海蓮娜身上。七年前，玻璃管嘶嘶打開的那一天……

白色霧氣散開，他伸出顫抖的手去摸她。當他摸到她冰冷的肌膚時，以為他的手會變成沙子直接粉碎，像風中灰燼般飄散。他跪倒在地，淚水不停流過臉頰。馬洛里．克瑞格伸手攬著他，派崔克把克瑞格推倒在地，揍了兩拳，三拳，四拳，直到兩名印瑪里警衛把他從克瑞格身上拉開。克瑞格，惡魔的左右手，引誘派崔克進入捕殺陷阱的人。受驚的小孩迪特．肯恩瑟縮在角落裡。克瑞格站起來，想要擦掉臉上流個不停的血，帶著迪特逃離了房間。

派崔克原本想把海蓮娜和她的家人合葬在英國，但克瑞格不允許。「我們需要新名字，皮爾斯。任何與過去的連結都必須抹消。」新名字。凱薩琳，凱特，這個叫維爾的人如此稱呼她。

派崔克試著想像她過得如何，他一直是個缺席的父親。從他把凱薩琳抱在懷中那一刻起，他就致力解除印瑪里的威脅，解開直布羅陀和大鐘之謎——讓這個世界對她安全一點，這是他能為她做的事。但他失敗了。如果維爾說得沒錯，印瑪里比以前更強大，而凱特……他錯過了她的人生。更糟的是——她被陌生人養大。不只如此，如今她還被捲入印瑪里陰謀裡。真是一場惡夢。他努力甩掉這些念頭，但它們似乎每次轉個彎就重新浮現，似乎從每條新走廊的地上冒出來，揮之不去。

派崔克看看在前面跛行的人。維爾會有答案嗎？他說的會是真相嗎？派崔克清清喉嚨，「她現在怎麼樣？」

「誰？噢，凱特？」大衛回頭微笑。「她很棒。充滿智慧，而且意志很堅定。」

「我毫不懷疑。」聽見這些話感覺真虛幻，但不知怎地，卻讓派崔克接受女兒已經不靠他、自行長大的現實。他總覺得該說些什麼，但是不知該怎麼說。過了一會兒，他開口：「談論這件事真奇怪，維爾。對我來說，在西柏林向她道別，只是幾週前的事，得知自己的女兒長大的過程沒有父親……真奇怪。」

「相信我，她成長得還不錯。」大衛暫停一下，繼續說，「她跟我認識的人都不一樣。她很美——」

「夠了，夠了。我們呃……還是專心吧，維爾。」派崔克加快腳步。顯然……某些揭露是有極限的。派崔克走到維爾前面，開始帶路。他的手腳比大衛靈活——名符其實——而且維爾沒有武裝，所以應該構不成什麼威脅。

大衛加快跟上。「右邊。」派崔克說。

他們默默通過走廊，過了一陣子，派崔克停下來讓大衛喘息。「抱歉，」他說，「我知道凝膠很耗體力。」他挑眉。「這個月來我自己探索，也出過幾次意外。」

「我跟得上。」大衛氣喘吁吁地說。

「才怪。別忘了你的對手是誰。我比你早一百年就在這些隧道裡走來走去了，你得慢慢來。」

大衛抬頭看他。「說到這個，你現在走路似乎沒問題。」

「對。不過我寧可不要。我在一九一八年待在裡面幾天就被治好了。我沒寫進記事本，當時我只能想到周圍發生了什麼事。海蓮娜……西班牙流感……」派崔克望著牆壁半晌。「我想管子還有別的作用。我在一九七八年出來時，還能操作那些機器。我想因此我才能通過直布羅陀的入口。」派崔克打量大衛。「但我還是不懂你怎麼進得來。你沒進過玻璃管。」

「確實。我承認我也不懂。」

「印瑪里曾讓你用過什麼療法嗎？」

「沒有。至少我不認為。不過……事實上我被治療過。我接受管子裡的人輸的血——就是凱特。我在西藏受了傷流很多血，是她救了我的命。」

派崔克點頭，漫步通過走廊。「有意思。」他回頭看看大衛肩膀和腿上塗了凝膠的傷口。「傷口清理過了，但我想是槍傷。你怎麼受傷的？」

「杜利安・史隆。」

「原來他加入了印瑪里延續家族事業。小魔鬼在一九八五年那天變得更邪惡了，當時他才十五歲。」

「他可沒有慢下來。」大衛站直身子，「多謝休息。我可以了。」

派崔克繼續帶路，恢復輕快但慢了點的步伐。前方，一道從沒開過的雙併門，在他們走近時慢慢開啟。「真刺激——開啟前所未見的道路。你聽聽，我的語氣好像戰爭期間僱用我的那些呆子。」

大衛搖搖頭。「戰爭。」

「什麼？」

「沒什麼。只是聽到用『戰爭』指稱第一次世界大戰很奇怪。最近指的都是阿富汗的戰爭。」

派崔克停步。「跟蘇聯嗎？我們開戰了——」

「噢，不是，他們一九八九年就離開了。其實，蘇聯已經不存在。」

「那麼是誰？」

「蓋達組織。其實，現在是塔利班，算是激進的伊斯蘭派系。」

「美國跟阿富汗的派系開戰？」

「是啊，唉，說來話長——」

走廊的燈光閃爍，然後熄滅。兩人都愣住。

「這情形以前發生過嗎？」大衛低聲說。

「沒有。」派崔克拿出一支LED燈打開，在走廊裡照亮了他們周圍。他感覺這情景好像印第安納·瓊斯（注）點燃火把，照亮某個古蹟走廊。他想要打個比方，但大衛可能不知道印第安納·瓊斯是誰。這時候的《法櫃奇兵》已經算是三十幾年前的老片了，年輕世代可能已經不看老電影。大衛舉起正常的手遮擋，瞇起眼睛。

派崔克走到前面，步步謹慎小心。走廊的燈又閃爍，剛亮起來就熄滅。走廊末端的門在他們走近時沒有自動打開。派崔克伸手到門邊的玻璃面板上。稀疏的霧氣飄出來，他手上的爆裂聲變弱。怎麼回事？

「我想是電力有問題吧。」派崔克說。他操縱面板，門緩緩滑開。

他舉起LED燈管，照亮廣大的空間。這個房間比他看過的都要大，無論在這裡或別處，看起來好像有一哩長寬。

幾排長玻璃管一路堆疊到天花板，高到他看不見。它們延伸到遠方好幾哩外，沒入黑暗中。

它們和派崔克許多年前在直布羅陀看過的管子一樣，但有兩點不同：這些管子充滿屍體，而且裡面的白霧會改變，如今還在消散中。管子裡消散的雲霧間短暫地露出裡面的人——如果他們算是人的話。他們比直布羅陀的那個人猿更像人類。這些是亞特蘭提斯人嗎？如果不是，又會是誰？他們怎麼了？他們會醒來嗎？

派崔克對管子的幻想被室內深處的一個聲音打斷。有腳步聲。

注 Indiana Jones，一九八一年起上映的動作冒險電影《法櫃奇兵》系列的主角。

127

房間的雙併門滑開，一名穿納粹軍服的高大中年男子走了進來。凱特極力掩飾驚訝。男子停下，如石像般站著不動，挺直背脊。他的目光緩緩掃過凱特和兩個孩子。

凱特下意識地上前一步，擋在男子和小孩之間。他的嘴角微微上揚，彷彿她無意間的舉動透露了什麼，告訴他什麼祕密。或許就是這一步出賣了她，但他的笑容也一樣。她認得這個冷酷的笑容。她也知道這個人是誰。

「哈囉，肯恩先生，」凱特用德語說，「我們找了你很久很久。」

128

派崔克聽見黑暗中的腳步聲停下來。他和大衛都僵住，看著對方，靜待其變。

「這是什麼地方？」大衛低聲說。

「我不確定。」

「你沒來過這裡？」

「沒有。但是我想，或許……我有主意了。」派崔克看著玻璃管子說。房間裡很暗，唯一光線來自金屬架上成堆懸掛的管子，看起來像樹上掛的香蕉。這有可能嗎？印瑪里一直都是對的？「我想這可能是一艘巨大的冬眠船。直布羅陀那道門——是傳送物質到另一個地方的門戶，可能是到南極洲的結構體。而那個結構體……就是他們想的那樣。」

「誰？」

「肯恩和印瑪里。他們認為直布羅陀的結構體是亞特蘭提斯人祖國的一個小前哨站，也假設祖國設在南極洲地下。他們相信亞特蘭提斯人是冬眠中的超級人類，等著重新奪回地球的掌控權。」

這個瞬間，遠方的腳步聲又出現。

派崔克瞄一眼大衛的手杖——長矛。臉上表情透露了他的想法。如果他們走向腳步聲，無論是誰都會聽見他們來了。

「我可以在這裡等，」大衛說，「不然我們也可以大叫。」

「不行。」派崔克趕緊低聲說，「如果印瑪里在南極洲發現了入口，那麼這個腳步聲可能來者不善。」他看看玻璃管。「無論如何，我們按兵不動。」

兩人退到最靠近的管子堆後面，蹲在陰影中。走向他們的腳步聲，迴盪在墳墓裡。

129

杜利安看著昏暗走廊裡的納粹士兵列隊經過，是真的。有人還活著，他父親可能也活著。

他從陰影中走出來，挺直背脊強悍地說：「我是迪特·肯恩（德語）。」

兩個人轉身，用衝鋒槍指著他。「停！」其中一個大喊。

「大膽！」杜利安叱罵他，「我是康拉德·肯恩倖存的獨子。放下你們的武器，立刻帶我去見他。」

康拉德·肯恩走近凱特，像隻大貓般觀察牠的獵物，盤算著是否或何時攻擊。「妳是誰？」

凱特暗自估量。她需要一個可信的謊言。「長官，我是卡洛琳娜·奈普博士，奉命來找您的印瑪里特殊研究計畫首席科學家。」

肯恩打量她，再看看小孩。「不可能。我在這裡還不到三個月，要花更多時間才能派出另一支探勘隊。」

凱特猜想他是否懷疑她的口音，她很久沒說德語了，儘量簡短回答會比較好。「你在這裡已經遠超過幾個月，長官。但是恐怕我們已經沒時間。我們必須馬上離開。我得把這些小孩的背包卸下送走——」

又一名納粹軍人衝進來，講了一串連珠炮德語。「長官，我們發現了一些東西和更多人。」他喘氣等著肯恩回答。

肯恩看看他再看看凱特。「我馬上回來，」他又打量她，「博士。」他彎下腰面對孩子們，出乎凱特意料地開口講英語。「孩子們，我需要你們幫忙，請跟我來。」凱特還來不及抗議，他便攬住他們離開了房間。

130

迪特和這些笨蛋爭論了十五分鐘，仍然不得要領，決定等他見到父親之後要他們好看，竟敢像抓到小賊一樣用槍挾持他。最後，他嘆口氣呆站著，不耐煩地等待。

每秒鐘感覺都像永恆。

然後，寂靜慢慢打破。繞過轉角的腳步聲激盪起迪特的心跳，他等了一輩子的時刻終於來到。他幾乎不記得的人，把生病的他塞進玻璃棺材裡，救他一命還想拯救全世界的人——他的父親，正大步向他走來。

迪特好想跑到父親面前，擁抱父親，說出自己做過的所有事情，自己如何營救他，正如父親將近一百年前救了他一樣。他想要父親知道他長大之後很堅強，跟父親一樣，值得當初父親做出的犧牲。但迪特靜止不動。衝鋒槍是其一但不是主要原因。

他父親的眼神冷酷，銳利如針，似乎在分析他，彷彿用眼睛在探尋線索。

「爸爸。」迪特低聲說。

「哈囉，迪特。」他父親用德語說，聲音毫無活力，嚴肅無比。

「我有很多事必須告訴你。我醒來時是一九七——」

「一九七八年，這裡的時間過得比較慢。迪特，你四十歲了？」

「四十二。」迪特很驚訝他父親已經知情了。

「外面是二〇一三年。這裡才七十五天。一天抵一年。三百六十比一的時間差。」

迪特心念飛轉，努力想跟上。他想說些高明的話，讓父親知道他的聰明才智足以解開這個謎團，但他只能說出，「對，但為什麼？」

「我們發現了他們的冬眠室，正如我們預料。」他父親轉身踱步經過走廊。「或許大鐘在結構體內部也扭曲了時間，產生亞特蘭提斯人冬眠所需的能源，或許冬眠並不完美，或許他們也會老化，只是很緩慢。也可能是為了保護他們的機器，機器每年肯定會有些損耗。無論如何，減緩時間能幫他們跨越許多時代。我們還發現了一些別的。亞特蘭提斯人並非我們認為的那樣，事實上還比我們想像的更怪異，這要花一點時間解釋。」

迪特指指背包。「這些小孩揹著──」

「炸藥。對，這招高明。我猜他們能通過大鐘？」康拉德說。

「對，還有個女人也通過了，凱特・華納。她是派崔克・皮爾斯的女兒。我怕她會找到他們，但是現在不重要。我們快沒時間了。」

康拉德檢查背包的背面。「還剩大約兩小時。那女人確實找到了他們，但我們抓到了她。我們就把他們放在墳墓裡，如果他們沒死，我們再回來。」

「我們得趕快離開，從這裡走到大門要花三十分鐘。」迪特彎腰對孩子們說英語，「哈囉，我說過凱特會在這裡。你們喜歡第一個遊戲嗎？」

孩子們只是看著他。他們真笨，迪特心想。「我們要玩個新遊戲，你們要嗎？」迪特等著，但孩子們沒說話。「好吧，我就當作你們同意了。這次是賽跑，你們跑得快嗎？」

孩子們點頭。

131

大衛看著兩個納粹士兵走進墳墓深處，對著管子目瞪口呆。他們身穿厚毛衣沒戴鋼盔。這些人是納粹海軍士兵，很擅長近身徒手格鬥。大衛和派崔克必須奇襲才能打倒他們。大衛舉手打暗號，但派崔克已經向他示意：等他們經過。

大衛想蹲低點，但他的腿很痛，能蹲下已經是奇蹟。凝膠真的有用，但那個氣味——他們會聞到嗎？派崔克蹲在他旁邊，靠近漫步在如同香蕉的兩根管子之間的士兵。兩秒鐘。

其中一人停步。他聞到了嗎？

在大衛和派崔克的藏身位置上方，管子堆吐出一團白霧，吸引了士兵的注意。他們從背後取下衝鋒槍舉起來，但大衛和派崔克已經起身攻擊。

大衛的衝力把他的目標撲倒在地，他用掌根猛擊對方的額頭。士兵的頭部大力撞到金屬地板，冒出一灘鮮血。

四呎外，派崔克跟另一個士兵搏鬥。年輕士兵壓在他身上，對手有刀而且正直直刺入派崔克的胸口。大衛見狀撲向他，把他扯離派崔克。大衛打掉士兵手上的刀，把他壓制住。派崔克過來，拿起刀架在士兵的喉嚨。納粹士兵停止掙扎，沉默地投降，但大衛仍把士兵的手臂壓在地上。

大衛不會講德語，但他來不及開口，派崔克已用德語審問這個人。「你們有多少人？」

「四個。」

派崔克把刀從士兵的脖子移到左食指。

「十二個！」他大叫。

「肯恩先生呢？」

士兵歪一下頭，這時他已滿頭大汗。「殺了我吧。」他說。

派崔克審問他時，大衛仍把他固定在地上。

「快點。」他請求。

派崔克一刀劃過士兵脖子，鮮血狂噴出之後不久，士兵就死了。

派崔克把刀子丟在屍體旁邊，癱坐到地上，胸口的傷在滴血。

大衛爬過死人身上，從自己大致痊癒的肩傷和腿傷收集殘餘的黑凝膠。他把它們全部抹在派崔克傷口上，讓派崔克痛得皺眉。

「別擔心，幾小時後你就會活蹦亂跳。」大衛笑道，「或許更快。」

派崔克坐起來。「如果我們能活那麼久。」他指指士兵進來方向的那道門。「不用懷疑了，我們在南極洲。」他急促地喘了幾下。

「他們有多少人？」

派崔克看著士兵屍體。「十二個。現在剩十個。肯恩跟他們一起來了。如果他們進入這個房間，就會有一場大屠殺，然後，或許……這將是……人類的噩耗。」

大衛開始搜索屍體，拿走武器和可能有用的東西。「他們有沒有說到別的？」

派崔克疑惑地看著他。

「他們有沒有看到別人？」大衛滿懷希望地說。

派崔克會意過來。「沒有。他們沒看到任何人。他們來了將近三個月，要是他們在一九三八年就抵達，這件事便很合理。每天是一年，每兩小時是一個月。他們說他們才剛發現這個房間，有個人回去報告了。」

大衛遞給派崔克一把衝鋒槍，伸出手想幫派崔克站起來。「那我們得趕快了。」

派崔克抓著大衛的手臂掙扎著站起。他回頭看看比自己強壯的死者。「呃，維爾，我二十五年沒當兵了——」

「我們沒問題的。」大衛說。

132

迪特抓著孩子們的肩膀，跟在父親後面。

世事就是如此，人生可能急轉彎。他和父親重逢，正要去完成他們的偉大任務——拯救人類。他這麼多的犧牲，他的決定，一直都是對的。

槍聲從他們前方傳來。

大衛在對方開槍前，先擊斃了守在墳墓門口的兩名衛兵。在他左方，另一名衛兵繞過轉角開火，擊中他旁邊的金屬牆，但派崔克連發三槍命中士兵的胸膛，那人立刻倒下。

大衛察看走廊的另一端，沒人。他轉身慢跑，趕上正在緩步繞過第三名士兵出現的轉角的派崔克。

「我打頭陣。」大衛說。他回頭時，一顆子彈掠過他的頭。

「我掩護你。」派崔克伸出他的手槍，繞過彎開了幾槍。

大衛踏進走廊，逼近貼在附近牆上的人。大衛用兩槍擊中他胸口。現在已有四個人倒下，剩下五個人加肯恩。還是不利，而且他們沒有奇襲優勢了，只能一步一步來。

派崔克在他旁邊，兩人都專注地看著士兵進來的雙併門。他們分別在門兩側佔好位置，派崔克操作玻璃面板讓門打開，裡面露出十二根管子，裝的是——人猿？

大衛必須專心。派崔克似乎不太擔心，他快步走進房間，用槍口掃過一遍，大衛跟進。房裡沒人。

然後，大衛察覺有人從背後接近他們。他轉身舉起衝鋒槍準備——

是凱特。她躲在控制站後面。

他收回扳機上的手指，放下槍走過去，準備擁抱她。才剛來到她面前，凱特的目光便對上了派崔克。她轉身離開大衛。「爸爸？」

老人呆站著，露出自責和不敢置信的表情。「凱薩琳……」

凱特掉下一滴淚，連忙走過去擁抱他。他擁抱她時嘆了口氣。她退後說，「你還活著。」她皺起鼻子。「而且受傷了，還有那是什麼怪味？」

「我沒事，凱薩琳。我的天，妳長得真像她。」他眼眶泛淚。「我好擔心，但我知道妳……真是……對我來說，只是過了幾個星期。」

凱特點頭。她似乎已經全部理解了，大衛在旁邊驚訝地看著她。她伸出手臂，他走過去擁抱她，把臉貼上她側臉。她還活著。在這一刻，只有這件事最重要。她在直布羅陀離開了他，但她還活著，在他內心的空虛感覺再度被填滿。

她放開他們說：「你怎麼——」

「直布羅陀。」她父親說，「我發現的密室裡有道門——是通到南極洲較大結構體的傳送門。還有其他人在。我們必須——」

「對。」凱特說，「他們抓了孩子們，杜利安讓他們揹著裝核彈的背包。」

大衛看看周圍想了想，「有個房間裡有玻璃管，延伸好幾哩長，我敢說他們會去那裡。」計畫在他腦中成形，但他不會再讓她涉險。「妳留在——」

凱特搖頭。「不行。」她跑出房間，走到死者身邊，撿起他的衝鋒槍，望著大衛。「我要去，這次我有槍。這可不是請求。」

大衛嘆氣。

派崔克看看凱特和大衛。「我猜，這種對話經常發生？」

「是啊，呃，這個星期很詭異。」大衛專注地看著凱特。「妳不能出去外面——」

「我不能待在這裡，你很清楚。」

大衛抗拒，在腦中尋找反駁論點。

派崔克看著他們兩個，似乎了解有些隱情。

「除非我們阻止即將發生的事，不然我在哪裡都不安全，包括這個房間。你需要我幫忙。我們必須搶回孩子們，離開這個地方。你們兩個都不認識他們。」

她說得對，大衛知道，但是派她出去冒險讓他無法忍受。

「你得讓我跟你去，大衛。我知道你怕什麼。」凱特的目光掃瞄他，等待反應。「我們非做不可，過去的都過去了。」

大衛緩緩點頭。恐懼還在，但似乎不太一樣。知道她接受了風險，她相信他，願意跟他去，當他的搭檔，狀況就不同了。

大衛走到凱特面前，給她一把手槍。「魯格手槍很少卡彈，已經上膛可以用了。只要瞄準開槍，妳有八發子彈，跟在我們後面。」

133

杜利安舉手示意跟隨的五名士兵停下。他窺探轉角，看見兩具屍體，門的兩旁各一人。他們是出來了還是要進去？希望是出來。他又探出頭。另一具屍體在走廊的轉角——他是跑向敵人，所以他們是出來了。

「安全。」他喊著，手下和他父親在走廊上散開，檢查死者。

杜利安向孩子們彎下腰，叫兩人靠近，離死人遠一點。「別管他們，他們只是裝死。那是別的遊戲。現在該賽跑了。記住，跑越快越好，先到房間對面的人有大獎！」

他父親操作巨大雙併門邊的玻璃面板，門無聲地打開，杜利安把孩子們推進去時，傳來第一陣槍聲。五名士兵中的兩人應聲倒地。杜利安衝過去保護父親，但是太遲了。子彈擊中康拉德的手臂，讓他跌倒在地。

杜利安把父親拉回門後，剩餘的三個士兵退到門框另一側後面。杜利安撕開父親的上衣袖子迅速檢查傷口，老人推開他的手。「皮肉傷罷了，迪特。別感情用事，專心點。」他拔出手槍從門框窺探，一波子彈刮到他腦袋上方的金屬。

杜利安把他壓到牆上。「爸爸，照我來的路線出去。我們倆有人必須出去，我掩護你。」

「我們必須留——」

杜利安拉他父親站起來。「我會解決他們，再趕上你。」他把父親推進走廊，用衝鋒槍掃射了一陣，直到子彈用光。

他父親離開了走廊。杜利安救了他的父親。

他靠回牆上，面露微笑。

134

大衛回頭看派崔克。「我們得繞路。我們無法通過他們——至少需要大量的炸藥。」

「這條走廊一定連接到我們進入墳墓的地方。孩子們在奔跑，或許我們能趕上他們。」派崔克說。

大衛看看周圍，像在尋找別的出路。「同意。你們兩個去吧。我在這裡牽制史隆和他的手下。」

凱特探頭到兩人中間，「大衛，不行。」

「我們必須這麼做，凱特。」大衛的語氣平靜堅決。

她望著他的眼睛許久，移開目光。「炸彈怎麼辦？」

大衛往派崔克歪頭。「妳父親有辦法。」

派崔克逐漸露出領悟的表情。

凱特轉向他。「是嗎？」

「對，我有辦法。我們走吧。」

凱特跟著她父親通過墳墓的另一個入口時，孩子們剛剛越過他們前方的走道。

「阿迪！瑟亞！」凱特大喊。

孩子們停止狂奔，差點跌倒。她跑過去察看背包上的時間。

00：32：01

00：32：00

00：31：59

「你要怎麼解除？」

「相信我，凱薩琳。」她父親拉拉她的手臂說。

從他們過來的方向，凱特聽到連發槍聲，是大衛。正在單獨跟剩下的敵人戰鬥。她好想回去，但是有孩子們和炸彈。派崔克又拉她的手臂，她下意識地跟著他，快步離開槍聲。

135

大衛聽到凱特呼喚孩子們，他冒險從轉角探頭看。納粹士兵也聽到了嗎？門口的士兵們正衝進大房間，他不能讓他們抓到凱特。他走向門口，開槍——子彈沒了。他放下手槍，抓起死者的最後一把衝鋒槍，瞄準兩個奔跑的人，射倒他們。只剩杜利安和一個手下。

最後一個的士兵在轉角探頭，被大衛一陣掃射後命中頭部擊斃。原本奔跑的小孩是誘餌，他們指望大衛會跟著小孩跑進墳墓裡，讓狙擊手容易下手。

只剩杜利安一個。大衛沒聽到任何腳步聲。墳墓深處某地，一道門大聲關上。凱特、派崔克和孩子們出去了，他應該撤退，跟上他們。大衛停在門前，知道必須快跑趕上他們，但他呆站著。九一一事件是很久以前的事了，現在他有凱特，還必須對抗印瑪里，以及疫情。

史隆會在哪裡？躲在墳墓深處等待，盯著入口。大衛可以等一下，或者……他搖搖頭甩掉那個念頭。他退後兩步，仍然舉著衝鋒槍。沒人出現。他轉身離開門口，全速衝過走廊。

第一發子彈鑽入大衛背後，從胸前貫穿，讓他撞到牆上之後迎面倒地。更多子彈擊中倒地靜止的他，刺痛他的雙腿。

腳步聲。有隻手把他翻過來。

大衛扣兩下扳機，子彈穿透杜利安的笑臉，腦漿和碎骨從他的後腦噴出，把天花板染上一片紅灰色。

大衛苦笑，吐出最後一口氣。

136

康拉德・肯恩鎖上防護衣的頭盔，等著大門打開。金屬門轟的一聲打開，露出類似大約三個月前——或七十五年前見過的那座巨大冰穴。如果這是同一個洞穴，應該有大鐘掛在外面入口上方。康拉德通過時，結構體另一側的大鐘被關閉了——他和手下經過連閃都沒閃一下。他們之前是從內部打開了大鐘，現在他知道了。

結構體內的控制系統很複雜，他和他的手下試著操作他們認為是冬眠控制的系統，結果那是氣象衛星。其實肯恩搞掉了那顆衛星，他猜想是落在美國，可能在新墨西哥州吧。他的行為觸發了某種反入侵程序，把他們逐出系統並啟動大鐘，殺光了他的潛艇上的人。

之後所有系統都不能使用，直到今天。

他不知道他們是否已經拆掉了外面的大鐘，或控制系統重新啟動是否表示它已關閉。還有另一個可能性：或許大鐘只會攻擊想要進來，而非出去的人。

如果它還開著，他必須走快一點。

肯恩試探地踏出無菌室一步。視力調適後，他看見一叢柔和的燈光，像星星在扭曲的金屬籠底下的雪堆中發亮。

還有別的東西：金屬籃子，吊在一條粗鋼纜上。對，就是這個。即使大鐘啟動了，這是他的逃生路徑。

肯恩又跨出一步，離開大門。上方的空間迴盪著隆隆巨響，在他的防護衣裡，甚至骨頭裡產生回音。

果然有大鐘，而且正在大聲甦醒過來。

137

凱特拉扯阿迪的背包，終於脫下來了。00：01：53。她轉向瑟亞。黑色凝膠正在侵蝕他的背包帶子，他們快要自由了。凱特的父親把孩子拉出束帶，往她推過去。他指著六道門中的第二道。「快走，凱薩琳。這個我會處理。」

「不行，告訴我怎麼做？」她觀察他的臉色，懷疑他要怎麼解除炸彈。

他嘆口氣往門歪頭。「亞特蘭提斯人走出直布羅陀結構體的時候，把傳送門設定成單向回到南極洲結構體的逃生門。但是這裡的結構體關閉了，所以我無法回去。如果我沒猜錯，這裡的系統啟動，會讓亞特蘭提斯人可以經過這裡回去。孩子們身上有純亞特蘭提斯人的DNA，妳在管子裡冬眠過，所以都可以通過。重點是，妳到了另一頭之後，會在直布羅陀另一個控制室裡，記得什麼也別碰。我必須永久關閉這道傳送門，不能讓這顆炸彈在南極洲爆炸。」

凱特望著他，努力理解。

「到了另一邊之後，妳必須爬上地表盡量遠離。妳大概會有三百六十分鐘，足足六個小時。這裡一分鐘是那邊的三百六十分鐘。懂嗎？」她父親的口氣很堅定。

凱特忍不住掉下一滴淚。她終於懂了，她擁抱他三秒鐘。但她想退開時，發現父親也緊抱著她，她的雙手爬到他身上。

「我犯了好多錯，凱薩琳。我想要保護妳和妳母親……」他的聲音哽咽。

凱特往後仰，看入他的眼睛。「我看過記事本，爸爸。我知道你為何這麼做，所有事情我都了解，我愛你。」

「我也愛妳。」

138

頭上大鐘的隆隆聲音越來越響，康拉德感覺額頭上冒出一滴汗。

透過頭盔的玻璃罩，一個影像出現，彷彿那個人的迷你版就坐在玻璃裡面。白髮男子坐在一個辦公室，木製大型辦公桌後面，背後有印瑪里旗幟。牆上有一幅世界地圖，但是有些不同，全部不對。那個人的臉……康拉德認識他。

「馬洛里！」康拉德大叫。「快救我——」

「當然了，康拉德。籃子上有個針筒，自己注射。」

康拉德衝向前，急著到吊籃處。他跌倒了兩次，又一次。他發現穿防護衣不能跑步，於是彆扭地搖晃，在大鐘每一秒發出更大的蜂鳴聲中盡力前進。「針筒裡是什麼？」

「我們在研發的東西。你最好快點，康拉德。」

康拉德走到吊籃，撿起大針筒。「拉我上去，馬洛里。別管什麼科學實驗了。」

「我們不能冒這個險，快注射，康拉德，那是你唯一的機會。」

康拉德打開金屬盒，看了針筒一秒。大鐘更響了。他臉上還有別的東西流下，他看到頭盔玻璃上的紅色倒影。還有多少時間？康拉德拿起針筒，拉掉針上的塑膠蓋，穿透防護衣插進手臂。

盒子一定是某種加溫裝置，但是液體流進他血管時仍然很冰冷。「我打了，快拉我上去。」

「恕難從命，康拉德。」

康拉德感覺到手臂上的潮溼，那不是汗。大鐘隆隆作響，感覺好怪，很虛弱。「你讓我注射的是什麼？」

馬洛里靠回椅背上，一臉滿足。「你記得帶我參觀過那個測試大鐘的營區嗎？在三〇年代初期，我不記得日期，但我記得你的演說——你說服他們做那些可怕的事，你向工人說的話。我不懂你是怎麼做到的。你說：『這是可怕的工作，但這些人犧牲他們的生命，讓我們了解大鐘，讓我們能拯救與淨化人類。他們的犧牲是必要的，他們的犧牲不會被遺忘，少數人死亡讓多數人活下去』。」

馬洛里搖搖頭。「當時我好佩服，好崇拜你。那是在你把我丟進管子關四十年，奪走我的人生之前。我很忠心地扮演配角這麼多年，然而看看你是怎麼回報我的。我不會給你下一次機會。」

「你不能殺我。我就是印瑪里，絕對沒有人能取代。」康拉德不支跪倒。他感覺大鐘在敲打他的心臟，想從裡到外把他撕成碎片。

「你不是印瑪里，康拉德。你只是個科學實驗，你是犧牲品。」馬洛里翻閱一些文件，對螢幕外的某人說了什麼。他聽了一會兒。「好消息，康拉德。我們收到防護衣傳來的資料，應該會提供我們需要的一切。我們有個可以啟動亞特蘭提斯基因的胎兒——其實是派崔克他女兒和迪特的小孩。真諷刺啊。總之，麻煩的是我們需要亞特蘭提斯基因啟動之前的同一個遺傳繁殖群的基因組，最好是父母的。我們也必須在大鐘攻擊後便追蹤測試基因組，以了解跟哪些基因和後天因素有關。你一定記得拆解大鐘很花工夫，而且還有電力供給的問題。」

馬洛里漫不經心地揮揮手。「所以，我們想還是讓這個大鐘保持開啟，準備一個基因追蹤療法的針筒，就等你走出來。我一向不擅長演講，比不上你，但我很擅長預料別人的行為。你非常容易預料，康拉德。」

康拉德吐血，迎面倒在冰面上。

「我想這是永別了，老朋友。我說過，你的犧牲不會被遺忘。」馬洛里講完後，有個人跑進辦公室。馬洛里聽他說完後面露疑惑。「直布羅陀？什麼時候？」

139

傳送門滑開時，凱特屏住呼吸，正如她父親所說：有很多玻璃儀表板的控制室。但是有人在，一名衛兵斜倚在凳子上，正在看雜誌。

一看到凱特和兩個男孩，他愣了一秒，然後把凳子放平，急忙站起來，裸女封面的雜誌掉落地上。他抓起靠在牆邊的自動步槍，指著凱特。「別動，華納博士。」衛兵一臉嚴肅。他把肩膀湊近嘴邊說話，「我是米爾斯，七號室。我抓到他們了，華納和兩個小孩。請求支援。」

十秒後，房裡多了兩個衛兵。他們簡短地搜過三個人的身體，帶頭者微笑著收走凱特的手槍。「跟我們走。」他說。

140

馬洛里·克瑞格踱步走進辦公室等待消息，印瑪里幹員進來時，他抬頭看向幹員。「我們從肯恩的防護衣收到了生物辨識資料。張博士正在分析，但他說需要屍體。」

「好吧，把屍體給他。直布羅陀進展如何？」

「他們抓到了華納和兩個小孩。」

「哪個華納？」克瑞格怒問。

「女的。」

遺漏了什麼？

「要不要我們——」

「還有別人出來嗎？」

「沒有。」

克瑞格坐到桌邊，開始振筆疾書。寫完之後，他站起來，把信塞進信封裡，在外面潦草地寫上地址。「幫我把這封信寄出去。」

「華納博士怎麼處置？」

馬洛里望著窗外思索。維爾和派崔克死在墳墓裡了？「拘留那個女人。我們得審問她，加派三倍人力看守那個房間。告訴他們我在路上了。」

141

凱特把孩子們抱緊在身邊，跟著衛兵走過一連串走廊。他們背後，有個熟悉的聲音喊出，「站住。」

凱特和衛兵們轉身面對他，他也帶了兩個衛兵。他們的制服上有凱特沒見過的旗幟。底下是兩個大字母排成方形的II（注）。

「交給我處理吧。」馬丁．葛雷說。

「長官，恕難從命。克瑞格主席有命令。」帶頭的士兵上前，坦白地告訴馬丁和他的手下。

凱特看到馬丁的外表差點驚叫出來。他的頭髮又髒又亂，好像……幾個月沒刮鬍子了？他可能也這麼久沒洗澡。他的長髮和鬍鬚，加上憔悴疲倦的眼神，和他語氣的清晰溫柔形成強烈對比。「我了解。你有你的命令，上尉。我在想，你帶走他們之前，是否能讓我看看孩子們。這是研究目的，我們有急需。」衛兵們來不及回答，馬丁已上前跪在小孩面前。他揮手叫他們靠近，抱住他們，蓋住孩子們眼睛和耳朵，槍口火光和槍聲同時充斥擁擠的走廊。

三名看守凱特的士兵倒地，馬丁抱起孩子們，快步穿過走廊。

凱特跟著他。「馬丁，我們得趕快離開這裡。」

注　印瑪里國際（Immari International）的標誌。

馬丁的衛兵殿後，一行人跑過陰暗的走廊。

「這麼說太輕描淡寫了，凱特。」這時馬丁停步，「等等，妳指的是什麼？」

「核彈快來到那個房間了，不到兩小時後。」凱特說。

馬丁看看他的衛兵。「上潛艇。」

衛兵帶著他們經過一連串走廊，來到一個圓形房間，和亞特蘭提斯結構體不同的金屬構造。這部分的結構是新的人造物。在房間中央，有根大型圓管伸出鋼鐵的梯子，讓凱特想起下水道的人孔。

「怎麼回事，馬丁？你怎麼了？」

「我一直在這裡等，躲了將近兩個月，希望妳和妳父親會出來。我們先到潛艇裡再說。快，克瑞格可能已經在路上了。」

142

派崔克走過傳送門，進入控制室，裡面至少有十幾個衛兵。在他們所有人背後，有張熟悉的面孔。這一次，派崔克真的很高興見到大約一百年前帶他參觀過坑道的人。這個改變他命運的人。一九七八年他被叫醒時，原本可以讓印瑪里就這樣死去，卻選擇重建這個邪惡組織的人。

馬洛里·克瑞格多年前的話閃過派崔克腦中。那通電話「派崔克，出意外了……」，是誘餌，或陷阱？

克瑞格向身穿白袍手拿針筒的男子點頭。「採樣本。」

派崔克舉起手槍瞄準白袍男，讓男子停下腳步。

派崔克臉上露出淺笑。「馬洛里，我猜得果然沒錯。柔弱的人會繼承地球(注)。」

克瑞格臉色一變。「我沒有你以為的那麼柔弱——」

「那麼你能承受核爆嗎？兩次呢？」

143

凱特、馬丁、孩子們和馬丁的手下一個接一個爬梯子進入潛艇。三十分鐘後，潛艇浮出直布羅陀灣的水面。這是艘沒有分隔艙的小潛艇。浮上後，馬丁吩咐手下，「航向大西洋，注意速度，他們會巡邏海峽。」他示意凱特跟著他爬上另一道鐵梯，前往潛艇頂端的橢圓形瞭望甲板。

凱特走到堅固的及腰鋼鐵牆壁，倚著扶手，站在馬丁身旁。這時的海風比較涼，比昨天在直布羅陀涼多了。她在墳墓裡待了多久？但還有別的地方不一樣。直布羅陀看來很陰暗。

注 雙關語。典故出自聖經馬太福音第五章第五節：溫柔的人有福了，因為他們必承受地土。意指耶和華會賜予他們土地，讓他們繼承。

「直布羅陀為什麼沒有燈光？」凱特問。

馬丁轉頭，他沒刮鬍子的邋遢外表仍然令她有點不安。「居民撤離了。」

「為什麼？」

「這裡是印瑪里的保護領地。」

「保護領地？」

「妳離開了兩個月，凱特。世界改變了，不是變好。」

凱特繼續搜尋海岸線。直布羅陀好暗，但北非也是。大衛接住她那晚，她在陽台上看過的所有閃爍燈光……

凱特不發一語站了一會兒。她終於看到一點燈光在岸邊移動。「北非的燈光……」

「北非沒有燈光。」

凱特指著微弱閃爍的燈光。「就在那邊。」

「瘟疫接駁船。」

「瘟疫？」

「亞特蘭提斯瘟疫。」馬丁說。他嘆了口氣，突然顯得更疲憊。「晚點我們再說。」他倚著扶手凝視直布羅陀。「我原本希望再見到令尊，但是……這會是他喜歡的結局。」

他沒等凱特回答便繼續說，「令尊是心懷慈悲的人，他為了令堂之死，還有帶領印瑪里進入亞特蘭提斯城市非常自責。為了救妳的命、救亞特蘭提斯人，阻止印瑪里進入他發現的傳送門而死——免得他們進入南極洲結構體……這結局很適合他。他會希望死在直布羅陀，令堂的過世之地。」

彷彿安排好那般，一股噴泉和強光浮上空中，音爆震天，在凱特胸中和腦中迴盪。

馬丁伸手攬住她。「我們得下去了，波浪很快會抵達這裡。我們必須潛航。」

凱特回頭看最後一眼。藉著爆炸的光線，她看到直布羅陀的巨岩粉碎——但不是全部。最後一塊碎片還撐著，冒出水面。

144

實驗室技師走進張勝博士的辦公室。

「長官，我們沒收到直布羅陀傳來的任何資料。」

「被爆炸打斷了？」

「不是，根本沒傳送。他們沒採到皮爾斯的樣本。但我們有別的突破。克瑞格留下了一封信，他不肯讓皮爾斯埋葬海蓮娜．巴頓的遺體是有理由的——其實克瑞格保留著她，以備改天派上用場。目前遺體在舊金山的保管——」

「你們有樣本嗎？」

技師點頭。

「我們正在用胎兒和肯恩的資料執行模擬。不確定能否成功，因為——」

張勝把平板電腦丟在桌上。

「要多久才會曉得？」

「或許……」技師的電話響起。「其實，現在就收到了。」他興奮地抬頭。

「我們找到了亞特蘭提斯基因。」

尾聲

大衛睜開眼睛，視野扭曲，一片白光。是玻璃的曲線，他在一根管子裡。他的視力慢慢調適，彷彿從沉睡中醒來，接著他看見自己的身體了。赤身裸體，皮膚平滑——太光滑，肩傷和腿傷不見了，連很久以前崩塌的建築物刺入他身上的灼熱金屬與岩石碎片，因而在手臂和胸口留下的疤痕也是。

白霧正在消散，他看看管子外面。在他左方，一道光照進寬廣的房間裡。來自走廊的光……他撤退時被杜利安射中，殺了他的那條走廊。大衛努力想看清楚。他就在那兒，文風不動，躺在一灘血泊中，有另一具屍體躺在對面。

大衛從這個情景移開目光，嘗試理解。在他右方，舉目所及，上下左右都是管子。他們都在沉睡。

除了他。

還有另一個人。

另一雙眼睛也在掃瞄遠處，就在他正對面。他想要湊近去看，但無法動彈。他等著，一陣白霧飄過，大衛看清了另一根管子裡的面孔和眼睛。

是杜利安．史隆。

（亞特蘭提斯．基因　完）

後記

哈囉，感謝您看完本書。《亞特蘭提斯・基因》是我的處女作，誠心希望您會喜歡。這本小說基本上是一份示愛的禮物，也是個學習體驗。我花了兩年時間寫完，至於把它印成書再送到各位手上的過程，大概可以再填滿另一本的四百九十六頁書。

對我而言，整個過程最重要的收獲就是各位讀者。我從先前許多讀者的意見中獲益良多，我也歡迎大家有任何想法直接寫信給我：ag@agriddle.com。從你們許多人身上獲得的智慧、慷慨和鼓勵，絕對改變了我的寫作生涯。

當我坐著寫這段話時，是我出版這本書（美國版）的十個月後，本書在美國亞馬遜網站累積了將近一萬多筆評論，那些評論讓我出了名。我只是個沒沒無聞的獨立新手作者，沒有那些評論，您可能永遠不會發現我的作品。我不是想要求尚未去寫這本書評論的讀者留言。我的請求是：下次您讀到沒什麼知名度的作者的書，請盡量寫一則評論。那則評論可能改變某人的一生。

所以，凱特・華納、大衛・維爾和杜利安・史隆後來怎樣了？

《亞特蘭提斯・瘟疫》——即將上市！

再次感謝您的支持。

注：我的官網裡有個「亞特蘭提斯基因幕後的事實與虛構」單元，探討小說中的科學與歷史，歡迎來瀏覽。

致謝

該從何說起呢？

我想就從家人開始吧。謝謝我的妻子安娜所做的一切，尤其是閱讀我的初稿，並提出寶貴的建議。還有過去兩年來，當我懷疑自己是否徒勞無功，以及酒瓶為什麼老是空了（原來上面沒有小裂縫啊）時，總是容忍我。我愛妳。

我猜想每個寫小說的年輕人都該感謝他的母親，但對我而言更是如此。我很幸運擁有永遠支持我的父母，還有在北卡州薛爾比鎮克雷斯特中學當了二十年國中英文（嗯哼，現在叫作『語言藝術』）老師的母親。感謝妳閱讀我的草稿、進行傑出的編輯工作，而且無論在教室內外，總是一直相信妳的兒子。

從這裡開始，我想感謝的人名單變長了，可能會遺漏某些人。我不想冒這個險，所以對於曾經參與我的第一本小說，一路上協助過我的每一個人，衷心地感謝你們。

【台灣版獨家作者專訪】

你是如何成為一個作家？能否談談從電子書出版到實體出版的心路歷程？

其實寫作是我的第二事業。我在大學時期便創立一家網路公司，隨後的十年用於建立並賣掉幾間公司。後來我想要一項全新的挑戰，也想做些我認為真正重要的事。閱讀一向是我保持平靜與獲得樂趣的來源，所以我受到啟發開始了這件事。

真的很高興能夠看到作品印成書本發行。我竭盡心思地寫作這三部曲，知道全世界的讀者馬上就能閱讀到這系列作品，讓我覺得心滿意足。

為什麼想要創作這系列故事？

我想寫從以前就很感興趣的科幻懸疑主題：七萬年前，人類幾乎滅絕。超級火山托巴製造了一場火山寒冬，把總人口削減到一萬人（只剩一千對可交配的男女）。

在隨後的七萬年，我們從滅亡邊緣繁衍到七十億人，空前絕後地超越所有物種，征服了全球。對我而言，這是史上最大的謎題：我們的歷史和在滅絕邊緣掙扎的新生物種，是如何倖存並繼續繁衍至今？

從哪裡得到的靈感？是否受到任何著作或作者啟發？

我肯定受到我喜愛的幾位傑出作家啟發：丹・布朗、麥可・克萊頓和J・K・羅琳。科學家和歷史學家的作品也給了我一些靈感，他們的突破和努力，提供了像我這種創作者豐富的題材來源，讓我們能創作故事，帶領讀者踏上寓教於樂的旅程。

希望藉由這個系列帶給讀者什麼體悟或經驗？

我希望讀者們能了解全人類有多麼親近——我們是共有一段豐富而悠久歷史的大家族。雖然現在有七十幾億人，但站在遺傳學的角度，我們都是近親——相似處遠多過差異。

能否談談這系列的電影改編進度，你是否有屬意的男女主角或重要大反派演員？你會想要參與一角嗎？

恐怕我的寫作比我的表演能力好一點，所以最好還是把電影交給專業人士吧。我偶爾會收到進度更新，但現在都不能公開透露。改編成電影是個令人振奮的展望，我得提醒自己要專心寫作。

未來的寫作計畫為何？

我正在寫一套新的三部曲，我認為也希望讀者會喜歡上這套書。這套書跟「亞特蘭提斯進化三部曲」相同，故事架構建立在深厚的科學與歷史基礎上，相信閱讀起來同樣趣味盎然。

中英名詞對照表

A

Adam Lynch　亞當·林區

Adam Rice　亞當·萊斯

Adi　阿迪

ADI-R　診斷訪談

ADOS2　觀察量表

Afghanistan　阿富汗

Akkadia　阿卡德（人）

Al Qaeda　蓋達組織

Alaska　阿拉斯加

Allied Hospital　盟軍醫院

Allison　艾莉森

Alpha　阿爾發

Amelia Earhart
　愛蜜莉亞·艾哈特

Ames　艾姆斯

Anderson　安德遜

Andrew Michael Reed
　安德魯·麥可·里德

Antarctica　南極洲

Argentina　阿根廷

Arto　奧圖

Aryan　西利安

Asperger Syndrome　亞斯柏格症

Atlanta　亞特蘭大

Atlantean　亞特蘭提斯人

Autism Spectrum Disorders
　自閉症光譜失調症　(ASD)

B

Baltimore　巴爾的摩

Barbary Macaques　巴巴利獼猴

Barnaby Prendergast
　巴納比·潘德加斯特

Barnes　巴恩斯

Barnett　巴涅特

Barrett　巴瑞特

Batavia　巴達維亞

Bell/Die Glocke　大鐘

Ben Adelson　班·艾德遜

Berber　柏柏爾人

Betawi　貝塔維文

Bonn　波昂

Boston Globe　波士頓環球報

Bourbon　波本

Brandy　白蘭地

Burang　普蘭縣

C

Cadbury Creme Egg
　吉百利奶油彩蛋

Canada　加拿大

Cape Town　開普敦

Captain Zhào　趙隊長

Carlisle　卡萊爾

Carlsbad　卡爾斯巴德

Carolina Knapp　卡洛琳娜・奈普

Catalin Bay　卡塔林灣

Cayman Islands　開曼群島

CDC　疾管局

Central Intelligence Agency
　美國中央情報局（CIA）

Charleston　查爾斯頓

Chase　切斯

Clifton Rd.　克里夫頓路

Clocktower　鐘塔

Clocktower Security, Inc.
　鐘塔保全公司

Codeine　可待因

Cole Bryant　柯爾・布萊恩

Colorado　科羅拉多州

Conner Anderson　康納・安德遜

Contract Research Organization
　特約研究組織　(CRO)

Craig Venter　克萊格・凡特

Cuneiform　楔形文字

D

Daily Mail　每日郵報

Dachau　達邵

Dakha　達卡

Damien Webster
　達米安・韋伯斯特

David Patrick Vale
　大衛・派崔克・維爾

Delhi　德里

Denisovan　丹尼索瓦人

Desmond　戴斯蒙

Devil Hatfield　戴維爾・哈特菲爾

Dharchula　達爾丘拉

Dieter Kane　迪特・肯恩

Dmitry Kozlov　狄米崔・柯茲洛夫

Dorian Sloane　杜利安・史隆

Dulles　杜勒斯機場

E

Eddi Kusnadi　艾迪・庫斯納迪

Edward　愛德華

Eko　艾可

Elkins　艾金斯鎮

Emma West　艾瑪・威斯特

Epigenetics　表觀遺傳學

Ethics Committee　道德委員會

Eton　伊頓公學

F

FORD　福特

Fort Collins　柯林斯堡

Freud　佛洛依德

G

Genome　基因組

Gertrude　葛楚德

Gibraltar　直布羅陀

Gone With the Wind　《亂世佳人》

Gorham's Cave　高罕岩洞

Great Leap Forward　大躍進

Greeks　希臘人

H

Hades　黑帝斯

Hampton Hotel　漢普頓飯店

Harto　哈托

Hartsfield-Jackson　哈茨菲爾德－傑克遜

Harvey　哈維

Helena Barton　海蓮娜・巴頓

Henry Drury Hatfield　亨利・杜魯瑞・哈特菲爾

Hercules　海克力斯

Hobbits　哈比人

Hologram　雷射投影

Hominid　原人

Hominin　類人

Homo Floresiensis　佛羅勒斯人

Howard Keegan　霍華・基根

HUMINT　活人情報

I

Immari　印瑪里

Immaru　光明派

India　印度

Indiana Jones　印第安納・瓊斯

Indonesian/Malay　馬來－印尼文

Iraq　伊拉克

Israel　以色列

J

Java　爪哇

Javanese　爪哇文

Jin　小金

John Helms　約翰・赫姆斯

Jones　瓊斯

Josh Cohen　賈許・柯恩

Journey to the Center of the Earth　《地心探險記》

Jules Verne　儒勒·凡爾納

K

Karachi　喀拉蚩

Karl Selig　卡爾・賽利格

Katherine(Kate) Warner　凱薩琳・（凱特）華納

Konrad Kane　康拉德・肯恩

Kriegsmarine　納粹海軍

L

Lahore　拉合爾

Langley　蘭利

Lars　拉斯

Laudanum　鴉片酊

Logan　洛根

M

Madagascar　馬達加斯加

Madurese　馬杜拉文

Mallory Craig　馬洛里・克瑞格

Manggarai Train Station
　芒加萊火車站

Mar del Plata　馬德普拉塔

Marie　瑪莉

Martin Grey　馬丁・葛雷

McCoys　麥考伊

Military Intelligence, Section 6
　英國秘密情報局（MI6）

Melanesia　美拉尼西亞

Mills　米爾斯

Milo　米洛

Moroccan　摩洛哥人

Morphine　嗎啡

Myrtle　梅托

N

Nakula Pang　納庫拉・龐

Naomi　娜歐蜜

Neanderthal　尼安德塔人

Neuschwabenland　新士瓦本地

New Delhi　新德里

New Mexico　新墨西哥州

New York Times　紐約時報

NII.4 Burang　N11.4 普蘭

Office of Strategic Services
　戰略情報局（OSS）

P

Pakistan　巴基斯坦

Paku Kurnia　帕庫・克尼亞

Palestine　巴勒斯坦

Papiermark　紙馬克

Papua New Guinea
　巴布亞紐幾內亞

Patrick Pierce　派崔克・皮爾斯

Perry Mason　佩瑞・梅森

Pesanggrahan River
　柏桑格拉汗河

Pillars of Heracles
　希拉克里斯之柱

Plato　柏拉圖

Prism　稜鏡

Q

Qian　老錢

Raiders of the Lost Ark
《法櫃奇兵》

R

Richard Bookmeyer
理查・布克梅耶

Richmond　里奇蒙機場

River Village Slums　河村貧民窟

Robert Hunt　羅伯・杭特

Rosetta Stone　羅塞塔石碑

Roswell　羅斯威爾

Rutger Kane　魯格・肯恩

S

Satya　薩提亞

Scotch　威士忌

Senata　賽納塔

Seoul　首爾

Serengeti　塞倫蓋提國家公園

Shen Chang　張勝

Siberia　西伯利亞

SIGINT　訊號情報

Snow Island　雪島

Soekarno-Hatta　蘇卡諾哈達機場

Space-age Segways
賽格威代步車

St. Michael's Cave
聖米迦勒洞穴

Star Trek　《星艦迷航記》

Steve Cooper　史提夫・庫柏

Stevens　史提芬斯

Stonehenges　巨石陣

Subspecies　亞種

Sundanese　巽他文

Surya　瑟亞

T

Taliban　塔利班

The Rock of Gibraltar
直布羅陀巨岩

The Spear of Destiny　命運之矛

The War between the States
州際戰爭

The West Virginia　西維吉尼亞

Tibet Autonomous Region

　西藏自治區

Tiergartenstraße　蒂爾加騰街

Toba Catastrophe　托巴突變

Toba Protocol　托巴草案

Tom Warner　湯姆·華納

Tower Records　淘兒唱片

U.S. Food and Drug Administration

　美國聯邦食品藥物管理署

　（FDA）

United Parcel Service, Inc.

　優比速公司（UPS）

V

Vincent Tarea　文森·塔瑞

Virginia　維吉尼亞州

W

West Berlin　西柏林

William Anders　威廉·安德斯

BEST嚴選 071
亞特蘭提斯・基因

圖書館出版品預行編目資料

蘭提斯・基因 / 傑瑞・李鐸（A.G. Riddle）
；李建興譯. -- 初版. -- 臺北市：奇幻基地,
邦文化出版：家庭傳媒城邦分公司發行, 民
4.04
面：公分. -（BEST嚴選：071）
自：The Atlantis gene
BN 978-986-5880-95-8（平裝）
.57　　104004623

N：978-986-5880-95-8

原著書名／The Atlantis Gene
作　　者／傑瑞・李鐸（A.G. Riddle）
譯　　者／李建興
企劃選書人／王雪莉
責任編輯／王雪莉、陳琨萱
行銷企劃／周丹蘋
業務主任／范光杰
行銷業務經理／李振東
總編輯／楊秀眞
發行人／何飛鵬
法律顧問／台英國際商務法律事務所　羅明通律師
出版／奇幻基地出版
城邦文化事業股份有限公司
台北市 104 民生東路二段 141 號 8 樓
電話：(02)25007008　傳眞：(02)25027676
網址：www.ffoundation.com.tw
e-mail：ffoundation@cite.com.tw
發行／英屬蓋曼群島商家庭傳媒股份有限公司城邦分公司
台北市 104 民生東路二段 141 號 11 樓
書虫客服服務專線：(02)25007718・(02)25007719
24 小時傳眞服務：(02)25170999・(02)25001991
服務時間：週一至週五09:30-12:00・13:30-17:00
郵撥帳號：19863813　戶名：書虫股份有限公司
讀者服務信箱 e-mail：service@readingclub.com.tw
歡迎光臨城邦讀書花園　網址：www.cite.com.tw
香港發行所／城邦（香港）出版集團有限公司
香港灣仔駱克道 193 號東超商業中心 1 樓
電話／(852) 2508-6231　傳眞／(852) 2578-9337
e-mail：hkcite@biznetvigator.com
馬新發行所／城邦（馬新）出版集團　Cité (M) Sdn Bhd
41, Jalan Radin Anum, Bandar Baru Sri Petaling, Lumpur,
57000 Kuala Lumpur, Malaysia.
Tel: (603) 90578822　Fax:(603) 90576622
e-mail：cite@cite.com.my

封面設計／朱陳毅、王俐淳
排　　版／菩薩蠻數位文化有限公司
印　　刷／高典印刷有限公司
■2015 年（民 104）4 月 28 日初版
■2021 年（民 110）1 月 18 日初版17.5 刷
售價／399元

廣　告　回
北區郵政管理登記
台北廣字第00079
郵資已付，免貼郵

104台北市民生東路二段141號11樓

英屬蓋曼群島商家庭傳媒股份有限公司城邦分公司 收

請沿虛線對摺，謝謝

每個人都有一本奇幻文學的啓蒙書

奇幻基地官網：http://www.ffoundation.com.tw
奇幻基地粉絲團：http://www.facebook.com/ffoundation

書號：1HB071　　書名：亞特蘭提斯・基因（亞特蘭提斯進化首部曲）

請於此處用膠水黏貼

讀者回函卡

†您購買我們出版的書籍！請費心填寫此回函卡，我們將不定期寄上城邦集團最新的出版訊息。

、行銷、客戶管理或其他合於營業登記項目或章程所定業務之目的，英屬蓋曼群島商家庭傳媒(股)公司城邦分公司之營運期間及地區內，將以電郵、傳真、電話、簡訊、郵寄或其他公告方式利用您提供之資料（資料類別：C001、、C011等）。 利用對象除本集團外，亦可能包括相關服務的協力機構。如您有依個資法第三條或其他需服務之處，司客服中心電話(02)25007718請 求協助。相關資料如為非必要項目，不提供亦不影響您的權益。

名：＿＿＿＿＿＿＿＿＿＿＿＿ 性別：□男 □女

日：西元＿＿＿＿年＿＿＿＿月＿＿＿＿日

址：＿＿＿＿＿＿＿＿＿＿＿＿

絡電話：＿＿＿＿＿＿＿＿傳真：＿＿＿＿＿＿＿＿

nail ：＿＿＿＿＿＿＿＿＿＿＿＿

歷：□1.小學 □2.國中 □3.高中 □4.大專 □5.研究所以上

業：□1.學生 □2.軍公教 □3.服務 □4.金融 □5.製造 □6.資訊

□7.傳播 □8.自由業 □9.農漁牧 □10.家管 □11.退休

□12.其他＿＿＿＿＿＿＿＿

從何種方式得知本書消息？

□1.書店 □2.網路 □3.報紙 □4.雜誌 □5.廣播 □6.電視

□7.親友推薦 □8.其他＿＿＿＿＿＿＿＿

您通常以何種方式購書？

□1.書店 □2.網路 □3.傳真訂購 □4.郵局劃撥 □5.其他

您購買本書的原因是（單選）

□1.封面吸引人 □2.內容豐富 □3.價格合理

您喜歡以下哪一種類型的書籍？（可複選）

□1.科幻 □2.魔法奇幻 □3.恐怖 □4.偵探推理

□5.實用類型工具書籍

您是否為奇幻基地網站會員？

□1.是□2.否（若您非奇幻基地會員，歡迎您上網免費加入 http://www.ffoundation.com.tw/）

對我們的建議：＿＿＿＿＿＿＿＿＿＿＿＿

＿＿＿＿＿＿＿＿＿＿＿＿

＿＿＿＿＿＿＿＿＿＿＿＿

— the —
ATLANTIS
GENE